COLEÇÃO RECONQUISTA DO BRASIL (2ª Série)

168. **DICIONÁRIO BRASILEIRO DE PLANTAS MEDICINAIS** - J. A. Meira Penna
169. **A AMAZÔNIA QUE EU VI** - Gastão Cruls
170. **HILÉIA AMAZÔNICA** - Gastão Cruls
171. **AS MINAS GERAIS** - Miran de Barros Latif
172. **O BARÃO DE LAVRADIO E A HIGIENE NO RIO DE JANEIRO IMPERIAL** - Lourival Ribeiro
173. **NARRATIVAS POPULARES** - Oswaldo Elias Xidieh
174. **O PSD MINEIRO** - Plínio de Abreu Ramos
175. **O ANEL E A PEDRA** - Pe. Hélio Abranches Viotti
176. **AS IDÉIAS FILOSÓFICAS E POLÍTICAS DE TANCREDO NEVES** - J. M. de Carvalho
177/78. **FORMAÇÃO DA LITERATURA BRASILEIRA** – 2vols. - Antônio Candido
179. **HISTÓRIA DO CAFÉ NO BRASIL E NO MUNDO** - José Teixeira de Oliveira
180. **CAMINHOS DA MORAL MODERNA; A EXPERIÊNCIA LUSO-BRASILEIRA** - J. M. Carvalho
181. **DICIONÁRIO HISTÓRICO-GEOGRÁFICO DE MINAS GERAIS** - W. de Almeida Barbosa
182. **A REVOLUÇÃO DE 1817 E A HISTÓRIA DO BRASIL** - Um estudo de história diplomática - Gonçalo de Barros Carvalho e Mello Mourão
183. **HELENA ANTIPOFF** - Sua Vida/Sua Obra -Daniel I. Antipoff
184. **HISTÓRIA DA INCONFIDÊNCIA DE MINAS GERAIS** - Augusto de Lima Júnior
185/86. **A GRANDE FARMACOPÉIA BRASILEIRA**- 2 vols. - Pedro Luiz Napoleão Chernoviz
187. **O AMOR INFELIZ DE MARÍLIA E DIRCEU** - Augusto de Lima Júnior
188. **HISTÓRIA ANTIGA DE MINAS GERAIS** - Diogo de Vasconcelos
189. **HISTÓRIA MÉDIA DE MINAS GERAIS** - Diogo de Vasconcelos
190/191. **HISTÓRIA DE MINAS** - Waldemar de Almeida Barbosa
193. **ANTOLOGIA DO FOLCLORE BRASILEIRO** - Luis da Camara Cascudo
192. **INTRODUÇÃO À HISTORIA SOCIAL ECONÔMICA PRE-CAPITALISTA NO BRASIL** - Oliveira Vianna
194. **OS SERMÕES** - Padre Antônio Vieira
195. **ALIMENTAÇÃO INSTINTO E CULTURA** - A. Silva Melo
196. **CINCO LIVROS DO POVO** - Luis da Camara Cascudo
197. **JANGADA E REDE DE DORMIR** - Luis da Camara Cascudo
198. **A CONQUISTA DO DESERTO OCIDENTAL** - Craveiro Costa
199. **GEOGRAFIA DO BRASIL HOLANDÊS** - Luis da Camara Cascudo
200. **OS SERTÕES, Campanha de Canudos** - Euclides da Cunha
201/210. **HISTÓRIA DA COMPANHIA DE JESUS NO BRASIL** - Serafim Leite. S. I. - 10 Vols
211. **CARTAS DO BRASIL E MAIS ESCRITOS** - P. Manuel da Nobrega
212. **OBRAS DE CASIMIRO DE ABREU** - (Apuração e revisão do texto, escorço biográfico, notas e índices)
213. **UTOPIAS E REALIDADES DA REPÚBLICA** (Da Proclamação de Deodoro à Ditadura de Floriano) Hildon Rocha
214. **O RIO DE JANEIRO NO TEMPO DOS VICE-REIS** - Luiz Edmundo
215. **TIPOS E ASPECTOS DO BRASIL** - Diversos Autores
216. **O VALE DO AMAZONAS** - A.C. Tavares Bastos
217. **EXPEDIÇÃO ÀS REGIÕES CENTRAIS DA AMÉRICA DO SUL** - Francis Castenau
218. **MULHERES E COSTUMES DO BRASIL** - Charles Expilley
219. **POESIAS COMPLETAS** - Padre José de Anchieta
220. **DESCOBRIMENTO E A COLONIZAÇÃO PORTUGUESA NO BRASIL** - Miguel Augusto Gonçalves de Souza
221. **TRATADO DESCRITIVO DO BRASIL EM 1587** - Gabriel Soares de Sousa
222. **HISTÓRIA DO BRASIL** - João Ribeiro
223. **A PROVÍNCIA** - A.C. Tavares Bastos
224. **À MARGEM DA HISTÓRIA DA REPÚBLICA** - Org. por Vicente Licinio Cardoso
225. **O MENINO DA MATA** - Crônica de Uma Comunidade Mineira - Vivaldi Moreira
226. **MÚSICA DE FEITIÇARIA NO BRASIL** (Folclore) - Mário de Andrade
227. **DANÇAS DRAMÁTICAS DO BRASIL** (Folclore) - Mário de Andrade
228. **OS COCOS** (Folclore) - Mário de Andrade
229. **AS MELODIAS DO BOI E OUTRAS PEÇAS** (Folclore) - Mário de Andrade
230. **ANTÔNIO FRANCISCO LISBOA - O ALEIJADINHO** - Rodrigo José Ferreira Bretas
231. **ALEIJADINHO (PASSOS E PROFETAS)** - Myriam Andrade Ribeiro de Oliveira
232. **ROTEIRO DE MINAS** - Bueno de Rivera
233. **CICLO DO CARRO DE BOIS NO BRASIL** - Bernardino José de Souza
234. **DICIONÁRIO DA TERRA E DA GENTE DO BRASIL** - Bernardino José de Souza
235. **VIAGEM ÀS NASCENTES DO RIO SÃO FRANCISCO** - Auguste de Saint-Hilaire
236. **VIAGEM PELO DISTRITO DOS DIAMANTES E LITORAL DO BRASIL** - Auguste de Saint-Hilaire

VIAGEM ÀS NASCENTES DO RIO S. FRANCISCO

E. Naissant pinx.t P. Teyssonnières sculp.

A. F. C. de SAINT-HILAIRE,
membre de l'Institut, professeur de botanique au muséum.
né à Orléans le 4 Octobre 1779 mort à la Turpinière le 30 Septembre 1853

H. Herluison, éditeur. Imp. A. Clément

COLEÇÃO RECONQUISTA DO BRASIL (2ª Série)
Dirigida por Antonio Paim, Roque Spencer Maciel de
Barros e Ruy Afonso da Costa Nunes. Diretor até o
volume 92 Mário Guimarães Ferri (1918 - 1985)

VOL. 235

Capa
Cláudio Martins

EDITORA ITATIAIA
BELO HORIZONTE
Rua São Geraldo, 67 — Floresta — Cep. 30150-070
Tel.: (31) 3212-4600 — Fax: (31) 3224-5151
e-mail: vilaricaeditora@uol.com.br
Home page: www.villarica.com.br

AUGUSTE DE SAINT-HILAIRE

VIAGEM ÀS NASCENTES DO RIO SÃO FRANCISCO

Tradução de
REGINA REGIS JUNQUEIRA

Prefácio de
MÁRIO GUIMARÃES FERRI

2ª Edição

EDITORA ITATIAIA
Belo Horizonte

Título do original francês:
Voyages dans l'Intérieur du Brésil

Troisiéme Partie
"Voyage aux Sources du Rio de S. Francisco"

ARTHUS BERTRAND, LIBRARIE — ÉDITEUR
Rue Hautefeuille, 23
Paris, 1847

FICHA CATALOGRÁFICA

(Preparada pelo Centro de Catalogação-na-fonte,
Câmara Brasileira do Livro, SP)

S145v	Saint-Hilaire, Auguste de, 1779-1853. Viagem às nascentes do rio S. Francisco; tradução de Regina Regis Junqueira; prefácio de Mário Guimarães Ferri. Belo Horizonte, Ed. Itatiaia. (Reconquista do Brasil, v. 235) Bibliografia. 1. Goiás (Estado) — Descrição e viagens 2. Goiás (Estado) — Vida social e costumes 3. Minas Gerais — Descrição e viagens 4. Minas Gerais — Vida social e costumes 5. São Francisco (Rio) I. Título II. Série.
75-1143	CDD-918.151 -390.098151 -918-173 -390.098173

Índice para catálogo sistemático:
1. Goiás : Estado : Costumes   390.098173
2. Goiás : Estado : Descrição e viagens   918.173
3. Goiás : Estado : Vida social   390.098173
4. Minas Gerais : Costumes   390.098151
5. Minas Gerais : Descrição e viagens   918.151
6. Minas Gerais : Vida social   390.098151
7. São Francisco : Rio : Descrição   918.151

2004

Direitos de Propriedade Literária adquiridos pela
EDITORA ITATIAIA
Belo Horizonte

Impresso no Brasil
Printed in Brazil

PREFÁCIO

Em sua Série "Reconquista do Brasil" apresentam agora ao público, a Editora da Universidade de São Paulo e a Livraria Itatiaia Editora, de Belo Horizonte, o relatório de Saint-Hilaire referente à sua Viagem às Nascentes do Rio S. Francisco, *relatório esse publicado, originalmente, em francês, em 1847, em Paris.*

Vindo ao Brasil por influência do Conde de Luxemburgo, Auguste de Saint-Hilaire aqui chegou em 1816 e permaneceu até 1822. Viajou, durante estes seis anos, pelo Rio de Janeiro, Espírito Santo, Minas Gerais, Goiás, São Paulo, Santa Catarina e Rio Grande do Sul. Durante essas viagens reuniu notável soma de dados referentes à História Natural, e realizou inúmeras observações de interesse para a Geografia, a História e a Etnografia.

Redigiu relatórios de suas viagens, que constituem riquíssima fonte de informações. A Flora Brasiliae Meridionalis, *publicada em Paris (1824-1833), em colaboração com Jussieu e Cambessedés, é uma de suas mais notáveis obras. Muitos relatórios de suas viagens já foram traduzidos para o português, alguns mais de uma vez.*

O material colecionado no Brasil por Saint-Hilaire contém um herbário composto de 30.000 exemplares abrangendo mais de 7.000 espécies. Destas, foram avaliadas como desconhecidas, até então, mais de 4.500. Além disso, figuravam nesse material muitos gêneros novos e mesmo novas famílias.

Quem quer que estude os trabalhos de Saint-Hilaire, há de perceber o cuidado extremo que esse notável naturalista sempre teve. E, por isso mesmo, sua obra, cheia de méritos, é imorredoura. Esgotam-se as edições de seus livros mas jamais se esgota o interesse pelos mesmos.

O nome de Saint-Hilaire está indissoluvelmente ligado ao de nossas plantas, seja figurando na designação de inúmeras espécies que descreveu, seja aparecendo na denominação de outras, com ele batizadas por diversos autores, que assim lhe prestaram merecida homenagem.

Saint-Hilaire chegou ao Brasil com o zoólogo Pierre Antoine Delalande que não ficou senão alguns meses. Suas investigações se limitaram a distâncias não muito grandes do Rio de

Janeiro. Ao retornar Delalande à Europa, o próprio Saint-Hilaire se encarregou de coligir, também, os espécimes zoológicos.

O presente livro foi traduzido por D. Regina Regis Junqueira. Detentora de Certificado de Proficiência em Inglês, fornecido pela Universidade de Cambridge (Inglaterra), e com larga experiência em tradução de livros, do inglês e do francês para o nosso idioma, não admira que tenha feito impecável trabalho de tradução desta Voyage Aux Sources du Rio de S. Francisco. Disso se convencerá o leitor ao deleitar-se com a leitura em português fluente, deste trabalho de Saint-Hilaire.

Nele descreve o autor a viagem do Rio de Janeiro a Ubá, o Caminho de Rio Preto, a entrada na Província de Minas Gerais pelo Rio Preto, os campos (quadro geral da Região do Rio Grande) a visita a S. João del Rei, o quadro geral da Região Montanhosa e Deserta, entre S. João del Rei e a Serra da Canastra, a viagem de S. João del Rei às Nascentes do S. Francisco, a Serra da Canastra e a Cachoeira da Casca-d'Anta, nascente do S. Francisco, a Comarca de Paracatu, Araxá e suas águas minerais.

A última parte do livro é dedicada à Província de Goiás. Nela Saint-Hilaire fornece algumas informações sobre a história, a superfície e os limites, a vegetação e o clima, a população, a administração, as finanças, o clero, a instrução pública, as forças militares, a extração do ouro, a cultura das terras, os meios de comunicação (fluvial e terrestre), os costumes do povo da Província de Goiás.

O livro contém 401 notas de rodapé elaboradas por Saint-Hilaire, com inúmeras informações bibliográficas entre outras.

Como afirmei antes, a tradução feita por D. Regina Regis Junqueira é excelente. Assim, como Diretor desta Série, não tive que fazer intervenções na mesma, senão para dar esclarecimentos e proceder a algumas atualizações em informações científicas.

Apraz-me, como sempre, cumprimentar a tradutora por seu excelente trabalho, as editoras por mais este empreendimento, e o público que, não canso de afirmar, é o grande beneficiado.

São Paulo, abril de 1975.

MÁRIO GUIMARÃES FERRI

SUMÁRIO

Capítulo I — VIAGEM DO RIO DE JANEIRO A UBÁ. PASSANDO POR PORTO DA ESTRELA E A ESTRADA PRINCIPAL DE MINAS GERAIS ... 21

O autor embarca na Baía do Rio de Janeiro, 21. O Rio Inhumirim, 21. O povoado de Porto da Estrela, 22. Dados sobre a estrada de Minas, 23. A Igreja de Nossa Senhora da Piedade de Inhumirim, 23. O povoado de Mandioca, 24. A Serra da Estrela, 25. Tamarati, 25. Padre Correia, 25. A seca, 26. Reflexões sobre a agricultura brasileira, 27. Reflexões sobre a escravatura, 27. O autor volta ao povoado de Ubá, 28. Retrato de um tropeiro, 28.

Capítulo II — O CAMINHO DE RIO PRETO. A CIDADE DE VALENÇA E OS COROADOS ... 31

História do Caminho de Rio Preto, 31. Os tocadores de bois e de porcos, 32. O ferrador, 32. O porto da Paraíba, 33. Como os bois atravessam esse rio, 33. Descrição de suas margens, 33. Portagem, 33. Uma estrada intransitável, 34. As matas virgens, 34. Algumas fazendas, 35. Os índios Coroados, 36. A cidade de Valença, sua história e seu estado atual, 36. Reflexões sobre a metamorfose dos povoados em cidades, 37. O Rancho das Cobras, 39. Uma paisagem ao luar, 40. O Rio Bonito, 40.

Capítulo III — ENTRADA DA PROVÍNCIA DE MINAS GERAIS PELO RIO PRETO. O POVOADO DESSE NOME. A SERRA NEGRA ... 41

O Rio Preto, 41. Posto fiscal à entrada da Província de Minas Gerais, 41 Visita a alguns doentes, 42. O Arraial de Ouro Preto, sua história e dados sobre o seu estado atual, 42. Continuação da viagem, 42. O rancho de S. Gabriel, 43. Coleta de plantas na Serra Negra, 43. Estrada deserta, 44. Choupana de Tomé de Oliveira, 45. A Serra da Mantiqueira, 45. Choupana do Alto da Serra, 45.

Capítulo IV — OS CAMPOS. QUADRO GERAL DA REGIÃO DO RIO GRANDE ... 47

Entrada na região dos campos, 47. Causa da diferença existente entre a vegetação que os caracteriza e a das matas virgens, 47. Sua monotonia, 48. Entretanto seu aspecto não é sempre exatamente o mesmo, 48. Idéia geral dos campos que se estendem desde as florestas primitivas até S. João del Rei, 49. O Rio Grande; seu curso gigantesco; utilidade que pode ter para o Brasil, 49. Os habitantes da região do Rio Grande, primitivamente mineradores, depois agricultores, 50. Dados sobre a criação de gado, 50; proveito que tiram dos animais, 51; maneira de fazer o queijo, 52. Como se engordam os porcos, 52; o toucinho, 53. Os carneiros; sua lã; o pouco cuidado que lhes é dedicado; necessidade de algumas melhorias, 53. Produtos das fazendas da região do Rio Grande, 54. Hábitos dos fazendeiros, 54. Suas mulheres, 55. Retrato dos habitantes da região, 56.

Capítulo V — VIAGEM PELA REGIÃO DO RIO GRANDE ... 57

Vegetação observada à entrada da região dos campos, 57. A Araucaria brasiliensis, 57. Influência do ar dos campos sobre a pele, 58. Travessia do Rio Grande, 58. A fazenda de Sítio; seus habitantes, 59. O uso generalizado dos guarda-sóis, 59. Fazenda das Laranjeiras, 60. Fazenda das Vertentes do Sardim, 60. Serra dos Dois Irmãos, 60. Ainda o Rio Grande, 60. O lugarejo de Madre de Deus, 60. Fazenda de Chaves, 61. Acidente com Prégent, 61. O Rancho do Rio das Mortes Pequeno, 61. Como o Autor foi recebido aí, 61.

Capítulo VI — VISITA A S. JOÃO DEL REI 63

A região situada entre o Rancho do Rio das Mortes Pequeno e S. João del Rei, 63. O pároco de S. João, 63. Remédio contra a hidropisia, 63. Os dois rios chamados Rio das Mortes, 64. A cobra urutu; os homens que dizem saber curar a mordedura das cobras venenosas; a erva-de-urubu, 64. A Procissão de Cinzas, 64. A igreja brasileira, 66. A doença de Yves Prégent, 66. Os curiosos, 67. Um albergue, 67. Um roubo, 67. Reflexões sobre a escravidão; maneira como são tratados os negros no Brasil, 69. Morte de Yves Prégent, 70. Doença de José Mariano, 71. Coleta de plantas na Serra de S. João, 71. Doença de Firmiano, 71. José Mariano torna-se empalhador, 72. Procura inútil de um tocador, 72. Partida do Rio das Mortes Pequeno, 72.

Capítulo VII — QUADRO GERAL DA REGIÃO MONTANHOSA E DESERTA SITUADA ENTRE S. JOÃO DEL REI E A SERRA DA CANASTRA 73

Topografia da região, 73. Sua vegetação, 73. Em que se ocupam seus habitantes, 73. Como se criam porcos; o comércio desses animais, 74. As habitações dos agricultores; seus costumes, menos hospitaleiros do que os de outras partes da Província de Minas, 75. Como o autor é recebido por um deles, 75. Vantagens e desvantagens de se reunirem nos povoados, 76. A indolência dos pobres, 76.

Capítulo VIII — INÍCIO DA VIAGEM DE S. JOÃO DEL REI ÀS NASCENTES DO S. FRANCISCO. OS POVOADOS DE CONCEIÇÃO E DE OLIVEIRA. A CIDADE DE TAMANDUÁ 79

Partida do Rancho do Rio das Mortes Pequeno, 79. Topografia da região situada entre o Rio das Mortes Pequeno e a Fazenda do Tanque; sua vegetação, 80. A Fazenda do Tanque, 80. O Clero, 80. O Arraial de Conceição, 81. Região situada entre esse povoado e a Fazenda do Capão das Flores, 81. Terras situadas entre essa propriedade e a de Capitão Pedro, 82. Descrição desta última fazenda, 83. Recepção dada aí ao autor, 83. Cultura, 83. A quina-do-campo (*Chinchona ferruginea*), 83. Influência da constituição mineralógica do solo sobre a vegetação, 83. Reflexões sobre a exploração das jazidas de ferro, 84. Fazenda das Vertentes do Jacaré, 84. Pulgas ferozes, 84. Terras situadas depois dessa propriedade, 84. O Arraial de Oliveira, 85. Um rancho, 85. A Fazenda de Bom Jardim, 85. Hábitos dos camponeses pouco abastados, 85. Um sonho, 86. Morro do Camacho, 86. Fazenda da Cachoeira, 86. João Quintino de Oliveira, seu proprietário, 86. A cidade de Tamanduá, sua história, seus habitantes, sua população, suas ruas, suas casas e suas igrejas, 87; doenças que infetam mais comumente o lugar, 88. Caso de um homem sadio mordido por um cão raivoso, 88. Caso de um leproso mordido por um cão hidrófobo e em seguida por uma cascavel, 88.

Capítulo IX — CONTINUAÇÃO DA VIAGEM DE S. JOÃO DEL REI ÀS NASCENTES DO S. FRANCISCO. OS POVOADOS DE FORMIGA E DE PIUM-I 89

O autor separa-se de sua caravana, 89. Os arredores de Tamanduá, 89. Chegada a Formiga, 90. A falta de liberdade das mulheres, 90. Descrição do Arraial de Formiga, suas ruas, casas, igrejas, loja, comércio, população, 91; a má reputação de seus habitantes, 91; um assassinato, 91; as prostitutas, 92. Impossibilidade de conseguir um tocador, 92. A região situada entre Formiga e Ponte Alta, 92. Sua vegetação, comparada com a da parte oriental do sertão do S. Francisco, 93. Época da floração nos sertões de Minas, 93. A Fazenda de Ponte Alta, 93. Plantas comuns à região, 93; calunga, 93. As terras depois da Ponte Alta, 94. Fazenda de S. Miguel e Almas, 94. Corante azul fornecido pela *Solanum indigoferum,* 94. Serra de Pium-i, 95. Panorama admirável, 95. Arraial de Pium-i; etimologia desse nome, 95; sua história, suas ruas, sua igreja, 95; vista que se descortina da rua principal, 96; ocupações de seus habitantes, 96. O vigário de Pium-i, 97. Ainda sem tocador, 97. A indolência dos pobres, 97. Terras situadas depois de Pium-i, 97. Hábito que tem o gado de se esconder na mata para fugir às mutucas, 97. Famílias que vão duas vezes por ano ao arraial, em carros de bois, 98. Fazenda de Dona Tomásia, 98. Produtos da terra; gado, 98. Terras situadas depois de Dona Tomásia, 98. Fazenda de João Dias, 99. O ferro, 99.

Capítulo X — A SERRA DA CANASTRA E A CASCATA DENOMINADA CACHOEIRA DA CASCA-D'ANTA. NASCENTE DO RIO S. FRANCISCO   101

Cadeia de montanhas a que está ligada a Serra da Canastra, 101. O autor parte com José Mariano para visitá-la, 102. Terras situadas depois da fazenda de João Dias, 102. Habitações, 102. Resposta do morador de uma delas, 102. O lado oriental da montanha, 102. Desfiladeiro entre o lado meridional e a Serra do Rio Grande, 102. Descrição do lado meridional, 102. A cascata denominada Cachoeira da Casca-d'Anta, origem do Rio S. Francisco, 103. A casa de Felisberto; recepção que ele faz ao autor; retrato desse homem, 103. O autor vai até ao pé da cascata, 104. descrição dessa queda de água, 104. O autor se põe a caminho para encontrar-se com a sua caravana, 105. Habitações próximas da Cachoeira da Casca-d'Anta, 105. Os parcos recursos de seus moradores, 105. Suas queixas, 105. Distância que os separam da igreja paroquial, 106. Dificuldade para enterrar os mortos, 106. Terras situadas depois de João Dias, 106. Carroças carregadas de produtos agrícolas, 106. Fazenda do Geraldo, 107. O autor sobe a Serra da Canastra acompanhado de Firmiano, 107. O flanco da montanha; uma cascata encantadora, 104. Cume ou chapadão, 104. Vista panorâmica, 107. O autor parte com destino a Araxá, 109; volta à Serra da Canastra, 109. Uma cascata, 109. A Fazenda de Manuel Antônio Simões, 109. Queda de água denominada Cachoeira do Rolim, 109. Outra cascata, 110. Terras situadas entre a fazenda de Manuel Antônio Simões e a de Paiol Queimado, 110.

Capítulo XI — VISTA DE OLHOS GERAL SOBRE A COMARCA DE PARACATU   113

Limites e extensão da Comarca de Paracatu, 113. Sua população, 114. Idéia geral das cadeias de montanhas que é necessário atravessar para se ir do Rio de Janeiro a Paracatu, 114. Divisor das águas do S. Francisco e do Paranaíba, 114. A Serra das Vertentes, de Eschwege, 115. Descrição exata feita pelo Abade Casal, 115. A Serra das Vertentes, de Balbi, 116. Sistema de nomenclatura para as montanhas do Brasil, 116. Idéia geral da Serra do S. Francisco e do Paranaíba, 117. Rio da Comarca de Paracatu, 117. Cidades e arraiais da comarca, 117. Características de seus habitantes, 118. Suas casas e suas ocupações, 120. Fertilidade das terras, 120. A mandioca, 120. O capim-gordura; extensão das terras onde é encontrado, 120; sua origem, 121. O gado, 121. Os carneiros, 121. Topografia da região, 122. Sua vegetação, 122. A seca, 122; penúria dela resultante, 123. Dificudades e transtornos das viagens na região, 123. Riquezas em potencial da Comarca de Paracatu, 124.

Capítulo XII — ARAXÁ E SUAS ÁGUAS MINERAIS 125

Fazenda do Paiol Queimado; seu rancho, 125. Retiro da Jabuticabeira, 125. São ricos os proprietários das terras vizinhas de Araxá?, 126. Uma cachoeira, 126. Terras situadas depois do Retiro da Jabuticabeira, 126. Retiro de Trás-os-Montes, 126. Como o autor é aí recebido, 127. Serra do Araxá, 127. Fazenda de Peripitinga, 127. Araxá, 128. História do Arraial, 128. Sua administração civil e eclesiástica, 128. Seu nome, sua localização, 129; suas casas, sua praça pública, suas igrejas, 129. Reflexões sobre sua multiplicidade, 130. Seus habitantes e seus costumes, 130. Comércio de gado, 130. Culturas das redondezas, 130. Criação de gado, 130. Visita às águas minerais, 131. Como são tratados os rebanhos, 131. Predileção dos animais por essas águas, 132. Precauções que devem ser tomadas, 132. O autor consegue um tocador, 132. De que maneira os fiéis se colocam na igreja; as roupas que usam para freqüentá-la, 132.

Capítulo XIII — VIAGEM DE ARAXÁ A PARACATU 133

Cachoeira, 133. O riacho de Quebra-Anzol, 133. Vista geral da região situada depois do Quebra-Anzol, 134. A fazenda de Francisco José de Matos, 134. A Serra do Salitre, 135. Águas minerais de Salitre, 135. Pastagens, 135. Fazenda de Damaso, 136. Produtos da região, 136. O Arraial de Patrocínio, 136. Bichos-de-pé, 137. A Fazenda do Arruda, 137. Serra de Dourado, 137. Fazenda do Leandro, 138. Situação favorável das fazendas da região, 138. Fontes minerais da Serra Negra, 138. Terras situadas depois da Fazenda do Leandro, 138. Povoado de Campo Alegre, 139. O buriti, 139. Terras situadas depois de Campo Alegre, 139. O Rio Paranaíba, 139. Uma noite agradável, 140. Moquém, 140. O autor sobe ao alto da Serra do S. Francisco e do Paranaíba, 140. O Chapadão, 140. A Serra e o Sítio dos Pilões, 141. A mandioca, 141. O autor desce a Serra pelo lado oriental, 141. Fazenda do Guarda-Mor, 142. Sapé, 142. Descrição da vegetação, 142. Fazenda de João Gomes, 143. Seu proprietário, 143. O posto de Santa Isabel, 143. História de um contrabandista, 143. Serra de Paracatu, 145. O autor chega à cidade do mesmo nome, 145.

Capítulo XIV — PARACATU 147

História de Paracatu, 147. Habitantes da cidade, 147. Sua administração civil, 148. Precária obediência dos magistrados ao soberano, 148. População de Paracatu e da paróquia de que a cidade é sede, 149. Localização da cidade, 149. Rios que a cercam, 149. Suas ruas, casas e jardins, 150. Praça pública, 150. Fontes, 150. Igrejas, 150. Hotel da cidade, 150. Tavernas, lojas, comércio, 150. Exploração das jazidas, 150. Recursos da cidade, 151. Cultura das terras, 151. Gado, 151. Exportação, 152. Pobreza, 152. Retrato do Sargento-Mor Alexandre Pereira e Castro, 152.

Capítulo XV — VIAGEM DE PARACATU À FRONTEIRA DE GOIÁS 153

Panorama que se desfruta ao deixar Paracatu, 153. O Morro da Cruz das Almas, 153. A Serra dos Monjolos, 154. Curso de vários rios, 154. O lugarejo de Monjolos, 154. Um canal, 154. Resultado desastroso da capitação para as regiões auríferas, 154. Fazenda do Moinho, 154. Fazenda da Tapera, 155. O autor torna a subir ao alto da Serra do S. Francisco e do Paranaíba, 155. Descrição geral do planalto que ele percorre durante vários dias, 155. Fazenda de Sobradinho, 156. Sua proprietária, 156. Brejos, 156. Plantas que parecem grudar-se às solas dos pés, 156. Caveira, 156. Uma noite passada ao ar livre, 156. O autor entra na Província de Goiás, 157.

Capítulo XVI — QUADRO GERAL DA PROVÍNCIA DE GOIÁS 159

Dados gerais sobre a história de Goiás, 159. Manuel Correia descobre a região, 159. Segunda descoberta da região por Bartolomeu Bueno da Silva, 159. Estratagema usado por esse aventureiro, 150. O filho, que tem o mesmo nome do pai, parte à procura da região dos índios Goiás, 160. Sua expedição é mal sucedida e ele retorna a S. Paulo, 160. Parte uma segunda vez e reconhece o local onde seu pai tinha estado, 161. Destruição total dos índios Goiás, 161. Um bando de aventureiros se estabelece na região de Goiás, 161. O alto preço dos gêneros, 161. A nova colônia comete toda espécie de crime, 161. As terras de Goiás são elevadas a capitania, 162. Restabelecimento da ordem através da execução de rigorosos regulamentos instituídos pelo Marquês de Pombal, 162. Decadência, 162. Dados comparativos sobre a produção das minas de ouro durante vários anos, 162. Situação atual, 162.

§ II — EXTENSÃO. LIMITES. SUPERFÍCIE.

Extensão da Província de Goiás, 163. Limites da província, 163. Sua configuração e altitude, 163. A Serra do Corumbá e do Tocantins, 163. Superfície da região que se estende ao norte dessa cadeia, 163. A Serra do S. Francisco e do Tocantins, 163.

§ III — VEGETAÇÃO

Constatação de que a parte setentrional da Província de Goiás é mais árida e mais descampada do que a meridional, 164. Esta última é banhada por vários cursos de água e apresenta matos e campos alternadamente, 164. Os campos são semelhantes aos do sertão oriental do S. Francisco, 164. Uma *Vellozia* notável encontrada nos campos mais elevados, 164. Descrição das matas, 164. Brejos, 165. O buriti, 165.

§ IV — CLIMA. SALUBRIDADE.

Divisão do ano em duas estações, 165. Condições atmosféricas de 27 de maio a 5 de setembro, 165. Doenças mais comuns, 166.

§ V — POPULAÇÃO.

Dificuldade de se conseguirem dados exatos sobre a população de Goiás, 166. Estimativas dadas por vários autores, 166. Cifras fornecidas ao autor, 167. Conclusões tiradas dessas cifras, 168. Causas que se opuseram, durante certo tempo, ao aumento da população, 168. As coisas retomam o seu curso natural, 169. Comparação das cifras referentes à população de Goiás com as de Minas, Espírito Santo e, finalmente, França, 169. Crescimento menor da população branca em relação à de negros e mulatos livres, 169. Número de escravos, 169. Dados numéricos sobre os dois sexos, 170. Número de índios, 170. Reinício da caça aos indígenas, 170.

§ VI — ADMINISTRAÇÃO GERAL.

Divisão da Província de Goiás em duas comarcas, 170. Capitães-gerais, 171. Autoridade atribuída a eles, 171. Ignorância do governo central sobre o que se passava nas províncias, 171. Exemplo dessa ignorância, 171.

§ VII — FINANÇAS.

De que se compõe a administração das finanças, 172. Diversos tipos de impostos, 172. Cifras que demonstram com que rapidez a Província de Goiás perdeu seu antigo esplendor, 173. Receitas e despesas igualmente atrasadas, 173. Goiás é forçado a entregar parte de suas rendas a Mato Grosso, 173. Diferença entre os rendimentos do quinto durante vários anos e os dos direitos de entrada, 173. Os direitos de entrada indicam com certa exatidão o valor das importações, 173; o quinto não indica o montante real da produção das minas, 173. Casas de fundição do ouro, 173. Contrabando, 173. Erro em que incidiu o Governador Fernando Delgado, 173.

§ VIII — DÍZIMOS

Os rendimentos do quinto e dos dízimos diminuem na mesma proporção, 174. Os dízimos, imposto altamente oneroso, 174. Sua arrecadação é feita em valores metálicos, 174. Os dizimeiros arruinam os colonos, 174. Desapropriados de seus bens, estes se refugiam no sertão e perdem todo contato com a civilização, 175. Como age o fisco nas regiões onde ninguém quer recolher os dízimos, 175. Entraves causados à agricultura por esse imposto, 175.

§ IX — CLERO. INSTRUÇÃO PÚBLICA.

O bem que o clero goiano poderia fazer, 176. Bom exemplo dado por João Teixeira Álvares, vigário de Santa Luzia, 176. Os eclesiásticos goianos, únicas pessoas da província dotadas de alguma instrução, mas quanto ao mais vivendo fora de todas as regras, 176. História da Igreja de Goiás, 176. Escolas, 177.

§ X — FORÇAS MILITARES.

A Guarda Nacional, 177. A Companhia de Dragões, 178. Pedestres, 178. Soldo dos Dragões, 178. Sua função, 178. A merecida confiança que se tinha neles, 178. Função dos pedestres. Seu soldo, 178.

§ XI — A EXTRAÇÃO DO OURO

Métodos de extração empregados outrora em Goiás, 178. Método atual, 179. Produto de um dia de trabalho, 179. Não se deve renunciar à exploração das minas, 179. Seria aconselhável dá-las em concessão a companhias organizadas, 179. Obstáculos que se opõem à formação destas, 180.

§ XII — CULTURA DAS TERRAS.

Os métodos de agricultura adotados em Goiás e os empregados em Minas, etc., 181. Fertilidade das terras, 181. Plantas aí cultivadas, 181. Gado, cavalos, carneiros, porcos, 181. Produtos que não podem ser exportados e mal encontram saída na própria região, 181. Os que são exportados, 181. O açúcar, o fumo, o trigo, o algodão, 181. Plantas cujos produtos, sendo de pequeno volume, representam valores consideráveis e que poderiam ser cultivados com vantagem, 182. O chá, o indigueiro, a amoreira, a vinha, 182. Multiplicação fácil do número de bois, cavalos, porcos e ovelhas, 183. Medidas que o governo deveria tomar para incrementar a agricultura, favorecer a multiplicação dos rebanhos e incitar os colonos a renunciarem aos seus hábitos de destruição, 183. Necessidade de conservação das matas, 183. Estímulos que se tornam necessários para o incremento da exploração das jazidas de ferro, 184.

§ XIII — VALORES REPRESENTATIVOS.

§ XIV — MEIOS DE COMUNICAÇÃO.

As estradas que cortam a Província de Goiás, 185. As quatro principais, 185. Navegação fluvial, 186. A do sul, 186. A do norte, 186.

§ XV — COSTUMES

Os homens do interior nascem com boa disposição mas são desigualmente favorecidos pelas circunstâncias, 187. Os goianos são menos hospitaleiros e menos corteses que os mineiros, 187. Sua inteligência, 187. Sua ignorância em matéria de religião, 187. Como são as crianças, os jovens e os adultos, 188. A adoção generalizada do concubinato, 188. Suas causas, 188. As boas qualidades dos goianos, 188. Causas dos homicídios, 188. O roubo é raro, 188. Meios d ese reformarem os costumes dos goianos, 188. Votos do autor, 189.

CAPÍTULO I

VIAGEM DO RIO DE JANEIRO A UBÁ, PASSANDO POR PORTO DA ESTRELA E A ESTRADA PRINCIPAL DE MINAS GERAIS.

O autor embarca na Baía do Rio de Janeiro. O Rio Inhumirim. O povoado de Porto da Estrela. Dados sobre a estrada de Minas. A Igreja de Nossa Senhora da Piedade de Inhumirim. O povoado de Mandioca. A Serra da Estrela. Tamarati. Padre Correia. A seca. Reflexões sobre a agricultura brasileira. Reflexões sobre a escravatura. O autor volta ao povoado de Ubá. Retrato de um tropeiro.

Já mencionei anteriormente, ao descrever minha viagem pelo litoral do Brasil, que após ter embarcado na Vila de Vitória cheguei ao Rio de Janeiro ao fim de quatro dias. Em breve vi-me ocupado com os preparativos para outra viagem às Províncias de Goiás, São Paulo, Santa Catarina e Rio Grande do Sul. Antes de percorrer o litoral eu tinha requisitado às autoridades portuguesas um passaporte que me permitisse estender o meu roteiro até Mato Grosso. Entretanto, a entrada nessa província me foi interdita, talvez devido a uns restos da antiga desconfiança que havia levado durante longo tempo o governo de Portugal a afastar os estrangeiros de sua rica colônia. Não obstante, e embora não me fosse permitido atravessar as fronteiras de Goiás, ainda me restava um campo bastante vasto para as minhas pesquisas.

Os preparativos para a viagem me tomaram um tempo considerável.[1] Só quem viveu no Rio de Janeiro nessa época pode ter uma idéia da lentidão com que eram feitos os serviços. Qualquer trabalho insignificante transformava-se numa operação interminável. Afinal, depois de vencidos todos os obstáculos, embarquei na Baía do Rio de Janeiro no dia 26 de janeiro de 1819 com destino a Porto da Estrela, pequeno povoado onde vai desembocar a estrada de Minas Gerais, província cuja parte ocidental eu teria de atravessar antes de chegar a Goiás.

Como já expliquei em minhas duas narrativas anteriores,[2] essa estrada parte da capital de Minas (Ouro Preto) e se bifurca num lugarejo denominado Encruzilhada. Um dos caminhos, chamado de "Caminho da Terra", leva diretamente ao Rio de Janeiro, e o outro vai terminar em Porto da Estrela, onde embarcam os que se destinam à Capital do Brasil. Eu ainda não conhecia essa segunda rota e foi ela que escolhi para entrar na Província de Minas Gerais.

Após uma rápida viagem de barco, cheguei à foz do Rio Inhumirim ou da Estrela, um dos pequenos cursos de água, tão numerosos, que deságuam na baía do Rio de Janeiro.[3] É sabido que uma cadeia de montanhas se estende

---

[1] Empacotei com o máximo cuidado as numerosas coleções que havia formado até então e deixei-as nas mãos do Sr. Maller, Cônsul-Geral da França, que durante minha permanência no Brasil me cumulou de gentilezas e fez tudo o que estava ao seu alcance para me ajudar. Que ele receba aqui a expressão do meu reconhecimento.

[2] *Viagem pelas Províncias do Rio de Janeiro e Minas Gerais* e *Viagem ao Distrito dos Diamantes e Litoral do Brasil.*

[3] Esse curso de água, onde pululam mosquitos e outros dípteros malfazejos, tem sua nascente na cadeia marítima, e sua largura na foz é de 50 metros aproximadamente. Ao longo de seu curso, que é de pequena extensão, ele recebe as águas do Rio da Cruz, ou de Santa Cruz, do Caiuaba e do Saracuruna. Um canal estabelece ligação entre esse rio e o Rio do Pilar (Eschw., *Journal*, II, 66; Casal, *Corog.*, II, 14; Pizarro, *Mem. Hist.*, III, 265). Parece-me que atualmente esse rio é conhecido unicamente pela denominação de Rio da Estrela. Entretanto,

paralelamente ao mar ao longo de uma boa parte do litoral do Brasil, variando conforme o lugar a distância entre a praia e as serras. Naquele ponto a distância não chegava a cinco léguas portuguesas. Comecei a percorrê-las subindo o Rio da Estrela, que vai serpeando entre mangues,[4] no meio de terras pantanosas. De tempos em tempos as margens formam altos barrancos, onde se vêem casebres cercados de bananeiras. Ao longe eu podia ver os contornos da cadeia marítima, cujo aspecto varia à medida que se sobe o rio. O céu, totalmente límpido, era de um azul esplendente. O verde dos mangues e dos variados arbustos que bordejam o rio tinham uma tal frescura que não podia deixar de encantar quem quer que viajasse pela região, suas cores vivas e brilhantes formando um agradável contraste com os tons difusos das montanhas.

Parti ao meio-dia do Rio de Janeiro e cheguei às seis da tarde ao Porto da Estrela, onde o rio já perde bastante em largura. Esse pequeno povoado pertence à Paróquia de Inhumirim e possui apenas uma capela, construída numa elevação e dedicada a Nossa Senhora.[5] Desde que comecei a viajar pelo Brasil nenhum outro lugar me pareceu tão cheio de vida e de movimento quanto esse porto. O viajante vê-se tonto no meio dos burros de carga que chegam e partem, dos fardos, dos tropeiros, de mercadorias de toda espécie que atravancam o povoado. Lojas bem providas fornecem aos numerosos viajantes quase tudo o de que necessitam.[6] Entretanto, não existe em Porto da Estrela uma propriedade de dimensões razoáveis. Há, porém, pequenas culturas de café nas suas redondezas. A primeira casa com que topamos foi um rancho, destinado a alojar viajantes e tropeiros. Trata-se de uma construção bastante comprida, dividida por tabiques em vários cômodos, ao feitio de celas. Seu teto se prolonga na frente, formando uma ampla varanda cujos pilares são de tijolo (1819). Cada viajante com sua comitiva instala-se num dos compartimentos, guarda aí a sua bagagem e aí prepara suas refeições. Não há o menor conforto, nem mesmo um banco ou mesa, e à época em que por lá passei podia-se ver o dia lá fora através das frestas do tabique.[7]

Encontrei em Porto da Estrela as minhas mulas, que mandara vir por terra. Meus acompanhantes eram um tropeiro, que já tinha ido comigo ao Rio Doce, o índio Firmiano, a quem me referi em minhas narrativas anteriores, meu criado Prégent, cuja saúde ia-se deteriorando aos poucos, e um outro rapaz, também

devo dizer que o nome de Inhumirim foi registrado por Casal e seu tradutor, Henderson, bem como por Eschwege, Raddi, Pohl, Freycinet, Spix e Martius. Quanto a Pizarro, afirma ele que a palavra Inhumirim é uma corruptela de Anhum-mirim. Ele prefere esta última forma, a qual, na sua opinião, significa *campo pequeno* na língua indígena. Eschwege já chamou atenção para o fato de ter Mawe cometido um erro ao dar ao rio em questão o nome de *Moremim*.

[4] Juntamente com os colonos de S. Domingos e alguns naturalistas, como por exemplo Antoine-Laurent de Jussieu e Achille Richard, emprego aqui a palavra *mangue* como um termo genérico aplicável a vários vegetais lenhosos das praias da América equinocial. Trata-se das espécies *Rhizophora mangle, Avicennia, Conocarpus*,* que segundo Spix e Martius crescem na embocadura do Rio da Estrela (*Reise in Brasilien*, I, 153). Parece que, de acordo com o que diz Pizarro (*Memórias Hist.*, VII, 19), a destruição dos mangues (da *Rhizophora mangle* e provavelmente de outras espécies), cuja casca é de grande utilidade no curtume, provocou em outros tempos acerbas discussões entre as autoridades civis e eclesiásticas do Brasil. É bem provável que os jesuítas e o bispo do Rio de Janeiro se tenham oposto à derrubada dessas árvores no intuito de preservar as espécies. Entretanto, um decreto (carta régia) de 4 de dezembro de 1678, ignorando as censuras do bispo e dos padres da Companhia de Jesus, deu permissão para que fossem cortadas. Mais tarde, contudo, a administração civil modificou um pouco suas idéias destrutivas, pois um alvará de 9 de julho de 1769 proibiu a derrubada dos mangues, à exceção dos que já tivessem sido despojados de sua casca para sua utilização nos curtumes.

* O nome mangue deveria ser reservado para *Rhizophora mangle* e outras espécies do gênero *Rhizophora* (M. G. F.).

[5] Pizarro, *Mem. Hist.*, III, 261.

[6] Segundo Pohl (*Reise*, I, 176), havia uma venda junto a cada casa. Spix e Martius, mais precisos, limitam-se a dizer, referindo-se a Porto da Estrela, que ali havia algumas vendas (*Reise*, I, 156).

[7] J. F. von Weech, que passou por Porto da Estrela alguns anos depois de mim, confirma o que digo aqui a respeito do movimento reinante no lugar, acrescentando que constantemente são construídas novas casas (*Reise*, II, 138). Fui mesmo informado de que o povoado recebeu do governo atual o título de cidade, e é esse o nome, de fato, que lhe dá em seu livro o Conde de Suzannet (*Souv.*, 259). Desnecessário é dizer que Porto da Estrela não tem a denominação de *aldeia*, que lhe atribui Walsh. É unicamente aos agrupamentos de índios que os brasileiros dão esse nome.

francês, chamado Antoine Laruotte, cuja função era ajudar Prégent no seu trabalho.

É difícil encontrar uma estrada mais freqüentada do que a que liga Porto da Estrela a Minas, e se o seu movimento era pequeno quando por ali passei em dezembro de 1816,[8] isso se devia ao fato de que a época do Natal é a ocasião em que se reúnem as famílias, sendo poucos os tropeiros que se dispõem a viajar. A estrada, aberta há aproximadamente um século e meio pelo guarda-mor Garcia Rodrigues,[9] ganhou importância depois que se iniciou o cultivo do algodão em Minas Novas,[10] e começou a exportação de café no sul da Província de Minas, atividades essas que, à época de minha estada no Brasil, tinham sido iniciadas havia poucos anos. No dia em que pernoitei no rancho Boa Vista da Pampulha, de que falarei adiante, cento e trinta mulas estavam ali reunidas. Diga-se de passagem que o rancho não é dos maiores da região. Por aí se pode fazer uma idéia da prodigiosa quantidade de burros de carga que deviam estar em marcha em toda a extensão da estrada.

Até à Encruzilhada, onde me afastei da estrada principal, sucedem-se a pequenos intervalos as fazendas, os ranchos e as vendas, bem como as oficinas de ferreiros. A multiplicidade desses estabelecimentos não deve causar surpresa, pois os fazendeiros precisam naturalmente ficar situados nas proximidades de uma estrada bem transitada, através da qual possam escoar facilmente os produtos de suas terras. Por seu lado, os donos das vendas têm mais oportunidade de vender o toucinho, a cachaça, a farinha e os demais gêneros que constituem o seu comércio. Finalmente, os ferreiros são chamados com mais freqüência a exercer o seu ofício. O milho é a mercadoria mais vendida, geralmente, por constituir o alimento dos burros e já que as tropas não costumam trazê-lo.

Por muito freqüentada que seja a estrada, o viajante francês, alemão ou inglês não deve esperar encontrar nela os recursos que lhe oferecem em sua pátria até mesmo as hospedarias mais modestas. Um estabelecimento no gênero dos nossos grandes albergues não teria provavelmente aqui nenhum sucesso, pois os homens que percorrem o país estão acostumados à frugalidade e a contínuas privações. As provisões que lhes são indispensáveis são colocadas sobre as mulas, e se acaso os donos das vendas resolvessem prover suas lojas com mercadorias mais variadas talvez corressem o risco de vê-las encalhadas.

Somente quando se chega a Mandioca, distante cinco léguas de Porto da Estrela, é que começam as elevações da cadeia marítima. Até lá a região é perfeitamente plana.

O caminho que se segue ao deixar Porto da Estrela é bastante largo, apesar de tortuoso, e todo margeado de matas cerradas, que deixam entrever de tempos em tempos as montanhas à direita e são pontilhadas por um número infinito de belas Melastomáceas de flores roxas, que aqui são chamadas de flor-de-quaresma. Apesar do pó levantado pela passagem constante de cavaleiros e tropas de burros, a vegetação conservava um verdor e uma frescura extraordinários.

Acerca de uma légua e meia de Porto da Estrela o caminho desemboca numa vasta clareira inteiramente coberta de relva. É ali que, à esquerda, ao pé de um outeiro coberto de densa vegetação, foi construída a igreja paroquial de N. S.ª da Piedade de Inhumirim.[11] À direita vêem-se algumas casas e mais além

---
8 *Viagem pelas Províncias do Rio de Janeiro e Minas Gerais.*
9 Pizarro, *Mem. Hist.*, IV, 102, e VII, segunda parte, 2.
10 *Viagem pelas Províncias do Rio de Janeiro*, etc.
11 Spix e Martius mencionam essa igreja como sendo uma simples capela (*Reise*, I, 158), mas Casal, Eschwege e Pizarro declaram expressamente que se trata da igreja paroquial, acrescentando o terceiro que ela foi elevada a paróquia em 1696. Por longos anos o território sob sua jurisdição estendeu-se ao longo da estrada de Minas, na direção do norte, até a Fazenda do Governo, distante cerca de duas léguas do Rio Paraíba (Eschw.), no ponto onde começa a paróquia chamada Paraíba Velha. Embora houvesse numerosas capelas na região, chegou-se à conclusão de que o território era vasto demais para uma só paróquia, e em 1815 ficou decidido

a cadeia marítima. A paisagem ali, tão singela, tem ao mesmo tempo algo de alegre e de majestoso, e à época de minha viagem ainda se tornava mais bela devido ao azul luminoso do céu, ao fresco verdor da relva e da mata, à calma profunda que reinava sobre toda a natureza.

No dia em que deixei Porto da Estrela pernoitei na Fazenda da Mandioca, situada bem no sopé da serra. Essa fazenda, que pertencia ao cônsul da Rússia, Langsdorff,[12] viajante estudioso e infatigável, merece um lugar de honra na História Natural do Brasil, pois a maior parte dos naturalistas que visitaram essa parte da América, à época do primeiro casamento de D. Pedro I, passou alguns dias na Mandioca e aí recolheu inúmeros objetos interessantes.[13] De fato, é impossível encontrar campo mais fértil do que esse para um naturalista. Basta ao viajante avançar alguns passos na direção do norte para se defrontar com as serras, onde encontra ora terrenos rochosos, ora terras férteis, e onde se vêem matas cerradas, algumas ainda virgens, cortadas de riachos em todas as direções, o que contribui para tornar a vegetação tão variada quanto exuberante.

Já expliquei, em trabalho anterior,[14] que uma cadeia de montanhas se estende paralela ao mar numa parte do Brasil (Serra do Mar) e que ela é coberta de matas virgens; e que uma outra cadeia mais elevada (Serra do Espinhaço), situada quase a Nordeste da Província de S. Paulo, forma uma linha quase paralela com a primeira, variando de 30 a 60 léguas a distância entre ela e a cordilheira marítima. Acrescentei igualmente que a cadeia interior separa a Província de Minas em duas partes bastante desiguais, dividindo as águas do Rio Doce das do S. Francisco e indo perder-se no Norte do Brasil. Finalmente, mencionei que o espaço compreendido entre as duas cadeias é cortado por outras montanhas e que a região que se estende entre uma cadeia e outra é geralmente coberta de matas, como a cadeia marítima.[15] Era essa rede de montanhas cobertas de florestas que eu pretendia percorrer. Para isso devia, seguindo a direção do Norte, subir a Serra do Mar e descê-la do outro lado, a fim de alcançar a bacia do Paraíba. Depois de atravessar esse rio eu tomaria o rumo do Oeste e transporia a cadeia interior, deixando assim a *região das florestas* para entrar, a oeste da última cadeia, na *região dos campos,* que eu devia atravessar para alcançar a Província de Goiás, depois de ter percorrido a parte mais deserta da Província de Minas Gerais.

Logo que se começa a subir a Serra do Mar já se notam mudanças no aspecto da região. A Natureza não perde nada de sua majestade mas adquire um caráter mais rude e agreste, para isso contribuindo as anfractuosidades do terreno, as rochas nuas que se salientam no meio da mata, o verde carregado da folhagem das árvores. A paisagem faria lembrar os versos sombrios de Ossian não fosse a luminosidade do céu.

---

que a região situada do outro lado da cadeia marítima seria desligada da antiga paróquia para formar uma nova, a de S. José do Sumidouro. Antes dessa divisão, a Paróquia de N. S.ª da Piedade de Inhumirim compreendia mais de 480 habitações e mais de 3.800 adultos *(Mem. Hist.,* III, 255 e seg.). Seria interessante saber dados mais precisos sobre o crescimento que essa região, tão próxima da capital e do mar, apresentou nos últimos anos e poder compará-lo com as mudanças que possam ter havido no interior, a distâncias gradativas da costa e sob influências diversas e bem determinadas.

12 O Sr. Langsdorff tinha acompanhado o Almirante Krusenstern em sua viagem ao redor do mundo. Já mencionei em relato anterior que viajamos juntos até Itajuru, na Província de Minas. Em seguida ele percorreu ainda, sob o patrocínio do Imperador da Rússia, uma parte do interior do Brasil.

13 Encontram-se dados sobre Mandioca nos trabalhos de Pohl e Spix. Raddi deu o nome de *Mandiocana* a um Oxalis que já descrevi detalhadamente na *Flora Brasiliae Meridionalis*, I, p. 118. Mandioca foi comprada pelo governo atual, que ali instalou uma fábrica de pólvora Gardner, *Travels*, 524).

14 *Viagem pelas Províncias do Rio de Janeiro,* etc.

15 Veremos mais adiante que há uma exceção na parte mais meridional da região compreendida entre as duas cadeias, onde, a partir do povoado de Porto da Cachoeira até a cidade de S. Paulo, as terras são em geral planas ou onduladas, cortadas por capoeiras, brejos e pastagens naturais.

A parte da Serra do Mar no sopé da qual está localizada a Fazenda da Mandioca chama-se Serra da Estrela, sem dúvida um nome tomado a uma serra de Portugal situada na Província da Beira.[16] Numa extensão de légua e meia a partir do sopé da Serra, incluindo uma parte já no seu cume, o caminho apresenta uma raridade na região (1819): é pavimentado, e de forma bastante razoável. Contudo, e ainda que suas sinuosidades tenham sido aplainadas com certo engenho e arte, não deixa de oferecer alguns percalços para os homens e os animais. Quando se atinge uma certa altura descortina-se uma boa parte da extensa faixa de terra plana que é a rota dos que vêm de Porto da Estrela. Coberta de capim rasteiro, a faixa vai serpeando entre as colinas cheias de matas como uma fita verde e sinuosa. Ao chegar ao ponto culminante achei-me a 1.099 metros acima do nível do mar, entre os rios que vão desaguar na Baía do Rio de Janeiro e os que engrossam as águas do Paraíba. Iniciei então a descida para alcançar o vale por onde corre esse último rio, e após ter percorrido cerca de três léguas desde que deixara a Mandioca cheguei ao rancho da Fazenda Tamarati,[17] que se encontrava atulhado de tropeiros e mercadorias.

Essa fazenda, situada num recôncavo ainda bastante elevado da serra, é cercada por morros cobertos de mata de cume arredondado. Um deles termina num cocoruto como que talhado a picareta, deixando à mostra a rocha nua e enegrecida, salpicada aqui e ali de suculentas plantas. Abaixo da rocha, e no sopé de uma encosta abrupta e coberta de mata, foram construídos a fazenda e o rancho. A pouca distância dali, à beira da estrada, outro rancho complementa o primeiro. Um riacho, cujo murmúrio pode ser ouvido do rancho,[18] corre por um vale estreito, e suas águas sem dúvida se juntam às do Piabanha, um dos afluentes do Paraíba. Numa das encostas vê-se uma extensa plantação de milho. A altura das montanhas, as matas sombrias que as recobrem, o pico rochoso e negro que domina a fazenda e o vale estreito que se estende a seus pés dão à paisagem um aspecto de grande severidade.

Do outro lado de Tamarati o caminho segue, a meia-encosta, as sinuosidades do vale que já mencionei e onde corre o Piabanha. Toda a região apresenta o aspecto selvagem que em geral têm as terras montanhosas e de vegetação densa. Logo adiante está situada uma bela fazenda chamada Samambaia,[19] e um pouco mais além o vale, até então estreito, torna-se mais largo, deixando ver ao longo das margens do rio uma plantação de marmelo em fileiras cuidadosamente alinhadas. À época de minha viagem as árvores estavam carregadas de frutos maduros. Achamo-nos então nas terras de uma fazenda que tem o nome de Padre Correia,[20] por ser um sacerdote o seu proprietário. Depois dos marmeleiros surgiram numerosos pessegueiros, nos quais também vi frutos maduros (29 de janeiro). A fazenda propriamente dita foi construída num vasto espaço entre os morros, ao nível da estrada.[21] O aspecto desse vale, tão bem cultivado

---

[16] Eschewege. *Journ. von Bras.*, II, 71.

[17] Pizarro escreveu *Itamarati* (*Mem.*, vol. III, 264), e Luccock (*Notes*, 375), *Itamaretê*. Talvez essa última forma indique a verdadeira etimologia de *Tamarati*, que viria das palavras guaranis *ita*, pedra, e *mbaraetê*, fortaleza (A. Ruiz de Montoya, *Tes. leng. guar.*) ou de outros termos análogos tomados a algum dialeto derivado do guarani. Se essa etimologia está certa, como parece plausível, é claro que não se deve usar a grafia *Tamaraty*, como fez o General Raimundo José da Cunha Matos.

[18] De acordo com o que escreveu Pizarro e Raimundo José da Cunha Matos (*Mem. Hist.*, III, 264; *Itin.*, I, 9), é evidente que esse curso de água é o Rio Tamarati ou Itamarati, o qual, segundo o primeiro dos autores citados, nasce no leste para ir lançar-se no Piabanha uma légua adiante.

[19] *Samambaia*, ou melhor, *Çamambaia*, é o nome do grande feto que em tantas regiões invade os terrenos outrora cultivados.

[20] O nome não é *Padre Correo*, como escreveram Mawe, Luccock e Suzannet, nem *Padre Corré*, como escreveu Henderson. Um desses viajantes que acabo de citar (Siz., Soux., 266) diz que *Padre Correia* é hoje um povoado. Sem dúvida foi levado a essa conclusão errônea pelo vasto número de construções que viu no lugar, pois Gardner, que merece todo crédito e passou por ali em 1840, continua a lhe dar a denominação de *Fazenda* (*Travels*, 522).

[21] Cunha Matos (*Itin.*, I, 10) diz que existe no terreiro da *Fazenda de Padre Correia* uma árvore de copa tão extensa que poderia, com o sol a pino, cobrir com sua sombra um batalhão inteiro. Essa árvore por certo rivalizaria com a que abrigou o pequeno exército de Cortez.

entre as ásperas montanhas que o cercam, é algo que surpreende e encanta o viajante. Ali se pode ter uma idéia do que o homem é capaz de realizar nessa terra, com um pouco mais de engenho e esforço. O Abade Correia, que sabia valorizar a propriedade da qual acabo de fazer uma descrição sumária, usufruía no Rio de Janeiro de grande reputação por seus conhecimentos de agricultura. Tudo indica que era merecida. Ele soubera aproveitar a temperatura amena da serra para cultivar um grande número de plantas de origem caucásica ou européia, tendo eu sido informado que só os cravos que mandava vender na cidade lhe rendiam bom dinheiro. Durante o verão, segundo me disseram, ele despachava toda semana para Porto da Estrela uma tropa de burros carregada de pêssegos, que vendia por 10.000 cruzados aproximadamente. Esse fato — diga-se de passagem — vem provar como difere a temperatura da serra da do Rio de Janeiro, pois os pessegueiros da capital não produzem frutos. Às seis da manhã, na planície, o termômetro de Réaumur tinha marcado 23º 1/2, ao passo que ao meio-dia em Tamarati, no alto da serra, indicou apenas 22º 1/2.

Depois de passar pela Fazenda do Padre Correia fomos bordejando uma vasta plantação de milho. Um pouco além, nas margens do rio, um grupo de negros ocupava-se em preparar a terra para o plantio do feijão a ser colhido em junho. O tipo que plantam ali, de maneira que a colheita possa ser feita no inverno dos trópicos, é chamado de feijão-da-seca.

Durante muito tempo o caminho tinha seguido a margem direita do Piabanha. Depois de atravessarmos uma pitoresca ponte passamos para a margem esquerda e seguimos caminho até um rancho extremamente modesto, chamado Sumidouro. Foi ali que dormi no mesmo dia em que saí de Tamarati.

O povoado mais importante que encontrei entre Sumidouro e Boa Vista da Pampulha, onde pernoitei no dia seguinte, foi um lugar denominado Secretário. A partir dali até Boa Vista, a uma légua de distância, contei quatro fazendas, mas de pequenas dimensões. Antes da Fazenda Fagundes,[22] o caminho começa a subir. Passamos por um riacho que corria em sentido contrário ao Piabanha, o qual, como já expliquei, tínhamos margeado na véspera. Nas vizinhanças da fazenda a subida torna-se muito íngreme. As terras naquela região são férteis e o plantio do milho dá bom lucro, mas a prolongada seca que havia na época estava prejudicando bastante a plantação. No verão de 1816/17 as chuvas tinham sido pouco abundantes, e no ano seguinte excessivas. Já no verão de 1818/19 a seca estava fazendo sentir-se de novo. Quando atravessei a Província de S. Paulo, no verão seguinte (1819/20), senti-me extremamente contrariado com a longa temporada de chuvas. Seria interessante verificar se essa singular alternância ocorre regularmente. O que posso assegurar é que não ocorrera nos verões imediatamente anteriores ao de 1916/17, pois quando me encontrava em Itabira do Mato Dentro,[23] fiquei sabendo pelo meu hospedeiro, Capitão Pires, que aquele era o terceiro verão em que eles estavam sofrendo os rigores da seca. E é pouco provável que esse fenômeno se tivesse limitado exclusivamente à região de Itabira.

Voltemos, porém, ao meu itinerário. O curso do Piabanha bastaria para mostrar que, durante longo tempo, o caminho segue um plano inclinado na direção do Norte, embora a descida não seja constante, pois como já disse há um trecho bastante íngreme nas terras da Fazenda Fagundes, no qual se vê um riacho que corre em sentido contrário ao do Piabanha. O povoado de Boa Vista da Pampulha situa-se em ponto mais elevado do que o de Sumidouro, o qual, entretanto, se encontra três léguas próximo da cadeia marítima e, conseqüente-

---

22 *Fagundes* é nome de homem. É errôneo escrever *Fegundes*, como Eschwege, *Fagundas*, como Pohl, ou ainda *Fagunda*, como Walsh.
23 Ver *Viagem pelas Províncias do Rio de Janeiro*, etc.

mente, mais afastado do vale do Paraíba. Logo depois, porém, a partir desse povoado até a beira do rio, o caminho vai descendo sensivelmente.[24]

A única fazenda de dimensões razoáveis que se encontra entre Boa Vista da Pampulha e Governo, onde passei a noite, é a da Cebola,[25] cujo terreiro, enorme e rodeado por numerosas construções, é cortado ao meio pela estrada.

Quando me dirigia de Boa Vista para Governo diverti-me a fazer perguntas a alguns negros de Benguela que encontrei pelo caminho. Disseram eles que no seu país cultiva-se a terra como no Brasil e que as matas são derrubadas e queimadas, sendo esse o trabalho dos homens, ao passo que as mulheres e as crianças cuidam do plantio e da colheita. A semelhança entre as práticas seguidas em Benguela e as adotadas pelos brasileiros não nos deve, entretanto, levar a concluir que em agricultura os negros, os bárbaros e os escravos tenham sido necessariamente os mestres dos portugueses, mais civilizados. Quando estes chegaram à América já encontraram em uso entre os indígenas os métodos de cultivo que agora adotavam, sendo bem provável que a honra caiba aos índios de terem sido seus mestres, e não aos africanos.[26] Entretanto, mesmo que os portugueses não tivessem tido diante dos olhos esse exemplo, a dura necessidade haveria em breve de forçá-los a adotar o modelo indígena.

De fato, que alternativa restava a eles, ao se verem diante de uma mata virgem e necessitando de terra para cultivo, a não ser derrubar a mata e atear-lhe fogo? Seria, pois, injusto reprová-los por terem começado dessa maneira. Todavia, podemos culpar os seus descendentes, e com razão, por continuarem a queimar as florestas quando há agora à sua disposição tanta terra limpa e pronta para o cultivo; por privarem sem necessidade as gerações futuras dos grandes recursos que oferecem as matas; por correrem o risco de despojar as montanhas da necessária terra vegetal e tornar seus cursos de água menos abundantes; finalmente, por retardarem o progresso de sua própria civilização disseminando o deserto à sua passagem, à medida que buscam novas matas para queimar.

Os negros de Benguela a que já me referi antes disseram-me que tinham sido raptados ainda pequenos por uma tribo vizinha, quando se achavam trabalhando no campo com a mãe. Se o tráfico de escravos tivesse sido declaradamente abolido não ocorreriam esses raptos entre os africanos, ou pelo menos seriam mais raros, e cessaria a principal causa das guerras entre as tribos.

Mas no estado atual das coisas, no Brasil, somos forçados a passar pelo desgosto de sermos servidos por escravos, a não ser que nos conformemos, como já expliquei antes, a ficar à mercê de homens livres contratados para nos servirem. Já tive várias e tristes experiências a esse respeito. Quando me dirigia para Governo meu tropeiro declarou-me que havia resolvido voltar para casa, e só a duras penas consegui dele que não me abandonasse num lugar onde eu não conhecia ninguém e me levasse pelo menos até Ubá,[27] onde esperava poder substituí-lo. Por outro lado, mal havia eu chegado a Porto da Estrela e já o pobre Prégent queria voltar para o Rio de Janeiro, sob pretexto de que precisava comprar uma ninharia qualquer, criando com isso um sem-número de problemas durante vários dias. E assim eu me vi às voltas com dois homens que exigiam

---

[24] Reproduzimos abaixo as altitudes anotadas por Eschwege desde o Alto da Serra até as margens do Paraíba:

Alto da Serra	1.607 pés	ou	1.099,55 m
Córrego Seco	2.405 "	"	732,80 m
Sumidouro	1.805 "	"	549,98 m
Boa Vista da Pampulha	1.975 "	"	601,78 m
Margens do Paraíba	610 "	"	185,86 m

[25] Mawe escreve erroneamente *Zabolla*, Luccock *Cebolas*, e Walsh *Saboola*.
[26] Ver *Viagem ao Distrito dos Diamantes e Litoral do Brasil* e *Viagem ao Espírito Santo e Rio Doce*.
[27] Ver *Viagem pelas Províncias do Rio de Janeiro*, etc. É erroneamente que Luccock escreve *Uva* em lugar de *Ubá*. Encontra-se também *Uva* numa "Description de Rio de Janeiro" publicada em *Nouvelles annales des voyages*, vol. IV, cuja leitura não aconselho aos geógrafos que estejam em busca de informações exatas.

de mim coisas opostas, um querendo que eu prosseguisse, outro querendo que eu voltasse. Não pretendo estender-me aqui sobre esses desentendimentos; basta-me dizer que ao continuar o caminho, acompanhado pelos dois, mostrei mais tenacidade do que talvez em qualquer outra circunstância da minha vida.

Depois de Encruzilhada,[28] deixei a estrada principal de Minas Gerais,[29] seguindo pelo caminho da terra[30] para ir a Ubá e me aproximando assim, por um momento, do meu ponto de partida. No lugar denominado Socopira,[31] entrei numa estrada transversal, que me devia levar ao meu destino. Passei por lugares que já havia visitado no ano anterior e cheguei finalmente a Ubá.

Foi a última vez que visitei esse povoado, onde havia passado momentos tão agradáveis e tivera o prazer de observar uma Natureza tão variada quanto exuberante, sem nenhuma das privações com que mais tarde eu teria de pagar tão caro os encantos da viagem. João Rodrigues Pereira de Almeida[32] não se encontrava em Ubá quando ali cheguei, mas na minha visita anterior ele me havia dado várias cartas de recomendação e de crédito para diversas cidades, as quais me foram de grande utilidade. Sem seu apoio e sua amizade — volto a repetir aqui com gratidão — eu não teria completado a minha viagem.

O administrador de sua bela propriedade tomou imediatamente providências para me arranjar um novo tropeiro. Apareceu um homem com boas recomendações e contratei-o à razão de 7.200 réis por mês. José Mariano era o seu nome. Tinha a pele bastante escura, mas como seus cabelos, embora duros e negros, fossem inteiramente lisos e o seu nariz aquilino, é bem provável que corresse em suas veias uma mistura de sangue caucásico, negro e americano. Esse homem possuía no mais alto grau todas as boas e más qualidades que caracterizam os mestiços. Tinha uma inteligência muito viva e uma sagacidade fora do comum, mas era ao mesmo tempo imprevidente, inconstante, perdulário e vaidoso. Ora mostrava-se alegre e jovial, ora assumia atitudes infantis para irritar os seus superiores. Gostava de conversar, e contava as aventuras de todos os tropeiros do Brasil como se tivessem acontecido com ele próprio. Provavelmente jamais fora a lugares mais distantes do que S. Paulo ou S. João del Rei, mas a se acreditar no que dizia já percorrera todo o império brasileiro. Tinha visitado os Campos Parexis, tão pouco conhecidos, e passara ali por mil aventuras maravilhosas. Seu pai — dizia — era um homem branco muito rico, seus irmãos também eram brancos, e ele só me acompanhava por puro amor à aventura, ou melhor ainda, porque o infante D. Pedro lhe tinha rogado com insistência para que o fizesse. Eu me teria sentido muito satisfeito, na verdade, se o seu único defeito fosse sua excessiva vaidade. Mas após alguns dias de bom humor sua fisionomia mudava subitamente de expressão. Ele se fechava num mutismo carrancudo, o riso desaparecia. Quando abria a boca era unicamente para exprimir azedume ou descontentamento. Devia sofrer muito nessas

---

28 Deve ser esse lugar que Pohl e Eschwege chamam de *Lucas*. O último diz mesmo que Lucas tem um outro nome, que lhe escapou. Aliás, *Encruzilhada* é um termo genérico que designa qualquer bifurcação numa estrada.
29 Cunha Matos estabeleceu o seguinte itinerário do Rio de Janeiro a Governo:

Até Porto da Estrela	5	léguas
" Mandioca	2	"
" Padre Correia	5	"
" Rancho do Almeida	3½	"
" Boa Vista da Pampulha	2½	"
" Governo	2½	"
	20½	léguas

30 O *Caminho da Terra* é usado por quem deseja evitar a viagem de barco para ir de Minas ao Rio de Janeiro (Ver *Viagem pelas Províncias do Rio de Janeiro* e *Viagem ao Distrito dos Diamantes*).
31 Registrei a grafia *sucupira* em outro trabalho (*Viagem ao Distrito dos Diamantes*), mas creio que a forma apresentada aqui está mais de acordo com a pronúncia. Parece que chamam também de *sicupira* à árvore da qual a localidade tirou o seu nome, pois foi assim que escreveram autores que devem merecer crédito. (Ver F. Denis, *Brésil*, 60; Gardner, *Travels*, 407.)
32 Posteriormente à minha viagem o Imperador D. Pedro I conferiu-lhe o título de Barão de Ubá.

ocasiões. Suas crises de melancolia duravam geralmente uma ou duas semanas. Passado esse tempo ele voltava à alegria antiga, para tornar a perdê-la logo depois. O leitor verá mais adiante quantos problemas me causaram as esquisitices desse homem e como paguei caro pelos úteis serviços que ele me prestou.

CAPÍTULO II

O CAMINHO DE RIO PRETO. A CIDADE DE VALENÇA E OS COROADOS.

História do Caminho de Rio Preto. Os tocadores de bois e de porcos. O ferrador. O porto da Paraíba. Como os bois atravessam esse rio. Descrição de suas margens. Portagem. Uma estrada intransitável. As matas virgens. Algumas fazendas. Os índios Coroados. A cidade de Valença, sua história e seu estado atual. Reflexões sobre a metamorfose dos povoados em cidades. O Rancho das Cobras. Uma paisagem ao luar. O Rio Bonito.

A estrada que eu devia percorrer para ir de Ubá[1] a S. João del Rei e de lá a Goiás, atravessando a parte ocidental da Província de Minas, tem o nome de Caminho do Rio Preto, pelo fato de atravessar esse rio.[2] Quando se deseja seguir esse itinerário, ao partir do Rio de Janeiro, toma-se inicialmente o caminho da terra, que leva a Pau Grande. Ali a estrada se bifurca: um dos ramos é a continuação do caminho da terra e vai desembocar na estrada principal de Vila Rica à altura de Encruzilhada, como já expliquei, e o outro é o começo do Caminho do Rio Preto, passando pelo povoado de Ubá. Havia muito tempo que esse caminho vinha sendo usado como um atalho, mas unicamente por viajantes a pé, por ser menos longo do que a estrada de Vila Rica. Por ocasião de minha viagem fazia seis anos que tinha sido inteiramente aberto ao público. Entretanto, como sua única vantagem fosse economizar alguns dias de viagem, e os condutores de tropas não se mostrassem dispostos a enfrentar uma estrada que não lhes oferecia nenhuma comodidade, as autoridades resolveram conceder uma diminuição no preço da portagem paga por homens e animais que atravessam o Paraíba no posto de registro[3] do Caminho de Rio Preto. Dessa forma os bois, pelos quais é paga uma pataca no registro do Paraibuna, na estrada de Vila Rica, são taxados em apenas meia pataca no do Paraíba. Os burros de carga pagam 460 réis no primeiro e 80 no segundo, e os homens apenas 80 réis (1819).

Seria necessário que essa estrada oferecesse um número bem maior de vantagens para que fosse mais freqüentada, pois é infinitamente inferior à estrada principal de Vila Rica. Durante o seu percurso são poucas as propriedades, vendas e ranchos que se encontram. Os recursos que oferece são mínimos, e o

---

1 Itinerário aproximado de Ubá ao Arraial de Rio Preto:

De Ubá até Porto do Paraíba	¾	de légua
Até o Rancho da Forquilha	2	léguas
" a Fazenda de Joaquim Marcos (povoação)	4	"
" o Rancho das Cobras	3	"
" o Arraial do Rio Preto	3	"
	12¾	

2 Mais tarde, em fevereiro de 1822, passei por um outro caminho, que começa do outro lado de Aguaçu, próximo de Benfica ou Pé da Serra (ver *Viagem Pelas Províncias do Rio de Janeiro e Minas Gerais*), e vai dar no Caminho de Rio Preto, imediatamente acima de Valença, lugar de que falarei em breve. Foi a Junta do Comércio do Rio de Janeiro que mandou abrir essa estrada, e por essa razão ela é chamada de *Caminho do Comércio*. Também é conhecida por *Caminho Novo* ou *Estrada Nova*. Ainda estava sendo aberta em 1819, quando passei pelo Caminho do Rio Preto. Mais tarde é que foi entregue ao público, sendo provável que a do Rio Preto tenha sido fechada posteriormente para evitar a multiplicidade de postos de portagem.

3 Nome dado aos postos onde se pagam as taxas devidas ao Estado e onde são apresentadas as cartas régias. (Ver *Viagem pelas Províncias do Rio de Janeiro*, etc.)

milho, indispensável aos animais, quase nunca é encontrado. O Caminho do Rio Preto deu-me uma idéia bastante precisa do que devia ter sido a estrada de Vila Rica nos primeiros tempos, logo depois da descoberta da Província de Minas Gerais. Cortando a região montanhosa que se estende desde a cadeia marítima até a do interior (Serra do Espinhaço), a estrada tem necessariamente um percurso altamente irregular. Uma vez que a região das florestas compreende toda a extensão entre as duas cadeias, só se deixa para trás essa região quando se alcança a estrada de Vila Rica, entrando-se na região dos campos[4] unicamente depois de se atravessar a Serra da Mantiqueira, a parte meridional situada no ponto mais ocidental das duas cadeias.

No caminho do Rio Preto encontrei poucas tropas de burros, mas em compensação vi um grande número de porcos e de bois. É por esse caminho que é transportado quase todo o gado destinado ao Rio de Janeiro e oriundo da parte ocidental da Província de Minas, onde a pecuária é bastante desenvolvida. Esses animais não exigem muita coisa para o seu transporte, ao contrário do que ocorre com as tropas de burros, e o uso dessa estrada oferece a dupla vantagem de abreviar a viagem e de serem mais baixas as taxas. Já que o embarque dos bois e porcos traria mais despesas, por serem provavelmente altos os fretes marítimos ou fluviais, eles são levados por terra até Pau Grande e passam pela Serra da Viúva, Aguaçu e Irajá,[5] antes de chegarem ao Rio de Janeiro.

Os bois são enviados à capital pelos marchantes do Sudoeste da Província de Minas, que os compram nas fazendas. Esses negociantes confiam o transporte dos bois e a sua venda aos capatazes, que segundo me disseram, são muito bem pagos. O capataz tem sob suas ordens dois tocadores, ficando cada um deles encarregado de um lote de vinte bois. Eles não exigem dos animais que andem mais de três léguas por dia, mas não permitem que descansem antes de chegar ao seu destino. Já os que são levados do sertão oriental de Minas para a cidade da Bahia costumam ter cada dia de marcha alternado com um dia de descanso.

Os homens que conduzem bois e porcos da Comarca do Rio das Mortes para o Rio de Janeiro são facilmente reconhecidos por sua aparência geral e suas vestimentas. Há entre eles tanto brancos quanto mulatos. Como se acostumam desde cedo a longas marchas e a uma alimentação frugal, são geralmente magros, secos e bastante altos. Sua figura é fina e alongada. Entre todos os mineiros, são eles talvez os que têm a fisionomia mais impassível. Andam descalços, as pernas nuas, uma comprida vara na mão, e geralmente caminham a passos largos. Trazem a cabeça coberta por um chapéu de abas estreitas e copa alta e arredondada (1819), e as fraldas da camisa de algodão vão esvoaçando acima de calções do mesmo tecido. Um colete de um tecido de lã grosseiro completa sua indumentária.

Voltemos, porém, ao meu itinerário. Entre Ubá e o Paraíba — um percurso de apenas três quartos de légua — tive o prazer de ouvir o ferrador ou araponga (*Casmarynchos nudicollis*).[6] O canto desse pássaro não é agradável em si, mas

---

[4] A região das florestas se estende desde o litoral, aproximadamente, até a cadeia interior (Serra do Espinhaço), começando a região dos campos a oeste dessa cadeia. Informações mais detalhadas sobre essa região podem ser encontradas no meu trabalho "Tableau de la végétation de la province de Minas Geraes", publicado nos *Annales des sciences naturelles*, vol. XXIV, p. 64 e seg.

[5] Como já disse mais acima, andei em 1822 por uma estrada (Caminho do Comércio) que na verdade ia desembocar em Aguaçu, mas que ao invés de atravessar a Serra da Viúva passava por outro ponto da cadeia denominado Serra da Estrada Nova, nome que lhe foi dado justamente por causa da estrada. Em 1822 era por ela que passava grande parte dos bois e porcos enviados pela Comarca do Rio das Mortes para o Rio de Janeiro.

[6] Creio já ter visto em algum lugar a grafia *uruponga*, mas a palavra *araponga* já está consagrada pelo dicionário português de Moraes. Aliás, sua etimologia é bastante clara, como se pode verificar no meu segundo relato (*Viagem ao Distrito dos Diamantes*, etc.), e no primeiro (*Viagem pelas Províncias do Rio de Janeiro*, etc). O *ferrador* é hoje suficientemente conhecido para que seja preciso esclarecer que não se trata de uma rã, como acreditou Walsh ao ouvir o seu canto.

tem um fascínio inexprimível ao contrastar com a calma profunda que reina nas matas virgens. O grito do pássaro retine com uma força surpreendente no começo, e à medida que é repetido vai-se enfraquecendo gradativamente até cessar, voltando a soar de novo a intervalos regulares.

Em breve alcancei as margens do Paraíba, no local denominado Porto, onde se atravessa o rio, que naquele ponto deve ter pouco menos de largura do que o Loiret nas proximidades da ponte de Olivet. Ele vai coleando por entre morros pouco elevados, de mata cerrada, que em alguns lugares foi substituída por plantações de milho. Suas águas fluem com rapidez, e em alguns pontos grupos de pedras cinzentas se elevam acima de sua superfície. Não se vê nas suas margens nenhum trecho descampado a não ser no ponto onde se atravessa o rio (1819). Na margem direita há uma venda modesta e um pequeno rancho, e na esquerda fica o posto de portagem, cujo telhado se projeta para a frente, formando uma varanda.

À hora em que cheguei, as margens do Paraíba estavam cheias de bois. Alguns já se achavam na margem direita, enquanto os tocadores se ocupavam em fazer atravessar o resto. Negros armados com longas varas e soltando gritos terríveis forçavam os animais a entrar no rio. Mal se viam na água, porém, eles tentavam voltar à mesma margem, apesar dos golpes que os tocadores faziam chover sobre eles e das canoas que usavam para barrar-lhes a passagem. Ao invés de se dirigirem para a outra margem, os bois se desnorteavam dentro do rio, atropelando-se uns aos outros, e foi com enorme dificuldade que afinal passaram todos para o outro lado. Geralmente os animais que vêm de uma longa viagem e já encontraram outros rios, atravessam o Paraíba sem maiores problemas. Mas não é fácil forçar os bois a atravessarem um curso de água pela primeira vez, sendo comum nessas ocasiões alguns morrerem afogados.

Ali não há balsas, e os viajantes se servem de canoas, conduzidas por dois negros. Houve um tempo em que o posto de pedágio era arrendado, mas posteriormente passou a ser controlado diretamente pelo fisco, e à época de minha viagem rendia anualmente de 12 a 20.000 cruzados. A guarnição do posto de registro compunha-se unicamente de um cabo e de três soldados da guarda nacional (milícia).

Não era aquela a primeira vez que eu passava pelo Porto do Paraíba. Já tinha visitado o lugar quando, em 1816, passara uma temporada na Fazenda de Ubá. Um parente de João Rodrigues Pereira de Almeida resolveu caçar um dia e me convidou para acompanhá-lo. Começamos por atravessar o rio, e mal nos tínhamos embrenhado na mata os cães farejaram um veado e saíram em sua perseguição. O animal se atirou na água e nadou até a outra margem, e nós entramos numa canoa e tornamos a atravessar o rio. Lá eu sentei-me numa pedra e me pus a contemplar as terras que me cercavam. No Porto a paisagem era animada pela presença do homem mas ali a Natureza ainda nada perdera de seu aspecto primitivo. Logo adiante o rio fazia uma curva, impedindo-me de ver a continuação do seu curso, mas pelo que pude perceber ele formava como que um lago comprido, cercado de matas virgens. As águas banhavam as raízes de árvores enormes, e várias espécies de aves aquáticas planavam sobre a sua superfície. Pedras escuras se projetavam acima da água, aumentando a velocidade da corrente, e a celeridade do rio contrastava com a imobilidade das árvores, cujos ramos nem a mais leve brisa agitava.

Naquela época, tão agradável, eu podia me dedicar inteiramente à contemplação dos encantos da Natureza. Já quando voltei pela segunda vez a Porto do Paraíba não foi assim. Os percalços da viagem e acima de tudo os desgostos que me causavam os meus acompanhantes perturbavam constantemente o meu sossego.

Deixei Porto do Paraíba já bem tarde. Como não há naquele ponto uma boa pastagem, os burros são obrigados a se contentarem com uns poucos tufos de capim que crescem junto ao posto de registro. Assim foi que três deles, pertencentes à minha comitiva e insatisfeitos com esse magro regime, atravessaram o rio e tomaram o caminho de volta a Ubá. Foi necessário ir buscá-los, e isso tomou um tempo considerável.

Finalmente reiniciei a viagem. Logo depois de deixar o Paraíba subi durante longo tempo por uma encosta abrupta para alcançar o alto do morro que se ergue atrás do posto. Foi um dos piores caminhos por que já passei em todas as minhas viagens. É muito estreito e suas beiradas não foram desmatadas, como as da estrada de Vila Rica. As capoeiras que ele atravessa conservam-no sempre sombrio e desagradavelmente úmido a qualquer hora do dia. Em quase todo o seu percurso a passagem constante de bois deixou uma sucessão de buracos e saliências, e a lama espessa que recobria os primeiros fazia com que neles se atolassem as patas dos burros a todo momento. E isso não era tudo. Troncos de árvores arrancadas, com suas raízes atravancando o caminho, faziam os animais tropeçarem ou interromperem a marcha.

Mas se por um lado eu mal conseguia dar um passo sem esbarrar com um novo obstáculo, por outro aquele trecho sombrio tinha muitos encantos para me oferecer. As árvores eram tão grossas e de ramagem tão densa que em alguns pontos a vegetação que crescia debaixo delas era extremamente rala, o que é uma coisa rara nessa região. A essa época eu já estava bastante acostumado com as matas virgens; entretanto, não conseguia penetrar nelas sem me sentir tomado de admiração. Que riqueza de vegetação, que pompa, que majestade! Quanta variedade nas formas, quanta beleza nos contrastes! Como faz ressaltar a simplicidade das palmeiras a folhagem composta das mimosas! Como parecem delicados e flexíveis os ramos das Mirtáceas com suas minúsculas folhinhas, ao lado de uma *Cecropia,* que estende suas parcas e rígidas folhas ao feitio de um candelabro! Que delicioso recolhimento nos proporciona a calma profunda dessas matas, só perturbada pelo grito estridente do ferrador ou o barulho de uma cascata!

Entre as árvores que crescem nas matas vizinhas do Paraíba tive oportunidade de ver com renovado espanto uma planta a que dão o nome de cipó-matador.[7] Seu tronco tem aproximadamente a grossura da coxa de um homem, pouco variando o seu diâmetro em todo o seu comprimento. Sua altura chega a 50 ou 60 pés, mas o cipó nunca cresce isolado, sempre se apóia numa árvore mais grossa do que ele, enroscando-se fortemente nela com a ajuda de raízes aéreas que partem de seu eixo principal e vão-se dividindo e subdividindo até terminarem numa franja de radicelas que se grudam à árvore de apoio. Essa curiosa liana é encimada por um pequeno tufo de folhagem formado por um número infinito de delicados ramos, os quais exibem folhas completas mas minúsculas, de formato oblongo-lanceolado.* Foi pelo menos o que pude observar, tendo em vista a distância que me separava do seu topo.[8]

Depois de ter andado duas léguas dentro das sombrias matas do Paraíba, parei num lugar chamado Forquilha. Ali, na frente de uma casinhola, fica localizado o

---

7 Ver meu primeiro relato, *Viagem pelas Províncias do Rio de Janeiro,* etc.
* Pela descrição parece que não resta dúvida que se trata de uma figueira conhecida como mata-pau. Não é uma liana, isto é uma trepadeira, mas uma epífita: a semente germina sobre o ramo de outra planta que lhe serve de suporte. As raízes formadas crescem para baixo, ramificam-se e se enrolam em torno da planta hospedeira. Atingindo o solo nele penetram e se ramificam. Crescem em espessura, soldam-se umas às outras e finalmente impedem o crescimento da planta hospedeira que acaba morrendo. Seu tronco então apodrece e se desfaz mas a esse tempo o mata-pau já tem, em suas raízes crescidas e concrescidas, apoio suficiente para sua própria copa (M. G. F.).
8 Um turista que percorreu em 1842 a América portuguesa escreveu (Suzannet, *Souv.,* 278) que "os brasileiros tinham pavor de atravessar as matas virgens". Não sei de outra pessoa que tenha mencionado esse medo, e durante todo o tempo em que viajei pelo país jamais encontrei alguém que desse disso o menor sinal. Se existe realmente esse receio os colonos devem ser muito infelizes, pois a maioria deles ergueu suas moradas em plena mata, talvez por terem sido mal informados.

rancho dos viajantes. Seu telhado é feito de folhas de palmeira e os esteios de troncos de árvores. Essas modestas habitações, cercadas por paliçadas, foram construídas sobre uma pequena plataforma por baixo da qual passa um riacho e estão rodeadas por todos os lados por morros cobertos de matas virgens. Não obstante pude entrever, por entre as árvores, várias e extensas plantações de milho. As terras me pareceram boas, e o seu proprietário, ou encarregado, me disse que de fato a mandioca, o arroz, o feijão e a cana-de-açúcar davam bons resultados, mas que o milho rendia apenas à razão de 80 por 1.

No Porto do Paraíba, às seis da manhã, o termômetro de Réaumur tinha marcado 20 graus, e no dia seguinte na Forquilha, à mesma hora, só indicou 17 graus e meio. Essa diferença de temperatura se devia sem dúvida à altitude em que me achava, pois desde que deixara o Paraíba eu tinha subido sempre. Depois de Forquilha a subida continua ainda por uma légua, até a Fazenda José Francisco, nome de seu proprietário.

Entre Forquilha e Joaquim Marcos, propriedade de que falarei mais tarde, as margens do caminho em quase toda a sua extensão tinham sido desmatadas. Em alguns pontos, onde em outros tempos a terra tinha sido cultivada, existiam apenas capoeiras. Para a conservação da estrada isso era sem dúvida altamente vantajoso, mas a ausência de sombra tornava o calor tão forte que uma hora depois do pôr do sol tirei da mala o termômetro e verifiquei que marcava 28 graus, de tal forma ela fora aquecida pelos raios do sol.

A Fazenda de José Francisco, a que já me referi acima, tem um engenho de açúcar, que no entanto é usado unicamente para a fabricação de aguardente. Isso ocorre na maioria das propriedades de poucos recursos, já que o fabrico da cachaça exige menos mão-de-obra do que a do açúcar.

Depois de passar por essa fazenda, cheguei à de Joaquim Marcos, situada a 4 léguas de Forquilha. Ali perguntei se tinham milho para me vender, tendo recebido resposta negativa. Bastou, porém, que me declarasse recomendado por João Rodrigues para que pusessem à minha disposição tudo o que eu desejasse. Aliás não foi motivo de surpresa o fato de me ter sido, de início, recusado o pedido. Os proprietários relutavam na ocasião em desfazer-se do seu milho porque a seca desse ano havia causado grandes prejuízos à colheita. Eu próprio tive oportunidade de ver, para os lados de Cavenca, entre Encruzilhada e Ubá, vastas plantações de milho inteiramente ressequidas.

Nas terras da região onde está situada a fazenda de Joaquim Marcos, o milho rende 150 por 1. Ali plantam também mandioca, feijão, cana-de-açúcar e café. Meu hospedeiro contou-me, porém, que a geada causava muitas vezes grandes estragos nos cafezais, o que é suficiente para mostrar a grande diferença de altitude entre essa região e o Rio de Janeiro

Quanto à minha coleção de plantas, ela estava longe de me satisfazer. Jamais me acontecera, em viagens anteriores, encontrar tão poucas espécies em florescência. Mas estávamos em fevereiro, e na Forquilha me disseram que a maioria das árvores floresce em agosto.[9]

Atravessei então as matas nas quais o bondoso José Rodrigues da Cruz, tio de João Rodrigues Pereira de Almeida, tinha outrora desenvolvido grande

---

[9] Como já tive ocasião de mostrar em outro trabalho, não se encontram nas matas virgens tantas árvores floridas quanto se imagina na Europa. "Nas florestas primitivas das regiões equinociais", disse eu, "a maioria das árvores floresce raramente, porque a vegetação, ativada pela umidade e o calor, passa nesses climas privilegiados por raros períodos de repouso, vicejando sempre com igual vigor, ao passo que a flor, em última análise, não é mais do que o produto final de uma vida que se esgota e vai terminar." (*Morphologie végétale*, 35.)*

* Este conceito não deve ser generalizado. Nas florestas virgens, as árvores florescem sim, com certa regularidade e freqüência. O que ocorre é que, sendo muito altas essas árvores, é difícil de se perceber suas flores no interior da mata, geralmente escura. Mesmo de fora da mata, nem sempre se podem ver as flores que, muitas vezes, são pequenas e pouco vistosas. (M. G. F.)

atividade em prol do bem-estar dos Coroados.[10] Provavelmente o próprio caminho do Rio Preto não passa de um alargamento da trilha que esse homem generoso tinha aberto na mata para levar socorro aos seus amados índios.[11] Há apenas cinqüenta anos eles eram os únicos donos dessa região, na qual talvez nenhum homem branco tivesse tido ainda a coragem de se aventurar. E por ocasião da minha viagem, era no meio dos filhos dos portugueses, tornados donos da terra, que erravam os poucos remanescentes de sua nação. Já entre Forquilha e Joaquim Marcos eu tinha encontrado, ao pé de uma árvore, duas índias maltrapilhas, ao lado de um grosso feixe de casca verde de árvore, que elas pretendiam transformar em estopa. Depois de deixar a fazenda de Joaquim Marcos passei por um casal de indígenas. A mulher vestia uma saia e uma blusa de algodão grosseiro, traje, aliás, comum entre as mulheres pobres do campo, e o índio vestia apenas uma camisa, levando na mão um arco e um punhado de flechas. O homem falava bem o português, e fiquei sabendo que tinha vindo ainda pequeno do Rio da Pomba, que sua nação tinha o nome de Esmurim[12] e que ele vivia há muitos anos nas matas vizinhas, no meio dos Coroados.

O nome de Aldeia, dado então (1819) a um aglomerado de casebres que encontrei a uma meia légua da fazenda de Joaquim Marcos, me levou a crer que eu encontraria ali um núcleo indígena,[13] pois é esse o nome que os novos donos do Brasil dão[14] aos agrupamentos dos índios. Entretanto, à época de minha viagem, os únicos habitantes da Aldeia eram os descendentes dos portugueses.

Antes de 1800 ainda não existia esse núcleo indígena. Naqueles tempos os Coroados, donos da região situada entre o Paraíba e o Rio Preto, faziam freqüentes incursões no território das paróquias vizinhas. Entretanto, em obediência a ordens de Luís de Vasconcelos e Sousa, vice-rei do Rio de Janeiro, eles foram finalmente rechaçados pelo Capitão Inácio de Sousa Werneck, em 1789. O vice-rei teve a idéia de aproveitar essa circunstância para civilizar os índios, entregando essa tarefa a Werneck e José Rodrigues da Cruz. Este último, que já mencionei mais acima, era conhecido dos indígenas por sua atuação em benefício deles. Tudo concorreu para que fosse obtido o resultado desejado, o qual, conforme declara Pizarro circunspectamente, consistia em "trazer para o seio da Igreja tantos infiéis e integrar no Estado um povo numeroso, apoderando-se das terras que eles ocupavam sem nenhum proveito para a agricultura". Um padre ficou encarregado de instruir os infelizes Coroados,[15] e construiu-se para eles uma aldeia bastante vasta, que recebeu o nome de Aldeia de Nossa Senhora da Glória de Valença, em honra do vice-rei na época, Fernando José de Portugal, membro da família Valença. Em breve os colonos portugueses se misturaram com os índios, e atualmente, como eu já disse, a aldeia não é mais habitada por

---

10 Convém acrescentar ao nome dos Coroados o de um rio que banha a sua região, o Rio Bonito, dando-lhes assim a denominação de Coroados do Rio Bonito, como fiz em meu primeiro relato, o que evitaria confundi-los com os Coroados de Mato Grosso, os de S. Paulo e ainda os do Rio Chipotó, mencionados pelo excelente Marlière e sobre os quais Spix e Martius publicaram interessantes informações.

11 Ver *Viagem pelas Províncias do Rio de Janeiro*, etc.

12 Segundo Spix, Martius e Eschwege, as margens do Rio da Pomba, afluente do Paraíba, são habitadas por uma pequena nação dos Coropós. É bastante provável que os Esmurins constituam uma subdivisão dessa tribo, pois Eschwege afirma que um grande número de Coropós tinha deixado suas terras e penetrado na Província do Rio de Janeiro.

13 Veremos mais adiante que a Vila de Valença é, na realidade, uma aldeia indígena.

14 Em Portugal os pequenos povoados têm a denominação de aldeia (veu meu primeiro relato).

15 O nome de Coroados é o único que se encontra nas *Memórias Históricas* de Pizarro (vol. C, 288), e é também o único admitido na região pelos luso-brasileiros. Não devemos esquecer, porém, que esse nome não passa de um apelido tirado da língua portuguesa. Por conseguinte, as tribos aos quais deram esse nome deviam realmente ter outros nomes. Fiquei sabendo pelos indígenas que viviam a poucas léguas da aldeia que esta se compunha de duas tribos, a dos Tampruns e a dos Sararicões (ver meu primeiro relato, *Viagem pelas Províncias do Rio de Janeiro*, etc.). Entretanto, Casal, e depois dela Walsh, escreveram que a população da Aldeia de Valença se compunha de quatro tribos: os Puris, os Araris, os Pitas e os Chumetos. Aproveito para dar aqui a grafia correta de Sararicões, que por um lamentável erro de impressão saiu escrita de outra maneira em meu primeiro relato.

estes.[16] Em 1813, José Caetano da Silva Coutinho, Bispo do Rio de Janeiro, visitou a Aldeia de Valença e achou de bom alvitre transformá-la em sede de uma paróquia, estabelecendo como seus limites o Paraíba, o Rio Preto, a Paróquia de Santa Ana do Piraí e a de Conceição da Paraíba Velha. E em agosto de 1817 o Rei ratificou definitivamente as medidas tomadas pelo bispo.[17]

Por ocasião de minha viagem, em 1819, a Aldeia, que fica situada num pequeno descampado, entre morros cobertos de matas, compunha-se de apenas uma vintena de casas, a maioria das quais ainda inacabadas, não datando as mais antigas de mais de doze anos.[18] Essas casas, isoladas umas das outras, tinham uma aparência miserável, sendo mais da metade constituída de vendas de ínfima categoria, onde o máximo que se podia comprar era uma garrafa de cachaça. Nessa época a Aldeia ainda não tinha uma igreja propriamente dita, sendo o pároco obrigado a celebrar a missa numa humilde capela. Três anos mais tarde, em 1822, tornei a passar por ali. Nesse intervalo as terras das redondezas se tinham tornado mais povoadas, a aldeia já contava com umas sessenta casas e estava sendo construída uma pequena igreja de pedra.[19] As melhorias ainda não eram dignas de nota. Entretanto, a Aldeia passara a ser, sob o pomposo nome de Vila de Valença, a sede de um termo,[20] cujos limites iam, como o território paroquial, desde o Paraíba até o Rio Preto.

Creio que será interessante ver o que escreveu sobre a metamorfose de povoados em cidades um homem que viveu longo tempo entre os brasileiros e se achava a serviço do governo. "Estava na moda, nos últimos anos", escreveu Eschwege, "elevar a cidade os povoados mais insignificantes. Mas raramente era o bem comum que se consultava quando eram feitas as mudanças. Se traziam proveito para um pequeno número de indivíduos, a grande maioria dos habitantes tinha de se conformar com elas. Quando um povoado é elevado a cidade ele passa a ter sua justiça própria, o que acarreta a nomeação de vários funcionários cuja manutenção vai onerar os bolsos dos cidadãos. A paz do lugar logo é perturbada pela chegada de um batalhão de funcionários subalternos, que têm o dom inato de provocar querelas, sem as quais parece que não sabem viver... Os homens mais felizes e mais tranqüilos que há no Brasil são os que vivem em lugares distantes de um forum. Quando surge alguma disputa entre eles a questão é resolvida amigavelmente, ou então faz-se justiça pelas próprias mãos... matando-se o desafeto. É a barbárie, não há dúvida, mas não é muito pior, certamente, do que a maneira pela qual a justiça oficial é feita, pois a parcialidade inerente aos juízes traz quase sempre como resultado que nunca seja o mais fraco e o pobre que esteja com a razão. Os processos arruínam as famílias, e uma vez formado um projeto de vingança não há de ser o temor da justiça que irá impedir a sua execução... Um velho de oitenta anos, que amava a Deus e a seus semelhantes, contou-me que tinha mudado de domicílio várias vezes, escolhendo sempre lugares onde não havia chegado ainda nenhuma autoridade judiciária, civil ou eclesiástica, não que tivesse cometido qualquer crime, mas porque temia que lhe

---

16 É claro que Spix e Martius foram mal informados quando lhes disseram que o estabelecimento de uma colônia suíça nos arredores do Rio de Janeiro tinha levado os índios a abandonar a Aldeia de Valença. Na verdade essa colônia ainda não existia no início de 1819, época de minha viagem, e no entanto só encontrei ali descendentes de portugueses.

17 Os dados históricos que dou aqui sobre Valença foram todos tirados, praticamente, de Pizarro (ver *Memórias Históricas*, vol. V).

18 Pizarro diz que em 1814 havia na Aldeia 119 habitantes e 688 adultos, sem contar os índios, acrescentando que ao escrever seu livro, datado de 1820, o número de habitantes chegava a 1.000. É de supor que devido a alguma confusão de sua parte — fato infelizmente comum em suas *Mem. Hist.*, obra sob outros aspectos tão útil e notável — o autor tenha considerado erroneamente como a população da Aldeia de Valença a soma de todos os habitantes da paróquia.

19 Walsh, que passou por Valença no início de 1829, diz que nessa época a igreja já estava pronta, mas a vila contava apenas com umas sessenta casas. Por conseguinte, se houve algum progresso de 1819 a 1822, a partir daí o povoado permaneceu estacionário, o que se deve atribuir às desvantagens de sua localização.

20 Termo corresponde à jurisdição de um juiz de 1.ª instância; a cabeça de um Termo recebe o nome de vila. (Ver meu primeiro relato).

imputassem algum." *(Brasilien di Neue Welt,* II, 49.) É pouco provável que tudo, nesse relato, seja desprovido de verdade. Mas sabemos que, à medida que aumenta sensivelmente a população de um país, não se pode abandoná-la inteiramente à própria sorte, por assim dizer, sem lei e sem regra, e que permitir o seu retorno à selvageria seria ainda pior do que fazer com que corra o risco de se ver dirigida por magistrados corruptos, os quais nem sempre conseguem, ainda que o queiram, afastar-se das regras e da disciplina que mantêm a civilização.

No que diz respeito a Valença, em particular, não sei dizer se a transformação desse povoado em cidade poderia ser justificada pela distância que a separava do forum da qual ela dependia anteriormente, pelas dificuldades de comunicação ou qualquer outra circunstância. O que é certo, porém, é que não se pode aceitar como justificativa para essa mudança nem o número de pessoas que se tinham estabelecido ali à beira da estrada, nem a população do povoado propriamente dito, para o qual a designação de cidade soa inteiramente ridícula. Aliás, se achavam necessário a existência de uma cidade nessa região, parece-me que não seria Valença a escolha ideal, pois o lugar é distante de qualquer rio e um dos mais tristes por que já passei na Província do Rio de Janeiro. Nas margens do Paraíba, onde a correnteza não fosse muito forte, é que deveria ter sido fundada a nova cidade. A construção de uma igreja e a isenção de uma parte dos impostos teriam em breve atraído para o local um bom número de famílias, que formariam o núcleo inicial da sua população.

Depois desses dados sobre a história de Valença e o estado atual dessa insignificante cidade, eu poderia falar de seus antigos habitantes, os Coroados, se já não tivesse escrito pormenorizadamente sobre esses índios, em outra ocasião. Acrescentarei, entretanto, que Firmiano, o qual se divertia em chamar de tios os chineses que eram vistos então no Rio de Janeiro, se recusou a admitir como seus parentes os Coroados do Rio Bonito. Há certamente uma diferença muito grande entre estes e os Botocudos para que se possa atribuir-lhes uma origem comum, a menos que essa origem remonte a uma época sobre a qual o máximo que podemos fazer são vagas conjecturas. Se os Botocudos descendem, como dizem, dos antigos Tapuias, [21] não é admissível que os Coroados se originem igualmente do mesmo tronco. Todavia, se não contamos com dados precisos sobre os seus ancestrais mais remotos, sabemos pelo menos quais foram eles em épocas mais recentes. Parece certo que seus ancestrais diretos foram os Goitacazes, os quais, escorraçados pelos portugueses, por volta de 1630, dos campos vizinhos à foz do Paraíba (Campos dos Goitacazes), se dispersaram pelas matas de Minas e do Rio de Janeiro. Essa tribo não conseguiu conservar, no meio das matas quase impenetráveis, os hábitos que tinham adquirido durante o tempo que viveu em campo aberto. Tiveram de desistir de seus longos cabelos, e a maneira como os cortaram levou os usurpadores de suas terras a lhes darem o nome de Coroados.[22] No presente, talvez fosse útil à história dos indígenas procurar saber se todas as tribos que agora têm esse nome descendem igualmente dos antigos Goitacazes. A comparação do vocabulário dos Coroados do Rio Bonito com o dos Coroados do Rio Chipotó, que já mostrei em outra parte, e enviada a Eschwege pelo nosso digno compatriota, Guido Thomas Marlière,[23] mostra que embora existam sensíveis diferenças entre os dois idiomas eles são ainda bastante semelhantes para que se possa admitir, sem receio, uma origem comum. As diferenças se explicam, aliás, pela facilidade com que se alteram as línguas que nunca foram registradas pela escrita. Os Aimorés, separados dos

---

21 Os índios civilizados do litoral e os portugueses que vivem no meio deles dizem atualmente Tapuios, usando a palavra como um apelido pejorativo que aplicam aos indígenas ainda em estado selvagem. O meu Botocudo era para eles um Tapuio.
22 Ver meu segundo relato, *Viagem ao Distrito dos Diamantes,* etc.
23 *Viagem pelas Províncias do Rio de Janeiro,* etc.; Eschwege, *Brasilien,* etc., vol. I.

Tapuias, perderam o seu idioma e formaram um outro.[24] E os nossos dialetos, numa mesma província, apresentam modificações mais ou menos notáveis. Finalmente, é sabido que as crianças que brincam sempre juntas costumam forjar palavras que só elas próprias entendem. Não nos deve causar surpresa, por conseguinte, a grande variedade de línguas que se espalharam por todo o Brasil, onde uma infinidade de tribos viviam isoladas umas das outras. Da mesma forma, não deve espantar o fato de que as tribos dos Goitacazes, depois de dois séculos de separação, não falem mais exatamente a mesma língua. Mas essa mudança se faz necessariamente de maneira gradativa. Uma vez que ainda existem no dialeto dos Coroados do Rio Chipotó e no dos indígenas do Rio Bonito indícios bastante evidentes de uma origem comum, essas características deviam ser encontradas também no idioma dos Coroados da Província de S. Paulo, já que eles descendem igualmente dos Goitacazes e a sua dispersão ocorreu na mesma época. Entretanto, não é o que acontece. A comparação do vocabulário de Marlière e do meu que fiz do idioma dos Coroados dos Campos de Guarapuava, na Província de São Paulo, não me apresentou um único termo comum, e as duas únicas palavras mais parecidas que encontrei foram *nhim* e *inhiné,* que significam *nariz* e pertencem respectivamente aos índios do Rio Bonito e aos de São Paulo. Aliás, os traços físicos desses últimos são muito agradáveis, a julgar pelas duas mulheres que vi em Curitiba, em 1820. Em contraposição, não há índios mais feios do que os do Rio Bonito, conforme já tive oportunidade de dizer em narrativa anterior. As duas tribos não têm, pois, nada em comum a não ser o nome, que na verdade não é realmente o seu, já que lhes foi dado pelos portugueses, e nem mesmo indica uma semelhança perfeita na sua maneira de cortar os cabelos. Os Coroados de São Paulo fazem uma espécie de tonsura no alto da cabeça, ao passo que os do Rio Bonito reduziram sua longa cabeleira a uma carapaça arredondada, à maneira dos Botocudos.[25] Se os primeiros não se originam dos antigos Gontacases, com mais razão não devem também descender deles os Coroados ou Cavaris de Mato Grosso, que vivem numa região infinitamente mais distante que São Paulo e Curitiba dos campos outrora habitados por esses mesmos Goitacases,[26] e constituem, talvez, uma simples tribo dos Bororos.[27]

Volto ao relato de minha viagem, depois dessa digressão talvez demasiadamente longa.

Entre Valença e o rancho das Cobras só de vez em quando se encontram matas virgens margeando o caminho. Na maior parte do percurso elas tinham sido cortadas e substituídas por capoeiras, o que nos fazia sentir o calor de uma maneira insuportável. Pode-se ter uma idéia de sua intensidade se eu disser que o termômetro de Réaumur marcava às quatro horas da tarde 26 graus e meio à sombra.

Nesse dia não encontrei nenhuma fazenda, apenas alguns casebres. Era fácil perceber que as terras da região mal começavam a ser cultivadas e que unicamente a estrada havia atraído moradores para ali.

---

24 Ver a citação feita por Ferdinand Denis de um antigo manuscrito, em sua excelente obra intitulada *Brésil*, p. 210.
25 *Viagem pelas Províncias do Rio de Janeiro*, etc.
26 Um cientista que explorou durante oito anos a América espanhola, mas não percorreu o Brasil (Alf. d'Orb., *Voy.*, I, 28), diz que o nome de Goitacases vem das palavras guaranis *gunta* e *caa (viajantes das matas)*. Sem rejeitar inteiramente essa etimologia, eu gostaria de observar que chamar de viajantes das matas a habitantes de uma das regiões mais descampadas do Brasil constitui uma singular incongruência. Gostaria igualmente de acrescentar que os Goitacases, que não falam absolutamente a língua geral, tinham primitivamente o nome de Ouetecas ou Goaiatacases. Por conseguinte, é provável que os portugueses tenham deturpado este último nome, transformando-o em Goitacases, (Léry, *Hist.*, 3.ª ed., 45; South, *Hist.*, II, 665; Ferdinand Denis, Brésil, 368.)
27 Casal, *Corog.*, vol. I, 302; Pizarro, *Mem.*, IX, 105.

Pernoitei no rancho das Cobras,[28] distante duas léguas e meia de Valença Às nove horas da noite, quando já me achava instalado no rancho, o luar era tão claro que se podia ler sem necessidade de outra luz. A frescura reinante ali me parecia particularmente deliciosa, tendo em vista o calor insuportável que eu sofrera durante todo o dia. Não havia sinal de vento, e do rancho cujo teto era sustentado por simples mourões, eu podia contemplar à vontade a paisagem que se estendia diante de mim. Achávamo-nos num pequeno vale rodeado de colinas e separado do lago unicamente pela estrada. Quase à beira da água via-se um casebre cercado de bananeiras, e do outro lado do lago um morro, cujas encostas se achavam, na época, cobertas por um milharal. No seu topo havia um tufo de árvores e algumas choupanas esparsas. Nas suas duas extremidades o vale é limitado por densas matas. Enquanto eu me dedicava à contemplação da paisagem, o coaxar de milhares de rãs, misturado ao estridular de várias espécies de cigarras formava um ruído contínuo e confuso que não deixava de ter o seu encanto.

O trecho que se percorre para ir do rancho das Cobras ao Rio Preto é totalmente montanhoso e coberto de matas virgens, e quando se chega a um ponto mais elevado, de onde se pode descortinar grandes extensões de terras, não se vê absolutamente mais nada a não ser montanhas e florestas.[29]

Depois de percorrida a primeira légua encontra-se, numa baixada, o Rio Bonito, que na ocasião da minha viagem não tinha mais do que dois pés de profundidade. Entretanto, depois de chuvas prolongadas a sua travessia se torna muito perigosa. Depois desse rio, que provavelmente é afluente do Rio Preto, surgem alguns casebres miseráveis.[30]

Depois de atravessar o Rio Bonito parei por um instante numa venda, mas não encontrei ali nem um punhado de açúcar mascavo.[31] Aliás, não foi essa a única venda completamente desprovida de tudo que encontrei no caminho.

Um pouco antes de se chegar ao Rio Preto descortina-se do alto de um outeiro uma vista bonita. As montanhas recuam bruscamente, formando uma garganta larga e profunda onde se vêem algumas choças. A encosta do outeiro é coberta de árvores no meio das quais vicejava na ocasião uma plantação de milho. Ao longe vê-se a entrada do Arraial do Rio Preto, que forma o limite da Província de Minas Gerais.

---

28 Esse lugar é também denominado Aldeia das Cobras, o que leva a crer que outrora tenha existido ali uma aldeia de índios.

29 Ainda era assim em 1822.

30 Ao falar de Rio Bonito, Walsh exprime-se da seguinte maneira: "Os ratos dessa região são de uma espécie totalmente selvagem. Vivem nas matas e ali adquirem a mesma ferocidade dos outros animais da floresta, sendo em geral grandemente temidos. Vinte escravos pertencentes a um fazendeiro dos arredores foram quase devorados por eles. Os infelizes achavam-se de tal forma exaustos e dormiam tão profundamente que os ratos chegaram quase a devorar-lhes os artelhos antes que eles tivessem tempo de soltar um grito. Semelhantes acidentes são muito comuns. (....) Uma pobre vaca foi a primeira coisa que vimos ao nos levantarmos (....) Suas pernas tinham sido dilaceradas pelos dentes dos ratos, e os morcegos haviam-lhe dado profundas mordidas no pescoço, de onde ainda escorria sangue. Seu estado era uma prova da ferocidade dos terríveis animais que tinham sido nossos companheiros durante a noite" *(Notices of Brazil,* vol. II, 54). Devo esclarecer, porém, que nem em Rio Bonito, nem em outro lugar qualquer, tive ocasião de ver esses ferozes animais, não tendo mesmo jamais ouvido alguém mencioná-los.

31 No Brasil não se fabricam pães-de-açúcar (1822).

CAPÍTULO III

ENTRADA DA PROVÍNCIA DE MINAS GERAIS PELO RIO PRETO.
O POVOADO DESSE NOME. A SERRA NEGRA.

O Rio Preto. Posto fiscal à entrada da Província de Minas Gerais. Visita a alguns doentes. O Arra'al de Ouro Preto, sua história e dados sobre o seu estado atual. Continuação da viagem. O rancho de S. Gabriel. Coleta de plantas na Serra Negra. Estrada deserta. Choupana de Tomé de Oliveira. A Serra da Mantiqueira. Choupana do Alto da Serra.

Foi para o Arraial do Rio Preto que eu me dirigi. Pouco antes de chegar a esse povoado atravessei o rio que lhe dá o nome e é um dos afluentes do Paraíba.[1] A ponte por onde passei é de madeira e mede 150 passos de comprimento. Até então eu vinha viajando através da Província do Rio de Janeiro, mas ao passar para a margem esquerda do Rio Preto já me encontrava na de Minas Gerais. Não foi sem uma certa emoção que me vi de novo nessa terra hospitaleira, onde havia permanecido durante quinze meses e onde tinha recebido tantas atenções e gentilezas.

A poucos passos da ponte há um galpão aberto dos quatro lados e armado sobre mourões. É ali o registro (posto fiscal) onde se descarregam os burros que entram e saem da Província de Minas. Os fardos dos que estão saindo são abertos e examinados para ver se não levam nem ouro nem diamantes, e os procedentes do Rio de Janeiro pagam a taxa de portagem, sendo igualmente examinados a fim de se verificar se não estão trazendo para Minas falsas licenças de permuta[2] ou cartas, sonegando assim ao correio o que lhe é devido. As taxas são calculadas ali, como em Matias Barbosa e em Malhada,[3] sobre o peso das mercadorias, sem nenhuma relação com o seu valor intrínseco ou o seu grau de utilidade.[4]

A guarnição do registro é composta por dois funcionários civis, um administrador que faz a cobrança, um escriturário, além de seis soldados do Regimento de Cavalaria de Minas, comandados por um furriel e um cabo.[5] Os funcionários civis são os únicos permanentes. Os soldados e o comandante são trocados de tempos em tempos.

Fui isentado dos dissabores de uma revista devido aos salvo-condutos que trazia, fornecidos pelo ministro do Estado

---

1 Casal, *Corog. Bras.*, vol. I, 367.
2 Os bilhetes de permuta eram fornecidos pelas casas de permuta, em troca de pequenas quantidades de ouro em pó. (Ver *Viagem pelas Províncias do Rio de Janeiro*, etc.).
3 Ver *Viagem pelas Províncias*, etc.
4 Sabe-se que os economistas condenam vivamente as alfândegas no interior e que Horace Say aconselhou veementemente a sua supressão às autoridades brasileiras em seu excelente livro *Histoire des relations commerciales entre la France et le Brésil*, 1840. O governo finalmente percebeu quais eram os reais interesses do país. O registro de Matias Barbosa, na estrada que liga Minas ao Rio de Janeiro, já não existe (Suzannet, *Souv.*, 268), e é pouco provável que os outros tenham sido conservados. A supressão das alfândegas no interior tem enorme importância para o Brasil, porquanto elas constituíam uma barreira entre as províncias e eram baldados os esforços do governo para aproximar umas das outras, imbuir em todos os seus habitantes o mesmo espírito e apagar qualquer vestígio de rivalidades mesquinhas e desintegradoras, que resultavam em grande parte do antigo sistema colonial e dos obstáculos opostos às comunicações mais indispensáveis.
5 No Brasil como em Portugal, os nomes de furriel, sargento e cabo-de-esquadra, ou simplesmente cabo, são usados tanto na cavalaria como na infantaria.

Instalei-me, para passar a noite, sob o galpão, que servia de posto fiscal, como já expliquei, e me dediquei a observar as plantas apesar da enorme algazarra que se fazia à minha volta. Minha ocupação fez com que me julgassem um médico, e apesar dos meus protestos de ignorância do assunto o suboficial insistiu para que eu fosse ver dois soldados seus que estavam doentes. Para não mostrar má vontade acompanhei-o até o alojamento deles e lhes fiz algumas prescrições inteiramente inocentes. Espero que os Céus tenham abençoado os meus préstimos.

Terminada a visita, o comandante me levou ao alto de um outeiro, de onde se tem uma visão panorâmica do Arraial do Rio Preto. O rio do qual ele tem o nome vai serpeando vagarosamente através de um amplo vale limitado por uma alta montanha, e quando não transborda do seu leito deve ter aproximadamente uns sessenta passos de largura. A ponte de madeira que o atravessa tem um aspecto muito pitoresco. Na extremidade que vai dar no arraial foi erguida uma cruz e, segundo o costume, há ali um tronco com um quadro em que são representadas as almas do Purgatório. O arraial foi construído na margem esquerda do Rio Preto, num pequeno descampado entre o rio e as montanhas. É composto quase que unicamente de uma rua muito comprida, paralela ao rio e contando com umas cinqüenta casas. As casas são baixas, estreitas e afastadas umas das outras, todas com um pequeno quintal onde se amontoam desordenadamente bananeiras e laranjeiras. Há várias vendas no lugar, e algumas lojas de artigos diversos. O arraial conta com uma igreja, mas não é paróquia. Em 1819 pertencia à Paróquia de Barbacena, distante dali mais de vinte léguas, e nenhum padre vinha oficiar na sua igreja. Mas quando tornei a passar por ali em 1822, já contava com um capelão[6] e não pertencia mais a Barbacena, tendo sido incorporado a outra paróquia mais próxima, cuja sede é o povoado de Ibitipoca. No que se refere ao governo civil, o Rio Preto depende (1822) do termo[7] de Barbacena e da Comarca de S. João del Rei ou Rio das Mortes, o mesmo acontecendo com toda a região que percorri até o Rio Grande.

A formação do Arraial do Rio Preto data de muito poucos anos, e sua história é a da maioria dos povoados da Província de Minas Gerais. Seus primeiros habitantes foram atraídos para ali pelo ouro que havia outrora em grande abundância no leito do rio. Ainda se vêem atualmente nas suas margens alguns montes de pedras, resíduos das lavagens. Mas o ouro se esgotou, os braços começaram a faltar, e os habitantes do Rio Preto acabaram por renunciar inteiramente ao trabalho de garimpo. No momento vivem apenas do produto de suas terras. A passagem das tropas de burros por ali lhes garante um comércio fácil, tanto mais quanto, antes de chegar ao arraial, o viajante procedente do Rio de Janeiro percorre um longo trecho sem encontrar uma única povoação. Todavia, as terras que circundam o Rio Preto são saibrosas e pouco férteis, e embora a qualidade do açúcar de cana produzido ali seja muito boa, sua quantidade é pequena.

Entre Rio Preto e S. Gabriel[8] a região, muito montanhosa e cheia de matas, é bem menos cultivada do que a que eu vinha percorrendo havia alguns dias. Uns poucos e miseráveis casebres é tudo o que se encontra pelo caminho (1822), e em quase toda a sua extensão a mata chega até à beira da estrada, com suas

---

6 Sobre a hierarquia eclesiástica na Província de Minas, ver meu primeiro relato, *Viagem pelas Províncias do Rio de Janeiro*, etc.
7 Os termos são divisões das comarcas, como estas são divisões das províncias.
8 Itinerário aproximado do Arraial do Rio Preto até a orla das matas:

Do Arraial do Rio Preto ao Rancho de S. Gabriel ...... 2½ léguas
Até Tomé de Oliveira (habitação) .... 2½ "
" Alto da Serra (rancho) .... 3 "

8 léguas

árvores altas e copadas proporcionando boa sombra. O caminho é ruim, o terreno arenoso, as encostas muito íngremes. Como eu viesse subindo sempre desde que deixara o Paraíba, já não sentia tanto calor. Nas matas encontrei algumas plantas que ainda não tinha visto desde que começara a minha nova viagem. Muito antes de se chegar a S. Gabriel a paisagem se torna mais austera. Avista-se então a Serra Negra, uma das montanhas mais altas dos contrafortes que se estendem, como já disse, desde a Serra do Mar até a do Espinhaço.

O rancho de S. Gabriel, onde passei a noite, fica situado numa grota quase ao pé da Serra Negra, junto de um riacho também chamado S. Gabriel. É rodeado de sombrias florestas e altas montanhas por todos os lados, sendo a serra a mais elevada. Admirável solidão e quietude a desse lugar, com sua austera majestade, sem que no entanto nos inspire melancolia.

O rancho pertence a uma pequena casa junto da qual há uma venda muito mal provida de mercadoria. Seu telhado é coberto de troncos de palmeira, bem como o da casa. Os troncos são cortados ao meio no sentido longitudinal e a polpa é retirada, formando-se assim uma espécie de calha. Em seguida são colocados sobre o teto, exatamente como se fossem telhas, isto é, uma fileira côncava ao lado de uma convexa e assim por diante. Observei em 1822 que em Valença havia muitas casas cobertas dessa maneira.

Eu não poderia passar tão perto da Serra Negra[9] sem nela penetrar para recolher espécimes vegetais. E foi a essa tarefa que me dediquei no dia seguinte ao da minha chegada a S. Gabriel. Logo depois de atravessar o riacho desse nome achei-me num terreno composto de um tipo de quartzo branco triturado em partículas não muito pequenas e misturado a uma leve camada de terra vegetal. Esse terreno é semelhante ao que se encontra nas partes mais elevadas da montanha e sua vegetação é igualmente composta de arbustos. Entre eles já comecei a ver plantas que iria encontrar mais adiante, em pontos muito mais elevados, tais como Ericáceas e Melastomáceas (n.º 53).[10] Mal tinha eu caminhado alguns instantes e já o calor do sol se tornava mais brando e as árvores altas e frondosas começavam a aparecer de novo. Isso tende a provar que a natureza do terreno contribui, no Brasil, pelo menos tanto quanto a altitude, para produzir mudanças na vegetação.[11] Assim é que, na região da Vila de Vitória, em lugares que estão quase ao nível do mar e apresentam uma mistura de areia branca e terra preta, encontrei alguma coisa da vegetação das elevadas montanhas da Província de Minas, onde eu já tinha observado que era análoga a composição do terreno.[12] De resto, devo dizer que as árvores altas e copadas que mencionei há pouco, ao crescerem em solo arenoso embora de certa maneira fértil, estão longe de ter o vigor das que florescem nos terrenos de boa qualidade.

Continuando a subir, alcancei um terreno onde a areia, abundante e grossa, está misturada com um pouco de terra cinzenta. Entre as várias composições do solo que encontrei durante o resto da subida é a areia que predomina. Quando a terra se torna muito arenosa a vegetação muda de novo, e à exceção de pequenos trechos, só se encontram tufos de árvores pequenas, comprimidas umas contra as outras, de tronco ereto e dois ou três metros de altura. Entre essas arvoretas algumas são mais comuns do que outras, como por exemplo as Ericáceas e as Melastomáceas, a que já me referi, uma *Cassia* (n.º 6) e uma Composta (n.º 60). De modo geral, porém, não se encontra na serra nenhuma planta que caracterize verdadeiramente a sua vegetação. Todavia, tive a satisfação de re-

---

9 Não confundir essa serra com outras do mesmo nome que existem no Brasil. Ela não está incluída na série de *Serras Negras* indicadas na *Corografia Brasílica* de Casal.
10 Esses números referem-se às notas descritivas encontradas no final de cada volume.
11 É evidente que não ocorreria isso se as montanhas do Brasil fossem muito mais elevadas.
12 Ver *minha Introduction à l'histoire des plantes les plus remarcables du Brésil et du Paraguay*, p. 25.

colher ali um grande número de espécies diferentes. A pouca distância do cume, num trecho pouco extenso onde a terra é particularmente árida, os arbustos desaparecem por sua vez, cedendo lugar a um subarbusto, a *Lavoisiera centiformis,* var. *insignis (Lavoisiera insignis,* DC.), n.º 79, melastomácea de frutos sésseis e folhas dispostas em quatro fileiras. Nos lugares onde a vegetação era mais exuberante pude apreciar uma Apocinácea (n.º 67), que, enroscando-se em torno do tronco e dos galhos das árvores, as enfeita com suas belas flores cor-de-rosa em forma de funil e maiores do que as de *Nerium oleander.* Nas proximidades do cume da montanha vêem-se muitas árvores de troncos finos, retorcidos e enfezados, das quais pendem diversas espécies de liquens. Minha coleta de plantas foi tão produtiva que o meu papel acabou antes que eu alcançasse o alto da montanha. O dia já ia avançado e resolvi voltar. Todavia, alcançara um ponto suficientemente elevado para que pudesse abarcar com a vista grande extensão da região. E o que se estendia diante de mim eram só montanhas cobertas de matas, sendo que as mais elevadas mostravam numa certa altura uma zona de cor mais clara, formada por arbustos que cresciam acima das matas virgens.

O caminho passa pela Serra Negra, mas quem quiser evitar a subida, terrivelmente íngreme, pode usar uma estrada de contorno, e não acredito que haja tropeiros bastante audazes para não escolherem esta última. De fato, o caminho é praticamente intransitável e em alguns pontos não passa de uma trilha estreita aberta sobre rochas escorregadias, quase a pique, onde se caminha à beira de fundos precipícios.[13]

Todos dizem que comumente se encontram onças na serra, mas não vi nenhuma. Encontrei dois homens, um levando uma pistola, outro um facão. Era provavelmente com a intenção de se defenderem das feras que se achavam armados, pois ambos me desejaram bom dia com grande polidez, tirando seus chapéus.

Eu havia recolhido na montanha cerca de sessenta espécies de plantas e, desejando estudá-las, passei mais um dia em S. Gabriel.

No dia seguinte reiniciei a viagem, escolhendo o caminho que contorna a Serra Negra. Fazia três anos que tinha sido aberto ao público e, segundo me disseram, era a Antônio Francisco de Azevedo, um rico vendedor de burros, que devia ser dado o crédito da empreitada. O Intendente da Polícia, informaram-me ainda, tinha prometido a esse homem que se ele tornasse o caminho transitável para carros de bois, todos os animais que ele enviasse ao Rio de Janeiro, pelo resto de seus dias, ficariam isentos de impostos.[14] Antônio Francisco trabalhara na estrada durante dois anos e já tinha gasto 18.000 cruzados. Não se entende muito bem o que o Intendente da Polícia tinha a ver com toda essa história, mas nessa época os poderes se confundiam. Já relatei em outra ocasião que o dinheiro necessário para a fundação de uma nova colônia, a de Viana,[15] havia sido retirado da verba atribuída à Polícia. Seja o que for que signifique tudo isso, o fato é que eles não puderam ou não souberam evitar, no novo caminho, uma série de subidas muito íngremes e muito cansativas.

Ali, para qualquer lado que olhasse, só via montanhas muito altas, com suas encostas cobertas de mata densa e seus cumes coroados de arbustos. As terras são todas arenosas e as árvores têm um crescimento medíocre, formando manchas escuras e acinzentadas na paisagem. A profundeza dos vales torna ainda mais agrestes aquelas vastas solidões. Disseram-me que são muito comuns ali as onças, as antas e os porcos-do-mato, mas não encontrei nenhum desses animais. Uma das grandes vantagens da região, também encontrada em outras partes da

---

[13] Quando passei por S. Gabriel em 1822, subi a serra com dois burros carregados. O caminho tinha sido ligeiramente melhorado, mas ainda assim havia alguns trechos bastante difíceis.
[14] Vê-se, pela maneira como transmito essas informações, que não me atrevo a garantir que sejam fidedignas.
[15] Ver meu segundo relato, *Viagem ao Espírito Santo e Rio Doce.*

Província de Minas, são as suas águas, que têm uma frescura e uma pureza jamais encontradas na água que se bebe na Europa. Cada vale serve de leito a um riacho, onde o viajante pode matar a sede com um prazer só passível de ser usufruído nos países tropicais. É à beira de dois desses riachos que se encontram as duas únicas habitações existentes no percurso entre S. Gabriel e o próximo lugar em que parei, onde também havia uma miserável choupana, construída quando a estrada estava sendo aberta. O abrigo já estava desmoronando aos poucos e o primeiro pé-de-vento iria acabar de derrubá-lo.

A noite foi muito fria. A desmantelada choça onde dormi era aberta de todos os lados, e embora me cobrisse com um grosso capote e uma colcha de algodão, custei a me aquecer. Entretanto, não tardou que sensíveis mudanças se fizessem sentir na temperatura. Às seis e meia da manhã o termômetro ainda marcava 12 graus Réaumur, mas meia hora depois já subira para 14, e em breve só à sombra o calor podia ser suportado. As árvores copadas tinham sido cortadas ao longo do caminho, e o sol ardente dardejava seus raios sobre nossas cabeças.

Em seu conjunto, o novo trecho do caminho nos mostrou montanhas ainda mais elevadas do que as da véspera, vales mais largos e mais profundos e subidas ainda mais penosas. O caminho era de tal forma acidentado que levamos seis horas para percorrer 3 léguas.

A primeira montanha que encontrei depois de ter deixado Tomé de Oliveira, o lugar da choupana desmoronada, tem o nome de Monte Verde, e ao cair da tarde passei pela famosa Serra da Mantiqueira, parte meridional da longa cadeia (Serra do Espinhaço, Eschw.)[16] que o viajante encontra ao se dirigir para a parte ocidental da Província de Minas, depois de ter atravessado a cadeia marítima. A Serra da Mantiqueira divide as águas do Paraíba e do Rio Doce das do Rio Grande, que acaba por se transformar no Rio de la Plata.[17] Eu já tinha passado por ela quando fui a Vila Rica pela estrada comum. Do alto da serra pude descortinar uma imensa extensão de montanhas cobertas de matas, e em particular a Serra Negra.

Nesse dia encontrei à beira do caminho três habitações e uma propriedade de tamanho regular. Em geral as terras ali são melhores do que as da região que eu tinha atravessado na véspera. Nas encostas das montanhas o milho rende até 200 por 1. Extremamente fatigado, parei para o pernoite num rancho miserável, ao lado de uma choupana mais miserável ainda, onde moravam uns pobres mulatos. O lugar tem o nome de Alto da Serra. Às oito horas da noite o termômetro de Réaumur já tinha descido para 15 graus e a noite foi ainda mais fria do que a precedente.

---

16 Casal admitiu que a Serra da Mantiqueira atravessa realmente toda a Província de Minas, pois diz assim: "A Serra da Mantiqueira, que é a mais famosa da província, começa na parte setentrional da de S. Paulo. Formando uma linha sinuosa, ela avança mais ou menos na direção do nordeste até as proximidades de Barbacena e dali se desvia para o norte, até alcançar a fronteira da província. Muda várias vezes de nome e não tem sempre a mesma altura (*Corografia Brasílica*, vol. I, 360). Já que apenas uma parte dessa cadeia só é realmente conhecida pelo nome de Serra da Mantiqueira, Eschwege achou necessário, com certa razão, dar uma denominação geral a toda a sua extensão. O nome de *Serra do Espinhaço* pode parecer bizarro, mas acho que deve ser conservado, por ter sido ele o primeiro o usá-lo, preferindo-o ao de *Cadeia Central* proposto pelo excelente geógrafo Balbi em sua *Géographie universelle*.

17 Ver meu primeiro relato, *Viagem pelas Províncias*, etc.

CAPÍTULO IV

OS CAMPOS — QUADRO GERAL DA REGIÃO DO RIO GRANDE

Entrada na região dos campos. Causa da diferença existente entre a vegetação que os caracteriza e a das matas virgens. Sua monotonia. Entretanto seu aspecto não é sempre exatamente o mesmo. Idéia geral dos campos que se estendem desde as florestas primitivas até S. João del Rei. O Rio Grande; seu curso gigantesco; utilidade que pode ter para o Brasil. Os habitantes da região do Rio Grande, primitivamente mineradores, depois agricultores. Dados sobre a criação de gado; proveito que tiram dos animais; maneira de fazer o queijo. Como se engordam os porcos; o toucinho. Os carneiros; sua lã; o pouco cuidado que lhes é dedicado; necessidade de algumas melhorias. Produtos das fazendas da região do Rio Grande. Hábitos dos fazendeiros. Suas mulheres. Retrato dos habitantes da região.

Depois de ter deixado a mísera choça onde passei a noite (14 de fevereiro) caminhei ainda durante curto tempo por um vale profundo, rodeado de matas virgens. Mas ia subindo pouco a pouco, e de repente o aspecto da região mudou como o cenário de um teatro. Vi-me diante de uma enorme extensão de colinas arredondadas, cobertas unicamente por um capim acinzentado, entre as quais se viam aqui e ali tufos de árvores verde-escuros, como que jogados ao acaso. Entrei então na região dos campos. Eu sabia que chegaria lá nesse dia, mas o que tinha visto, dois anos antes, na estrada de Vila Rica, não me havia absolutamente preparado para uma mudança tão brusca. A minha reação foi a da mais viva surpresa e admiração. Aquela extensão de campos a perder de vista davam uma imagem bem menos imperfeita do infinito do que o mar quando olhado de um ponto pouco elevado, e a imagem ainda se tornava mais viva por ter eu acabado de emergir do meio de uma floresta primitiva, onde muitas vezes quase que se podia tocar com a mão as formas que limitavam o horizonte.

Ao deixar a região das matas pude fazer uma comparação exata entre a topografia dos terrenos onde elas florescem e a do solo da região dos campos, confirmando as idéias que eu já tinha sobre as causas de uma diferença tão pronunciada na vegetação.[1] As florestas cobrem terrenos eriçados de montanhas abruptas e escarpadas, que garantem boa proteção contra o vento. Ao mesmo tempo os riachos, que na zona montanhosa banham vales estreitos e profundos, mantêm o ar constantemente fresco e úmido. Em oposição, na região dos campos os morros são arredondados e de encostas suaves, os vales que os separam são pouco profundos e os riachos pouco numerosos. Assim sendo, a seca se torna muito forte nessas regiões e os ventos correm livremente, duas causas que impedem a vegetação de se tornar exuberante. Todavia, se o flanco de um morro apresenta uma reentrância mais protegida, se um fiozinho de água banha um pequeno vale, é sempre garantido encontrar tufos ou fileiras de árvores nesses lugares, os quais, depois de desmatados, poderão produzir milho e outras plantas úteis ao homem.

A Serra da Mantiqueira, que eu acabara de atravessar e é parte integrante da Serra do Espinhaço (Eschw.), forma, como sabemos, o limite entre as flores-

---

1 *Viagem pelas Províncias do Rio de Janeiro*, etc.

tas e os campos.[2] Durante vários meses eu iria ter diante dos olhos uma região inteiramente descampada. As matas que atravessei na Província de Goiás, antes de chegar à sua capital, conhecidas pelo nome de Mato Grosso, estão bem longe de ter a majestade das florestas virgens do Rio de Janeiro e de Minas Gerais. Convém admitir, porém, que a repetição das mesmas características da paisagem em breve esgota a admiração do viajante, e no meio daqueles desertos de uma monotonia primitiva, que o engenho humano quase nada fez ainda para melhorar, ele sucumbiria sob o peso do tédio se não tivesse a sustentá-lo uma forte motivação, como por exemplo o interesse pela história natural, que lhe permitia escapar da uniformidade do conjunto pelo estudo variado dos detalhes.

Não se deve, porém, imaginar que há entre todos os campos uma semelhança perfeita. Minhas duas narrativas anteriores já deram provas suficientes do contrário.[3] Assim como a região das florestas se divide em várias sub-regiões, da mesma forma observam-se dois aspectos distintos na região dos campos, que ora mostram apenas capinzais e subarbustos (tabuleiros descobertos), ora exibem aqui e ali, no meio das pastagens, árvores retorcidas e raquíticas (tabuleiros cobertos). As duas sub-regiões nas quais se dividem os campos não têm talvez limites tão precisos quanto as três que formam o conjunto da região das florestas, quais sejam as matas virgens, as caatingas e os carrascais.[4] Entretanto, pode-se estabelecer como regra geral que os pontos mais elevados da região dos campos são inteiramente cobertos de pastagens, ao passo que nos mais baixos essas pastagens são semeadas de arbustos. Não obstante, numa vasta porção de uma comarca que talvez seja a mais elevada da Província de Minas, a de S. João del Rei, só encontrei campos formados de pastagens e subarbustos. E foi também vegetação semelhante que encontrei durante todo o percurso, quando atravessei, quase aos pés da Serra do Espinhaço, a região bastante elevada que a oeste dessa mesma serra se estende desde Caeté[6] ou Vila Nova da Rainha até os limites do território de S. João del Rei. Em oposição, como se verá mais tarde, encontrei vários campos de pastagens semeados de árvores raquíticas no território da Comarca de Paracatu, e em 1817 observei com regularidade o mesmo tipo de vegetação nas 150 léguas que percorri no meio do sertão, mais ou menos entre os paralelos 14 e 18, latitude Sul, do lado oriental do S. Francisco e a uma distância já bastante considerável da nascente desse rio. Resulta disso que a sub-região mais meridional dos

[2] Esse limite não é, entretanto, perfeitamente caracterizado. Já escrevi em outro trabalho ("Tableau de la végétation primitive dans la province de Minas Gerais", publicado nos *Annales des sciences naturelles*, setembro, 1831), que no sul da Província de Minas as matas se prolongam pela vertente ocidental da Serra do Espinhaço. Além disso encontrei, ainda no Sul, nas proximidades da Província de S. Paulo e do outro lado da Serra da Mantiqueira, um trecho de cerca de nove léguas, entre Baependi e o lugar denominado Córrego Fundo, uma região inteiramente coberta de matas. Mais ao Sul ainda, na própria Província de S. Paulo, atravessei ao vir de Goiás uma grande mata que começa a uma légua do Rio Tibaia, em terras que não me pareceram mais montanhosas que aquelas que eu havia percorrido nos dias anteriores, as quais se prolongam numa extensão de cerca de 14 léguas, até às próprias montanhas de Jundiaí, chegando também a alcançar o outro lado dessas montanhas. Ora, estas fazem parte inegavelmente do trecho da Serra do Espinhaço que segue a direção sudoeste-nordeste, na Província de S. Paulo.
[3] Um viajante que atravessou a região das matas virgens, na estrada Rio de Janeiro — Ouro Preto, e passou por uma região de campos, definiu estava palavra da seguinte maneira: "O nome de campo designa uma série de colinas quase inteiramente desprovidas de vegetação. Unicamente nos vales se encontram algumas árvores e um pouco de verde (....). Por toda parte só se vêem platôs áridos" (Suzannet, *Souv.*, 277, 278). Em seguida, quando descreve o distrito dos diamantes, o mesmo autor dá outra definição: "Os campos são planícies áridas, cobertas de capim rasteiro" (ob. cit., 332). Observadores minuciosos, como Martius, Pohl e Gardner, já dedicaram grande atenção à vegetação de Minas Gerais, e não me consta que nenhum deles tenha descrito os campos como colinas quase inteiramente desprovidas de vegetação. O naturalista Martius afirma, como eu, que os campos diferem muito uns dos outros, e eu poderia citar alguns que ele descreveu de maneira encantadora. Os que são cortados pela estrada que liga a capital do Brasil a Ouro Preto podem ser comparados às pastagens das regiões montanhosas da Europa. Quanto ao distrito dos diamantes, é incontestável que a maior parte de suas terras é inteiramente refratária a qualquer tipo de cultura. Mas é nesse distrito que provavelmente se encontra a mais bela flora fanerogâmica de todo o Brasil meridional, e nem Gardner nem eu jamais vimos, nos arredores de Diamantina (Tijuco), seja em outros pontos da Província de Minas, planícies cobertas apenas por um capim rasteiro.
[4] "Ver meu "Tableau de la végétation primitive dans la province de Minas Geraes", publicado nos *Annales des sciences naturelles*, setembro, 1831.
[5] Já declarei em outra parte por que dou preferência a essa grafia.

campos de pastagens simples corresponde particularmente à das florestas propriamente ditas (matas virgens), ou, se assim se preferir, que as sub-regiões se situam geralmente entre os mesmos paralelos. E que, igualmente, a sub-região mais setentrional dos campos semeados de árvores raquíticas corresponde em mais alto grau à dos carrascais e caatingas.[6]

O que ficou dito acima indica suficientemente qual deve ser, em seu conjunto, a vegetação da região situada entre as florestas e a cidade de S. João.

Percorri cerca de 14 léguas antes de chegar a essa cidade. Nesse percurso os campos se estendem a perder de vista. Os morros são geralmente arredondados, os vales pouco profundos. Nas grotas vêem-se tufos de árvores e por toda a parte crescem gramíneas, misturadas com subarbustos e moitas esparsas de outras ervas. As gramíneas pertencem a um pequeno número de espécies, e nenhuma forma digna de nota se observa nas plantas que crescem entre elas. Compõem-se geralmente de Corimbíferas (Juss.), cujas flores são flosculosas e hermafroditas, com invólucro imbricado, androceu séssil e o receptáculo quase sempre nu. Em seguida vêm as Melastomáceas, algumas Rubiáceas de frutos separáveis (tais como as n.os 95 e 134) e finalmente Cassia (n.es 171 e 150).

Nas faldas dos morros a vegetação é um pouco diferente da que se vê nas partes mais elevadas. Encontram-se aí arbustos que pertencem em geral à família das Compostas, *Hyptis* (n.º 305), e em grande abundância uma gramínea do gênero *Saccharum,* que se caracteriza por suas hastes rígidas e muito altas, de folhas duras e horizontais, e a que vulgarmente se dá o nome rabo-de-raposa *(Anatherium bicorne?).* Esses campos me mostraram, sem dúvida, algumas diferenças, seja na topografia do terreno, seja no conjunto da vegetação. Pretendo assinalá-los ao descrever mais pormenorizadamente o meu itinerário.

O importante Rio Grande banha em seu curso superior as terras que eu tinha acabado de percorrer e lhes dá o nome (região do Rio Grande). Esse rio divide a Comarca de S. João del Rei em duas partes: uma setentrional, outra meridional. Tem sua nascente na Serra da Juruoca, distante de S. João cerca de 25 léguas do lado do Sul, e corre inicialmente para o Norte, depois para o Nordeste e finalmente para Oeste. A 20 léguas de S. João, aproximadamente, recebe o Rio das Mortes, mais adiante o Sapucaí e, mais adiante ainda, o Rio Pardo. Serve de limite entre as Províncias de São Paulo e Goiás e, reunindo-se ao Paranaíba, toma o nome de Paraná para depois se transformar no Paraguai, um dos dois grandes cursos de água que formam o Rio de la Plata.[7] Eis aqui como se referem Spix e Martius a esse importante rio: "Não é somente dirigindo-se para o Sul e embarcando no Rio Grande nas vizinhanças de S. João del Rei que se pode chegar ao Paraguai e a Buenos Aires. A navegação também se faz possível pelos afluentes setentrionais desse rio até a algumas léguas de Vila Boa. O Capitão José Pinto, que em 1816 se empenhou em encontrar uma rota fluvial entre Vila Boa e São Paulo, lançou bastante luz sobre a geografia dessa região, de tal forma que já se pode considerar como bastante viável essa importante via de comunicação. Sabe-se, com efeito, que quando se embarca no Rio dos Bois na localidade chamada Anicuns, situada a 12 léguas de Vila Boa, em breve se alcança o Paranaíba. Três léguas mais adiante encontra-se uma cachoeira. Desse ponto até a confluência dos rios Paranaíba e Grande, quando os dois se unem para formar o Paraná, não há mais do que 20 léguas. E ainda que as quedas de água

---

6 "Tableau de la végétation dans la province de Minas Geraes", Auguste de S. Hilaire, em *Annales des sciences naturelles,* setembro, 1831.

7 Casal, Corog. Bras., vol. I, 207, 375. É opinião geral, segundo alega Luccock, que o Rio Grande, depois de já ter adquirido considerável volume, desaparece debaixo da serra e cava um subterrâneo sob uma vasta planície, que por essa razão permanece o ano inteiro coberta por uma verdejante vegetação *(Notes on Brazil,* 536). Ninguém jamais me falou de semelhante maravilha. Também nunca encontrei nos trabalhos de Casal, Pizarro, Spix e Martius qualquer referência que corrobore essa afirmação de Luccock. Em vista disso, só posso considerá-la duvidosa.

possam tornar difícil a navegação do Rio Grande até as proximidades de S. João", concluem Spix e Martius, "pelo menos ela não se torna totalmente impraticável."[8] E quando sabemos, por outro lado, que já existe um meio de comunicação entre Goiás e a capital do Pará através do Rio Tocantins, tomando-se um navio a pouca distância de Vila Boa, não podemos deixar de nos espantar com as imensas vantagens que a navegação fluvial poderia oferecer aos brasileiros. Somos quase levados a crer que o criador da Natureza, ao estabelecer tantos meios de comunicação entre as diversas partes desse imenso império, quis indicar aos seus habitantes que eles se deviam manter unidos. Há um determinado ponto, situado aproximadamente a 21° 7' 4" de latitude austral e a 47° 55' de longitude, a partir do meridiano de Paris,[9] que poderia estabelecer uma comunicação fluvial quase sem interrupção entre dois portos, de Montevidéu e Pará, situados um na foz do Rio de la Plata e o outro na do Rio Tocantins, que daria também acesso ao Mato Grosso, Paraguai, Entre Rios e às antigas Missões do Uruguai! Como são insignificantes os nossos cursos de água, comparados com esses rios caudalosos e extensos, que atravessam tantas e tão variadas regiões e cujas águas, depois de banharem as florestas majestosas de zona tórrida, vão regar a humilde vegetação dos climas temperados! Infelizmente, muitos anos ainda vão escoar-se antes que os brasileiros possam tirar tão bons proveitos da Natureza e que os colonos das vizinhanças de S. João, em particular, contem com outros meios de comunicação além dos seus burros, atualmente os únicos navios nos seus desertos.[10]

Era o ouro que buscavam os primeiros habitantes da região que percorri para ir a S. João e que, como já disse, é banhada pelo Rio Grande no seu curso inicial. Vêem-se ainda, em vários pontos, os vestígios de seus trabalhos. Pouco a pouco, entretanto, esse metal, objeto de tantas buscas, foi-se tornando escasso. Tornou-se mais difícil extraí-lo do seio da terra, e eles passaram então a procurar na agricultura, e particularmente na criação de animais, os recursos que a extração do ouro já não oferecia. As excelentes pastagens da região do Rio Grande fornecem hoje (1819, 1822) a maior parte dos animais vendidos na capital do Brasil, e alguns criadores locais chegam a possuir até cinco mil cabeças de gado.[11]

Bem diferentes do gado dos Campos dos Goitacases,[12] o da região do Rio Grande é, com razão, afamado por sua robustez e seu grande porte. Entretanto, torna-se necessário dar-lhe sal, e assim se faz nas regiões da Província de Minas onde não há terras salitrosas nem águas minerais, prática também adotada na Província de São Paulo, na Colômbia e na América setentrional, desde a Nova Escócia até o Mississipi.[13] Mais ou menos uma vez por mês cada animal recebe um punhado de sal, substância que ele aprecia enormemente. Enquanto que no sertão oriental do S. Francisco os vaqueiros são homens livres, que vivem geralmente longe dos olhos dos patrões,[14] ali o cuidado dos animais é normalmente confiado a escravos. Como acontece em todo o resto do Brasil que percorri, na região do Rio Grande não se sabe o que seja um estábulo. Todavia, os animais não ficam entregues a si mesmos, como ocorre no sertão. Os fazendeiros que se dedicam em escala maior à criação de gado dividem suas pastagens em várias

---

8 *Reise*, I, 313. Com referência a essa navegação, ver o *Itinerário*, de Matos, vol. II, 193.
9 A posição que indico aqui, de acordo com os trabalhos de Spix e Martius e dos matemáticos portugueses citados por Eschwege, é a de S. João del Rei, cidade que não é banhada pelo Rio Grande. Segundo os dois primeiros cientistas citados acima, é até Ponte Nova que vai a navegação do Rio Grande. Todavia, essa cidade, pelo que mostra o mapa geral do Brasil feito por eles, deveria estar situada quase no mesmo paralelo em que se encontra S. João e a 9 ou 10 léguas desta cidade. Quero observar, além do mais, que esses mesmos autores, ao se referirem a Ponte Nova, não dizem especificamente que a navegação termina ali.
10 Essa metáfora oriental não é totalmente estranha aos mineiros, pois muitas vezes eles usam o termo *navegar* referindo-se às suas viagens.
11 Não foi unicamente em 1819 que atravessei a região do Rio Grande. Percorri-a também em 1822.
12 Ver meu segundo relato, *Viagem ao Distrito dos Diamantes*, etc.
13 *Voyage dans la haute Pensylvanie*, II., 251-3.
14 *Viagem pelas Províncias do Rio de Janeiro*, etc.

partes, seja por meio de fossos, seja com paliçadas que tenham pelo menos a altura de um homem. Uma dessas divisões é para as vacas leiteiras, outra para os bezerros, uma terceira para as novilhas e finalmente a quarta para os touros. As novilhas são mantidas separadas dos touros para que possam desenvolver-se devidamente antes de serem cruzadas com eles, produzindo assim bezerros mais sadios. Quanto às vacas leiteiras, sempre é colocado um touro no seu pasto, a que dão o nome de touro-grande e que faz mais ou menos o papel da madrinha das tropas no sertão.[15] De certa forma é a ele que fica confiada a guarda da manada, a qual defende ferozmente dos touros que escapam de outros pastos. Todavia, dizem que não ataca aqueles que foram criados com ele na mesma fazenda.

Enquanto não são desmamados, os bezerros são guardados num galpão ao lado da fazenda. Quanto aos que já vão ao pasto, à noite são recolhidos a um curral, que é um pequeno cercado junto da casa ou do retiro. Pela manhã são trazidas as vacas que foram deixadas nos pastos cercados, enquanto que as que passaram a noite soltas se aproximam espontaneamente da casa do dono. Quando chegam, já encontram os bezerros reunidos no pátio da fazenda. Os vaqueiros deixam que entrem no pátio, de cada vez, apenas um número de vacas que corresponda ao dos encarregados de cuidar delas. Ao reconhecer a mãe, o bezerro se aproxima para mamar. É então amarrado à perna direita da vaca, com a cabeça voltada para as tetas. Em seguida tira-se o leite de três das tetas, deixando-se a quarta para o bezerro. Ao entardecer as vacas são de novo reunidas aos bezerros, mas nessa hora eles podem mamar à vontade. Depois as crias são recolhidas de novo ao curral e as vacas reconduzidas ao pasto. Quando o fazendeiro não prende os bezerros num cercado, eles se encaminham espontaneamente para a fazenda, todos os dias à mesma hora, sem esperar que alguém vá buscá-los. E é um prazer ver, ao cair da tarde, os animaizinhos chegando aos pinotes para rever a mãe e receber a sua costumeira alimentação.

Em geral, em Minas só se põe fogo nos campos no tempo da seca. Mas na região do Rio Grande, particularmente, os grandes proprietários costumam dividir em quatro porções as pastagens destinadas às vacas de leite, e de três em três meses põem fogo numa delas, para renovar o capim. Com esse fim um homem, a pé ou a cavalo, percorre o pasto que vai ser queimado arrastando atrás de si um comprido bambu em chamas, tendo sempre o cuidado de caminhar no mesmo sentido que o vento. Em breve o pasto é consumido pelo fogo, e passado algum tempo em lugar do capim ressecado brota uma relva fina, de um verde muito bonito, que se assemelha um pouco ao trigo quando começa a surgir da terra.

Nas vizinhanças de Juruoca, povoado situado a cerca de 22 léguas de S. João, subindo o Rio Grande, um fazendeiro me disse que, depois de divididas as pastagens em diferentes *verdes*,[16] por força das queimadas, não se pode alimentar mais do que 600 ou 700 cabeças de gado em cada duas léguas de terra. Isso poderia explicar a razão que me levou a me queixar de ter feito longas caminhadas sem encontrar um único boi. Entretanto, é evidente que ainda não é devidamente aproveitada a imensa extensão de terras que em geral têm as fazendas.

Por ocasião de minha viagem (1819), os bois na região do Rio Grande eram comprados a 4.000 reis (25 francos) e revendidos no Rio de Janeiro a 7.000. Quanto às vacas, só se desfaziam delas quando estavam velhas demais para dar cria. Um fazendeiro não poderia, sem reduzir o seu capital, vender

---

15 *Viagem pelas Províncias do Rio de Janeiro*, etc.
16 Desnecessário é dizer que o termo verdes refere-se aqui às tonalidades do capim dos pastos em diferentes fases de crescimento, resultado das queimadas sucessivas que já mencionei mais acima.

todo ano mais do que um décimo do seu gado. E se os animais rendem assim tão pouco ao seu criador, isso não se deve ao fato de que nessa região, bem como no Sul do Brasil, seja consumida uma parte do gado na alimentação das famílias dos fazendeiros, nem que eles se nutram exclusivamente da carne de suas vacas, pois ali até mesmo as pessoas relativamente abastadas só usam na sua mesa feijão, carne de porco, arroz, leite, queijo e canjica. Na verdade, o seu pouco rendimento se deve a que um grande número de bezerros morre em conseqüência do severo regime a que são condenados para que possa ser aproveitado ao máximo o leite das mães. Os fazendeiros ricos deveriam, na minha opinião, sacrificar todo ano o leite de algumas de suas melhores vacas a fim de conseguir novilhas mais sadias e principalmente touros mais vigorosos, impedindo assim a degeneração da raça bovina.

As vacas da região do Rio Grande, bem como as das redondezas de Vila Rica e do Sítio do Paulista, junto aos Campos dos Goitacases,[17] são melhores leiteiras do que as de Formiga, de S. Elói e provavelmente de todo o sertão oriental, produzindo quatro garrafas de leite por dia. Os bezerros mamam até a idade de um ano, e quando ocorre a desmama as tetas das vacas se tornam ressecadas, fato que se verifica em toda a Província de Minas e provavelmente no Brasil inteiro, talvez mesmo até na Colômbia, uma singularidade que devia merecer a atenção dos zoólogos.[78]

Alimentadas em excelentes pastagens, as vacas que ainda estão com cria dão um leite quase tão cremoso quanto o das nossas montanhas de Auvergne. O leite não é guardado em potes e sim em pequenos barris circundados por aros de ferro, sendo retirados dos recipientes com a ajuda de uma cabaça cortada ao meio no sentido longitudinal. Fabrica-se geralmente uma considerável quantidade de queijos na Comarca de S. João del Rei, mas a maior produtora é a região do Rio Grande, constituindo o queijo um dos seus principais produtos de exportação. Mostrarei a seguir a maneira como são feitos os queijos: tão logo o leite é tirado coloca-se nele o coalho, o que o faz talhar-se instantaneamente. O coalho mais usado é o de capivara, por ser mais facilmente encontrado. As formas são de madeira e de feitio circular, tendo o espaço livre interno mais ou menos o tamanho de um pires. Essas formas são colocadas sobre uma mesa estreita, de tampo inclinado. O leite talhado é colocado dentro delas em pequenos pedaços, até enchê-las. Em seguida a massa é espremida com a mão, e o leite que escorre cai dentro de uma gamela colocada em baixo. À medida que a massa talhada vai sendo comprimida na forma, nova porção é acrescentada, continuando-se a espremê-la até que a forma fique cheia de uma massa totalmente compactada. Cobre-se de sal a parte superior do queijo, e assim ele é deixado até a noite, quando então é virado ao contrário, pulverizando-se também de sal a parte agora exposta. Na manhã seguinte o queijo é posto ao ar livre, num lugar ensombrado, e de tempos em tempos é virado. Ao fim de oito dias está pronto. Esses queijos, aos quais se dá exclusivamente o nome de queijos de Minas, são muito afamados. Sua consistência é compacta, sua cor se aproxima da dos queijos de Gruyères, mas o tom amarelo é mais pronunciado, ao que me parece. Seu sabor é suave e agradável. Quando são transportados para o Rio de Janeiro, os queijos são colocados dentro de cestos (jacás) feitos com bambu grosseiramente trançados. Cada cesto contém cinqüenta queijos, e dois cestos constituem a carga de um burro.

Na região do Rio Grande há não somente uma grande criação de gado como também de porcos. Estes são engordados com os tubérculos de inhame *(Calladium esculentum)** e de cará *(Dioscorea),* sendo cultivados em grandes escala esses dois

---

17 Ver meu segundo relato, *Viagem ao Distrito dos Diamantes*, etc.
18 Ob. cit., vol. I.
* Pertence esta planta, atualmente, ao gênero *Colocasia* (M. G .F.).

tipos de plantas.[19] O proprietário do rancho do Rio das Mortes Pequeno, perto de S. João del Rei, na casa de quem, como se verá, passei uma boa temporada, não parecia muito próspero; no entanto tinha duas plantações de cará bastante extensas. O toucinho constitui, como os queijos, um ramo de comércio muito importante para a Comarca de S. João del Rei. É igualmente em cestos de taquara, chamados jacás, que é transportado para o Rio de Janeiro. Dois cestos de toucinho completam a carga de um burro, contando cada cesto três arrobas de toucinho quando o burro não está acostumado à carga, e quatro quando já se habituou a transportá-la.

Os criadores dessa região e de um modo geral da Comarca de S. João possuem rebanhos de carneiros. Ali não se faz como nas vizinhanças do Rio de Janeiro, ou seja, não deixam que se perca a lã. As ovelhas são tosadas duas vezes por ano: no mês de agosto, ao fim da temporada de inverno, e seis meses depois, antes da seca. Os fazendeiros aproveitam-na para mandar fazer tecidos grosseiros, que servem principalmente para vestir os negros. A lã é também empregada no fabrico de um tipo de chapéu de abas largas, copa baixa e arredondada, muito usado pelos mineiros (chapéu-de-mineiro) Sendo espessos e pesados, protegem suas cabeças contra os ardores do sol. A lã é entregue a homens especializados no fabrico desses chapéus, e os fazendeiros lhes pagam a confecção.

Seria de se esperar que os fazendeiros, pelo fato de tirarem bom lucro com sua criação de ovelhas, dedicassem a elas toda a atenção e cuidado. Não é o que acontece, porém. Elas não são recolhidas à noite[20] e ficam expostas aos ataques de cães domésticos e alguns animais selvagens, entre estes os que são chamados de cachorro-do-campo *(Canis campestris,* ex P. Gervais). Quando em 1822 passei pela fazenda do Retiro, propriedade situada a cerca de 17 léguas de S. João e a 5 do povoado de Juruoca, a dona da casa me disse que tinha outrora possuído um rebanho de ovelhas bastante numeroso e que ela própria, com a ajuda das filhas, fabricava tecidos de diferentes tipos. Contudo, depois que fizeram passar defronte da fazenda, fazia pouco tempo, uma das estradas que ligam S. João ao Rio de Janeiro, a que deram o nome de Caminho da Paraíba Nova, os rebanhos tinham sido destruídos pelos cães dos tropeiros, por não contarem com um pastor.

Vê-se, diante disso, como seria interessante para os colonos se mandassem vir da Europa alguns cães pastores de boa raça, bem como pastores experimentados que fossem também capazes de ensinar a outros o seu ofício. Entretanto, seria necessário que fossem bastante inteligentes para perceberem que, num país de clima tão quente, não se pode seguir exatamente as práticas empregadas na França e na Alemanha. O governo brasileiro, a exemplo dos governantes europeus, deveria voltar sua atenção para o aprimoramento dos rebanhos mandando buscar em nossos países alguns reprodutores da raça Merino ou mestiços dela, a fim de tentar a sua adaptação às imensas pastagens do Brasil, as quais variam conforme a região, sendo que algumas, devido à altitude em que se encontram, não sofrem os rigores do calor tropical. O país ainda não tem, evidentemente, uma população bastante numerosa para que se possa cogitar da instalação de grandes manufaturas. Mas uma vez que os criadores já fabricam tecidos de lã

---

19 Devo aqui prevenir o leitor francês contra um erro de nomenclatura em que se pode incorrer facilmente e do qual não escaparam nem mesmo dois naturalistas alemães de merecida fama (Spix e Martius, Reise, vol. I). O erro se refere à confusão feita entre o *inhame* dos brasileiros e os *ignames* de nossas colônias. O primeiro é o *Calladium esculentum* dos botânicos, e os outros, espécies do gênero *Dioscorea*.

20 Luccock afirma, na verdade, ter visto não muito distante de S. João del Rei vários pastores num único dia, acrescentando que lhe parecia contrário às leis da Natureza que rebanhos brancos fossem pastoreados por homens negros (Notes, 444). Seria bem de se desejar que as leis da Natureza fossem transgredidas com mais freqüência no Brasil dessa maneira, e que nunca o fossem de outra. Suponho que os pastores a que se refere Luccock iam ocasionalmente buscar as ovelhas no campo para trazê-las de volta à fazenda.

em casa, por que não incentivá-los a fabricar tecidos mais finos, livrando assim certas regiões do oneroso tributo pago ao estrangeiro? Além do mais, já que no Brasil o criador não é obrigado a alimentar os carneiros em manjedouras, como na Europa, o que diminui consideravelmente o custo de sua manutenção, por que não empreender esforços no sentido de colocar o país em condição de exportar a lã, como exporta o açúcar, o couro e o algodão?

Pelo que ficou dito acima é de supor que as fazendas da região do Rio Grande dêem um certo rendimento aos seus proprietários, ao contrário das que, encravadas nos sertões de Goiás ou mesmo em algumas partes muito afastadas da Província de Minas, quase nenhum lucro dão aos fazendeiros. A vizinhança do Rio de Janeiro coloca a região e toda a Comarca do Rio das Mortes numa situação bastante favorável. Não obstante, a se acreditar num homem que à época em que estive lá ocupava uma certa posição de destaque no povoado de Juruoca e devia portanto merecer crédito, os fazendeiros não lucram mais do que 10 por cento do seu capital, sem falar nas taxas e impostos. Por baixa que pareça, essa estimativa está bem longe da verdade. Com efeito, já sabemos que um fazendeiro não consegue vender por ano mais do que um décimo do seu gado. Seria, pois, indispensável que fosse encontrada outra fonte de renda que compensasse o capital empatado na manutenção dos pastos, na construção das casas que formam a sede da fazenda, na compra e manutenção de escravos e burros. As colheitas só são utilizadas na alimentação da família. Em conseqüência, seria preciso que fosse obtido um lucro compensador na venda do queijo e do toucinho. Se for verdade, porém, que o lucro do queijo seja absorvido na compra do sal necessário ao gado, como todos afirmam, há de restar ao proprietário bem pouca compensação, pois cumpre a ele substituir os escravos e os burros perdidos, comprar ferraduras e cravos para suas bestas de carga e muitas outras coisas. E embora as construções na fazenda sejam baratas, já que a madeira é tirada de suas matas e o trabalho pesado é feito pelos escravos, ele precisa comprar as telhas e de vez em quando contratar um carpinteiro e um marceneiro.

Segundo me informaram em Juruoca (1822), as boas fazendas do país estão avaliadas, nos inventários, em 50.000 cruzados aproximadamente. Se compararmos o padrão de vida, na França, de um proprietário de terras que tenham esse valor com a maneira de viver de um fazendeiro do Brasil, a conclusão lógica seria de que este último tem rendas muito mais baixas. Mas esse critério de julgamento é falho, já que o brasileiro não tem meios de comprar quase nada que não seja infinitamente mais caro em sua terra do que na França, ou de qualidade muito inferior, o que vem a dar no mesmo.

Bem menos polidos do que os fazendeiros[21] das vizinhanças de Vila Rica e do Serro Frio, os da região do Rio Grande e em geral da Comarca de S. João del Rei têm maneiras bastante semelhantes às dos nossos agricultores abastados ou dos nossos granjeiros de Beauce. Dedicando-se mais à lavoura do que os fazen-

---

21 O que escrevi sobre esses fazendeiros difere — estou pronto a admitir — da descrição que deles fez um turista que percorreu a região em 1842 (Suz., Souv., 280). Mas não há nada que se assemelhe a essa descrição nos trabalhos sob todos os pontos dignos de confiança de Gardner, que recentemente fez uma viagem de Diamantina (Tijuco) ao Rio de Janeiro, passando pela cidade do Serro (Vila do Príncipe) e por Ouro Preto (Vila Rica). Esse naturalista e Martius contaram com uma dupla vantagem, o que torna suas descrições mais dignas de crédito: ambos percorreram o Brasil durante vários anos e conheciam a língua do país. O turista que mencionei acima realizou uma viagem de extensão fenomenal com uma rapidez verdadeiramente espantosa. No dia 2 de dezembro de 1842 se achava em Ouro Preto, e dali partiu no dia 7; deixou Diamantina no dia 10 de janeiro de 1843, depois de ter passado ali algum tempo, tendo afirmado, com exatidão, que não é nas cidades que os fazendeiros moram; entre Ouro Preto e Diamantina ele passou pelas cidades de Sabará e Vila do Príncipe (cidade do Serro), visitou um grande número de arraiais e coligiu dados interessantes sobre a exploração de três jazidas pertencentes a ingleses. Conseqüentemente, não pode ter tido — ao que me parece — tempo suficiente para observar os hábitos dos fazendeiros durante essa excursão. Não há dúvida de que teve oportunidade de conhecer alguns durante os doze dias que levou para ir do Rio de Janeiro a Ouro Preto, mas é sabido que os fazendeiros dessa região não servem de padrão com que julgar os colonos abastados das comarcas de Ouro Preto e Serro do Frio e, de um modo geral, nem mesmo os de outros pontos da Província de Minas Gerais.

deiros que possuem jazidas, eles trabalham lado a lado com os escravos, passando a maior parte do tempo nas plantações e em contato com os animais. Em conseqüência, suas maneiras adquirem forçosamente um pouco da rusticidade inerente às suas ocupações. Em oposição, os que se dedicam em grande escala à extração do ouro têm por único encargo supervisionar o trabalho dos escravos. Não se ocupam necessariamente com serviços pesados e lhes sobra tempo para pensar e discorrer sobre assuntos gerais, o que lhes permite também dar mais atenção à educação dos filhos (1817).

Os agricultores da região do Rio Grande e em geral da Comarca de S. João têm, entretanto, sobre os mineradores uma grande vantagem, qual seja a de não terem sob sua responsabilidade um número excessivo de escravos. Já falei em outro relato[22] que, em média, os homens brancos nessa comarca eram na proporção de um para três em relação aos da raça negra ou mestiços. Na paróquia de Juruoca e suas redondezas, e provavelmente em toda a região do Rio Grande, os mulatos são pouco numerosos, sendo a proporção de três homens livres para cada escravo. Nas regiões onde se explora a pecuária os escravos são, com efeito, bem menos necessários do que naquelas onde se extrai o ouro e se cultiva a cana-de-açúcar. Não são necessários muitos braços para cuidar do gado, e quanto menos escravos há no lugar, menos pejo têm os homens livres de fazer trabalho pesado. A maioria dos tocadores de bois e de porcos que vão de S. João ao Rio de Janeiro é composta de homens brancos. Os filhos dos fazendeiros se dedicam todos ao trabalho. Um conduz as tropas de burros, outro cuida dos animais e um terceiro das plantações. De onde se conclui, evidentemente, que nessa parte da Província de Minas, mais do que naquelas onde se faz a extração do ouro, o número de escravos deve ir diminuindo à medida que a população aumenta.

As mulheres da região do Rio Grande e em geral da Comarca de S. João se deixam ver mais freqüentemente do que as de outras partes da Província de Minas. Entretanto, como esse não é um costume muito difundido nem muito bem aceito, as que se apresentam diante de seus hóspedes só o fazem desafiando os preconceitos. Em conseqüência, demonstram muitas vezes uma audácia que não deixa de ser um pouco desagradável. Ali, como no resto da província, a dona da casa e suas filhas esticavam o pescoço por trás da porta entreaberta a fim de me verem escrever ou estudar as plantas, e se eu voltava bruscamente a cabeça via seus vultos recuando apressadamente. Centenas de vezes me foi dado assistir a essa pequena comédia.[23]

22 *Viagem ao Distrito dos Diamantes*, etc.
23 O General Raimundo José da Cunha Matos, com o qual, para satisfação minha, estou geralmente de acordo, diz *(Itin.,* I, 47) que acerca de 8 léguas de S. João del Rei "ele foi recebido por uma senhora, que lhe mostrou quase toda a sua casa, o que vem desmentir as asserções de alguns estrangeiros, segundo as quais as mulheres de Minas não aparecem diante de seus hóspedes". O mesmo autor acrescenta que "não observei esse costume em parte alguma, ou pelo menos ele foi abandonado em minha honra pelas pessoas mais bem educadas". Foi principalmente a Comarca de S. João del Rei que Cunha Matos percorreu, e como já ficou explicado as mulheres ali não têm em geral o hábito de se esconder dos visitantes, como ocorre em outros pontos da Província de Minas Gerais. Além do mais, a sua patente de oficial superior há de ter dado ao autor de *Itinerário* algumas regalias. Já foi explicado em meus relatos anteriores que, embora algumas mulheres se mostrem a estranhos, em geral elas procuram manter-se cuidadosamente afastadas deles. Acrescentarei ainda um detalhe às informações já dei sobre o assunto. Em duas ocasiões passei cerca de dois meses na casa de um fazendeiro digno de todo respeito, que fez questão de se tornar meu amigo e a quem me deixei prender por grande afeição. Pouco tempo antes de nos separarmos pela última vez ele me disse, com certo embaraço: "Meu amigo, o senhor há de estar surpreso por não terem minhas filhas vindo à sua presença. Lamento o costume que me obriga a mantê-las afastadas, mas não poderia transgredi-lo sem prejudicar a reputação das moças." Tirei um grande peso da consciência do meu amável hospedeiro ao responder-lhe que não me passara pela idéia desaprovar sua conduta e que não se devia romper bruscamente com as tradições. Só o tempo poderia agir nesse sentido, e as mudanças viriam gradativamente. Parece que essa época ainda não chegou, pois Gardner, cuja viagem é bem recente, declara ter sido recebido hospitaleiramente numa fazenda onde eu próprio fora muito bem acolhido mas não vira a dona da casa. Mais idosa agora, essa senhora não se furtou aos olhares do viajante inglês, mas suas filhas não apareceram, como fizera ela na juventude.

Por tudo o que eu já disse acima sobre os habitantes da região do Rio Grande e da comarca de que ela faz parte, é evidente que suas fazendas não são tão cuidadas quanto as das regiões auríferas da província. Estas últimas se parecem um pouco com os nossos castelos, as outras com as nossas granjas. Descrever uma das fazendas da Comarca de S. João significa descrever todas, pois em geral são construídas segundo o mesmo modelo. Um muro de pedras rústicas mais ou menos da altura de um homem cerca um pátio bastante vasto, no fundo do qual se enfileiram as choças dos escravos, os galpões para beneficiamento ou depósito dos produtos agrícolas e a casa-grande. Esta, de pau-a-pique e coberta com telhas, é construída ao rés-do-chão. A sala[24] é a primeira peça que se encontra ao entrar, e seu mobiliário consiste unicamente de uma mesa, um par de bancos e uma ou duas camas desarmadas. Dificilmente deixa de haver, distribuídos ao redor da sala, vários porta-chapéus, onde se penduram também as selas, rédeas, chicotes, etc. Entre a região das florestas e S. João pernoitei na fazenda das Vertentes do Sardim, propriedade de Antônio Francisco de Azevedo, o qual, como já expliquei mais acima, tinha aberto o caminho por onde passei para ir de S. Gabriel até a região dos campos, e cuja riqueza era gabada por todos. Vendo-se a sua propriedade não era difícil acreditar que pertencia a um homem que, segundo me garantiam, comprava todos os anos de cinco a oito mil bois para enviá-los à capital. Sua casa, entretanto, que ele mesmo mandara construir, era pequena, baixa e de um só pavimento. As paredes, feitas de barro, nunca tinham sido caiadas, e todo o mobiliário da sala consistia numa mesa grande, dois bancos e alguns tamboretes forrados de couro. Dois ou três quartos pequenos, que pude entrever e davam para a sala, mostravam móveis igualmente modestos. Entretanto, o meu tropeiro fazia grandes elogios a essa casa, o que vem provar de maneira clara que o luxo não tinha feito grandes progressos nessa parte da Província. Não quero deixar de mencionar a entrada do pátio da fazenda, que é constituída simplesmente de uma porteira, semelhante às que são usadas para fechar os pastos. São feitas com duas vigas verticais e algumas tábuas horizontais, separadas umas das outras. Há sempre o cuidado de dar ao mourão sobre o qual elas giram uma ligeira inclinação, para que por força do próprio peso elas se fechem por si mesmas após a passagem de alguém.

Termino aqui o quadro geral da região do Rio Grande,[25] pela qual entendo — torno a repetir — as terras situadas nas cabeceiras desse rio e que, conseqüentemente, ficam ao sul da sede da Comarca do Rio das Mortes. Passarei a dar agora alguns pormenores.

---

24 É na sala que a família fica normalmente e recebe os visitantes (*Viagem pelas Províncias do Rio de Janeiro*, etc.).

25 É preciso não confundir essa região com a Província do Rio Grande do Sul, como parece ter acontecido com Pizarro quando diz que essa província fornecia queijos a Campos dos Goitacases, e também com outros viajantes dignos de todo respeito, os quais atribuíram à mesma província os animais que a região do Rio Grande envia ao Rio de Janeiro (Spix e Martius, *Reise*, vol. I, 125).

CAPÍTULO V

VIAGEM PELA REGIÃO DO RIO GRANDE

Vegetação observada à entrada da região dos campos. A Araucaria brasiliensis. *Influência do ar dos campos sobre a pele. Travessia do Rio Grande. A fazenda de Sítio; seus habitantes. O uso generalizado dos guarda-sóis. Fazenda das Laranjeiras. Fazenda das Vertentes do Sardim. Serra dos Dois Irmãos. Ainda o Rio Grande. O lugarejo de Madre de Deus. Fazenda de Chaves. Acidente com Prégent. O Rancho do Rio das Mortes Pequeno. Como o Autor foi recebido aí.*

Imediatamente após ter atravessado as densas matas, quase logo à saída do Rio de Janeiro,[1] encontrei durante algum tempo arbustos de pouco mais de um metro de altura, dos quais um dos mais abundantes era a Composta n.º 109. Em breve só se viam subarbustos no meio das Gramíneas, bem como a Melastomácea denominada *Microlicia isophyla,* DC., que se faz notar pelos tufos arredondados formados por feixes de hastes delgadas, cobertas de lindas flores. Mais adiante os subarbustos foram rareando e passei a encontrar apenas Gramíneas e algumas outras ervas. Finalmente, nos trechos mais áridos, só se via um capim rasteiro e ralo. Conclui-se disso que a transição das matas fechadas para as pastagens sempre se faz gradativamente. Mas há uma diferença tão grande entre as gigantescas árvores das florestas virgens e os arbustos de pouco mais de um metro de altura que a princípio essa gradação não é facilmente percebida.

Em meio aos morros nus e desertos que se apresentavam diante de meus olhos quando saí da mata, a capela de Bom Jardim, construída no alto de um deles, quebrava um pouco a monotonia da paisagem.

Ao passar por uma grota, atravessei um bosque composto quase que unicamente de pinheiros *(Araucaria brasiliensis).** Essa árvore magnífica, nobre representante de nossos pinheiros e abetos, cresce em abundância na região do Rio Grande, nos limites entre a mata e o campo e na zona situada entre 21º 55' e 21º 10' de latitude Sul, a uma altitude aproximada de 1.100 metros. É encontrada também em algumas das montanhas mais elevadas do Rio de Janeiro. É quase exclusivamente de pinheiros que são compostas as pequenas matas que se encontram nos Campos Gerais, região situada entre os 24º e 25º 30' aproximadamente e que, levando-se em conta o curso do Rio Paraná, bem como a ausência de elevações consideráveis no terreno, de S. Paulo até Curitiba, deve ser bem mais baixa do que a região do Rio Grande. Finalmente, na Província do Rio

---

1 Itinerário aproximado do Alto da Serra a S. João del Rei:

Alto da Serra a Sítio (fazenda)	4	léguas
Até a Fazenda das Laranjeiras	4	"
" " " " Vertentes do Sardim	1½	"
" " " " de Chaves	4½	"
" o Rancho do Rio das Mortes Pequeno	4	"
" S. João del Rei	1½	"
	19½	"

* O nome científico desta espécie, que outra não é senão o pinheiro-do-paraná, é *Araucaria angustifolia.* (M. G. F.).

Grande do Sul, à altura dos 29° 30' aproximadamente, os pinheiros vão descendo até a borda da planície, que se eleva pouca coisa acima do nível do mar. A *Araucaria brasiliensis* encontra, pois, independente de qualquer trato, condições de vida quase análogas entre os 21° 10' e 29° 30' aproximadamente, mas a altitudes bastante diferentes.[2] Poder-se-ia dizer que essa árvore constitui um termômetro indicativo de uma temperatura média e quase constante nos diversos pontos que acabei de indicar. Ou, se se preferir, que ela oferece uma escala em que a pouca altitude seria compensada por uma distância maior do Equador.[3] A *Araucaria*, uma das árvores mais pitorescas que conheço, muda de aspecto durante as várias fases de seu crescimento. Quando é nova não tem uma forma definida, e os seus ramos, parecendo partidos, dão-lhe um aspecto bizarro. Mais tarde ela vai-se arredondando, à semelhança de nossas macieiras, e quando adulta o seu tronco se eleva a grande altura, perfeitamente ereto, terminando num corimbo de ramos verde-escuro, à semelhança de uma bandeja imensa, de formato perfeitamente regular. Nessa última fase o seu tronco é nu, apresentando no alto verticilos de galhos recurvados, ao feitio de um candelabro, cujo comprimento vai diminuindo à medida que se aproxima do topo da árvore. Esses galhos se elevam todos à mesma altura e têm na sua extremidade tufos arredondados formados por pequenos ramos cobertos de folhas. A madeira da *Araucaria brasiliensis* é branca e marcada por raros veios de um tom rosa-escuro, sendo mais dura, mais pesada e mais compacta do que a de nossos pinheiros. Suas folhas são muito mais largas também. As brácteas escamosas e as sementes que formam os cones, os quais têm o tamanho de uma cabeça de criança, separam-se na fase madura e se espalham pelo solo. As sementes, cujo comprimento é mais ou menos o da metade de um dedo, lembram a castanha pelo seu sabor, mas são mais delicadas e sua polpa não é farinhenta. Como nossos pinheiros e abetos, a *Araucaria brasiliensis* dá-se bem em terrenos arenosos, e a presença de um grande número dessas árvores indica, para os colonos de Campos Gerais, as terras pouco apropriadas para cultura.

Se por um lado a entrada na região dos campos me despertou a admiração, por outro eu e meus acompanhantes passamos, desde que começamos a percorrê-la, por uma penosa experiência. A ausência de sombra e o vento seco e ardente que varria os morros me fizeram mal aos nervos e causaram um mal ainda maior ao pobre Prégent, que teimava em não usar um guarda-sol. Ele e Firmiano ficaram com os lábios gretados, como já tinha acontecido a mim e a meus acompanhantes, em 1816, quando entramos nessa região pelos lados de Barbacena, e como iria acontecer de novo com o próprio Prégent, quinze meses mais tarde, ao tornar a passar por ali.[4] Luccock queixou-se também do mesmo incômodo, ao sair da região das matas por uma outra estrada, a fim de ir a S. João.[5] É uma espécie de tributo que, sem dúvida, a diferença de clima costuma cobrar aos que penetram na região dos campos, mas do qual estão isentos, segundo minha própria experiência, os que atravessam a Serra do Espinhaço em região menos elevada, onde o ar deve ser mais ameno.

Naquele dia atravessei o Rio Grande, que serve de limite (1819) ao termo de Barbacena,[6] que eu vinha percorrendo desde que entrara na Província de

---

2 Com referência às posições e altitudes indicadas aqui, ver Casal e principalmente Eschwege.
3 Já apresentei, na *Escallonia foribunda*, uma escala do mesmo gênero mas bem mais extensa, já que, começando no Rio de la Prata, ela vai subindo sempre até o Equador (ver Aug. S. Hil., *Flora Brasiliae meridionalis*, III, 92, ou os *Archives de botanique* publicados por B. Delessert, vol. II, 1833).
4 Ver meu primeiro relato, *Viagem pelas Provincias do Rio de Janeiro*, etc.
5 "O vento, que já não tinha mais a proximidade do mar ou das florestas para refrescá-lo (....) fazia evaporar toda a umidade de nossa pele e ressecava nossos lábios..." (*Notes on Brazil*, 147).
6 Ver meu segundo relato, *Viagem ao Distrito dos Diamantes*, etc.

Minas. A partir daí eu me achei nas terras do termo cuja capital é a cidade de S. João.

Depois de ter andado quatro léguas, a partir do Alto da Serra, parei numa fazenda de aparência bastante modesta chamada Sítio, construída numa baixada, à beira de um riacho, e rodeada de morros baixos e arredondados. O fundo do vale tinha uma orla de árvores, e viam-se capões nas reentrâncias das encostas.

O dono da propriedade, que como todos os fazendeiros da região tinha maneiras semelhantes às de nossos camponeses, recebeu-me bastante delicadamente e mandou descarregar minha bagagem num quarto grande e razoavelmente limpo, cujo teto era forrado com uma esteira e que tinha como único mobiliário uma mesa e dois bancos. À noite, enquanto eu escrevia e Prégent empalhava alguns pássaros, todos os moradores da casa se enfileiraram à nossa volta, observando-nos fixamente. Um grupo de mulheres se plantou à porta, todas esticando o pescoço para melhor nos ver. Quando eu disse que ia me deitar e coloquei o gorro de dormir, após tirar o paletó, ninguém se retirou do quarto.

Como todos os habitantes da região do Rio Grande, o meu hospedeiro criava carneiros e bois. Em casa ele usava calças de algodão e uma camisa com as fraldas para fora, à maneira dos tocadores de burros e da gente humilde. Afora isso, trazia a mais apenas um colete de tecido grosseiro e na cabeça um chapéu-de-mineiro. As mulheres da casa trajavam uniformemente saia e blusa, com um lenço prendendo os cabelos.

Depois de ter deixado o Sítio, passei num percurso de três léguas por duas ou três habitações modestas e pelo povoado de Turvo, situado num pequeno vale à esquerda. Vi ao longe a Serra da Juruoca, que se eleva muito acima de todos os morros circunjacentes e dista oito léguas do lugar onde eu iria passar a noite.

Deste sítio até a pouca distância de São João não encontrei uma única pessoa no caminho. Podia descortinar uma vasta extensão de terras, mas nada havia nelas que me prendesse o olhar. Em toda a parte só se via uma imensa e monótona solidão.

Nessa época (fevereiro) os campos apresentam geralmente um verdor esplendente, mas a seca tinha sido tão prolongada nesse ano que o capim se mostrava tão ressecado como se estivéssemos em junho ou julho.

Quanto aos capões de mato, ainda exibiam um verde muito bonito, ressaltando no meio deles duas árvores altas e floridas de belo efeito. Uma era uma *Vochysia* carregada de longas espigas de um amarelo-ouro, e a outra, que eu já tinha visto em todas as matas virgens desde que atravessara o Paraíba, era a *Chorisia speciosa,* Aug. S. Hil., Juss., Camb.,* cujas folhas são compostas de cinco folíolos e os ramos, em forma de corimbo, se cobrem de uma infinidade de flores cor-de-rosa com a base amarela e tão grandes como lírios.

Não é difícil imaginar o ardor do sol dessa região descampada que eu percorria então. Contudo, apesar de meus insistentes rogos, Prégent teimava em não usar o guarda-sol, e à medida que o sol ia subindo no céu eu via o seu rosto se tornar cada vez mais rubro, os seus olhos mais injetados, a sua fisionomia mais transtornada. O abatimento se estampava em toda a sua figura. Ao mesmo tempo era de causar espanto a sua resistência, já que no meu caso, se ficava por alguns instantes exposto diretamente ao sol, minha cabeça parecia em fogo e o meu desconforto chegava ao auge. Os fazendeiros, embora mais habituados ao clima, sempre usam um guarda-sol quando andam a cavalo. E se os tocadores de burros fazem longas caminhadas sem outra proteção a não ser o seu chapéu, é que foram acostumados com isso desde a mais tenra infância.

* Trata-se da nossa tão conhecida paineira (M. G. F.).

A Fazenda das Laranjeiras, onde pernoitei no dia em que deixei o Sítio, é construída numa baixada e rodeada de árvores. A propriedade conta com um alojamento bastante vasto para os escravos, mas a aparência da casa-grande é absolutamente miserável (1819). Minha bagagem foi levada para uma sala bastante ampla, cujos móveis se resumiam numa mesa e dois bancos. As paredes de barro nunca tinham sido caiadas. O dono da casa estava ausente, e o meu jantar foi servido pelos escravos. Aliás, não vi ninguém na casa a não ser um vulto feminino entrevisto como de costume por trás de uma porta entreaberta, e que desapareceu tão logo meus olhos se voltaram na sua direção.

Deixando Laranjeiras, fui pernoitar no dia seguinte na Fazenda das Vertentes do Sardim, que já descrevi mais acima e pertencia ao comerciante de gado Antônio Francisco de Azevedo.

Como essa fazenda fica a pouca distância da de Laranjeiras, tive bastante tempo para ir coletar plantas na Serra dos Dois Irmãos. Esse é o nome dado a dois morros que vi de longe durante todo o meu percurso da véspera. Acham-se situados um ao lado do outro e sua altura é quase a mesma, tendo os dois a forma de uma pirâmide curta de base muito ampla. Para ir da Fazenda das Vertentes do Sardim à serra é necessário dar uma volta de uma légua e meia aproximadamente. Acompanhado por José Mariano, fui até o pé da serra montado no meu burro; ali desmontei e subi a pé um dos morros. Ao longo de uma boa extensão de subida tinha sido construído um muro de pedras empilhadas umas sobre as outras e muito bem feito. Onde terminava o muro, o qual, levando-se em conta a região, deve ser considerado uma obra extraordinária, não havia mais caminho, e continuei a subir entre as pedras e rochas que cobrem o morro. Como em todos os lugares elevados e pedregosos, encontrei aí um grande número de *Vellozia* (cujo nome vulgar é canela-de-ema). Estávamos então na estação das chuvas, mas a seca anterior tinha sido tão prolongada que, embora a *Vellozia* não necessite de muita umidade, suas folhas estavam praticamente murchas. Todas as outras plantas se mostravam inteiramente ressequidas, e a minha penosa caminhada nada pôde acrescentar à minha coleção. Chegando ao alto do morro descortinei uma vasta extensão de terras, em que se incluíam a Serra de Juruoca e muitas outras. Fora isso, não se via nenhuma propriedade digna de nota, nenhum povoado. A caminhada que eu tinha feito morro acima não foi suficientemente compensadora para que me levasse à tentação de subir o segundo. Desci com bastante dificuldade por entre as pedras e montei no meu burro, voltando à Fazenda das Vertentes.

Dali eu me dirigi à Fazenda de Chaves. Para aí chegar passei por uma região ainda cheia de morros arredondados e cobertos de Gramíneas, com vales pouco profundos e marcados por fileiras de árvores, contrastando o seu viço e verdor com o tom amarelado das pastagens ressequidas.

A duas léguas aproximadamente da Fazenda das Vertentes do Sardim encontra-se o Rio Grande, que nesse ponto tem pouca largura e cujas águas, manchadas pela lavagem do ouro, tem um tom vermelho escuro e sujo. Atravessa-se esse rio por uma ponte de madeira muito mal conservada, como todas as da província (1819), e à qual a ausência de um parapeito torna muito perigosa para os animais de carga. Minha preocupação com os animais aumentou ainda mais quando me vi obrigado a esperar por longo tempo na extremidade oposta da ponte até que fosse aberta a cancela que fechava a saída. O posto de pedágio ali é arrendado, como ocorre em geral nas pontes da Província de Minas Gerais. São cobrados 80 réis por pessoa e por animal, mas o meu salvo-conduto (portaria) me isentou dessa pequena despesa.

A pouca distância do Rio Grande encontra-se o lugarejo de Madre de Deus, construído sobre uma elevação e composto ao todo de uma dezena de casas reunidas à volta de uma capela. Todas, sem exceção, estavam fechadas, e José Mariano, o meu tropeiro, que conhecia perfeitamente a região, me disse que a maioria das casas só era ocupada quando vinha algum padre de S. João celebrar missa na capela.[7]

Depois de Madre de Deus a topografia do terreno se torna mais regular, embora a região continue elevada, e os campos, vistos de longe, com o seu capim amarelado e queimado pelo sol, fazem lembrar as nossas planícies de Beauce logo após a colheita.

Um pouco antes de se chegar à Fazenda de Chaves a vegetação se modifica ligeiramente. Já não se vêem apenas Gramíneas e alguns tufos de outras ervas e de subarbustos cobrindo a terra. Árvores pequenas, retorcidas e raquíticas, de casca suberosa, começam a aparecer aqui e ali no meio do capim, lembrando os tabuleiros cobertos do sertão[8] oriental do S. Francisco ou então certos campos da França. Essas árvores são geralmente da família das Leguminosas (n.º 129), mas encontram-se também algumas da família das Gutíferas, de folhas grandes em tom verde-mar, que eu já tinha visto muitas vezes no sertão. Ali não é a diferença de latitude nem a topografia dos morros que altera a vegetação e sim a composição do solo, que até então vinha sendo arenoso e cascalhento mas agora era de melhor qualidade e mais capaz de produzir plantas vigorosas.

A Fazenda de Chaves, onde parei, fica situada numa baixada segundo o costume, à beira de um riacho. Fiquei maravilhado, ao chegar, com a prodigiosa quantidade de pássaros que se viam nas árvores ao redor da propriedade. Havia papagaios, aves de rapina e uma infinidade de outras espécies. Como as terras das redondezas são extremamente secas, as aves se reuniam ali, onde podiam encontrar água e sombra.

Quando cheguei à fazenda o proprietário estava ausente. A dona da casa, depois de me fazer esperar longo tempo, apareceu finalmente e me deu permissão para dormir ali. Instantes depois a mesa foi posta e nos serviram um prato de feijão cozido com algumas verduras, arroz e canjica. Eu me achava de novo na terra hospitaleira de Minas Gerais.

Entre Chaves e o Rancho do Rio das Mortes Pequeno, numa distância de quatro léguas, vi nas baixadas três ou quatro fazendas de aparência muito modesta. Antes de chegar ao Rancho atravessei alguns morros não muito elevados, mas alguns dos seus cumes são assustadores, devido à sua pouca largura e à profundeza dos vales que vemos se estenderem lá embaixo sob nossos pés. Nesses morros o solo é seco, árido e cascalhento, e o capim rasteiro e ralo. Encontrei nesse local algumas plantas que já tinha visto em terrenos análogos em minha primeira viagem a Minas, tais como a *Polygala* (n.ᵒˢ 155 e 163) Rubiácea (n.ˢ 162).

Nesse dia Prégent mostrava-se mais bem disposto. Ao chegarmos, porém, ao Rancho do Rio das Mortes Pequeno, onde passei a noite, o seu burro assustou-se com um desses eremitas que saem pelos campos mendigando e escandalizando os fiéis, e o pobre Prégent foi atirado ao chão, ficando em piores condições do que nos dias precedentes.

José Mariano tinha chegado antes de mim ao nosso ponto de pousada, e quando desmontei do meu burro ele veio me dizer que o dono da casa se recusava a me ceder um quarto, concordando apenas em me alojar no rancho destinado aos viajantes. Como o rancho fosse de uma sujeira atroz e aberto de todos os lados, e além do mais eu desejasse permanecer ali alguns dias, para visitar S. João del Rei, fui procurar o proprietário e lhe supliquei que se mos-

---

[7] A Igreja Madre de Deus é, segundo Pizarro, uma *capela sucursal* da Paróquia de S. João del Rei *(Mem. Hist.*, VIII, segunda parte, 127).
[8] Ver meu primeiro relato, *Viagem pelas Províncias*, etc.

trasse mais cordato. Mencionei a minha portaria, mas tudo em vão. "Que tenho eu a temer do senhor?", retrucou-me o homenzinho. "Absolutamente nada", foi tudo o que pude responder. Isso me deu uma justa idéia da minha posição. As boas maneiras fizeram mais do que a ameaça da portaria. Ele acabou por me ceder um quartinho, onde ficamos todos empilhados de uma maneira absolutamente intolerável.

CAPÍTULO VI

VISITA A S. JOÃO DEL REI

A região situada entre o Rancho do Rio das Mortes Pequeno e S. João del Rei. O pároco de S. João. Remédio contra a hidropisia. Os dois rios chamados Rio das Mortes. A cobra urutu; os homens que dizem saber curar a mordedura das cobras venenosas; a erva-de-urubu. A Procissão de Cinzas. A igreja brasileira. A doença de Yves Prégent. Os curiosos. Um albergue. Um roubo. Reflexões sobre a escravidão; maneira como são tratados os negros no Brasil. Morte de Yves Prégent. Doença de José Mariano. Coleta de plantas na Serra de S. João. Doença de Firmiano. José Mariano torna-se empalhador. Procura inútil de um tocador. Partida do Rio das Mortes Pequeno.

No dia seguinte ao da minha chegada ao Rancho do Rio das Mortes Pequeno fiz um passeio a S. João, distante dali uma légua e meia. Na margem direita do caminho vêem-se campos que nada diferem dos que eu tinha percorrido nos dias anteriores. Mais distante do rancho, porém, a visão é limitada à esquerda pela Serra de S. João, eivada de rochas nuas e acinzentadas. Acompanhando o vale limitado por essas montanhas cheguei à cidade de S. João del Rei, da qual já fiz em outra parte uma descrição pormenorizada.[1]

Eu precisava apresentar as cartas de recomendação que trazia comigo, e comecei pelo pároco, que era um grande conversador e me pareceu conhecer bem o Brasil. Tinha sido capelão numa aldeia de índios, e o que me disse veio provar que essa raça é inteiramente estranha à idéia de uma vida futura, o que, aliás, eu próprio já tinha observado. O pároco conhecia Goiás, e fez tudo o que estava ao seu alcance para me fazer desistir da viagem a essa província. Segundo ele, eu não encontraria lá senão imensos descampados de uma monotonia terrível, nos quais o viajante é duramente castigado pelo sol escaldante e corre o risco de adoecer gravemente, além de ter de enfrentar constantemente a escassez de provisões. Suas palavras me deixaram abalado. Parecia-me impossível que Prégent agüentasse as fadigas de uma tal viagem, e tomei a resolução de não ir até Vila Boa, se de fato a coleta de plantas fosse tão parca quanto afirmava o pároco.

Esse sacerdote me garantiu que a Aristolóquia denominada *Jarinha (Aristolochia macroura*, Gomes ex Mart.) era um poderoso específico contra a hidropisia. Declarou-me também, como o haviam feito outras pessoas, que essa doença é uma das mais comuns no interior do Brasil. Na sua opinião, porém, nem sempre se podia atribuí-la ao abuso da cachaça, pois conhecera muitas pessoas sóbrias que tinham morrido dessa doença. Provavelmente essas pessoas foram vítimas da moléstia devido a um enfraquecimento geral provocado pelo calor dos trópicos e a má alimentação.

De volta ao rancho, fui no dia seguinte recolher plantas nas margens do Rio das Mortes Pequeno. Em conseqüência, porém, da escassez de chuvas nessa temporada, as margens do rio estavam quase tão secas quanto os campos. Encon-

---

[1] Ver meu segundo relato, *Viagem ao Distrito dos Diamantes*, etc.

trei aí, entretanto, uma planta muito interessante para a Geografia Botânica: um salgueiro de grande altura, que as pessoas do lugar me disseram ser indígena e que, efetivamente, nascera num local onde não havia o menor indício de cultura. Essa espécie é, provavelmente, a *Salix humbodtiana*.

São dois os rios que têm o triste nome de Rio das Mortes. Um deles, que faz a ligação com o Rancho, foi distinguido com o epíteto de Pequeno por ser bem menor do que o outro. Deságua no Rio das Mortes Grande, nas proximidades da Fazenda da Barra, distante quatro léguas do Rancho e meia légua do povoado de Conceição. Quanto ao Rio das Mortes Grande, ele vai encontrar-se com o Rio Grande perto de Ibituruna. Devo esclarecer que, ao se referirem aos dois rios, os habitantes da região geralmente suprimem os epítetos que os distinguem.

Firmiano me acompanhou no passeio que fiz às margens do Rio das Mortes Pequeno. De repente vejo-o, de longe, recuar apavorado, enquanto gritava para mim: — Olha aí uma cobra muito perigosa! — Aproximei-me e ouvi, no meio das folhas secas, um ruído semelhante ao que faz a cascavel quando sacode a cauda. Não tardou que eu visse surgir acima do capim a cabeça do réptil. Cortamos uma vara grossa, mas só conseguimos matar a cobra depois de lhe dar sucessivos golpes. Levei-a para casa, e embora estivesse morta fazia recuar de horror todas as pessoas que a viam. Pertencia à espécie que no país é conhecida pelo nome de urutu, sendo considerada extremamente venenosa [2]

Fui informado de que havia nas Províncias de Minas e de S. Paulo pessoas que se diziam possuidoras de um segredo para curar mordeduras de cobras venenosas. São os curandeiros. O pároco de S. João me disse que um dos escravos de seu pai pegava impunemente com a mão qualquer cobra venenosa. Um dia ele prendeu o homem no garrote para forçá-lo a revelar o seu segredo. O escravo mostrou-lhe, então, uma planta, a que ele dava o nome de erva-de-urubu. Depois de esfregar a erva no corpo, agarrou uma cobra com a mão, não lhe advindo disso nenhum mal. Quando isso aconteceu o padre era ainda muito moço e morava na Província de S. Paulo. Viajara muito, posteriormente, e quando o conheci já não se lembrava mais que tipo de planta era a tal erva-de-urubu.

A princípio tinha sido minha intenção instalar-me em S. João na casa do padre. Mais tarde, porém, mudei de idéia, porque não havia pastagens ao redor da cidade e eu teria que me separar de meus acompanhantes e de minha bagagem, o que seria muito incômodo para mim. Permaneci, pois, no Rio das Mortes Pequeno, de onde podia facilmente fazer rápidas excursões à cidade.

Fiquei curioso para ver a procissão que a Confraria de S. Francisco faz, de tempos em tempos, na quarta-feira de Cinzas (Procissão das Cinzas), não só em S. João como em outras cidades da comarca. Anunciara-se que ela seria realizada nesse ano, e desde a véspera da cerimônia começou a passar pelo rancho onde me achava um grande número de homens e mulheres a cavalo, que iam a S. João assistir à festa. Na própria quarta-feira encontrei ainda uma multidão de gente a caminho da cidade. Apesar do calor extremo, quase todos estavam envoltos em amplas capas de gola larga, semelhantes às que se usam na França à época do Natal. Esse costume, originário de Portugal, era generalizado e vinha sendo adotado há muito tempo na Província de Minas e talvez em muitas outras partes do Brasil. À época de minha viagem, os mineiros de certa posição só usavam a capa quando estavam em casa, para cobrir as roupas caseiras, mas não havia um único trabalhador que saísse sem ela, e a posse dessa peça do vestuário era cobiçada por todos os mulatos livres.

---

[2] Essa cobra fazia parte da imensa coleção que, à minha chegada à França, entreguei ao Museu de Paris.

Ao chegar a S. João encontrei as ruas apinhadas de gente. Foi celebrada uma missa cantada, e já era uma hora quando o padre deixou a igreja. Disse-me que não iria tomar parte na procissão porque ali, como em todas as paróquias da província, a Confraria de S. Francisco procurava subtrair-se à autoridade pastoral.[3] Acrescentou que estava em guerra com a Confraria havia dez anos e que tinha feito reclamações junto às autoridades do Rio de Janeiro, mas que seus adversários contavam com poderosos protetores, não se dignando as autoridades nem mesmo a lhe dar resposta. Explicou-me ainda que a procissão passaria às quatro horas diante de sua casa e que poderíamos vê-la da sacada, mas ao mesmo tempo me preveniu de que eu seria testemunha de coisas altamente ridículas, contra as quais ele fora o primeiro a protestar, em pura perda, porém.

Por volta das cinco horas a procissão entrou na rua onde morava o pároco. À frente vinham três mulatos trajando túnicas cinzentas, semelhantes aos trajes com que se apresentam, em nossas óperas, os gênios do Mal. Um deles levava uma grande cruz de madeira e os outros dois seguravam, cada um, um longo bastão com uma lanterna na ponta. Imediatamente atrás deles vinha um outro personagem, vestido com um traje muito justo, de tecido amarelado, no qual haviam sido desenhados com tinta negra os ossos que compõem o esqueleto. Esse personagem representava a Morte, e em meio a grandes palhaçadas fingia golpear os passantes com uma foice de papelão. A uma regular distância do primeiro grupo vinha outro, precedido de um homem trajando um manto cinzento e trazendo um punhado de cinzas sobre uma bandeja. Ia de um lado a outro da rua como que tentando marcar com elas a testa dos espectadores. Os personagens que o seguiam eram uma mulher branca e cheia de atavios e um outro homem de manto cinza levando na mão um ramo de árvore carregado de maças, no qual tinha sido enrolada uma figura representando uma serpente. O homem representava Adão e a mulher, que fazia o papel de Eva, fingia colher de vez em quando uma maça. Atrás deles vinham dois meninos. Um, representando Abel, fiava um pedaço de pano de algodão e o outro dava golpes no chão com uma enxada, como se cavasse a terra. Esses dois grupos foram seguidos por treze andores carregados pelos irmãos da Confraria de S. Francisco. Debaixo dos andores viam-se imagens de madeira em tamanho natural, pintadas e vestidas com roupas de verdade. Os treze andores seguiam em fila e a uma distância considerável uns dos outros. Num deles vinha Jesus orando no Jardim das Oliveiras, em outro Santa Madalena e a bem-aventurada Margarida de Cortone, ambas de cabelos soltos e trajando mantos de um tecido cinzento. No terceiro estava S. Luís, Rei da França e no quarto o bem-aventurado Yves, Bispo de Chartres. A Virgem, em toda a sua glória, cercada de nuvens e querubins, também estava presente em um dos andores. Outra imagem representava S. Francisco recebendo do Papa a aprovação dos estatutos de sua ordem, e em outro grupo encenava-se o milagre dos estigmas. Finalmente, via-se S. Francisco sendo beijado por Jesus Cristo. Essa série de imagens era, sem dúvida, extremamente bizarra. Não obstante, o mau gosto ressaltava mais no conjunto do que nos detalhes. As roupagens condiziam bem com os personagens que as vestiam, as cores eram vivas, e não se podia deixar de reconhecer que as figuras eram esculpidas com bastante arte, levando-se em conta que tinham sido feitas por pessoas do próprio lugar, que não dispunham de modelos adequados. O que havia talvez de mais ridículo na procissão eram os meninos de raça branca, vestidos de anjo, que acompanhavam cada andor. As sedas, os bordados, as gazes e as fitas eram usados com tal profusão em seus trajes que eles mal podiam caminhar, embaraçados por tantos

---

[3] Foi a existência dessa Confraria e da de Nossa Senhora do Carmo (Ordem Terceira de N. S.ª do Carmo, Ordem Terceira de S. Francisco) que levou Walsh (*Notices*, II, 134) a dizer que havia dois conventos em S. João del Rei. É sabido que não era permitido às ordens religiosas estabelecerem-se na Província de Minas Gerais.

arrebiques. Uma espécie de tiara, composta de gaze e fitas, encobria quase que inteiramente suas cabeças. Vestiam saias-balão bem armadas, de mais de um metro de diâmetro, e em seus corpetes de gaze plissada estavam presas, além de uma profusão de fitas, pelo menos uma meia dúzia de enormes asas recobertas de gaze. Após a passagem dos andores surgiu um grupo de músicos, os quais cantaram um motete à porta da casa do vigário. Em seguida veio o padre com o Santo Sacramento, e finalmente o povo fechando a marcha. À passagem de cada andor todos os assistentes faziam uma genuflexão, mas logo em seguida punham-se a conversar despreocupadamente com os vizinhos. Havia anos que não se realizava a Procissão das Cinzas, e não se podia deixar de achar um certo encanto nessa cerimônia irreverente, em que ridículas palhaçadas se misturavam com o que a religião católica tem de mais respeitável.

O vigário de S. João conhecia bem os abusos de que era vítima a igreja brasileira e parecia sofrer com isso, desaprovando o desvirtuamento das festas religiosas que ocorriam na região. Dizia com razão que os brasileiros são religiosos por natureza mas achava que sua religiosidade é muito superficial e que os padres pareciam considerar como um jogo a ofensa e o perdão.

Eu teria preferido que fosse o Brasil o assunto das conversas que tive com o vigário e um jovem padre que morava com ele. Mas os dois sempre insistiam em falar sobre a nossa revolução, de cujos fatos principais eles tinham um bom conhecimento. Gostavam de falar também sobre Napoleão, sobre seus generais, enfim, sobre tudo o que havia ocorrido na França nos anos passados. Nossa história contemporânea é tão extraordinária e está de tal forma ligada aos destinos do mundo inteiro que, mesmo nos pontos mais longínquos da Província de Minas, encontrei pessoas que a tinham estudado e se mostravam curiosas em conhecer novos pormenores sobre ela.

No dia 26 de fevereiro, no momento em que me preparava para deixar S. João e voltar ao Rancho do Rio das Mortes Pequeno, armou-se um temporal e a chuva desabou em seguida. Esse momento era esperado com ansiedade pelos agricultores, pois a seca vinha-se prolongando na região desde o Dia de Reis, e tão forte era ela que a maioria das flores, queimadas pelo sol mal desabrochavam, não tinham produzido sementes. Calculava-se que a colheita do milho iria render apenas a décima parte do que comumente costumava render. Em resultado, o preço do milho tinha subido astronomicamente.

Durante minhas idas e vindas entre o rancho e S. João, onde eu ia fazer compras e contratar alguns serviços, a saúde de Prégent foi-se alterando gradativamente. Decidi fazê-lo tomar um vomitório, que lhe trouxe um alívio momentâneo. Em breve, porém, seu estado começou a causar-me graves preocupações. Naquela região, como em toda parte, aliás, a gente do povo mostra no trato com os doentes uma solicitude bem intencionada mas intolerável. Duas mulatas, que o meu velho hospedeiro tinha em sua casa, e que me pareciam mulheres de bom coração, estavam sempre tentando convencer Prégent a comer alguma coisa ou tomar um pouco de caldo, aumentando os sofrimentos do infeliz com as suas importunações.

Ao chegar um dia de S. João vi que seu estado piorara. Notando a minha ansiedade, o meu hospedeiro saiu em busca de um fazendeiro das redondezas, que se dizia entendido em doenças e no qual todo o povo do lugar depositava grande confiança. A necessidade leva muitos mineiros que dispõem de uma certa inteligência e gostam de ajudar os outros a fazerem quase o papel de médicos. Eles observam e examinam os doentes, às vezes com bastante perícia, e consultam livros de Medicina, que lêem e relêem incansavelmente, esforçando-se por aplicar sensatamente os conhecimentos neles adquiridos. Conforme me disse José Teixeira,[4] o digno Ouvidor de Sabará, se para se formarem bons médicos são necessários vários cursos, não existe um único fazendeiro de Minas que não tenha pelo menos o correspondente a uns dois ou três. Dá-se o nome de curiosos a todos os que dessa forma exercem a Medicina sem terem feito cursos regulares, e de um modo geral esse termo é usado para designar todas as pessoas que se dedicam, por gosto, a um ofício ou arte qualquer sem fazer disso sua profissão.[5] Pude verificar que o curioso que o meu hospedeiro me trouxe, o Alferes José Pereira da Silva, era um homem bondoso e honesto, embora um tanto atabalhoado de maneiras. Ele me falou com bastante sensatez sobre a doença de Prégent, que na sua opinião era causada por uma febre maligna, e me aconselhou que continuasse a dar-lhe bebidas refrescantes e lhe administrasse outro vomitório.

Prégent passou a noite mal, e eu também não tive descanso, pois me levantava a todo momento para lhe dar de beber. Além do mais atormentava-me a idéia de perdê-lo e eu era assaltado pelos mais tristes pensamentos. Parecia-me que a minha viagem não tinha sido abençoada pela Providência. Quantos obstáculos encontrara antes de empreendê-la e como se tornava difícil conseguir as menores coisas! Quão desagradável tinha sido o incidente em Porto da Estrela e quantos problemas me criara o tropeiro que me tinha abandonado em Ubá! Quanta diplomacia, quanto cuidado me custara manter a paz com Prégent, e agora o infeliz se achava gravemente enfermo! Não me é possível exprimir tudo o que ele me fez sofrer depois que sua saúde ficou abalada. Não é menos verdade, porém, que ele me prestou serviços inestimáveis e que possuía grandes qualidades... Ao amanhecer levantei-me cheio de desânimo e dominado por profunda tristeza.

Dirigi-me a S. João e lá indaguei qual era o cirurgião mais competente que havia na cidade. Indicaram-me o Capitão Antônio Felisberto, que eu já tivera ocasião de conhecer no ano anterior, tendo recebido dele nessa época úteis ensinamentos. Depois de ouvir o meu relato, o capitão também achou, como o curioso do Rio das Mortes Pequeno, que Prégent estava atacado de uma febre maligna. Na sua opinião, a doença dele tinha-se instalado antes mesmo de termos deixado as matas virgens. Como o infeliz devia ter sofrido ao se ver exposto ao sol ardente dos descampados, já que se obstinara em não se proteger com um guarda-sol!

Dois ou três dias mais tarde (2 de março), providenciei a mudança de Prégent para um albergue de S. João, a fim de que ficasse mais próximo do cirurgião, e me mudei também para a cidade. Levei comigo o índio Firmiano, deixando Laruotte e José Mariano no Rancho para cuidarem dos animais. O índio me era de pouca utilidade, devido à sua inexperiência, e cumpria a mim, noite e dia, prodigalizar todos os cuidados ao meu pobre enfermo. É impossível ser mais mal servido do que eu era no albergue em que me encontrava. Levava horas para conseguir obter até mesmo um simples copo de água. Haviam-me alojado no rés-do-chão, num quartinho que recebia pouca luz. E eu passava aí os dias cheio de tédio, tristeza e inquietação, e à noite era devorado por miríades de mosquitos.

No dia seguinte ao da minha chegada, por volta das nove horas da noite, quando me achava estendido no meu miserável catre, irrompeu apavorado no meu quarto um modesto comerciante italiano, que se encontrava também hospedado no albergue. Aos gritos, ele me disse que acabavam de roubar sua mala e seu dinheiro. Aconselhei-o a ir queixar-se imediatamente ao Ouvidor,

---

[4] Já dei a conhecer em meu segundo relato o caráter íntegro de José Teixeira, que mais tarde recebeu do Imperador D. Pedro I o título de Barão de Caeté.

[5] O termo curioso corresponde em nossa língua ao de amador, mas tem um sentido mais amplo.

e foi o que fez. Ele havia saído às seis horas, depois de fechar a porta e as janelas do seu quarto, que ficava no primeiro andar. Ao voltar tinha encontrado a porta ainda fechada mas a janela aberta, e sua mala havia desaparecido. O dono do albergue e os outros viajantes chegaram à conclusão de que a mala tinha sido descida pela janela, e que um assovio que haviam escutado era um sinal combinado entre os ladrões. Todos os viajantes se reuniram diante da porta do italiano, e ali faziam as mais desencontradas conjecturas, quando resolvi por fim sugerir ao grupo que fizessem uma revista no albergue. Descemos até o pátio, e mal havíamos dado alguns passos ouvimos um grande barulho vindo da direção do quarto do pobre negociante. Ficou confirmada a idéia de que o roubo tinha sido feito pela janela, concluindo todos que o ladrão ficara escondido no quarto e agora acabava de fugir, precipitando-se para a rua. Nesse meio tempo chegou o Ouvidor. Mandou acender todos os lampiões, colocou guardas em todas as saídas e começou a revista. Não encontrou nada no térreo. Subiu ao primeiro andar e percorreu vários quartos, chegando afinal a um cômodo que estava desocupado. Pediu a chave do quarto, que estava nas mãos do escriturário do albergue. Aberta a porta, encontrou-se a mala sobre uma mesa, sem que lhe faltasse nada. Não obstante, o ouvidor continuou sua busca, mas não encontrou ninguém. Experimentou todas as chaves da casa na porta onde fora encontrada a mala, mas nenhuma serviu. Mandou então prender o escriturário, que não perdia oportunidade de nos lograr e que era, evidentemente, o ladrão. Eu soube mais tarde que esse homem havia sido absolvido sem maiores complicações, bem como o dono do albergue, considerado como seu cúmplice.

Fui à cidade no dia seguinte ao do roubo, e as conversas giravam, naturalmente, em torno desse pequeno incidente. O dono da casa me falou bastante mal dos mineiros, os quais, na sua opinião, não mostravam nem gentileza nem boa-fé. Disse-me mais que os ferreiros costumavam fabricar chaves falsas para os negros, a fim de que roubassem seus senhores, e que ele próprio tivera disso uma triste prova, já que lhe haviam roubado em várias ocasiões mais de sessenta talheres de prata. Segundo ele, quase todos os negociantes de S. João compravam dos escravos objetos roubados. Quem me falava assim era um paulista, e é sabido que os habitantes de S. Paulo não gostam dos mineiros.[6] Não é, pois, de admirar que ele exagerasse os defeitos destes últimos. Um mineiro que possuía um rancho na Província de S. Paulo, e com o qual mais tarde tive ocasião de conversar, falou-me dos paulistas em termos semelhantes. De qualquer maneira, no decurso da minha primeira viagem eu já tinha percebido que a cortesia em excesso não fazia parte das principais virtudes dos habitantes de Minas. Não deve, pois, causar surpresa o fato de que em S. João del Rei, cidade bem próxima do Rio de Janeiro — porto de mar e capital do País — a cortesia ainda seja mais rara do que em outras partes da província,[7] onde aliás a educação é geralmente muito mais apurada. Sabemos quais foram os primeiros habitantes da Província de Minas, e que um bando de aventureiros se abateu sobre a província tão logo foi descoberta pelos paulistas.[8] Seria difícil que as gerações seguintes não conservassem nada do caráter e das maneiras de seus

---

6 Os paulistas foram outrora vencidos e escorraçados pelos forasteiros que chegaram depois deles à Província de Minas e cujos descendentes formam a maioria da sua população atual. Data dessa época o desentendimento que existiu durante muito tempo, e talvez ainda exista, entre mineiros e paulistas.

7 Ver o que escrevi sobre a Comarca do Rio das Mortes e sua capital em meu livro *Viagem ao Distrito dos Diamantes*, etc.

8 "Vinda de várias províncias — diz um autor brasileiro — espalhou-se pelas matas de Minas uma população numerosa, que não conhecia outra lei senão a da força, que se entregava a uma licenciosidade sem limites, à qual nada importava a não ser o ouro e cujo caráter era uma mistura de orgulho, ambição e audácia levados ao último grau" (Pizarro, *Mem. Hist.*, vol. VIII, 2.ª parte, 9).

ancestrais. O cuidado que tiveram os mineiros ricos de mandar seus filhos à Europa e o estabelecimento do Seminário de Mariana, onde os jovens recebiam boa educação, há de ter, sem dúvida, contrabalançado consideravelmente as influências de uma origem desastrosa. Há, porém, uma outra influência, que age constantemente sobre os brasileiros de uma maneira bastante perniciosa — a da escravatura. O excessivo grau de inferioridade do escravo leva-o, naturalmente, aos mais torpes vícios. Disse-me um vigário da Bahia — que em outros tempos havia sido cativo dos africanos — que não costumava punir seus escravos quando mentiam ou roubavam por que ele próprio tinha cometido as mesmas faltas quando era escravo. Para fugir ao castigo o escravo habitua-se a mentir, e rouba porque nada possui, embora se veja sempre cercado de objetos tentadores e suas mínimas necessidades quase nunca sejam atendidas. Pode ser também que considere o roubo como uma forma de vingança. E que motivos impediriam o escravo de ceder às suas más inclinações? Sentimentos religiosos? Poucas noções tem ele do que seja isso. O receio de manchar sua reputação? O escravo não tem mais reputação do que um boi ou um cavalo e, como eles, está à margem da sociedade humana. Resta, pois, o temor ao castigo. Mas se é punido às vezes pelas faltas mais insignificantes, por que não arriscar-se ao castigo para satisfazer seus gostos e suas inclinações? O senhor de escravos vê-se, assim, cercado de seres necessariamente abjetos e corruptos. É no meio deles que seus filhos são criados, e os primeiros exemplos que as crianças vêem são os de roubo e dissimulação. Como não iriam eles familiarizar-se com esses vícios e tantos outros mais, que a escravidão arrasta consigo?[9] Culpemos o escravo, sem dúvida, mas não deixemos de culpar também o seu senhor.[10]

9 Um jovem brasileiro de boa família contou-me que, quando era criança, seu pai lhe proibia terminantemente brincar com os filhos dos escravos, mas ele desobedecia essa ordem sempre que tinha oportunidade. Presumo que a maioria dos pais de família fazem essa proibição e são igualmente desobedecidos.

10 A escravidão, como se vê, acarreta numerosos males, mas é bem possível que esses males fossem ainda maiores se os escravos recebessem repentinamente a emancipação, como exigem em altos brados os filantropos, sem dúvida animados das melhores intenções mas inteiramente ignorantes do que sejam os negros e a América. Os laços que prendem os escravos devem ser afrouxados gradativamente, do contrário os riscos serão muito grandes. O que se passou no Brasil, com referência ao tráfico de escravos, tende a confirmar o que digo aqui. No reinado de D. João VI haviam sido fixados rígidos limites para esse tráfico, e as taxas cobradas a quem importava escravos eram muito altas. Não existia, pois, o contrabando, porque os lucros que isso poderia trazer não contrabalançavam os riscos. Os escravos eram caros, e as pessoas de poucos recursos só podiam comprá-los a crédito, pagando juros onerosos. O homem livre acabava por se resignar pouco a pouco a trabalhar, e à medida que se habituava a isso as tarifas podiam ser gradativamente aumentadas, prejudicando assim o tráfico na mesma proporção. Este foi inteiramente suprimido num momento em que os brasileiros ainda o consideravam indispensável. Em toda parte onde o contrabando oferece bons lucros sempre surgem contrabandistas audaciosos que enfrentam todos os riscos. Foi o que aconteceu no Brasil. Enquanto os veleiros dos reinos unidos cruzam os mares entre a África e a América para impedir o tráfico, e chegam mesmo a fazer muitas presas, o dinheiro dos capitalistas ingleses continua a sustentá-lo (ver Kidder, *Sketches*, II, 390), e eu fugiria à verdade se dissesse que nenhum francês jamais tomou parte nisso. Os lucros são de tal ordem, diz Gardner, que uma única leva de negros que consegue romper o cerco paga os prejuízos de três que foram apresadas e ainda deixa margem para lucro. "Tenho boas razões para acreditar", acrescenta o mesmo autor, "que durante os cinco anos que passei no Brasil as importações sempre corresponderam à procura. Todo mundo sabe no Rio de Janeiro que os carregamentos de escravos são desembarcados regularmente a pouca distância da cidade (....) e em várias viagens que fiz pelo litoral vi freqüentemente serem desembarcadas levas de até 300 negros. Muitas vezes também encontrei, no interior, bandos de até 100 africanos, que iam ser postos à venda. (....) Os próprios magistrados compravam escravos regularmente, e ninguém ignora que os homens colocados à testa dos distritos onde são desembarcados os negros são subornados para se manterem calados" (*Travels*, 16). Vejamos, pois, qual foi para o Brasil o resultado da brusca supressão do tráfico. Não parece que as importações tenham diminuído, pois elas correspondem à procura (ver, além de Gardner, H. Say, *Hist. Rel.* 249). Os negros não são provavelmente tratados de maneira melhor ou pior do que anteriormente, e os filhos dos homens livres continuam a ser criados no meio dos escravos; mas ocorreram algumas mudanças. As leis e os tratados proclamados perante o Universo são violados por todo mundo — europeus e americanos — e os que deveriam zelar pelo seu cumprimento recebem dinheiro para calar a boca; o espírito dos antigos flibusteiros renasceu em homens que se colocam, como eles, à margem da sociedade cristã; as torturas que os negros sempre sofreram durante as travessias marítimas (Martius, *Reise*, II, 665) tornaram-se mais terríveis devido aos meios empregados para subtraí-los à perseguição dos cruzadores (Walsh, *Not.*, II, 490), e duplicam quando os navios negreiros são aprisionados (ver *Minerva Brasiliense*, III, 34); o dinheiro que se pagava ao fisco pelas importações legais enriquece agora os capitalistas ingleses e os aventureiros sem fé e sem lei.

Como bem observou Ferdinand Denis,[11] o regime a que são submetidos os negros difere bastante nas várias regiões do Brasil. Apresso-me a esclarecer que na Província de Minas eles me pareceram tratados com bastante doçura, e é certo que mesmo no Rio de Janeiro o tratamento que recebem é bem melhor do que nos estados do Sul da Confederação Americana. O consciencioso escritor que acabei de citar, bem como Spix e Martius, Gardner e mesmo o Conde de Suzannet, que mostrou tão pouca benevolência para com os brasileiros, são acordes em reconhecer que estes são geralmente muito indulgentes em seu trato com os escravos. Aqui está como se exprime, em particular, um desses exploradores, que segundo creio viajou mais tempo pela América portuguesa e pôde conhecer mais a fundo os seus habitantes: "Antes de minha chegada ao Brasil eu havia sido informado de que a condição dos escravos nesse país era a mais desgraçada que se podia imaginar. Mas poucos anos de permanência ali me foram suficientes para corrigir essa idéia errônea .... A escravidão jamais encontrará em mim um seu defensor, mas por outro lado não posso deixar que permaneça a crença de que os brasileiros proprietários de escravos sejam monstros bárbaros. Durante minha longa permanência no país foram poucos os atos de pura e simples crueldade que testemunhei .... Os homens da terra, por natureza inclinados à pachorra e à indolência, dão pouca atenção a faltas que entre povos mais ativos e de temperamento mais ardente seriam punidas com severidade; .... contentam-se em punir com algumas chibatadas certos crimes que na Inglaterra acarretariam a deportação ou mesmo a pena de morte.
Na maioria das fazendas os escravos são bem tratados e parecem bastante felizes. .... Eu jamais teria acreditado que os negros em algumas das propriedades mais ricas fossem escravos se não tivesse sido informado disso previamente. Tive oportunidade de ver grupos de trabalhadores deixarem alegremente suas choupanas pela manhã, as quais são geralmente rodeadas por um pequeno quintal, para se dedicarem às suas ocupações diárias, e retornarem à tarde sem a menor mostra de cansaço ou abatimento. .... As senhoras brasileiras me pareceram quase todas muito bondosas para com os seus escravos, e muitas vezes elas próprias cuidam dos que estão doentes." (Gardner, *Travels*, etc., 17-19.) O mesmo autor confirma o que já disse há mais tempo *(Viagem pelas Províncias do Rio de Janeiro,* etc.) a respeito da pouca tristeza que os africanos levados para a América têm de haver deixado a pátria "Em todas as partes do Brasil que percorri", acrescenta ele, "conversei com os escravos, tendo encontrado muito poucos que lamentassem ter sido tirados de sua terra ou que quisessem retornar a ela."

Volto agora ao melancólico albergue de S. João del Rei e ao infortunado enfermo entregue aos meus cuidados. Presa de uma dolorosa agitação, ele se voltou para a religião em busca da calma e do consolo de que necessitava. Paciente e resignado a partir de então, seus olhos não se afastavam de mim um único instante. Mas a expressão suplicante do seu olhar me dilacerava o coração. Desanimado e vencido pelo cansaço, mandei de volta ao Rio das Mortes o índio Firmiano, que parecia aborrecer-se por ter de participar dos constantes cuidados com o doente, e mantive comigo José Mariano, que tinha capacidade para me ajudar. Tinham-me dado esperanças, que no entanto não se concretizaram. A 7 de março Yves Prégent morreu e foi enterrado, com apropriado decoro, na igreja paroquial de S. João del Rei.

Muitos problemas me criou esse rapaz desde que sua saúde e seu temperamento se alteraram, mas era decente e honrado e me foi de extrema utilidade. Nenhum francês havia antes penetrado nessa província, havia-me dito ele quando

---

11 *Brésil,* 142.

entramos em Minas, acrescentando que nada faria que pudesse envergonhar o nosso país. E mantivera a palavra. Sua perda foi dolorosa para mim. Sentia-me isolado naquela imensa região e me parecia que uma distância infinita me separava então da França.

Eu desejava ardentemente poder completar a coleção zoológica que Prégent tinha começado com tanto zelo e habilidade. Dois rapazes se apresentaram sucessivamente para substituí-lo, mas as informações que recebi a seu respeito não me permitiram contratá-los. José Mariano me garantiu que, tendo tido oportunidade várias vezes de ver Prégent preparar os pássaros, ele se achava capaz de fazer o mesmo trabalho, e que se eu lhe arranjasse um tocador[12] poderia olhar pelos animais e continuar a minha coleção. Aceitei, finalmente, o seu oferecimento, mas era preciso arranjar um tocador.

Nesse meio tempo eu tinha deixado S. João e voltado para o Rancho do Rio das Mortes Pequeno. Vi-me forçado a rever o quarto onde o pobre Prégent tinha caído de cama, e o momento ainda foi muito doloroso para mim.

Havia algum tempo José Mariano vinha-se queixando de fortes dores de cabeça e quase não comia. No mesmo dia em que deixei S. João ele chegou ao rancho com febre. O Alferes José Pereira da Silva, o curioso sobre quem já falei, achou aconselhável dar-lhe um purgativo, e foi o que eu fiz. Sentia-me desesperado, na verdade, por me ver mais uma vez no papel de enfermeiro. Em breve José Mariano se achou em condições de experimentar suas habilidades como taxidermista. Todavia, não tardei a ter outro doente. Firmiano tinha-me acompanhado numa das excursões que eu era obrigado a fazer constantemente a S. João. Molhara-se no caminho, e apesar de minhas recomendações não trocou de roupa ao chegar ao Rancho. Resfriou-se, e a febre apareceu. Fiquei realmente desesperado e tive de recorrer mais uma vez ao amável Alferes, que lhe ministrou um medicamento. Ao fim de poucos dias o caboclo melhorou.

Enquanto ele ainda estava doente fui colher plantas nas pedregosas montanhas situadas à esquerda de quem vai do Rancho para S. João del Rei (Serra de São João). Encontrei poucas plantas em floração, provavelmente devido à seca que havia durado tanto tempo. O alto da serra é constituído por um amontoado de rochas onde cresce apenas uma espécie vegetal, a canela-de-ema *(Vellozia)*. As hastes dessa planta, que têm um aspecto singular como todas do seu gênero, atingem a altura de quatro a cinco pés. São retorcidas e raquíticas, e divididas em galhos de igual grossura em todo o seu comprimento. A não ser no seu topo, onde se vê um tufo de folhas rijas, lineares, pontiagudas e viscosas, elas são inteiramente nuas.

De volta do meu passeio encontrei Firmiano muito melhor, mas tristonho.

Disse-me ele que não conseguia sentir alegria depois de termos perdido o nosso companheiro de viagem. A perda fora de fato muito grande para o pobre índio. Prégent divertia-o, além de só lhe dar bons exemplos e lições aproveitá-

---

[12] O tocador, como já disse em outra parte, é encarregado de conduzir a tropa sob a supervisão de um arrieiro; é ele que a dirige durante a marcha. Um viajante, ao falar dos preparativos que fez para atravessar a Província de Minas, disse que é preciso ter muito cuidado com a escolha dos guias: "Não basta que eles conheçam os caminhos; cabe-lhes ainda cuidar dos animais e velar por eles durante a noite, para que não se afastem muito do acampamento. Um bom guia deve saber ferrar, sangrar os animais e consertar as selas" (Suz., *Souv.*, 258). É evidente que se trata aí de arrieiros, pois são eles que ferram os animais, etc. Mas esses homens não são guias, apenas conduzem as pessoas aonde elas querem ir, e quando não sabem o caminho pedem informações. A não ser quando se pretende escalar um morro elevado, eles são tão desnecessários na Província de Minas quanto na Europa, e talvez os riscos de uma pessoa se perder sejam menores na primeira, porque as estradas são pouco numerosas. É possível que algum arrieiro, para se valorizar aos olhos do patrão, lhe tenha prometido zelar pelos animais durante a noite; mas quando não há pasto fechado os burros são simplesmente soltos no capinzal, sempre que possível encostados a uma colina. As vendas, os ranchos — abrigos abertos a todos os viajantes — as fazendas e os sítios, onde o forasteiro encontra hospedagem, são provavelmente o que o autor acima citado chama de acampamento, já que, mesmo nas regiões mais desertas (sertão) da Província de Minas, é raro que o viajante se veja forçado a dormir ao relento, o que atesto por experiência própria depois de viajar durante dois anos por essa província. Pode-se consultar sobre esses pontos os autores mais dignos de crédito: Eschwege, Pohl, Spix e Martius.

veis. Já com os brasileiros que fui forçado a tomar a meu serviço ele nada tinha a ganhar, chegando mesmo a perder até os seus selvagens encantos.

No dia seguinte Firmiano estava quase restabelecido. Mas tudo indicava que não me seria dado gozar um único dia de tranqüilidade. José Mariano tinha-se iniciado com sucesso na sua nova profissão de empalhador. Contudo, nesse dia deixou passar duas refeições sem tocar nos alimentos. Foi-se tornando tristonho, e me disse que tinha de ir à sua casa buscar suas coisas. Esse problema trouxe-me novas preocupações, pois Firmiano não se achava completamente restabelecido e eu ainda não tinha arranjado um tocador.

O amável alferes tentou inutilmente conseguir-me um homem, mas acabou reconhecendo que era inútil procurá-lo nas redondezas do Rio das Mortes. Apesar disso dirigi-me a S. João, e na tentativa de conseguir de qualquer maneira a pessoa que me conviesse, pedi ao ouvidor que me desse uma carta de recomendação para ser apresentada às autoridades nas povoações por onde eu iria passar quando deixasse o Rancho. O magistrado recebeu-me gentilmente e me entregou uma carta para o Capitão-Mor de Tamanduá.

Eu me sentia mais cansado do que se pode imaginar, tendo em vista os obstáculos que vinha encontrando. Mal conseguia manter-me de pé. Emagrecera muito e receava adoecer por minha vez se permanecesse por mais tempo numa região por onde passara por tanto desgostos e atribulações, e pela qual eu sentia cada vez maior aversão. Finalmente, a 18 de março tomei a decisão de partir no dia seguinte, não importando o que acontecesse. À noite acertei as contas com os meus hospedeiros do Rio das Mortes Pequeno, mas afora as despesas com algumas provisões que eu mandara comprar, eles não quiseram aceitar nenhum pagamento. E no entanto tratava-se de gente pobre. Tinham-se desdobrado em cuidados com os meus doentes e comigo próprio, haviam lavado a minha roupa branca, sempre me davam presentes, e durante um mês ficaram privados por nossa causa de uma parte de sua casa. Se por um lado não tenho com que louvar os habitantes de S. João del Rei,[13] por outro encontrei, pelo menos entre essa boa gente, a generosa hospitalidade que me fez votar aos mineiros eterna gratidão.

---

13 Ver meu segundo relato, *Viagem pelo Distrito dos Diamantes*, etc.

CAPÍTULO VII

QUADRO GERAL DA REGIÃO MONTANHOSA E DESERTA SITUADA ENTRE S. JOÃO DEL REI E A SERRA DA CANASTRA

Topografia da região. Sua vegetação. Em que se ocupam seus habitantes. Como se criam porcos; o comércio desses animais. As habitações dos agricultores; seus costumes, menos hospitaleiros do que os de outras partes da Província de Minas. Como o autor é recebido por um deles. Vantagens e desvantagens de se reunirem nos povoados. A indolência dos pobres.

Para ir de Paracatu e de lá a Goiás desviei-me do caminho mais direto[1] a fim de visitar a Serra da Canastra, onde nasce o Rio São Francisco e que limita as comarcas de S. João del Rei[2] e Paracatu.

Para chegar a essa serra tomei a direção oeste-quarta-noroeste e andei cerca de 45 léguas. A região que percorri então forma uma espécie de crista e deve ser forçosamente muito elevada, pois se acha situada entre as cabeceiras do Rio Grande e as nascentes dos primeiros afluentes do São Francisco.[3] Sabe-se, aliás, pelas observações barométricas de Eschwege, que a Fazenda do Vicente, localizada a quatro léguas da pequena cidade de Tamanduá, situada à beira da estrada, tem uma altitude de 551 metros acima do nível do mar, e que a vila de São João Batista, cinco léguas distante de Oliveira, onde parei, fica a uma latitude de 994,8 m.[4]

Essa região é geralmente montanhosa, apresentando alternativamente pastos e matas. Existe mesmo uma densa floresta perto de Tamanduá. Ali o capim dos campos não é de tão boa qualidade quanto no distrito de Rio Grande, e é unicamente nas imediações da Serra da Canastra que se acha o capim-flecha, gramínea que caracteriza as melhores pastagens. Espalhadas pelos campos vêem-se árvores raquíticas e retorcidas, à semelhança do que vi na região entre o norte da Província de Minas e o Rio São Francisco.[5]

É mais além do povoado de Formiga, lugarejo situado acerca de 24 léguas de S. João del Rei, que se encontram nessa parte os limites do sertão, mas muito antes a região já se mostra escassamente povoada. Entre a Fazenda do Capão das Flores, distante seis léguas e meia do Rancho do Rio das Mortes, e a do Capitão Pedro encontrei apenas uma única propriedade, num percurso de duas léguas e meia. No dia seguinte encontrei apenas uma pessoa no caminho e no outro não vi absolutamente ninguém.

Existem ainda lavras em exploração nos terrenos mais próximos do Rancho do Rio das Mortes Pequeno e de São João del Rei. As dos arredores de Taman-

---

1 A grande estrada de Goiás passa por Bambuí, depois de atravessar Formiga (Eschwege, *Brasilien die neue Welt*, I, 61).
2 Não creio ser necessário dizer que nem em francês nem em português se deve escrever *Saint-Jean d'El Rei*, como fez um autor moderno (Suz., *Souv.*, 279). A Geografia, assim como as ciências naturais, já não admite termos híbridos.
3 Como se verá mais adiante, dei a essa crista o nome de *Serra do Rio Grande e do S. Francisco*, porque divide as águas desses dois rios.
4 Eschw., *Bras. die neue Welt*, I, 23-28. "Essas regiões", diz também Eschwege, "devem formar o planalto mais elevado não só da Província de Minas mas ainda de todo o Brasil, pois suas águas correm, de um lado, até o extremo meridional do império e, do outro, quase até suas fronteiras setentrionais."
5 Ver meu primeiro relato, *Viagem pelas Províncias do Rio de Janeiro*, etc.

duá e Pium-i, porém, estão agora completamente abandonadas. Ali, cultiva-se a terra, cria-se gado e cevam-se porcos. Logo depois de passar pela propriedade do Capitão Pedro, situada a nove léguas do Rio das Mortes, vi em todas as fazendas um grande número de suínos. São eles que constituem a principal riqueza dos arredores de Formiga.

Há uma luta constante nas propriedades contra esses animais, que em certas ocasiões se mostram de uma audácia bastante incômoda. Explicarei em poucas linhas quais os cuidados que eles recebem. Não se separam as fêmeas, os varões e os leitões, e todos ficam soltos ao redor da fazenda. Duas vezes por dia são alimentados com espigas de milho e de dois em dois meses recebem uma porção de sal diluído na água. De tempos em tempos são examinados para ver se têm feridas, as quais são tratadas com mercúrio-doce. Quanto aos porcos castrados para engorda, são tratados com mais cuidado, ficando presos durante o dia num curral e sendo à noite guardados num telheiro cujo chão é forrado com palha de milho. Recebem três rações por dia, sendo duas de milho, geralmente, e a última de fubá,[6] inhame *(Alocasia)* ou carás *(Dioscorea alata)*.[7] De quinze em quinze dias dão-lhes de beber um pouco de água salgada. Nas propriedades onde se fabricam queijos o sal é substituído por rações diárias de leitelho.

A raça de porcos mais comum nessa região é chamada canastra. Os porcos são geralmente pretos e me parecem ter as pernas mais compridas que os da França, o corpo mais curto e o dorso mais arredondado. Suas orelhas se mantêm eretas na primeira infância e são um pouco caídas nos adultos. Machos e fêmeas são castrados com a idade de um ano, sendo-lhes necessário mais um ano para engordar. Um porco médio dessa raça[8] pesa, quando cevado, cerca de 6 arrobas[9] Os suínos são levados em varas à capital do Brasil, percorrendo três léguas por dia. Os homens que os conduzem são pagos à razão de 6.600 réis por viagem, sendo que o Rio de Janeiro dista 80 léguas do povoado de Formiga, que pode ser considerado como o centro produtor dessa região.

Os negociantes de Formiga compram os porcos nas fazendas das vizinhanças, onde são criados em grande quantidade, embora não lhes dêem grande importância. A acreditar no que me disseram, um desses marchantes despachara, ele só, vinte mil porcos em 1818.

Eu já disse que os lavradores da Comarca de São João del Rei eram mais desleixados com suas casas do que os fazendeiros dos distritos auríferos. É evidente que essa parte da comarca, mais afastada dos centros de civilização do que o resto da Província de Minas, não constitui exceção. A propriedade de Cachoeirinha, situada um pouco antes de Tamanduá, tem três léguas de comprimento por duas de largura. Vi aí uma quantidade considerável de gado vacum,

---

6 O fubá é a farinha de milho simplesmente moída; a farinha é o milho separado do seu invólucro e transformado em pasta com o auxílio de uma máquina denominada monjolo. Depois de seco em uma caldeira profunda ele é finalmente reduzido a um pó grosso. (Ver meu primeiro relato.)

7 Já foi explicado que no distrito do Rio Grande se dão também aos porcos inhames e carás, e particularmente que o meu hospedeiro do Rancho do Rio das Mortes Pequeno tinha duas plantações de carás. Neste ponto não posso concordar com Eschwege, pois ele afirma que os porcos são alimentados unicamente com milho e que o elevado preço desse cereal condena esses animais à morte pela fome. Esse autor chega mesmo a dizer que, tendo aconselhado aos agricultores o cultivo da batata para alimentar os seus suínos, eles retrucaram que não iam arrancar batatas para dar comida a porcos, acrescentando Eschwege finalmente que quando os argumentos usados são desse tipo a única coisa a fazer é abandonar homens e porcos à sua triste sorte *(Bras. die neue Welt, I, 27-28)*. Aliás, esse autor escreveu isso em 1814, e não seria totalmente impossível que o costume de dar inhames e carás aos porcos se tenha introduzido nessa parte da Província de Minas entre 1814 e 1819.

8 Segundo me disseram, cria-se no distrito do Rio Grande uma espécie de porcos a que dão o nome de porcos-tatu; têm as pernas ainda mais compridas do que os porcos-canastra e o corpo muito mais curto. Seu dorso é arredondado, e eles jamais atingem o peso dos outros. São castrados aos seis ou sete meses e dentro de um ano já estão suficientemente gordos. A preferência dada a essa espécie de porcos na região do Rio Grande se deve ao fato de que consomem facilmente o milho, não sendo necessária uma grande quantidade desse cereal para engordá-los, como ocorre com outras raças de suínos.

9 De acordo com Eschwege, os porcos gordos não pesam mais de quatro a cinco arrobas.

de porcos e de carneiros. Seu proprietário, o Capitão-Mor João Quintino de Oliveira, vendera nesse ano, no Rio de Janeiro, porcos no valor de dois contos de réis. Era um homem educado e cuja mesa atestava de sobra a sua riqueza. Não obstante, a casa que ocupava era quase tão mal cuidada e modesta quanto as que eu vira em todas as outras fazendas. Ficava situada, como as senzalas, ao fundo de um vasto terreiro e rodeada por mourões que tinham a grossura de uma coxa e a altura de um homem, tipo de cercado muito em uso na região. Da varanda, bastante ampla, em cuja extremidade fora erguido um pequeno oratório, passava-se para uma grande peça coberta de telha-vã e de paredes sem caiação, cuja única mobília consistia em alguns bancos de madeira, tamboretes forrados de couro e uma enorme talha com um caneco de ferro esmaltado para retirar a água. Os poucos quartos que davam para essa sala eram pequenos e não apresentavam mobiliário mais variado. Depois de Tamanduá, principalmente, já nos limites do sertão, as casas da sede das fazendas se compõem de várias edificações isoladas, mal construídas e dispostas sem ordem, no meio das quais dificilmente se distingue a residência do proprietário. Citarei a de Dona Tomásia, localizada entre o povoado de Pium-i e a Serra da Canastra. A propriedade era de extensão considerável e vi aí vários escravos, gado vacum e numerosos porcos. Entretanto, em meio a várias casinhas que serviam de celeiros e senzalas, a dona da fazenda ocupava uma miserável cabana construída sem os mínimos requisitos de estética e conforto, cujo mobiliário consistia apenas numa mesa e alguns bancos rústicos.[10]

Desnecessário é dizer que os moradores dessas fazendas não se parecem em nada com os mineiros das comarcas de Sabará, Serro do Frio e Vila Rica. São homens grosseiros e ignorantes. Suas maneiras se parecem bastante com as dos nossos campônios da França, mas são muito menos ativos e joviais. Quero deixar anotado, ainda, que os lavradores dessa região mantêm o corpo bem aprumado, ao passo que os nossos homens do campo são em geral ligeiramente encurvados, conseqüência do fato de que estes lavram eles próprios a terra enquanto que os primeiros contam com os negros para substituí-los nesse trabalho ou se limitam a tratar do gado.

Embora esses homens vivam numa região longínqua e pouco povoada, não se encontra entre eles a generosa hospitalidade que é tão comum em outras partes da Província de Minas Gerais. Como exemplo disso, relatarei o que me sucedeu numa propriedade bastante próspera. À minha chegada mandaram colocar minhas bagagens num quartinho úmido e escuro, infestado de pulgas e bichos-de-pé *(Pulex penetrans)*. Para não deixar embaraçado o filho da casa, com o qual eu viajara, não me queixei, indo trabalhar na varanda. Foram, porém, bastante gentis para não permitir que Firmiano pusesse o caldeirão no fogo, e me convidaram para jantar. Entretanto, não me foi servido o suficiente para satisfazer o mais moderado apetite. José Mariano e o índio ficaram completamente esquecidos, e teriam morrido de fome se não lhes houvesse sobrado um pouco de feijão da refeição da manhã. À noite esperei inutilmente que me oferecessem um leito, mas essa idéia não lhes passou pela cabeça. O quarto onde

---

10 Cunha Matos que em 1823 foi diretamente do Rio de Janeiro a Goiás, também passou, como eu, por Oliveira, Cachoeirinha e Formiga, e pôde ter uma idéia da região que procuro descrever agora. "A pequena distância de Formiga", diz ele, "alojei-me numa casa feita de barro e madeira. Na parede havia alguns chifres de veado, nos quais se achavam pendurados vários objetos, tais como sela, espingarda, chapéu, uma cesta, uma peneira e uma capa. A descrição que fiz dessa casa aplica-se a todos os sítios e à maioria das fazendas. Bem poucas pessoas ali têm alguma noção de conforto, habitando durante anos seguidos casas que se acham praticamente em ruínas. Nas povoações as moradias são um pouco mais cuidadas, mas nas fazendas o que se vê são os singelos chifres dos cervos da região servindo de cabide para os pertences da casa, não passando esses pertences de selas, arreios, espingardas e objetos semelhantes" *(Itin., I, 66)*. Como nem sempre se matam veados, não mentirei se disser que o luxo dos chifres muitas vezes era substituído por simples pedaços de pau.

me tinham alojado estava de tal forma atulhado de bagagens e era infestado por tantos insetos que preferi mandar armar minha cama do lado de fora.

Senti muito frio durante a noite e levantei-me de mau humor, resolvido a dar uma boa lição ao meu hospedeiro. Quando ele apareceu e me deu bom dia, perguntei-lhe como única resposta se sabia ler, pedindo-lhe que lançasse os olhos sobre a minha portaria (passaporte régio) À medida que ele ia lendo eu via seu corpo empertigar-se e sua atitude tornar-se respeitosa. "Não lhe mostrei esse papel ontem à tarde", expliquei quando ele terminou a leitura, "porque julgava que uma pessoa de bem não precisasse de uma ordem para abrigar decentemente um viajante que se comporta de modo digno. Quero esclarecer que a pessoa a quem o senhor permitiu que dormisse à sua porta, quando possui uma casa tão espaçosa, é um cavalheiro, honrado pela proteção especial do rei deste país." E como eu me achasse a par dos negócios do meu hospedeiro, acrescentei a essas palavras uma ameaça que deve tê-lo deixado extremamente preocupado. O pobre homem ficou petrificado. Desmanchou-se em desculpas e ofereceu-me a casa toda. Como único favor pedi-lhe que no futuro recebesse melhor os estrangeiros, e fiz questão de pagar as ligeiras refeições que fizera em sua casa.

Os agricultores passam a vida nas fazendas e só vão à vila nos dias em que a missa é obrigatória. A obrigação de se reunirem e se comunicarem uns com os outros, bem como o cumprimento das obrigações religiosas, impede-os, talvez mais do que qualquer outra coisa, de reverterem a um estado de quase selvageria. Não obstante, a utilidade dessas idas à paróquia seria bem maior se o agricultor pudesse tirar delas alguma instrução moral e religiosa. Os eclesiásticos, porém, não se dedicam a instruir os fiéis,[11] e comumente escandalizam-nos por sua conduta irregular.

Nos países civilizados a ausência de ensinamentos religiosos e morais conduz a um rude materialismo, ao passo que naqueles que ainda não se civilizaram inteiramente essa falta geralmente leva à superstição. Assim é que os habitantes da região que descrevo agora acreditam em feiticeiros e lobisomens, e muitos chegam ao cúmulo de considerar heréticos os que se recusam a acreditar nisso.

Eu disse acima o quanto é útil para os agricultores a oportunidade que têm de se reunirem e se comunicarem uns com os outros, mas devo acrescentar que as vantagens dessas reuniões nos lugarejos e povoados ficam infelizmente anuladas pelos perigos que ali os esperam. A população permanente das vilas é com efeito em grande parte composta, em toda a Província de Minas, de homens ociosos e de prostitutas, e nos ranchos dos mais humildes lugarejos presencia-se uma vergonhosa libertinagem, e com um impudor, às vezes, de que não há exemplo nas nossas cidades mais corrompidas.

Companheira de todos os vícios, a indolência é uma das principais chagas dessa região. Fiz esforços inauditos para encontrar um tocador numa extensão de 60 léguas, e no entanto existe ali uma multidão de homens pobres e sem ocupação! Os que são casados cultivam terras alheias e se resignam a trabalhar alguns dias para viver sem fazer nada o resto do ano. Os solteiros, que são em menor número, perambulam de casa em casa, vivendo à custa de compadres e comadres, ou então saem para caçar, ausentando-se durante meses. Precisam vestir-se, mas qualquer trabalho insignificante lhes basta para formar o seu humilde guarda-roupa, que se compõe de duas camisas e um número igual de calças de algodão grosseiro. Além do prazer da ociosidade, eles encontram outra vantagem nessa vida nômade e independente: a de se subtraírem a todas as obrigações cívicas, e em especial ao serviço militar. No sertão as autoridades não podem

---

[11] Ver o que escrevi sobre o clero da Província de Minas em *Viagem pelas Províncias do Rio de Janeiro*, etc.

exercer nenhuma vigilância, as leis perdem a sua força, e muita gente para aí acorre de outras partes da província, seja para escapar à perseguição da Justiça, seja simplesmente para usufruir de uma liberdade ilimitada.[12]

---

12 "Vi em um campo onde havia duas pequenas habitações", diz Cunha Matos, *(Itin.,* I, 71), "um grande número de árvores frutíferas, o que veio mostrar o partido que se poderia tirar das regiões descampadas para o cultivo dessas árvores, se houvesse menos indolência no Brasil e na Província de Minas Gerais. (....) Todo vadio que possui um violão ganha o seu pão sem necessidade de trabalhar e encontra sempre quem o queira alojar em sua casa." Esses, pelo menos, divertem os seus hospedeiros, são os menestréis do sertão. Mas nem todo vadio tem uma viola, e precisaria primeiro trabalhar para poder adquiri-la.

CAPÍTULO VIII

INÍCIO DA VIAGEM DE S. JOÃO DEL REI ÀS NASCENTES DO S. FRANCISCO. OS POVOADOS DE CONCEIÇÃO E DE OLIVEIRA. A CIDADE DE TAMANDUÁ.

Partida do Rancho do Rio das Mortes Pequeno. Topografia da região situada entre o Rio das Mortes Pequeno e a Fazenda do Tanque; sua vegetação. A Fazenda do Tanque. O Clero. O Arraial de Conceição. Região situada entre esse povoado e a Fazenda do Capão das Flores. Terras situadas entre essa propriedade e a de Capitão Pedro. Descrição desta última fazenda. Recepção dada aí ao autor. Cultura. A quina-do-campo (Chinchona ferruginea). Influência da constituição mineralógica do solo sobre a vegetação. Reflexões sobre a exploração das jazidas de ferro. Fazenda das Vertentes do Jacaré. Pulgas ferozes. Terras situadas depois dessa propriedade. O Arraial de Oliveira. Um rancho. A Fazenda de Bom Jardim. Hábitos dos camponeses pouco abastados. Um sonho. Morro do Camacho. Fazenda da Cachoeirinha. João Quintino de Oliveira, seu proprietário. A cidade de Tamanduá, sua história, seus habitantes, sua população, suas ruas, suas casas e suas igrejas; doenças que infetam mais comumente o lugar. Caso de um homem sadio mordido por um cão raivoso. Caso de um leproso mordido por um cão hidrófobo e em seguida por uma cascavel.

Eu já disse anteriormente que não me tinha sido possível encontrar um tocador nas vizinhanças do Rio das Mortes Pequeno e que o principal magistrado de S. João me havia dado uma carta para o Capitão-Mor da cidade de Tamanduá, na qual lhe pedia que me arranjasse um. O amável Alferes José Pereira da Silva esforçou-se por conseguir uma pessoa que me levasse pelo menos até Tamanduá, e no dia 19 de março, pela manhã, ele me trouxe o homem. Depois de me ter despedido de meu velho hospedeiro, o Sr. Anjo, de sua filha, D. Rita, e de sua companheira, D. Isabel, eu me pus a caminho. O velho Anjo chorou ao me abraçar, e todos exprimiram o seu pesar com a minha partida. Anjo devia ter uns setenta anos, mas era muito ativo, e falava, ria e resmungava muito. Contudo, a todo instante dava provas da bondade de seu coração.

Não obstante, foi com alegria que deixei o Rio das Mortes, onde tinha passado por tantas tristezas e angústias e cujo nome eu não podia pronunciar sem sentir um estremecimento. No princípio da viagem eu ainda estava mergulhado numa melancolia profunda. Obcecavam-me os mais tristes pensamentos, e a vida me parecia um fardo insuportável. Mas a atividade física a que me via obrigado, o trabalho, a vista de novas paisagens me arrancaram do meu ensimesmamento. Em breve recuperei as forças e o meu ânimo começou a renascer.[1]

---

[1] Itinerário aproximado do Rancho do Rio das Mortes, próximo de S. João del Rei, à Vila de Tamanduá:

Do Rancho do Rio das Mortes Pequeno a Tanque (fazenda)	3	léguas
De Tanque a Capão das Flores (fazenda)	3½	"
De Capão das Flores a Capitão Pedro (fazenda)	2½	"
De Capitão Pedro à Fazenda das Vertentes do Jacaré	3½	"
De Vertentes do Jacaré a Oliveira (povoação)	3½	"

Segui por algum tempo pelo pequeno vale onde corre o Rio das Mortes Pequeno. A pouca distância do rancho que eu acabava de deixar passei por uma capela pertencente à paróquia de S. João del Rei[2] e que tem o nome de S. Antônio das Mortes. Logo adiante atravessei uma grande mineração do tipo a que dão o nome gupiara[3] e em seguida subi um morro bastante elevado, chamado Morro da Lagoa Verde.

A vegetação tinha sido até então a das baixadas nas regiões descampadas. Vi arbustos e pequenas árvores de um verde muito bonito mas de tonalidade escura. Já no morro tornei a encontrar plantas comuns às regiões dos campos: gramíneas, outros tipos de capim e um pequeno número de subarbustos entre os quais ressaltavam as Compostas.

Desde que entrara na região dos campos eu ainda não tinha visto morros tão pouco arredondados ou vales tão estreitos e profundos quanto nas terras que percorria agora, entre Lagoa Verde e a Fazenda do Tanque, de que falarei em breve. E, como resultado natural do que já disse antes a respeito da coincidência da vegetação com a composição do solo, encontrei nessas terras tanto matas quanto pastagens.

Do alto de alguns morros descortina-se uma imensa extensão de terras, e nas baixadas vêem-se fazendas de tamanho considerável. As minerações são numerosas, e à época de minha viagem várias delas ainda estavam em atividade. Todas são do tipo que é chamado de gupiara, e podem ser facilmente reconhecidas a distância pela cor vermelha das terras que são postas a descoberto.

A localização da Fazenda do Tanque, onde parei no dia em que deixei o velho e bondoso Anjo, é extremamente aprazível. A fazenda foi construída num amplo vale cortado pelo Rio das Mortes Grande. Morros pouco elevados e cobertos de capim ou de mata delimitam o vale. Um pouco acima da fazenda há uma lagoa que fornece a água para o engenho de açúcar e, do lado oposto, um braço do Rio das Mortes.

O proprietário da fazenda era um padre. Na região um grande número de sacerdotes limita-se a celebrar a missa, dedicando-se praticamente a todas as atividades menos à eclesiástica. Nada mais comum ali do que padres fazendeiros. O melhor boticário de S. João del Rei era um eclesiástico, que preparava e vendia ele próprio as suas poções. Nessa mesma cidade, pelo que me disse o vigário, um outro padre tecia panos aos metros. Que se pode esperar de homens que se afastam tão ostensivamente dos preceitos religiosos que deviam seguir, sem falar em fatos bem mais escandalosos, que prefiro silenciar?

Quando, depois de passar a noite na Fazenda do Tanque, quisemos partir, procuramos inutilmente o tocador que o Alferes José Pereira da Silva me tinha arranjado. Ele tinha fugido. Na verdade, o homem me havia acompanhado obedecendo a uma ordem de seu superior, mas eu lhe havia prevenido que pagaria 100 réis por dia. Além do mais estava desempregado havia muito tempo. Mas por que iriam trabalhar esses homens, se em toda parte encontram gente que lhes dê alimento a troco de nada? Vimo-nos forçados a partir sem tocador.

Ao alcançar o cume das colinas que dominam o vale onde está situada a Fazenda do Tanque, descortinei uma vasta extensão de terras montanhosas,

De Oliveira a Bom Jardim (fazenda)	3½	"
De Bom Jardim a Cachoeirinha (fazenda)	3	"
De Cachoeirinha a Tamanduá (vila)	2	"
	24½	"

[2] Pizarro, *Mem. Hist.*, VIII, 2.ª parte, 126.
[3] Na mineração de *gupiara* o processo consiste em deixar exposta a superfície aurífera, dispondo-a de maneira a que se possa operar *in loco* uma parte da lavagem. É nos terrenos em declive que se emprega esse sistema. (Ver meu primeiro relato, *Viagem pelas Províncias do Rio de Janeiro*, etc.).

em que as matas predominam sobre as pastagens. Depois de andar meia légua cheguei ao Arraial de Conceição.[4]

Esse povoado pertence à paróquia de S. João del Rei e deve sua fundação ao ouro que havia outrora em suas terras, principalmente às margens do Rio das Mortes. Atualmente as lavras estão esgotadas, e os habitantes mais abastados foram estabelecer-se em outra parte. Os que se vêem ainda em Conceição são quase todos homens de cor, os quais a passagem regular das tropas de burros impede que morram de fome. Além deles há as mulatas, que vivem de vender seus encantos. A história é a mesma na maioria dos arraias da Província de Minas Gerais.

O povoado foi construído no alto de um morro pouco elevado. As casas — uma centena, aproximadamente — são muito pequenas, baixas e quase quadradas, algumas cobertas de telha, outras de palha, e na maioria isoladas umas das outras. Nunca devem ter oferecido nenhum conforto, e agora que estão em ruínas seu aspecto é de total miséria e abandono.

No meio dessas miseráveis moradas causa espanto ver uma igreja exageradamente grande para o tamanho do lugar, e de bem cuidada aparência. O seu interior condiz com a parte externa. É claro e cheio de ornamentos, não só de douraduras mas também de pinturas muito superiores às das nossas igrejas rurais da época. Parece que o povo do lugar é muito devoto à Virgem da Conceição, pois na igreja há um grande número de quadros representando curas milagrosas alcançadas por seu intermédio.

Essa igreja não é a única que se vê no arraial. Por miserável que seja o lugar, há ali outra igreja de menor tamanho. A multiplicidade de igrejas sempre foi uma característica da Província de Minas, e ainda era assim à época de minha viagem. Em lugar de se construírem igrejas teria sido mais cristão formar associações para melhorar a sorte dos negros que, quando libertos, não têm meios de prover à própria subsistência, ou então para impedir que tantos rapazes se entreguem a vadiagem e tantas moças sejam levadas à prostituição.

Apesar do estado de miséria em que se encontra o Arraial de Conceição, o aglomerado de casas não deixa de quebrar a monotonia da paisagem, causando um efeito bastante agradável.

A meia légua do arraial, nas proximidades da Fazenda da Barra, tornei a encontrar o Rio das Mortes Pequeno, que nesse ponto, como já disse, se lança no Rio das Mortes Grande.

Depois de Barra até a Fazenda do Capão das Flores, numa extensão de cerca de duas léguas e meia, só andei no meio de matas. Quase em todo o percurso, entretanto, as florestas primitivas tinham sido derrubadas e substituídas por capoeiras e muitas vezes pelos grandes fetos *(Pteris caudata* ex Mart., a samambaia dos mineiros), que tanto mal causam e que eu ainda não tinha encontrado desde que saíra das grandes matas.[5] Em meio a elas vi em abundância um *Panicum* (n.º 665), a que dão o nome de pega-pega, porque seus filamentos se agarram ao corpo de homens e animais, chegando mesmo a prender pequenos pássaros. Onde crescem os grandes fetos a terra tem um tom vermelho-escuro, como ocorre na região de Mato Dentro[6] e em outras, coincidência que deve ser anotada.

---

4 Não confundir essa povoação, cujo verdadeiro nome é N. S.ª da Conceição da Barra, com a de Conceição do Mato Dentro, situada entre Mariana e Vila do Príncipe (ver meu primeiro relato). Casal indica também uma Vila da Conceição na Província de Goiás (*Cor. Bras.*, I, 347).

5 Esta filicínea invade os terrenos que já foram cultivados várias vezes, tornando-os inaproveitáveis (ver meu primeiro relato).

6 Por região do Mato Dentro entendo a que fica situada na região das florestas, adiante da cidade de Mariana, onde várias vilas têm esse mesmo nome, tais como S. Miguel do Mato Dentro, Itabira do Mato Dentro, etc.

Atravessei uma extensa capoeira que tinha sido queimada por acaso, na qual os troncos enegrecidos dos arbustos se elevavam ainda acima dos grandes fetos. O sistema de agricultura adotado na Província de Minas e em outras partes do Brasil torna muito freqüentes essas queimadas, como já expliquei em outro lugar, e é esse um dos seus grandes inconvenientes.

Depois que deixei o Rancho do Rio das Mortes encontrei pouco gado. A criação de animais é bem menor nessa região do que na do Rio Grande, talvez devido à pouca extensão das pastagens, que me pareceram compostas das mesmas plantas que encontrei nos campos por onde passei ao me dirigir a S. João del Rei, depois de deixar as matas virgens. Não obstante, as plantas são maiores e em grupos mais compactos. Fui informado de que quando se punha fogo nas pastagens o capim ali custava muito mais a brotar do que na região do Rio Grande, onde ele é mais fino, e é esse um dos obstáculos que entravam a criação de gado. Devo esclarecer ainda que não se encontra nessas terras o capim-flecha, uma gramínea que caracteriza as pastagens de boa qualidade. É principalmente à cultura da cana-de-açúcar que se dedicam os fazendeiros da região.

Depois de ter passado a noite na Fazenda do Capão das Flores, reiniciei a viagem, atravessando durante algum tempo um vale úmido, onde se viam grupos de árvores aqui e ali, em meio a um denso capinzal. O sol ainda não estava muito quente e o céu era de um azul maravilhoso. A névoa que subia do vale espalhava no ar uma agradável frescura. Uma calma deliciosa me envolveu por uns instantes, e pude usufruir mais uma vez das belezas da Natureza.

Estávamos no dia 21 de março, e desde o dia 26 de fevereiro, época em que terminou a seca, tinha havido chuvas e trovoadas quase diariamente. As pastagens já não tinham mais aquela cor acinzentada que cansava a vista, e por toda parte um manto de verdura cobria os campos, lembrando os nossos campos de trigo logo depois que germina o grão.

Entre o Capão das Flores e a Fazenda do Capitão Pedro passei por terras montanhosas, como nos dias precedentes, nas quais as pastagens são em menor número do que as matas. Essa região não tem a triste monotonia das imensas pastagens do Rio Grande, e no entanto é vasta a extensão de terras que se pode ver dali. A única coisa a lamentar nessa bela paisagem é a ausência quase total de propriedades. Na véspera eu tinha visto menos habitações ainda do que no dia anterior, e entre o Capão das Flores e Capitão Pedro só encontrei uma fazenda, a das Laranjeiras.

Depois que a região se foi tornando mais arborizada os subarbustos começaram a aparecer com mais freqüência nos pastos, principalmente nos sopés dos morros. Nesses pontos, em meio a um capim de um verde vivo e bonito, vê-se uma grande quantidade de uma *Bauhinia* de numerosas hastes, com 2 a 3 pés de altura, de folhas inteiriças (n.º 233), bem como uma Salicariácea (n.º 263), uma Corimbífera (n.º 306) e o *Hyptis* (n.º 223). Há também uma outra espécie do mesmo gênero, de flores azuis e folhas muito odoríferas (n.º 305).

A caminho da Fazenda do Capitão Pedro vi no meio de um pasto um exemplar de um animal que na região é chamado de cachorro-do-campo e costuma fazer grandes estragos nos rebanhos de carneiros. José Mariano deu-lhe um tiro de espingarda, mas sua arma estava carregada apenas com chumbo miúdo, que só feriu o animal. O bicho correu na minha direção, mas infelizmente passou rápido demais para que eu pudesse observá-lo detidamente. Pareceu-me ter o tamanho de um cão acima da média, com o focinho um pouco alongado, as orelhas pequenas e eretas, a cauda muito longa e horizontal, e o pêlo de um tom cinza azulado. Ao invés de correr ele fugiu aos saltos, com grande ligeireza.[7]

Do Capão das Flores segui até a fazenda do Capitão Pedro, distante dali duas léguas e meia. Essa fazenda, como todas as outras, fica situada numa baixada. As edificações que a compõem são vastas, mas a casa do proprietário é tão mal tratada quanto todas as outras que vi desde que entrei na Comarca de São João.

Quando lá me apresentei indicaram-me como alojamento um estábulo escuro e coberto de estrume. Nada reclamei enquanto minhas malas não foram descarregadas. Tão logo, porém, me vi de posse da minha portaria declarei ao dono da casa que lamentava ter de incomodá-lo mas que não podia deixar de pedir-lhe a gentileza de me arranjar acomodações mais adequadas. A leitura da portaria causou o efeito de um talismã. Todo mundo passou a se mostrar de uma polidez extrema. Levaram minha bagagem para a varanda, deram-me um bom leito e não permitiram que Firmiano, havia muito tempo promovido por mim ao posto de cozinheiro, pusesse o caldeirão no fogo, para empregar a expressão usual na terra.

A Fazenda do Capitão Pedro tem duas léguas de extensão. É dedicada ao cultivo do milho, do feijão e do arroz, e à criação de gado e de porcos. A localização dessa propriedade, situada entre São João del Rei, a cidade de S. José, o Arraial de Oliveira, a cidade de Tamanduá e o Arraial de Formiga garante o escoamento de toda a sua produção. Num ano comum o milho rende, nas terras boas, 160 por 1. Cultiva-se também um pouco de algodão nos arredores da fazenda, mas as terras ásperas e avermelhadas da região são pouco propícias a esse vegetal, sendo necessário lavrar três ou quatro vezes a terra em que ele é plantado. Já a cana-de-açúcar parece adaptar-se melhor aí do que em qualquer outra região que eu percorrera ao deixar o Rio das Mortes.

Um pouco antes de chegar à Fazenda do Capitão Pedro encontrei em abundância numa encosta, no meio dos pastos, a pequena quinquina de flores perfumadas e folhas cor de ferrugem *(Chinchona ferruginea,* ASH.), que cresce em tão grande quantidade nos arredores de Vila Rica, Itabira do Mato Dentro, etc.[8] e a qual não voltara a ver depois da minha primeira viagem. Era nos terrenos ferruginosos que eu a havia observado então, e ao chegar à Fazenda do Capitão Pedro fiquei sabendo que havia nas vizinhanças da propriedade uma jazida de ferro, num morro denominado Morro do Palmital. Uma coincidência tão acentuada só nos pode levar a concluir, creio eu, que essa planta constitui uma

---

[7] O Prof. Gervais acredita que esse animal seja o *Canis campestris* do Príncipe de Wied Neuwied.

[8] O ilustre De Candolle separou do gênero *Cinchona* essa planta, dando-lhe o nome de *Remija (Prod.,* IV, 357) porque, segundo ele, a deiscência não é somente septicida, mas a folha carpelar se fende mais ou menos no seu meio. Se, como já mostrei em outro trabalho *(Morfologia Vegetal,* 714), essa insignificante peculiaridade bastasse para a criação de um gênero seria necessário — se quiséssemos ser coerentes — criar também um novo gênero para a *Veronica anagallis*, que tem essa mesma característica. Humboldt acreditava antigamente que a quina não crescia na parte oriental da América do Sul; mais tarde admitiu, quando foram descobertas as *Cinchonas ferruginea, remigiana* e *vellozii* (comunicação verbal feita à Academia das Ciências sobre um trabalho de Auguste de Saint-Hilaire intitulado "Plantas Usuais dos Brasileiros", publicado nos *Annales des Sciences d'Orléans,* VI, 168), que existem três espécies no Brasil (talvez simples variedades de uma única espécie). Deixariam elas de existir presentemente na América Oriental unicamente porque, embora tendo as propriedades da *Cinchona*, seus caracteres e em particular sua deiscência apresentam, segundo dizem, uma fenda no meio das valvas? Se fossem admitidos tais princípios é preciso convir que a Geografia botânica iria repousar sobre bases bem pouco sólidas. Há mais, porém: um simples erro de impressão ou de cópia mudaria nossas idéias sobre a distribuição geográfica das quinas. Com efeito, após o trecho em que digo, referindo-me ao fruto da *Cinchona ferruginea*, em meu trabalho *Plantas Usuais dos Brasileiros,* n.º II, que a cápsula se abre em duas valvas pelo meio do septo — o que indica o mais claramente possível uma deiscência septicida e é inteiramente confirmado pouco adiante — lêem-se entre parênteses as palavras deiscência loculicida, que evidentemente são resultado de uma distração ou lapso momentâneo. Obrigado a trabalhar rapidamente, De Candolle não viu, evidentemente, na minha descrição senão essas palavras errôneas, pois que as cita em seu trabalho, e foi isso o que o levou a criar o gênero *Remija*. George Bentham reconheceu sagazmente o erro em que caiu o autor do *Prodromus (Journ. Bot.,* III, 215), e de suas observações, assim como das minhas, resulta que o gênero *Remija*, baseado num engano, não pode ser admitido pelos botânicos.

indicação certa da presença de ferro no solo. O que vem provar que a composição mineralógica de um terreno não deixa de ter influência sobre a sua vegetação.

Seja como for, o proprietário da fazenda tinha instalado na sua casa uma pequena forja, onde fundia para uso doméstico o minério do Morro do Palmital. Queixava-se, porém, de só conseguir fabricar o aço. Ao que parece, o ferro bruto no Brasil tem geralmente uma grande tendência para se transformar em aço. Nas fundições de prata, por onde passei em 1818, procurava-se remediar esse inconveniente colocando-se nos fornos unicamente os pedaços maiores de carvão. Talvez os habitantes de toda essa região conseguissem contornar essa dificuldade se adquirissem melhores conhecimentos sobre a arte de fundir o ferro. Há alguns anos o governo do Brasil enviou à França um grande número de jovens para que lá adquirissem conhecimentos sobre variadas ciências. Como se explica o fato de não ter sido imposta a esses moços a obrigação de estudar a exploração das minas e a metalurgia? O governo da Província de Minas Gerais, região onde se encontram em abundância quase todos os metais, pagou os estudos de dois jovens em Paris. Era de se supor que essa despesa tenha sido feita para que os dois aprendessem a tirar o melhor partido possível das riquezas de sua pátria. Contudo, não foi esse o objetivo de sua demorada viagem. Pelo que me informaram, eles foram de Minas a Paris para estudar agrimensura.

Entre Capitão Pedro e a Fazenda das Vertentes do Jacaré passei por terras bastante semelhantes às que percorrera na véspera, um pouco mais cheias de matas, porém. Durante todo o dia só vi três propriedades, sendo que duas delas de pouca importância, e não encontrei uma única pessoa no caminho. À medida que me afastava de São João del Rei a região ia-se tornando cada vez mais despovoada.

A Fazenda das Vertentes do Jacaré,[9] onde passei a noite, fica situada como de hábito numa baixada, à beira de um riacho. É inteiramente rodeada de colinas cobertas de capim e de mata, apresentando um aspecto de profunda solidão.

Haviam-me dado inicialmente, nessa fazenda, um quarto escuro e de teto baixo, com o qual me conformara. Tão logo, porém, nos instalamos nele, eu e meus acompanhantes, nossas pernas e pés ficaram cobertos de bichos-de-pé *(Pulex penetrans)*. Pedi que me arranjassem outro local, e me alojaram na varanda. Não tive melhor sorte aí, porém. Enquanto escrevia, sentia picadas a todo instante, e passei o tempo todo examinando os pés para tirar os insetos antes que neles penetrassem. Em nenhum outro lugar eu havia visto um número tão grande de bichos-de-pé. É difícil imaginar que, com um pouco de cuidado e higiene, não se conseguisse impedir uma proliferação tão espantosa desses insetos.

Entre a Fazenda das Vertentes do Jacaré e o Arraial de Oliveira, distante dela três léguas e meia, as terras montanhosas e cortadas de matas e pastagens apresentam vastas e despovoadas extensões. Não encontrei ali um único viajante, não vi um único boi, tendo notado a presença de apenas duas propriedades, uma ao longe e outra à beira do caminho. Na véspera eu havia subido sempre, mas nesse dia o caminho começou a descer abruptamente, de uma forma muito pronunciada. Pouco depois atravessei, por uma ponte de madeira em péssimas condições, como de resto são todas as da região, o Rio Jacareí que nasce na fazenda onde eu passara a noite e lhe dá o nome (Fazenda das Vertentes do Jacaré). Eu tinha subido o morro para chegar às nascentes desse rio e em seguida descera para me achar de novo às suas margens. Pouco antes de chegar ao

---

9 O termo vertente significa propriamente direção de escoamento das águas fluviais, mas é evidente que no Brasil, ou pelo menos em algumas partes do Brasil, ele tem o mesmo sentido que damos à nossa palavra *sources* (fontes).

Arraial de Oliveira atravessei um pequeno vale muito aprazível, de onde já podia ter uma visão do lugarejo ao longe e no qual já se viam algumas casinhas.

Em Oliveira vi-me num rancho imundo, misturado com tropeiros de todas as cores. Havia sacos de algodão amontoados em todos os cantos e cangalhas empilhadas umas sobre as outras. Dois ou três fogões rústicos cozinhavam a comida dos tropeiros. Uma dezena de pessoas nos rodeou, maravilhadas com a paciência de José Mariano em preparar os animais para empalhar. Os mineiros têm uma acentuada aversão por viagens marítimas, mas em compensação gostam de viajar por terra. A liberdade desfrutada nos ranchos agrada especialmente aos jovens. Depois de uma jornada fatigante eles saboreiam o repouso estendidos displicentemente sobre couros e se divertem tocando violão ou contando suas aventuras.

Oliveira, ou Nossa Senhora da Oliveira, onde passei a noite, pertence a Paróquia de S. José, uma pequena cidade situada, como já disse antes, a duas léguas de São João del Rei.[10] O arraial conta-se entre os poucos que não devem sua fundação à presença do ouro em suas terras. Sua existência se deve unicamente às vantagens de sua localização. De fato, várias estradas importantes passam pelo lugarejo: a que vai de Barbacena ao Arraial de Formiga, a que liga a região do Rio Grande à cidade de Pitangui, a que vai do Rio de Janeiro e S. João del Rei a Goiás, a de Vila da Campanha a Formiga, etc.

O povoado é rodeado de morros e está situado ao alto de uma colina de cume achatado. É composto de duas ruas, sendo a principal bastante larga. A maioria de suas casas é de um só pavimento, mas cobertas com telhas e bastante amplas para os padrões da região. De um modo geral são caiadas, com portas e janelas pintadas de amarelo e emolduradas de cor-de-rosa, o que forma um contraste bastante agradável com as paredes brancas.[11] Uma grande parte dessas casas, mesmo as mais bonitas, só são ocupadas no domingo, pois pertencem a fazendeiros que passam o tempo todo em suas terras e só vão ao povoado nos dias em que a missa é obrigatória.

Oliveira conta com duas igrejas, sendo que a mais importante foi construída numa elevação no centro da rua principal e a igual distância das fileiras de casas. É uma igreja muito bonita no seu interior. Para orná-la foi empregada uma pedra de uma bela tonalidade verde, que o mineralogista Pohl afirma tratar-se de talco petrificado.[12]

Encontram-se em Oliveira várias lojas de tecidos e armarinhos com variado estoque, além de botequins, uma farmácia e dois albergues, cada um com o seu rancho. Há também alfaiates, sapateiros, serralheiros, etc.

Deixei logo o arraial, e até a Fazenda de Bom Jardim atravessei ainda terras montanhosas cortadas de matas e campinas, não encontrando uma única pessoa nesse percurso de três léguas e meia. Não vi também gado nos pastos e só passei por dois casebres e uma fazenda de certa importância, onde havia um engenho de açúcar.

Parei em Bom Jardim, num rancho aberto de todos os lados e varrido pelos ventos, o que nos causou bastante desconforto. O dono da casa e vários outros agricultores reuniram-se ao meu redor enquanto eu trabalhava. Eram todos brancos, mas em nada se assemelhavam aos colonos das comarcas de Sabará, Vila Rica e Serro do Frio. Por suas maneiras pouco diferiam dos nossos campônios da França. E, como todos os lavradores pouco abastados da região, vestiam

---

10 Pizarro, *Mem. Hist.*, VIII, 2.ª parte, 129; *Viagem ao Distrito dos Diamantes*, etc.
11 As casas de Oliveira não são palácios, mas vê-se, pelo que descrevo aqui, que não merecem o nome de choças que lhes dá Pohl. Não concordo, igualmente, com esse autor nem com Eschwege quanto ao número de ruas que há em Oliveira, pois ambos afirmam que ali só existe uma.
12 *Portal, Kanzel, Altarstücke fand ich aus apfel grünen verhartetem Talk* (*Reise*, I).

apenas calções de algodão e uma camisa cujas fraldas esvoaçavam ao vento. Traziam as pernas e os pés nus, e um chapéu redondo e de abas largas protegendo a cabeça. Conforme o costume dos mineiros, usavam no pescoço um rosário que servia apenas de enfeite.

Ao lado do rancho de Bom Jardim, onde tinha sido colocada a minha bagagem, havia uma choupana abandonada e praticamente em ruínas. Foi ali que mandei armar a minha cama para evitar o frio da noite, que era bastante forte. Apesar dessa precaução a temperatura baixou tanto que mal consegui dormir. Sonhei que me achava no Castelo de la Touche, perto de Orleães, onde passei os dias mais felizes da minha infância.[13] Era no Natal. Meus pais se espantaram de me ver tão envelhecido. Apontando para a minha própria cabeça, respondi-lhes que não eram os anos a causa principal disso e sim o que estava ali dentro. Depois, já meio desperto, arrependi-me de não ter levado a mão também ao coração. E por fim, quando despertei completamente, verifiquei com tristeza que me encontrava naquele miserável abrigo.

Logo o abandonei para ir a Cachoeirinha, propriedade do Capitão-Mor de Tamanduá, para quem eu trazia uma carta de recomendação.

A estrada que leva a essa fazenda atravessa terras mais montanhosas que as que eu percorrera nos dias anteriores. Os vales são mais profundos, as matas mais extensas, e só o alto dos morros é coberto de capim. O morro mais elevado das redondezas ergue-se acima de um pequeno curso de água denominado Comacho, e do seu cume se descortina uma vasta extensão de terras. Encontrei aí algumas plantas que ainda não tinha visto desde o início da minha viagem.

A pouca distância do Morro de Camacho[14] vê-se no fundo de um vale um pequeno lugarejo denominado Curral e formado por uma meia dúzia de casinhas construídas junto a uma fazenda de certas dimensões. Desse ponto até Cachoeirinha a distância é de apenas uma légua e meia.

Já descrevi em outra parte a fazenda da Cachoeirinha, cujo proprietário, João Quintino de Oliveira, Capitão-Mor de Tamanduá, me recebeu com perfeita cortesia. A fartura de sua mesa não condizia com a pobreza de seu alojamentos. A comida era abundante e seria considerada excelente em qualquer país. Diante de cada conviva havia um garrafão de vinho-do-porto de ótima qualidade, acompanhado de um pãozinho saborosíssimo, o que era realmente uma raridade. O dono da casa desmanchava-se em gentilezas, mas sem nenhuma afetação, no que era secundado pelo seu capelão.

No momento mesmo em que cheguei a Cachoeirinha informei ao meu hospedeiro que estava à procura de um tocador. Ele enviou imediatamente uma carta para Tamanduá, situada a duas léguas dali, mas o tocador só apareceu dois dias depois. Tratava-se de um escravo, ao qual exigiam que eu pagasse 6.000 réis por mês. Como José Mariano só recebesse 7.209 réis, não concordei em pagar ao homem um salário tão alto. Parti, pois, sem tocador. Todavia, o meu hospedeiro deu-me um carta para o Comandante[15] do Arraial de Formiga, na qual lhe dava ordem de me arranjar um pedestre[16] que me acompanhasse até Pium-i.

---

13 O castelo de la Touche pertencia a meus tios, Sr. e Sr.ª d'Alonne, ambos venerados pelos camponeses. Embora antigo senhor feudal, meu tio ainda era alcaide na época do Terror. Foi posto na prisão por não ter denunciado um pobre guarda de represa, que pagou com a vida por suas idéias imprudentes, e quase toda a comunidade foi chamada como testemunha. Mas não se elevou contra meu tio uma única voz. Foi absolvido, e o povo, que no meio de tantos erros cruéis, alegrava-se a encontrar um inocente, carregou-o em triunfo.

14 Teria esse nome origem nas palavras guaranis *cama*, seios, e *chua*, coisa pontuda?

15 Os comandantes são nomeados pelos capitães-mor. Suas funções (1816-1822) têm alguma semelhança com as de nossos prefeitos municipais, mas sua autoridade não se exerce sobre os elementos que compõem as milícias. (*Viagem pelas Províncias do Rio de Janeiro*, etc.)

16 Os *pedestres* — como já disse antes — formam (1816-1822) uma milícia de ordem inferior.

Eu fora tão bem tratado na casa do Capitão-Mor e ele me cumulara de tantas atenções que foi com pesar que o deixei. Esse homem trazia a bondade estampada na sua fisionomia e tinha sabido granjear a estima de todos os seus vizinhos.

José Mariano partira na frente com o resto da tropa e devia esperar-me na fazenda de um certo Marcos, distante duas léguas de Cachoeirinha. Quanto a mim, fui até Tamanduá acompanhado do advogado dessa cidade, do ajudante do capitão-mor e do cirurgião, que tinham ido passar dois dias na fazenda. Durante todo o tempo em que estive com eles a conversa girou quase que unicamente sobre a França. Os mineiros nunca se cansavam de ouvir falar de Napoleão Bonaparte e da história trágica de nossa revolução.

Tamanduá, onde logo cheguei, deve sua fundação a um punhado de criminosos que fazia uns cem anos tinha ido procurar asilo no meio das matas cerradas da região. Pelo fato de terem matado um papa-formigas no local, onde se tinham instalado, esses homens deram ao lugar o nome de Tamanduá,[17] que tanto em português, como em guarani, designa o comedor de formigas.[18] Descobriu-se ouro ali, a população do lugarejo foi aumentando, e em 1791 o arraial foi elevado a cidade, durante o governo de Luís Antônio Furtado de Mendonça, Visconde de Barbacena, capitão-geral da Província de Minas.[19]

Ainda se vêem nos arredores de Tamanduá algumas lavras de extensão considerável, que hoje estão inteiramente abandonadas. Elas forneceram muito ouro, que no entanto foi dissipado pelos que o recolheram e cujos descendentes vivem atualmente (1819) de esmolas — um triste exemplo das conseqüências da mineração e de uma imprevidência demasiadamente comum entre os mineiros.

Os atuais habitantes de Tamanduá são em sua maioria agricultores que só vão à cidade aos domingos e nos dias de festa. Há também alguns negociantes e trabalhadores comuns, além dos indigentes, que se aproveitam da abundância existente na região para pedir comida ora numa casa, ora noutra, e passam a vida na ociosidade.

Sede de um termo e de uma paróquia, Tamanduá é administrada por juízes ordinários. Sua população (em 1819) conta com 1.000 habitantes aproximadamente, e a do território sujeito à jurisdição da paróquia, que se estende num raio de mais de duas léguas, soma 3.000. Finalmente, a do termo todo tem de 24 a 25.000 habitantes,[20] estendendo-se o seu território por 30 léguas na direção norte-sul e 16 de leste a oeste.[21] O número de habitantes da região aumentou bastante depois que começou a se desenvolver ali a agricultura e a criação de gado.

O fumo é uma das plantas mais extensamente cultivadas nos arredores de Tamanduá, sendo esse produto exportado em quantidades consideráveis.

Contam-se 36 léguas de Tamanduá até Vila Rica, 24 até São João del Rei e 32 até Sabará.[22] A cidade está situada num vale e é rodeada de morros bastante elevados e cobertos de matas.[23] Suas ruas são inteiramente irregulares,

---

17 Eschwege, *Bras. Neue Welt.*, I, 29.
18 Ant. Ruiz de Montoya, *Tes. Guard.*, 353 bis. Os brasileiros distinguem duas espécies de tamanduá: o *bandeira* (*Myrmecophaga jubata*, L.) e o *mirim*, que é o tamanduá dos franceses (*Myrmecophaga tetradactyla*, L.; *M. tamandua*, Cu.).
19 Pizarro, *Mem. Hist.*, VIII, 2.ª parte, 56.
20 Pizarro (ob. cit.) calcula a população do termo de Tamanduá em 18.765 habitantes. De acordo com Eschwege, o total de habitantes de toda a paróquia elevava-se a 20.000, mas é evidente que ele confundiu o *termo* com a paróquia. Quando dou a esta uma população de 3.000 habitantes, é claro que me refiro apenas a ela, independentemente de suas filiais.
21 *Mem. Hist.*, VIII, 2.ª parte, 195.
22 Segundo Casal (*Corog.*, I, 379), a distância entre Vila Rica e Tamanduá seria de 25 léguas, de S. João del Rei a essa mesma cidade 15, e de Sabará 20. Pizarro registra essas mesmas distâncias com referência a Sabará e S. João del Rei, mas situa Vila Rica a 36 léguas de Tamanduá e Mariana a 56. Estejam ou não corretos os outros cálculos, o fato é que pelo menos um deles está errado, pois Mariana, como se sabe, fica apenas a 2 léguas de Vila Rica.
23 Luccock foi informado de que Tamanduá ficava situada numa elevação (*Notes on Braz.*, 482), ao pé do qual corria o córrego Lambari, um dos afluentes do S. Francisco. Esse autor acrescenta que o nome desse córrego tende a provar que a lhama existiu outrora no Brasil. Veremos a seguir como é inconsistente esse raciocínio. Tamanduá não é um arraial; fica situado

cheias de pedras e de ladeiras. As casas são geralmente isoladas umas das outras e cercadas por muros, tendo algumas uma aparência bastante bonita. Não obstante, quando se contempla a cidade de um ponto mais elevado a sua própria irregularidade produz um efeito muito agradável na paisagem. No seu conjunto, a cidade oferece um belo contraste contra o verde sombrio das matas que a rodeiam de todos os lados, não somente devido à brancura das paredes de suas casas e ao colorido dos telhados, mas também, e em especial, por causa da posição das casas, que parecem lançadas no meio das massas de verdura formadas pelas bananeiras e laranjeiras que enchem os seus quintais.

Tamanduá possui três igrejas: a de S. Francisco de Paula, a igreja paroquial, dedicada a São Benedito, e a do Rosário. Há também duas capelinhas, mas que não são dignas de menção.

Segundo me disse o cirurgião da cidade, a hidropisia é ainda a doença que causa o maior número de mortes na região, não sendo rara também, ali, a lepra.

Não posso deixar de mencionar aqui dois fatos que me foram contados pelo mesmo cirurgião. O primeiro ocorreu em Tamanduá e me foi narrado na presença de várias pessoas, que não o desmentiram. Um cão que se supunha hidrófobo mordeu vários indivíduos, mas em nenhum deles as conseqüências foram além das dores causadas pela mordida. Um dos homens tinha pedido a um padre que orasse por ele, e julgou poder atribuir sua cura a essas preces. Passado algum tempo voltou a procurar o padre e lhe falou sobre algumas coisas que sentia. Em resposta, o eclesiástico lhe disse que não lhe convinha considerar-se curado, e o aconselhou a se medicar devidamente. O homem retirou-se apavorado e nesse mesmo dia, ou no dia seguinte, teve um ataque de hidrofobia e morreu dessa terrível moléstia.

O segundo fato passou-se em Caeté, onde se achava então o cirurgião. Um homem atacado de morféia foi mordido por um cão raivoso. Quando se manifestaram os primeiros e terríveis sintomas da doença prenderam-no dentro de um quartinho. Sua mulher, ao lhe levar a comida, horrorizou-se com o seu estado e saiu correndo, deixando aberta a porta do quarto. O doente fugiu e se pôs a correr pelos campos. Algumas horas mais tarde ele reapareceu, inteiramente calmo, dizendo que tinha sido mordido por uma cascavel e pedindo a presença de um padre. Confessou-se com ele, completamente lúcido. A ferida causada pela mordida da cobra foi medicada com amoníaco. A partir desse momento cessaram todos os sintomas da hidrofobia, e passado algum tempo a lepra desapareceu completamente.[24]

---

numa baixada e não numa elevação; de acordo com o mapa geral de Martius e as informações de Casal (Corog., I, 379) localiza-se entre dois riachos, que formariam as cabeceiras do Lambari; finalmente esse nome, que não se escreve Lhambari e tem muito pouco a ver com a lhama, refere-se simplesmente a um minúsculo peixe.

24 Diz o Dr. Sigaud (ver seu notável trabalho intitulado *Du climat et des maladies du Brésil*, p. 387 e seg.) que em várias partes da América é muito difundida a noção de que a mordedura da cascavel cura a lepra e não mata o doente. Influenciado por casos de cura que ouvira de várias pessoas, um leproso do Rio de Janeiro chamado Mariano José Machado decidiu recentemente deixar-se morder por uma cascavel. Todavia — comenta o autor acima mencionado — ele morreu em vinte e quatro horas, depois de atrozes sofrimentos. O Dr. Sigaud acredita, porém, ter chegado à conclusão, pelos sintomas que se manifestaram no infortunado homem, de que a ação do veneno modifica a pele de uma forma peculiar, e que talvez possam ser alcançados excelentes resultados através de uma inoculação feita cientificamente.

CAPÍTULO IX

CONTINUAÇÃO DA VIAGEM DE S. JOÃO DEL REI ÀS NASCENTES DO S. FRANCISCO. OS POVOADOS DE FORMIGA E DE PIUM-I.

O autor separa-se de sua caravana. Os arredores de Tamanduá. Chegada a Formiga. A falta de liberdade das mulheres. Descrição do Arraial de Formiga, suas ruas, casas, igreja, lojas, comércio, população; a má reputação de seus habitantes; um assassinato; as prostitutas. Impossibilidade de conseguir um tocador. A região situada entre Formiga e Ponte Alta. Sua vegetação, comparada com a da parte oriental do sertão do S. Francisco. Época da floração nos sertões de Minas. A Fazenda de Ponte Alta. Plantas comuns à região; calunga. As terras depois da Ponte Alta. Fazenda de S. Miguel e Almas. Corante azul fornecido pela Solanum indigoferum. *Serra de Pium-i. Panorama admirável. Arraial de Pium-i: etimologia desse nome; sua história, suas ruas, sua igreja; vista que se descortina da rua principal; ocupações de seus habitantes. O vigário de Pium-i. Ainda sem tocador. A indolência dos pobres. Terras situadas depois de Pium-i. Hábito que tem o gado de se esconder na mata para fugir às mutucas. Famílias que vão duas vezes por ano ao arraial, em carros de bois. Fazenda de Dona Tomásia. Produtos da terra; gado. Terras situadas depois de Dona Tomásia. Fazenda de João Dias. O ferro.*

Depois de ter almoçado em Tamanduá, na casa do capitão-mor, parti acompanhado do tal de Marcos, de quem já falei e em cuja casa eu esperava encontrar os meus acompanhantes.[1]

Atravessamos primeiramente as matas que cercam a cidade do lado oriental. Segundo me informaram, essas matas se estendem por vinte léguas, até Congonhas do Campo.[2] Parece haver ali uma exceção à regra segundo a qual só existem campos a oeste da Serra do Espinhaço. Convém lembrar, entretanto, que a região é extremamente elevada e montanhosa. Por outro lado Congonhas, situada entre Sabará e São João, não se acha rodeada por matas, e não encontrei nenhuma floresta de considerável extensão ao costear a vertente ocidental da Serra do Espinhaço no percurso compreendido entre a primeira das duas cidades que acabei de citar e a segunda. De onde se conclui que se há alguma mata que se estende desde Tamanduá até Congonhas do Campo, ela pelo menos não se encontra com as florestas do lado oriental da grande cadeia.

Seja como for, as matas nos arredores de Tamanduá estão longe de ser contínuas, pois antes mesmo de chegar à casa de Marcos, que fica apenas a duas léguas de Cachoeirinha, atravessei alguns descampados bastante semelhan-

---

[1] Itinerário aproximado da cidade de Tamanduá à Serra da Canastra:

De Tamanduá a Formiga	4	léguas
De Formiga a Ponte Alta (fazenda)	4	"
De Ponte Alta a S. Miguel e Almas (fazenda)	4½	"
De S. Miguel a Pium-i (arraial)	2½	"
De Pium-i a D. Tomásia (fazenda)	3½	"
De D. Tomásia a João Dias (fazenda)	3½	"
De João Dias à Serra da Canastra	6	"
	28	"

[2] Já dei a conhecer esse arraial em meu segundo relato, *Viagem ao Distrito dos Diamantes*, etc.

tes aos que vira numa parte do sertão que percorrera em 1819, nos quais se vêem algumas árvores raquíticas espalhadas aqui e ali no meio do capinzal. Entre essas árvores algumas Leguminosas, Gutíferas e *Qualea,* exatamente como nos tabuleiros cobertos do sertão.[3] Mais adiante encontrei outros campos iguais a esses, com o mesmo tipo de vegetação, e finalmente cheguei à fazenda de Marcos, situada num vale, como de hábito.

Fiquei bastante surpreso por não encontrar aí os meus companheiros, já que a distância que eles teriam de percorrer era apenas de duas léguas. Fiquei sem saber o que fazer, e por fim decidi averiguar se não teriam parado em alguma fazenda das vizinhanças. Tornei a montar no meu burro e, guiado por um dos escravos de Marcos, visitei inutilmente quatro fazendas. Terminada a minha infrutífera busca voltei à fazenda de Marcos, que me ofereceu abrigo com grande amabilidade. A noite me surpreendeu quando ainda me achava na estrada, e aos poucos uma profunda melancolia foi-se apoderando de mim. Funestos pressentimentos vieram juntar-se às preocupações que já me assoberbavam, e a franca acolhida do amável Marcos não conseguiu dissipar a minha tristeza.

Depois de uma noite mal dormida deixei a fazenda, seguindo o caminho que leva ao Arraial de Formiga, e após andar uma meia légua encontrei o meu pesoal instalado numa humilde granja. A fazenda de Marcos fica bastante recuada da estrada, e a estreita trilha que levava a ela lhes tinha passado desapercebida. Depois de andarem mais ou menos duas léguas eles pararam, como eu lhes tinha ordenado.

Para chegar a Formiga atravessei terras montanhosas cortadas de matas e campinas. Ali os subarbustos, como na região que eu percorrera nos dias anteriores, são muito mais comuns do que nos arredores de S. João del Rei, e em vários pontos vi árvores enfezadas e retorcidas espalhadas no meio do capinzal. Num desses pequenos tabuleiros cobertos não encontrei outra espécie de árvore a não ser uma raquítica *Vochisia* inteiramente recoberta por longos cachos de flores de um amarelo-ouro, à volta das quais esvoaçavam inumeráveis colibris. Do alto dos morros mais elevados descortinava-se uma grande amplidão de terras. Divisei a Serra de Pium-i e a da Canastra, onde em breve pretendia ir.

Chegando a Formiga fui apresentar ao comandante do arraial a carta que lhe enviara o capitão-mor de Tamanduá, na qual ele lhe ordenava que me arranjasse um pedestre para me acompanhar até Pium-i. O comandante me recebeu muito bem e me censurou por me ter alojado no albergue.

Em sua casa estavam reunidos os principais habitantes de Formiga, que eram comerciantes e todos pertencentes à raça branca. Segundo o costume nas pequenas povoações e cidades, vestiam camisas de chita e por cima uma grossa capa de lã. Suas maneiras eram bastante semelhantes às de nossos burgueses da zona rural. Falou-se muito sobre a França, e me perguntaram se era verdade que lá as mulheres eram tão livres quanto tinha afirmado um outro francês que por ali passara antes. Confirmei as palavras de meu compatriota, e as informações que dei pareceram de tal forma estranhas a eles que um dos presentes exclamou, levando as mãos à cabeça: "Deus nos livre de tamanha desgraça!" Aqueles amáveis sujeitos não conseguiam imaginar que um prisioneiro pudesse achar que nada devia ao seu carcereiro, e que as pessoas fossem enganadas com muito mais freqüência por seus escravos do que pelo homem livre no qual depositaram sua confiança.

---

3 E não *taboleiras cobertas,* como escreveu Gardner.

O Arraial de Formiga fica situado à beira de um pequeno curso de água que tem o seu nome,[4] num amplo vale rodeado de colinas cobertas de matas e de pastagens. As ruas do arraial são mal alinhadas, as casas afastadas umas das outras, quase todas pequenas e mal cuidadas. A igreja é construída no fundo de uma praça bastante larga, num ponto mais elevado do que o resto do arraial. Seu teto é sem forro, seu interior é desprovido de ornamentos e quase nu e sua aparência geral condiz perfeitamente com a pobreza das casas do lugar.[5]

Há em Formiga várias lojas e algumas vendas muito mal providas. Uma placa bastante visível, encimada pelas armas de Portugal, indicava a casa onde se vendiam indulgências da Santa Cruzada. A loja mais bem abastecida me pareceu a do boticário. Quem exercia essa profissão era também um padre, que preparava ele próprio os remédios e os vendia, sem deixar de dizer a missa um único dia.

Apesar da indigência que o aspecto de Formiga sugere, parece que há gente bastante abastada nos seus arredores e no próprio arraial. Situada à entrada do sertão, Formiga faz um bom comércio com essa região. Seus negociantes mantêm contato direto com o Rio de Janeiro e vendem no interior do sertão o sal, o ferro e outras mercadorias que mandam buscar na capital, recebendo em troca couros, peles de veado, algodão e gado. Os próprios arredores de Formiga fornecem uma boa quantidade de algodão, mas são os porcos, como eu já disse, que constituem a principal riqueza da região. Cria-se uma grande quantidade de suínos mesmo nas fazendas mais modestas, os quais são comprados pelos negociantes e enviados à capital do país.

Dedicando-se a região a um comércio ativo e sendo ela passagem obrigatória de todas as caravanas que vêm de Goiás ou do sertão, as mercadorias são vendidas ali facilmente e por um preço bastante alto. Enquanto que nos arredores de Vila Rica, de Sabará e de muitos outros povoados se encontra facilmente um trabalhador livre (camarada) por uma oitava e meia por mês, ali os salários variam de 3 a 6.000 réis. Acredito, porém, que os altos salários exigidos na região se devam menos ao elevado custo das mercadorias do que à extrema aversão que os homens livres têm pelo trabalho.

A profissão mais comum em Formiga é a de mestre-ferreiro, o qual também exerce o ofício de serralheiro. A passagem constante de tropas de burros torna muito lucrativo o seu trabalho.

Uma prova de que a população de Formiga está sempre aumentando é o fato de que quando por ali passei estava sendo construído no arraial um grande número de casas.[6] O povoado contava então com pouco mais de mil habitantes, uma quarta parte dos quais, aproximadamente, era constituída por pessoas da raça branca. Entretanto, em meados do século anterior o arraial ainda nem existia. Conheci um ancião centenário que fora o primeiro a se estabelecer ali, em 1749, ocasião em que se iniciou a construção de uma capela. Não existem minas nos arredores de Formiga, e é principalmente a sua localização privilegiada numa estrada muito freqüentada e no começo do sertão que atrai as pessoas para ali. Parece também que muitos criminosos, perseguidos pela Justiça, vêm procurar refúgio nesse lugar afastado, contribuindo assim para aumenar a sua população. Seus habitantes não gozam absolutamente de uma boa reputação, e na época em que estive lá houve um assassinato motivado pelo ciúme. O criminoso fugiu com a sua amante, que não passava de uma prostituta, e não me consta que tenha sido tomada qualquer providência para prender o culpado.

---

4 De acordo com o mapa geral de Spix e Martius e segundo Eschwege, o córrego de Formiga deságua no Rio Grande.
5 Segundo Pizarro, Formiga ainda dependia em 1822 de Tamanduá.
6 Isso explica as palavras de Cunha Matos quando diz ter visto, em 1823, muitas casas elegantes em Formiga (*Itin.*, I, 62).

Não tenho com que louvar a cortesia dos habitantes de Formiga. Eu ocupava um quarto minúsculo e vivia permanentemente cercado de curiosos, que me tiravam a luz do dia e me importunavam com perguntas indiscretas. Esses agrupamentos à minha volta provam também que as pessoas não tinham muito o que fazer e que sua ociosidade é efetivamente um vício, já reprovado por Eschwege.[7]

Esse vício geralmente acarreta outros. Em todos os povoados de Minas, e principalmente nos que ficam à beira de estradas muito freqüentadas, o número de prostitutas é muito grande. Em nenhuma outra parte, porém, vi uma quantidade tão grande quanto em Formiga. Uma meia dúzia delas hospedava-se no mesmo albergue em que me encontrava, e quase todas eram brancas. Essas mulheres não se ofereciam a ninguém, mas não saíam da varanda do albergue, exibindo aos tropeiros seus encantos já fanados por uma vida de libertinagem.[8]

No dia seguinte ao de minha chegada a Formiga o comandante do arraial arranjou-me um tocador, um negro livre que contratei por 3.600 réis. Esperei pelo homem na manhã do terceiro dia, mas como às nove horas ainda não tivesse aparecido fui procurá-lo em sua casa e fiquei sabendo que ele tinha ido embora durante a noite. Os comandantes das vilas exercem um poder despótico sobre seus subordinados, e estes, sempre que podem, desafiam, mesmo quando tratados sem mostra de autoridade. Comuniquei ao comandante o que havia acontecido e ele me prometeu arranjar outro homem. Sem dar ouvidos às minhas súplicas, jurou que o fugitivo seria metido na cadeia. No dia da minha partida ele me mandou outro negro livre. Depois de combinar o serviço com o homem, ele me pediu permissão para ir buscar a sua roupa, suplicando-me também que lhe adiantasse algum dinheiro. Atendi o seu pedido. Decorreu uma hora, depois duas; e como o negro não voltasse decidi mandar colocar a bagagem nos burros e partir sozinho. Antes, porém, fui informar ao comandante do que ocorrera e ele me garantiu que era impossível alguém ser enganado duas vezes dessa maneira. Disse-me que provavelmente o negro estava esperando por mim na estrada. Parti e não encontrei ninguém.

Entre Formiga e Ponte Alta, onde passei a noite, ou seja num percurso de quatro léguas, só encontrei uma humilde casinha que nem merece menção e a Fazenda de Córrego Fundo, situada mais ou menos no meio do caminho, à beira de um riacho. As pastagens que atravessei eram excelentes e nelas se poderia criar uma boa quantidade de gado. Não obstante, mal vi uma meia dúzia de bois em todo o percurso.[9] De vários pontos descortinavam-se grandes extensões de terras, bem como a Serra de Pium-i, que fica a poucas léguas de Ponte Alta. A região, porém, é inteiramente despovoada.

Num trecho de duas léguas, até Córrego Fundo, o terreno é montanhoso e apresenta ora matas, ora simples pastos e campinas semeadas de árvores raquíticas. Essa alternância dá à paisagem um aspecto muito agradável.

Esses trechos onde crescem esparsas e raquíticas árvores anunciam a aproximação do sertão ou região desértica. Depois de Córrego Fundo só encontrei, durante o resto da viagem, uma vegetação semelhante a de algumas partes do sertão oriental que eu percorrera em 1817,[10] ou seja Gramíneas e algumas outras ervas, no meio das quais aparecem árvores enfezadas e retorcidas de três a quatro metros de altura, casca quase sempre suberosa e folhas duras e quebradiças. A forma dessas árvores lembra bastante a de nossas macieiras, a tal ponto

---

7 *Bras. die Neue* Welt, I, 32.
8 Eschwege afirma que há em Formiga um número muito maior de prostitutas do que nas zonas do cais nos portos de mar. Ele atribui, com razão, esse grave problema à ausência de ensinamentos morais e aos maus exemplos que as crianças recebem dos escravos desde tenra idade (ob. cit.).
9 Ver o que digo mais adiante a respeito do hábito que tem o gado de se embrenhar na mata nessa estação, a fim de fugir às mutucas.
10 Ver meu primeiro relato, *Viagem pelas Províncias do Rio de Janeiro*.

que Laruotte, que nada tem de observador, chegou a notar essa semelhança. Observei, entretanto, que as árvores ali eram mais próximas umas das outras do que na parte do sertão situada a oeste de Minas Novas e que, em conseqüência, o conjunto da vegetação não se parecia tanto com nossos pomares plantados nas campinas. Apesar, porém, da enorme distância que separa Formiga de Bom Fim e Contendas (4 ou 5 graus), e malgrado a diferença de altitude que deve haver entre as cabeceiras do S. Francisco e uma região a que ele chega depois de um curso tão longo, encontrei aí na vegetação uma semelhança bastante notável para regiões tão afastadas uma da outra, tendo recolhido perto de Ponte Alta poucas plantas que já não tivesse visto na minha primeira viagem. Depois de Chaves, uma fazenda na região do Rio Grande, e perto do Rio das Mortes Pequeno eu tinha visto alguns morros com árvores esparsas e raquíticas crescendo no meio do capim. Entretanto, pertenciam no máximo a três ou quatro espécies, sendo na maioria Gutíferas. Em oposição, ali eu tornei a encontrar a mesma variedade que havia visto nos tabuleiros cobertos da parte do sertão compreendida entre Minas Novas e o S. Francisco.[11] As árvores mais comuns são as da família das Leguminosas e das Gutíferas. Encontrei também muitas *Qualea* e uma Malpiguiácea de folhas largas e longas espigas florais, que eu já havia observado em minha primeira viagem, bem como Bignoniáceas de folhas compostas de cinco folíolos (ipê-dos-sertanejos).

À época de minha passagem por ali (1.º de abril), os campos mostravam um verdor admirável e todas as árvores estavam cobertas de folhas, mas é possível que houvesse uma menor quantidade delas em floração, em comparação com as que eu observara entre fins de julho e fins de setembro de 1817 na parte oriental do sertão. Naquela ocasião, várias espécies que florescem antes de aparecerem as folhas, tais como ipê, a caraíba, estavam cobertas de flores. Já nos arredores de Ponte Alta, em oposição, as árvores só apresentavam frutos ainda verdes. Parece, pois, que a época certa da floração das plantas no sertão é o começo da estação das águas.

Não somente tornei a encontrar entre Córrego Fundo e Ponte Alta a mesma vegetação do sertão, como voltei a ver também um pássaro que é característico dos tabuleiros cobertos existentes nos arredores de Bom Fim, Contendas, etc.,[12] ou seja o tangará de plumagem vermelha, que na região é chamado de cardeal.

Ao chegarmos a Ponte Alta, José Mariano foi pedir hospedagem à dona da casa e permissão para que nos deixasse guardar a bagagem no engenho de açúcar pertencente à propriedade. Ela recusou o nosso pedido, e fomos metidos num quartinho recém-construído cheio de bichos-de-pé e onde mal nos podíamos mexer. Não obstante, fui obrigado a permanecer dois dias inteiros em Ponte Alta, por causa da chuva, e só parti no quarto dia. Nesse intervalo o dono da casa apareceu e eu fiz a ele comentários bastante ásperos sobre o meu alojamento. Ele, porém, me respondeu com tanta simplicidade e me ofereceu seus préstimos de maneira tão amável que logo se dissipou o meu mau humor.

Eu já disse antes que os habitantes do interior do Brasil, por não disporem de médicos, empregam na cura de suas doenças várias plantas nativas da região em que moram. Em meu livro *Plantes usuelles des Brésiliens*[13] dei uma vasta relação delas. Em toda parte em que eu parava, tinha sempre o cuidado de perguntar quais eram as plantas mais usadas na região. Nos arredores de Ponte Alta não existe nenhuma planta, segundo os colonos, que tenha melhores qualidades do que a denominada calunga. Consideram-na como um poderoso específico contra as febres intermitentes, a indigestão, a cólica, sendo também usada

---

11 Ver meu primeiro relato.
12 Ver meu primeiro relato.
13 Ed. Grimbert et Dorez, Paris.

em grande escala na medicina veterinária. Sua raiz, grossa e comprida, é que é empregada, resultando numa decocção amarga e de gosto muito desagradável. Muitas pessoas da região vendem essa planta a farmacêuticos de Vila Rica e do Rio de Janeiro, afirmando sem nenhuma razão que ela é idêntica à calomba da Índia.[14] De qualquer maneira, a calunga dos arredores de Ponte Alta é evidentemente a mesma planta que no Tijuco é conhecida por nome igual. É a espécie descrita por mim sob a denominação de *Simaba ferruginea*[15] que Martius[16] associa a calunga dos brasileiros.

A região que percorri depois de ter deixado Ponte Alta oferece uma paisagem em que as matas se alternam com campos onde se vêem apenas gramíneas e algumas outras ervas, com outros onde aparecem umas poucas árvores raquíticas aqui e ali e, finalmente, com um terceiro tipo, intermediário, em que crescem arbustos e subarbustos no meio do capim. Não penetrei em nenhuma das matas que vi durante o percurso, mas pude verificar que nem todas constituíam capões isolados. Algumas mesmo faziam parte, segundo me disseram, da floresta de Tamanduá.

Durante quase todo o percurso tive diante de mim a Serra de Pium-i, que é perpendicular ao caminho que eu seguia. Sua altura não é muito grande e ela apresenta poucas irregularidades. Seu cume, inteiramente plano, dá idéia de uma comprida plataforma.

A duas léguas e meia de Ponte Alta passei diante da Fazenda de Capitinga,[17] afamada na região pela extensão de suas terras e as rapaduras ali fabricadas. À exceção de uma modesta habitação que encontrei já nas proximidades do local onde passei a noite, foi essa a única propriedade que vi num percurso de quatro léguas e meia.

O amável Captião-Mor de Tamanduá me havia dado uma carta de recomendação para o Comandante de Pium-i. Sabendo que ele devia estar em Capitinga, pedi que o chamassem. Tratava-se de um homem rústico mas de aparência bondosa. Fui, entretanto, muito mal recebido. Não obstante, ele me deu um bilhete para ser entregue ao seu substituto em Pium-i.

Nesse dia era Domingo de Ramos e tinha havido missa em Capitinga. Encontrei pelo caminho muita gente que voltava de lá, levando grandes folhas bentas de palma. Essas palmas verdadeiras, em uso em todo o País, lembram melhor a origem dessa festa do que os mesquinhos ramos de buxo ou de loureiro distribuídos em nossas igrejas.[18]

Parei em S. Miguel e Almas, uma fazenda de considerável extensão, com engenho de açúcar e várias outras dependências. Embora não chegue ao nível das propriedades das comarcas de Sabará, Vila Rica e Serro do Frio,[19] a fazenda tem, entretanto, melhor aparência que as que eu vira até então.

Já me haviam dito, em vários lugares por onde passei, que na fazenda de S. Miguel fabricava-se um excelente corante azul índigo. Vi alguns tecidos de lã tintos com esse corante e achei belíssima a tonalidade do azul. Pedi que me mostrassem o vegetal de onde era extraído esse índigo e verifiquei que se tratava de uma Solanácea *(Solanum indigoferum,* Aug. S. Hil.) de talos frutescentes, de folhas lisas e flores brancas, extremamente comum nas matas virgens e encon-

---

14 A *calomba*, também chamada *columbo*, é o *Cocculus palmatus*, DC. *(Menispermum palmatum,* Lam.). Parece que essa planta é originária de Moçambique, de onde foi levada para a França e a Índia. Trata-se do *radix columbo*, empregado em farmácia, o qual, contendo um princípio amargo e mucilaginoso, age poderosamente e sem efeitos secundários sobre os órgãos digestivos, sendo indicado nos casos de digestão difícil, disenteria, males da vesícula e cólera. A *calomba* proporcionou aos portugueses um comércio muito lucrativo (Kunze, *Pharm. Waarenkunde*, II, 28).
15 *Flora Brasiliae Meridionalis*, I, p. 72, quadro XIV.
16 *Reise*, II,790.
17 Das palavras guaranis *capyi*, capim, e *pitiunga*, que cheira mal.
18 As palmeiras são substituídas pelos buxos no norte da França e pelos loureiros no sul.
19 Ver *Viagem pelas Províncias do Rio de Janeiro*, etc.

trada principalmente nos arredores do Rio de Janeiro.[20] Informaram-me que o processo para extração da tinta era o mesmo usado com *Indigofera* e que o corante era fixado com a ajuda da urina. É realmente espantoso que as propriedades de uma espécie vegetal tão abundante no País só sejam conhecidas num longínquo recanto da Província de Minas. Seria interessante que os habitantes das regiões mais afastadas do império do Brasli se dedicassem ao cultivo das Indigóferas, cujo produto poderiam exportar com proveito. Seria também aconselhável que procurassem saber, através de experiências comparativas, se *Solanum indigoferum,* cuja fécula dizem ser melhor do que a de *Indigofera,* não teria sobre esta a vantagem de esgotar menos o solo, além de ser de cultivo mais fácil e fornecer uma produção mais abundante.

Depois de ter deixado a fazenda de S. Miguel e Almas caminhei durante mais ou menos uma légua através de campos salpicados de árvores raquíticas e cheguei ao pé da Serra de Pium-i, que já tinha visto de longe antes mesmo de chegar a Ponte Alta. Essa serra é coberta de capim na sua maior parte, no meio do qual surgem de vez em quando rochas nuas e enegrecidas. Na confluência de todas as encostas vêem-se pequenas matas. Seguindo por um caminho quase sempre pedregoso e difícil, subi a serra obliquamente e alcancei finalmente o seu cume, de onde descortinei um dos panoramas mais vastos que até então tinha tido oportunidade de apreciar. A região que eu acabara de percorrer nada tivera a apresentar, na verdade, a não ser uma imensa sucessão de morros cobertos de capim quase todos, sem que nada quebrasse a sua monotonia. A que ficava do outro lado da serra, porém, era bastante mais variada. No sopé da montanha descobri uma fazenda encravada no meio da mata, e mais longe, à direita, vi o Arraial de Pium-i à entrada de uma planície. Finalmente, um pouco mais à direita e ainda mais distante, avistei no horizonte a Serra da Canastra, que bem merece esse nome, por ser comprida, lisa e arredondada em toda a extensão do seu topo, e cortada verticalmente nas duas extremidades. Eu tinha alimentado grandes esperanças de poder aumentar minha coleção de plantas na Serra de Pium-i. Essas esperanças, foram frustradas, porém. Não encontrei ali nenhuma planta que eu já não possuísse e vi pouquíssimas flores — praticamente uma única espécie, que pertence às regiões montanhosas.

Do sopé da serra até Pium-i a distância é de três quartos de légua aproximadamente. Antes de chegar a esse encantador arraial atravessei a vau o pequeno Rio das Araras e à entrada do povoado o Ribeirão dos Tabuões.

Ao chegar a Pium-i[21] apresentei-me ao alferes, que substituía o comandante, e lhe pedi que me arranjasse alojamento, já que pelo arraial passa tão pouca gente que nunca se cogitou de construir ali um albergue. O alferes levou-me a uma casa onde fiquei instalado com bastante conforto e prometeu fazer todo o possível para me arranjar um tocador.

O nome de Pium-i é dado não só ao arraial como também a um rio que dista dele 1 ou 2 léguas, e igualmente à serra de que já falei acima. Disseram-me ali que se refere a um mosquito incômodo e bastante comum à beira do rio.[22]

O arraial deve a sua origem a um acampamento que se formou ali para combater um agrupamento de negros fugidos (quilombo) que se haviam embre-

---

20 Dunal deu-me gentilmente permissão para transcrever aqui a descrição que ele fez dessa espécie para o *Prodromus* de Candolle: "*Solanum indigoferum* (Aug. de S. Hil. in Mer. et de Lêns, *Dict. de Mat. Méd.*, VI, p. 416). Ramis glabris, teretibus, hinc inde angulatis, subdichotomis; foliis breviter petiolatis, geminis altero minore, lanceolatis, utrinque acuminatis, supra glabris, nitidiusculis, subtus pallidioribus; racemis gracilibus, cymosis, suboppositifoliis, in summitatibus ramorum saepe approxmatis, confertis. — *S. caeruleum* Vellozo, *Fl. Fl.*, t. CX, e Sendtn *in* Mart., *Herb. Bras.* — Endl. e Mart., *Fl. Bras. Sol.*, p 21, n.º 17, t. I, f. 35-40."

21 É erroneamente que Eschwege escreve *Pinhoi* e Pohl *Piuhy*. Pizarro diz inicialmente que o Arraial de Formiga fica a pouca distância de *Piauhy* (*Mem. Hist.*, Vol. VIII, 2.ª parte, 291). mas quando se refere ao lugar mais detalhadamente ele escreve como eu, *Piumhy* (ob. cit., 198).

22 *Piumhy* (Pium-i) não viria da palavra guarani *Mbiyni*, que significa andorinha?

nhado na Serra da Canastra e levavam desassossego aos poucos agricultores estabelecidos na região. Depois de destruído o quilombo o acampamento se transformou em núcleo habitacional permanente. Construiu-se uma capela em Pium-í, os colonos que se tinham dispersado voltaram às suas terras e pouco a pouco o povoado foi crescendo. Foi encontrado ouro nos seus arredores e iniciada a sua extração. Em breve, porém, verificou-se que o lucro não compensava o custo, e os habitantes de Pium-í desistiram inteiramente da exploração das minas, ocupando-se agora exclusivamente de agricultura. Eles passam o tempo todo em suas fazendas e sítios e só vêm ao arraial aos domingos, razão por que suas casas vivem fechadas, como tive ocasião de observar.

É do termo de Tamanduá que depende Pium-í. O arraial é sede de uma paróquia que engloba quatro mil almas,[23] numa extensão de 22 léguas de comprimento por 14 de largura, ou seja uma média de 13 habitantes por quilômetro quadrado. A igreja paroquial, dedicada a N. S.ª do Livramento,[24] não tem outras subordinadas a ela (1819), havendo apenas no território sob sua jurisdição quatro capelas particulares (ermidas), cujos proprietários costumam mandar buscar um padre para nelas celebrar a missa nos dias de festa.

Pium-í fica situada na orla de uma planície ondulada e coberta de pastagens, no meio das quais se vêem alguns tufos de árvores. Embora fique distante uma meia légua da serra que tem o seu nome, o povoado visto dos morros vizinhos, parece incrustado na base da montanha, dando a impressão de que as matas que há de permeio já fazem parte da serra. Morros baixos e arredondados cercam o vale onde se ergue o povoado e, para os lados do oeste, avista-se ao longe a Serra da Canastra.

Embora Pium-í seja, como já disse, sede de uma paróquia, não se vêem aí mais do que umas sessenta casas, sendo que mais ou menos a metade é coberta de telhas. São dispostas de maneira a formar um Y de contornos irregulares. As ruas situadas do lado onde fica a serra são em ladeira e bastante mal traçadas, mas a última rua do povoado, do lado da planície, é bem nivelada, muito larga e orlada de casas muito bonitas. A igreja se ergue à entrada dessa rua, a igual distância das duas fileiras de casas. É nova e bem construída.

Dessa rua pode-se ver simultaneamente a planície e as montanhas, formando um conjunto a um tempo alegre e imponente, ao qual se acrescenta o agradável contraste oferecido pela presença de um povoado perdido no meio daquelas imensas solidões. No dia seguinte ao da minha chegada ao arraial saí de casa logo que me levantei, para ir apreciar a paisagem. O céu era de um azul puríssimo, e uma paz maravilhosa, que não encontramos mais na Europa, reinava sobre toda a Natureza. Senti-me reanimar novamente.

Em Pium-í só há duas lojas muito mal abastecidas e algumas vendas igualmente pobres. Seus habitantes, como já disse, são quase todos agricultores. Derrubam as matas dos arredores[26] que se prestam a todo tipo de cultura, e nelas plantam principalmente algodoeiros, que se dão muito bem na região. A julgar pela aparência, as pastagens são também muito boas. Garantiram-me, porém, que nos meses de junho e julho, época em que a seca atinge o auge, morre muito

---

23 Essas cifras me foram dadas pelo vigário de Pium-í, isto é, pela pessoa que, pela natureza de suas funções, seria a mais indicada para dar essas informações. Pizarro calculou, em 1822, que a população dessa paróquia chegava apenas a .600 habitantes.
24 Pizarro, Mem., VIII, 2.ª parte, 198.
25 É ainda do vigário de Pium-í que recebo essa informação. Pizarro diz (ob. cit., 199) que a paróquia de Pium-í tem uma filial (capela curada), a de S. Francisco, situada nas cabeceiras do rio do mesmo nome. Todavia, como o livro desse autor é datado de 1822, não é totalmente impossível que a filial a que ele se refere tenha sido criada depois de minha passagem pela região.
26 Conforme já disse várias vezes, os brasileiros só cultivam terrenos onde primitivamente havia matas e cujas árvores foram cortadas e queimadas.

gado ali, o que alguns atribuem à dureza do capim e outros às perniciosas qualidades de certas plantas.

Durante minha estada em Pium-i recebi a visita do vigário do arraial. Era um homem ainda moço, cortês e bem-educado. Tinha sido condecorado com a Ordem de Cristo, como de resto eram todos os vigários da Província de Minas. Devo a ele as informações que dei acima sobre a história de Pium-i, bem como sobre a extensão do território da paróquia e sua população.

O substituto do comandante, que me prometera logo que cheguei arranjar-me um tocador, trouxe-me um pedestre no dia seguinte, explicando-me que por não ter conseguido ninguém que me quisesse acompanhar voluntariamente, ele se vira forçado a se valer de sua autoridade para obrigar o homem a trabalhar para mim. Ajuntou que ele me acompanharia apenas até o distrito vizinho, e lá seria substituído por outro pedestre. "Ninguém aqui quer ganhar dinheiro", disse-me, "por menor que seja a duração do serviço. Os fazendeiros que possuem grandes extensões de terras dão permissão aos pobres para cultivarem o que quiserem, e estes sabem que com pouco trabalho conseguem o bastante para viverem o ano inteiro. Preferem ficar à toa ao invés de usufruir de um lazer que lhes custou o suor do rosto."

No dia em que contratei o pedestre mandei chamá-lo à noite, mas ele mandou dizer que não podia vir à minha casa porque estava muito ocupado. Sua resposta não me pareceu de bom augúrio, e no dia seguinte o homem tinha desaparecido. Comuniquei o fato ao comandante, que durante dois dias tentou em vão arranjar-me um pedestre. Todos os moços do lugar tinham fugido ao saberem que um deles seria requisitado, e no entanto eu tinha dito várias vezes que pagaria bem a quem me quisesse acompanhar nem que fosse por um único dia. Parti mais uma vez sem tocador.

Conforme já disse, Pium-i fica situada à entrada de uma planície. As terras que atravessei, num percurso de três léguas e meia, para chegar à fazenda de Dona Tomásia, onde parei, são quase todas planas e apresentam pastagens naturais no meio das quais pequenos tufos de árvores esparsos formam como que umas divisões de efeito muito bonito. Conforme a época em que tenham sido queimados, os pastos apresentam uma coloração diferente, e como a queimada é feita por etapas vêem-se nas campinas todos os matizes de verde. Nenhuma árvore se desenvolve nesses campos, que são constituídos — coisa rara na região — de um capim quase tão alto quanto o de nossos prados. A Gramínia n.º 335, muito apreciada pelo gado, principalmente quando começa a brotar, é muito comum ali, o mesmo acontecendo nos campos da região do Rio Grande. Entretanto, raramente encontrei-a depois de S. João del Rei.

Não encontrei um único boi durante todo o dia, mas me disseram na fazenda onde parei que nessa época (abril) o gado costuma embrenhar-se nas matas, só sendo visto nos campos durante a estação das águas, porque então as matas estão infestadas de mutucas. É bem provável, pois, que na maioria das vezes em que reclamei não ter visto uma única cabeça de gado nos lugares por onde passei, os bois estivessem escondidos na mata. Não é menos verdade, entretanto, que toda a parte ocidental da Província de Minas poderia alimentar rebanhos infinitamente mais numerosos do que os que nela existem.[27]

Desde Pium-i até a Fazenda de Dona Tomásia tive diante de mim a Serra da Canastra, que se elevava ao longe com imponente regularidade.

---

[27] Ao falar da região que se estende, quase em linha reta, de Barbacena ao Rio de S. Francisco e onde ficam situados os arraiais de S. João Batista, Oliveira e Formiga, Cunha Matos diz (*Itin.*, I, 71) "que não é criada aí nem a milionésima parte do gado que a região comporta". Trata-se evidentemente de força de expressão, mas que não deixa de mostrar as grandes vantagens que, na opinião do ilustre autor, poderiam ser tiradas dessa região, e torna bem claro que a culpa cabe aos seus habitantes, por sua indolência e incúria, em não aproveitá-las.

Não vi, durante o percurso, nem casas nem plantações. Em compensação encontrei várias carroças atreladas a três ou quatro pares de bois, que levavam as famílias ao arraial para a festa da Páscoa. No sertão, onde as fazendas ficam geralmente muito afastadas da paróquia, somente os homens vão ao povoado regularmente durante o ano, mas por ocasião das duas grandes festas, Natal e Páscoa, a família inteira empreende essa viagem. Mulheres e crianças são metidas dentro dos carros de bois, e eles passam alguns dias na casa que possuem no arraial para em seguida retornarem à fazenda.

As carroças nas quais são feitas essas viagens são as mesmas usadas pelos agricultores de algumas partes da Comarca de S. João del Rei que não são muito montanhosas, para o transporte de seus produtos. Como já disse em outro relato,[28] essas carroças são semi-elípticas e com duas rodas quase maciças. Uma grande esteira é presa a compridos paus, fechando o veículo na frente e deixando-o aberto atrás, como um carro triunfal. O assoalho é forrado com couros de boi.

A Fazenda de Dona Tomásia, onde parei, tinha o nome de sua proprietária. Como já tive ocasião de dizer, trata-se de uma fazenda de considerável extensão. Havia ali muitos escravos, gado e um grande número de porcos. Não obstante, a casa da proprietária não passava de uma choupana miserável cujo único mobiliário era constituído por uma mesa e uns poucos tamboretes. No sertão, raros são os fazendeiros que têm alojamentos decentes.

Visitei todas as dependências da fazenda, o celeiro, os alojamentos dos negros, etc., mas verificando ser impossível instalar-me em qualquer desses lugares, fui alojar-me num galpão aberto de todos os lados e atulhado de peças de uma carroça que estava sendo construída ali. Enquanto analisava as plantas que tinha recolhido durante a viagem eu me via atacado ferozmente por toda espécie de mosquito, e era obrigado a mudar de lugar a cada instante para fugir do sol.

D. Tomásia e sua filha vieram visitar-me no meu miserável alojamento; disseram-me que as terras da região eram de muito boa qualidade e próprias para todo tipo de cultura. Informaram também que o milho rendia ali, por alqueire, dez ou onze carroças de vinte alqueires, ou seja na proporção de 200 a 220 por 1,[29] e que não era nos campos e sim nas matas que o gado comia ervas venenosas, o que provocava a morte de numerosos animais. Isso parece bastante plausível, já que as Rubiáceas conhecidas pelo nome de ervas-de-rato, e consideradas perigosas para o gado, crescem nas matas virgens ou nas capoeiras.[30]

Entre a propriedade de Dona Tomásia e a de João Dias, onde parei, as terras, mais próximas da Serra da Canastra, tornam-se mais homogêneas, embora apresentem a mesma alternância de pequenas matas e excelentes pastagens, onde o capim-flecha cresce em abundância. Diante de mim a Serra da Canastra, na linha do horizonte, com o mesmo aspecto de sempre; um pouco à esquerda, outras montanhas bem menos elevadas; duas ou três choças de adobe de paredes esburacadas e uma única fazenda digna de nota; nenhum boi nos pastos, nenhum viajante pelo caminho, nenhum vestígio de lavoura nos campos; em toda a parte as terras se estendendo a perder de vista, o que só servia para mostrar como era deserta a região. Eis aí, em poucas palavras, o quadro que se apresentou aos meus olhos durante todo aquele dia de viagem. Não posso dizer, entretanto, que se tratava de uma paisagem melancólica. Aquela alternância de matas e pasta-

---

28 Ver *Viagem ao Distrito dos Diamantes*, etc.
29 Como já disse em meu segundo relato, *Viagem ao Distrito dos Diamantes*, os fazendeiros que têm terras na parte da Comarca de S. João del Rei onde é possível o emprego de veículos para o transporte dos produtos medem a sua produção por carroças.
30 São essas as espécies a que dei o nome de *Rubia noxia, Psychotria noxia, Palicourea marcgravii* (ver meu trabalho *Histoire des plantes les plus remarquables du Brésil et du Paraguay*, 229 e seg.).

gens, formando repartições de diferentes matizes, as ondulações do terreno e as altas montanhas que se elevavam no horizonte, para os lados do oeste, compunham um conjunto muito agradável à vista.

Depois de Pium-i a terra adquiriu uma coloração vermelho-escuro, principalmente nos vales. Ali, como em outras partes do sertão que eu percorrera à época de minha primeira viagem, as margens dos riachos são lodosas e nelas crescem, juntamente com numerosos coqueiros, grupos compactos de árvores de troncos delgados e longos, com ramos partindo desde a base mas despojados em parte de suas folhas. Essa é uma vegetação típica do sertão.

A meia légua da Fazenda de João Dias atravessei um capão de um verde tão viçoso quanto o das matas nos arredores do Rio de Janeiro. Em seguida atravessei um pequeno curso de água chamado Ribeirão dos Cabrestos e cheguei à Fazenda de João Dias, que era o meu destino naquele dia.

A fazenda tinha um terreiro imenso cercado de paus e vários casebres onde dormiam os escravos e se guardava a colheita, etc., mas procurei em vão pela casa do dono. Ele também morava numa miserável choupana, que em nada diferia das outras. Não fui mal recebido, mas tudo o que puderam fazer por mim foi me instalarem numa pequena forja varrida pelos ventos por todos os lados e onde eu e meus acompanhantes mal nos podíamos mexer.

Quero esclarecer que, embora haja minas de ferro espalhadas em toda a Província de Minas Gerais, o minério com que trabalhavam na Fazenda de João Dias vinha do Rio de Janeiro, distante dali 100 léguas. Isso se deve talvez ao fato de que preferiam o ferro estrangeiro, por ser mais maleável, ou então que os fabricantes de ferro da província não tinham adquirido, por negligência, o direito à exploração das minas. Pode ser também que o amável proprietário da fazenda acreditasse estar usando o ferro estrangeiro quando na verdade empregava o do seu próprio País.

CAPÍTULO X

A SERRA DA CANASTRA E A CASCATA DENOMINADA CACHOEIRA DA CASCA-D'ANTA, NASCENTE DO RIO S. FRANCISCO

Cadeia de montanhas a que está ligada a Serra da Canastra. O autor parte com José Mariano para visitá-la. Terras situadas depois da fazenda de João Dias. Habitações. Resposta do morador de uma delas. O lado oriental da montanha. Desfiladeiro entre o lado meridional e a Serra do Rio Grande. Descrição do lado meridional. A cascata denominada Cachoeira da Casca-d'Anta, origem do Rio S. Francisco. A casa de Felisberto; recepção que ele faz ao autor; retrato desse homem. O autor vai até ao pé da cascata. descrição dessa queda de água. O autor se põe a caminho para encontrar-se com a sua caravana. Habitações próximas da Cachoeira da Casca-d'Anta. Os parcos recursos de seus moradores. Suas queixas. Distância que os separam da igreja paroquial. Dificuldade para enterrar os mortos. Terras situadas depois de João Dias. Carroças carregadas de produtos agrícolas. Fazenda do Geraldo. O autor sobe a Serra da Canastra acompanhado de Firmiano. O flanco da montanha; uma cascata encantadora. Cume ou chapadão. Vista panorâmica. O autor parte com destino a Araxá; volta à Serra da Canastra. Uma cascata. A Fazenda de Manuel Antônio Simões. Queda de água denominada Cachoeira do Rolim. Outra cascata. Terras situadas entre a fazenda de Manuel Antônio Simões e a de Paiol Queimado.

Ao afastar-me do Rio das Mortes Pequeno eu havia mais ou menos seguido a direção oeste-quarta-noroeste, acompanhando sempre uma crista elevada onde nascem, do lado do norte, os primeiros afluentes do S. Francisco e ao sul os do Rio Grande.[1] É essa crista que limita, ao sul, a vasta bacia do S. Francisco e de seus afluentes, bacia essa formada a leste pela Serra do Espinhaço e a oeste por uma outra cadeia que já mencionei em outro relato.[2] Esta última divide, em parte, as águas do Norte do Brasil das do Sul e forma uma parcela do imenso sistema de montanhas que Eschwege chamou de Serra das Vertentes e a que eu próprio dei a denominação, como explicarei em breve, de Serra do S. Francisco e da Paranaíba.

Antes mesmo de chegar a Formiga eu já tinha avistado no horizonte a Serra da Canastra. Essa montanha que, semelhante a um imenso cofre, mostra ao longe sua massa imponente, pareceu-nos tão isolada. Não é o que ocorre, porém. Ela faz parte da Serra das Vertentes, isto é, como se verá em breve, do planalto ou cadeia que limita a oeste a bacia do S. Francisco.

Mais tarde terei oportunidade de falar sobre essa cadeia. Por enquanto pretendo ocupar-me unicamente da Serra da Canastra.

Havia muito tempo eu sabia vagamente que existia nessa montanha ou nas suas redondezas uma cachoeira notável, mas ninguém me tinha podido dar a esse respeito uma informação precisa. Desejando ver a cascata, deixei Firmiano

---

[1] Não visitei a Serra Negra, a qual, segundo Casal (*Corog. Braz.*, I, 374, 382), se interpõe numa grande extensão entre a Comarca de Sabará e a do Rio das Mortes. É evidente, porém, que ela faz parte do planalto a que me refiro aqui, formando talvez o seu início na extremidade leste.

[2] Ver *Viagem pelas Províncias do Rio de Janeiro*, etc.

e Laruotte na fazenda de João Dias, com toda a minha bagagem, e parti levando comigo apenas José Mariano (9 de abril). Saí convencido de que teria de percorrer apenas três léguas para chegar à cascata e que ela ficava localizada numa das montanhas vizinhas à serra.

À medida que nos afastávamos da fazenda o terreno ia ficando cada vez mais montanhoso, com matas nas baixadas e capim nos pontos elevados.

Já tínhamos feito mais de três léguas sem que encontrássemos uma única habitação, embora nos tivessem dito que havia várias pelo caminho. Também não vimos viajantes e nem sinal de gado. Era uma bela solidão, mas uma solidão profunda.

Para grande satisfação nossa encontramos finalmente uma mulher negra, a quem pedimos indicações sobre o caminho. Pude então verificar com grande surpresa e alegria que não nos tínhamos desviado um instante sequer de nossa rota. José Mariano anotava instintivamente as menores coisas que víamos e sabia tirar delas conclusões exatas, possuindo um dom inato para se guiar numa região em que qualquer outra pessoa se teria extraviado dezenas de vezes. Ficamos sabendo pela mulher negra que, embora já tivéssemos andado bastante, ainda estávamos muito longe da cachoeira.

Tínhamos já atravessado vários riachos de uma limpidez inigualável, entre eles o Ribeirão da Prata e o Ribeirão da Capivara, e durante o resto da viagem passamos ainda por outros, todos afluentes do S. Francisco.

À medida que avançávamos íamos tendo uma visão mais nítida da Serra da Canastra. Visto de perto o seu cume já não mostra a mesma regularidade. Entretanto, não apresenta nenhuma das anfractuosidades comumente observadas nas grandes cadeias de montanhas.

Já havíamos percorrido quatro léguas quando vimos as primeiras habitações. Ficavam, porém, um pouco afastadas do caminho, mas ao longe avistamos uma localizada à beira da estrada. Paramos ali por um instante e fomos informados — o que veio confirmar as palavras da mulher — de que ainda estávamos a uma grande distância da cachoeira.

Perguntei ao dono da casa como podia ele viver em lugar tão solitário. Respondeu-me que gostava de sossego e além do mais não vivia sozinho, pois tinha mulher e filhos, e que com exceção do sal suas terras produziam com abundância tudo o de que ele tinha necessidade.

Até então tínhamos tido sempre à nossa frente o lado oriental da montanha, cujas encostas são mais ou menos íngremes e cobertas de capim em muitos pontos. Não me pareceram, porém, inacessíveis. À medida, porém, que nos aproximávamos da serra, as casas iam-se tornando menos raras. Vimos também algumas plantações de milho e umas poucas cabeças de gado.

Já então o caminho se voltara ligeiramente na direção do sul e logo alcançamos a extremidade meridional da parte leste da montanha. Há ali uma espécie de desfiladeiro, que separa a parte meridional da Serra da Canastra de uma outra serra, denominada Serra do Rio Grande. Bem menos elevada e menos regular que a primeira, esta última avança mais ou menos do oeste para o sudoeste, juntando-se a outras montanhas situadas mais a leste e que fazem parte da Comarca do Rio das Mortes. Parece também, pelo que me foi informado que a Serra da Canastra e a do Rio Grande se juntam na extremidade ocidental do desfiladeiro que mencionei acima. Seja como for, e se convier — como irei propor em seguida — dar ao divisor das águas do Paranaíba e do S. Francisco a denominação geral de Serra do S. Francisco e do Paranaíba, seria bom esclarecer que a extremidade dessa serra é formada pela Serra da Canastra, pois o Rio S. Francisco nasce no lado meridional desta última.

Ao entrarmos no desfiladeiro a que já me referi vimo-nos muito próximos da serra. Ali o seu cume é perfeitamente regular, e grande parte de seus flancos, nos pontos mais elevados, é formada de rochas talhadas a pique, cheias de sulcos e inacessíveis. Abaixo delas se estendem matas e pastagens naturais em encostas suaves, até o fundo de um vale estreito, onde corre o Rio S. Francisco. Embora as rochas formem como que um paredão quase vertical, elas estão longe de ser escalvadas, pois em vários pontos são cobertas por uma relva muito fina, que raramente deixa entrever a cor acinzentada da pedra. Em nenhum outro lugar encontrei relvados de um verde tão bonito e tão viçoso como os que se estendiam aos pés dessas rochas a pique, e os matizes mais escuros das matas vizinhas não lhes ficava devendo nada em beleza.

Depois de atravessarmos uma mata de exuberante vegetação encontramos uma casa, onde perguntamos por Felisberto, um lavrador, que segundo nos disseram morava perto da cachoeira. Ele próprio estava presente e se prontificou a nos servir de guia.

Embrenhamo-nos na mata e dentro em pouco começamos a ouvir o barulho da cachoeira. Pelas informações que me tinham dado havia poucos instantes, eu sabia que ela se despencava do lado meridional da Serra da Canastra. De repente avistei o seu começo e logo em seguida pude vê-la em toda a sua extensão, ou pelo menos o máximo que podia ser visto do ponto onde nos achávamos. O espetáculo arrancou de José Mariano e de mim um grito de admiração. No ponto onde a água cai há uma depressão no cume do paredão de rochas, formando um sulco largo e profundo que vai descendo em ziguezague até uns dois terços da altura da pedreira, segundo nos pareceu. De um ponto ainda bastante elevado, onde termina a fenda, despeja-se majestosamente uma cortina de água, cujo volume é maior em um dos lados. O terreno que se estende abaixo da cascata é bastante irregular, e um outeiro coberto de verdejante relva esconde a parte inferior da cortina de água. Do lado direito desce até ela uma mata de um verde sombrio. É essa a nascente do S. Francisco.

Essa vista, de que tentei dar uma idéia, é a mesma que se descortina da casa de Felisberto. À noite, a luz de um luar soberbo me permitiu distinguir todas as coisas, com a cachoeira refletindo o clarão do fogo que devorava um pasto vizinho.

Felisberto nos recebeu maravilhosamente bem. Morava num casebre humilde, desprovido de qualquer conforto. Leite e feijão constituíram o nosso jantar, e por leito me deram um colchão de palha sem lençol. Mas tudo isso foi oferecido de bom coração.

A casa de Felisberto fica situada à beira de uma estrada que leva à parte mais longínqua do sertão e ao povoado de Desemboque, célebre na região pela fertilidade das terras que o cercam. Essa estrada passa pelo desfiladeiro que divide as duas serras,[3] o qual deve ter, pelo que me disseram, quatro léguas de comprimento.

Meu hospedeiro oferecera-se para me levar no dia seguinte até ao pé da queda de água que tem o nome de Cachoeira da Casca-d'Anta,[4] mas suas ocupações impediram-no de fazer isso. Em troca, arranjou-me como guia o seu sogro, Manuel Lopes, que morava a uma distância de meia légua de sua casa. Ao despedir-me de Felisberto tentei fazer com que aceitasse algum dinheiro, mas meus esforços foram vãos. Durante o tempo que permaneci em sua casa, esse homem mostrou uma bondade, uma tranqüilidade de espírito, uma resignação

---

3 A Serra da Canastra e a Serra do Rio Grande.
4 Casca-d'anta é o nome que dão à *Drimys granatensis*, por ser crença geral que as excelentes propriedades da casca dessa árvore foram descobertas por intermédio da anta (ver meu trabalho *Plantes usuelles des Brésiliens*).

à vontade divina e uma paciência em suportar a pobreza que só são encontradas atualmente longe das cidades. Felisberto, se ainda está vivo, já não deve mais se lembrar do estrangeiro que um dia lhe foi pedir abrigo. Quanto a mim, ainda o vejo sentado num banco de madeira, num cômodo escuro e sem móveis, e me parece ouvi-lo contar com calma as afrontas e vexames de que tinha sido vítima. Os exemplos de honestidade e de virtude não são tão comuns para que possamos esquecê-los facilmente.

Por volta das onze horas da manhã partimos, José Mariano e eu, da casa de Lopes e seguimos rumo à cachoeira. Depois de atravessarmos uma mata cerrada seguindo uma trilha mal aberta, com moitas de bambus atrapalhando a nossa marcha, alcançamos as margens do S. Francisco, num ponto que fica mais ou menos a meia légua de distância de sua nascente e onde sua largura é de vinte ou trinta passos. Suas águas, de uma limpidez e frescura extraordinárias, têm pouca profundidade, permitindo que se vejam no fundo do seu leito os mais insignificantes seixos. Descalcei-me para atravessar o rio, e como o seu fundo é cheio de pedras escorregadias, não foi sem certa dificuldade que consegui chegar ao outro lado. Lá encontramos uma mata mais fechada do que a anterior, e Manuel Lopes, que ia na frente, via-se obrigado a cada passo a cortar os bambus e os galhos de árvores que impediam a nossa marcha. Logo depois atravessamos de novo o S. Francisco e em seguida um capinzal. Mais adiante as margens do rio estavam de tal forma obstruídas pela vegetação que tivemos de caminhar sobre o seu leito. Até ao pé da cachoeira ele é forrado de pedras grandes e escorregadias, que ora ficam cobertas pela água, ora afloram à superfície, e me teria sido impossível andar sobre elas sem a ajuda constante de Manuel Lopes e José Mariano. Finalmente, depois de uma caminhada extremamente penosa, alcançamos o pé da Cachoeira da Casca-d'Anta, que já vínhamos avistando de longe.

A casa de Felisberto ficava distante da queda de água mais de um quarto de légua, e de lá eu só conseguia vê-la de maneira imprecisa. Vou descrevê-la tal como apareceu aos meus olhos, quando dela me aproximei o máximo que era possível. Acima dela vê-se, como já disse, uma larga fenda na rocha. No ponto onde caem as águas as pedras formam uma concavidade pouco pronunciada. Da casa de Felisberto a cachoeira me pareceu ter apenas um terço da altura das rochas, mas após tê-la observado de diversos ângulos creio poder afirmar que sua extensão é de dois terços dessa altura. Não a medi, mas de acordo com o cálculo provavelmente bastante preciso de Eschwege, ela deve ter uns 203 metros, aproximadamente.[5] Ela não se precipita das rochas com violência, exibindo, pelo contrário, um belo lençol de água branca e espumosa que se expande lentamente e parece formado por grandes flocos de neve. As águas caem numa bacia semicircular, rodeada de pedras amontoadas desordenadamente, de onde descem por uma encosta escarpada para formar o famoso Rio S. Francisco, que tem quase 700 léguas de extensão e recebe uma infinidade de outros rios.

O estrondo que as águas da Cachoeira da Casca-d'Anta fazem ao cair é ouvido de longe, e a névoa extremamente fina que elas produzem é levada a uma grande distância pela deslocação de ar causada pela queda.

Dos dois lados da cachoeira as rochas são permanentemente úmidas e, embora talhadas a pique, mostram-se cobertas por uma relva muito verde e fina, que raramente deixa entrever a cor acinzentada da pedra. Abaixo das rochas o terreno vai em declive até o rio, e no trecho mais próximo da cachoeira sua

---

[5] Eschwege calcula, como eu já disse, que a rocha a pique tenha mais de 1.000 pés (*Bras. die Neue Welt*, I, 102). Se deduzirmos um terço dessa altura para a parte superior da montanha até a cascata, é evidente que teremos 667 pés.

vegetação é composta só de arbustos. Mais adiante, porém, ele já se apresenta coberto de densas matas, onde se vêem numerosas palmeiras de troncos delgados e pequena altura. O verdor das plantas é de um viço extraordinário, que a proximidade das águas se encarrega de conservar. Defronte da cachoeira o horizonte é limitado por montanhas coroadas de rochas, que pertencem à Serra do Rio Grande.

Para ter uma idéia de como é fascinante a paisagem ali, o leitor deve imaginar estar vendo em conjunto tudo o que a Natureza tem de mais encantador: um céu de um azul puríssimo, montanhas coroadas de rochas, uma cachoeira majestosa, águas de uma limpidez sem par, o verde cintilante das folhagens e, finalmente, as matas virgens, que exibem todos os tipos de vegetação tropical.

Deixamos a Cachoeira da Casca-d'Anta e voltamos à casa de Manuel Lopes, que se mostrou de uma gentileza e boa vontade extraordinárias durante todo o tempo em que me serviu de guia, e tão avesso a qualquer recompensa quanto o seu genro Felisberto.

Depois de compartilhar do jantar de Lopes, composto de bananas e feijão-preto, montei no meu burro e, para adiantar a viagem que faria no dia seguinte, andei duas léguas na direção da propriedade de João Dias, onde como já disse tinha deixado meus acompanhantes e minha bagagem.

Dormi numa dessas choças que a gente encontra pelo caminho antes de chegar à Serra da Canastra, e às quais já me referi antes. A mais humilde habitação de Sologne oferece mais conforto do que qualquer dessas miseráveis palhoças. São construídas rusticamente com paus cruzados e barro, que se desprende facilmente. Um capim miúdo, arrancado com as raízes e a terra que as envolve, serve-lhes de cobertura. Seu interior é dividido por tabiques em minúsculos cômodos escuros, cujo único mobiliário consiste num par de tamboretes e alguns catres miseráveis, que já descrevi em relato anterior.[6] Nas paredes estão penduradas algumas roupas e uma sela.

O que há de extraordinário em tudo isso é que são homens brancos que moram nessas palhoças. É bem provável que os primeiros homens que se instalaram nesses lugares fossem criminosos perseguidos pelo rigor da lei. Seus filhos, porém, criados naquelas solidões, hão de ter sido melhores do que eles. A oportunidade e o comércio com os homens fazem germinar os vícios e as paixões, mas estes perecem quando não têm com que se alimentar.

Os escassos habitantes dos arredores da Serra da Canastra, que parecem todos aparentados uns com os outros, cultivam a terra com suas próprias mãos, mas seus produtos não têm nenhuma saída.

Unicamente o gado que criam é capaz de lhes render algum dinheiro, mas ainda assim eles são obrigados a gastos consideráveis com o sal, cujo preço ali é exorbitante. Os negociantes de gado vão até aqueles longínquos recantos em busca de bois para comprar. Os moradores da região se queixam também das ervas venenosas, que fazem mal ao gado. Contudo, essa afirmação não deve passar de uma simples conjectura para explicar a morte repentina dos animais, pois ninguém é capaz de indicar com precisão quais são essas ervas de que tanto falam.

Um motivo de queixa bem mais justo é a maneira pela qual os dizimeiros querem que seja pago o imposto, recusando-se a receber o pagamento em pro-

---

6 Esses leitos são chamados *jiraus*. Eis aqui como são feitos: fincam-se quatro paus na terra, junto da parede, formando um retângulo. Nas extremidades são colocados dois paus transversalmente, amarrados com embira aos quatro pés, e sobre essa armação é disposta uma série de varas, por cima das quais se estende uma esteira ou um couro cru. É essa a cama em que eles dormem, encostados à parede e enrolados num cobertor ou capa (ver *Viagem pelas Províncias do Rio de Janeiro*, etc.).

dutos e exigindo o dinheiro em espécie. É preciso convir que é realmente difícil arranjar dinheiro quando não se vende quase nada.[7]

Toda a banda oriental da Serra da Canastra depende da paróquia de Pium-i, mas como é preciso fazer uma caminhada de 14 léguas até a igreja, as mulheres quase nunca vão lá, e os homens apenas uma vez por ano. Na realidade, um padre vem de vez em quando celebrar a missa numa pequena capela localizada a cerca de duas léguas da fazenda de João Dias,[8] e os moradores das redondezas aproveitam a ocasião para se confessar e batizar os filhos. Mas essas ocasiões são extremamente raras.

Como os brasileiros fazem muita questão de ser enterrados junto às igrejas, e o vigário de Pium-i não permitia que se enterrasse ninguém ao lado da capela a que já me referi acima, os homens levavam os mortos nos ombros desde a Serra da Canastra até o arraial. Para usar a expressão de um agricultor em casa de quem passei uma noite, a duas léguas da cachoeira, os carregadores chegavam ao seu destino em estado quase idêntico ao do defunto que transportavam.

Voltei à Fazenda de João Dias pelo mesmo caminho que já tinha percorrido. Era de se supor que eu encontrasse muitos animais naquelas solidões. Entretanto, não vi nenhum. Mas isso não deve causar surpresa, já que os habitantes do sertão passam a maior parte do seu tempo caçando pelas redondezas, caminhando às vezes grandes distâncias.

Depois de ter deixado a fazenda com destino a Araxá,[9] passei por pastos cujo capim, em grande parte composto da Gramínea n.º 335, é quase tão alto e tão fechado quanto o feno em nossas campinas.

Ao atravessar esses pastos encontrei uma série de carros puxados por três ou quatro juntas de bois, carregados de toucinho e conduzidos por homens brancos. Perguntei-lhe de onde vinham e fiquei sabendo que tinham partido de Araxá havia doze dias e seu destino era S. João del Rei, onde deviam chegar ao fim de um mês. O custo de uma viagem desse tipo é pequeno, uma vez que os carreiros levam consigo o necessário para a sua alimentação e até mesmo o milho destinado aos bois. Apesar de tudo, é preciso que haja bem poucos compradores em toda a região e que o preço alcançado pelos produtos seja compensador, para que se justifique uma viagem tão longa.

A cerca de meia légua da Fazenda de João Dias atravessei no meio de um capão o Rio S. Francisco, que ali deve ter uns vinte pés de largura, com suas águas límpidas fluindo sobre um leito de pedras e seixos. Como não chovia fazia algum tempo, o rio dava passagem a pé, mas após chuvas prolongadas ele não dá vau em nenhum ponto.

Entre João Dias e a Fazenda do Geraldo, onde parei, vi ao longe duas ou três fazendas de consideráveis proporções para aquela região. Devo dizer, porém, que de qualquer parte do caminho eu sempre podia descortinar uma imensa extensão de terras.

---

[7] Já disse em outro relato o que eram os *dizimeiros* e quantas queixas havia contra eles. Volto ao assunto, neste terceiro relato, no capítulo intitulado "Quadro Geral da Província de Goiás".
[8] É essa capela, provavelmente, que constitui a filial que Pizarro chama de *capela curada de S. Francisco* e à qual já me referi no capítulo anterior.
[9] Itinerário aproximado da Fazenda de João Dias ao Arraial de Araxá:

De João Dias à Fazenda do Geraldo	3½ léguas
Até a Fazenda de Manuel Antônio Simões	2 "
" a Fazenda do Paiol Queimado	5 "
" o Retiro da Jabuticabeira	3 "
" o Retiro de Trás-os-Montes	3 "
" Peripitinga (fazenda)	2 "
" Araxá	2 "
	20½ "

Só voltei a ver a Serra da Canastra depois de ter caminhado mais de uma légua. Daquele lado, que é o do leste, a serra não apresenta nenhum dos acidentes tão comuns nas regiões montanhosas. Em compensação, por seu volume e altura, ela quebra a monotonia da paisagem. O verde das matas e dos campos era tão viçoso, e o céu nas proximidades da montanha tinha uma tonalidade tão suave que não pude deixar de sentir prazer em contemplar aquelas vastas e tranqüilas solidões.

A pouca distância da Fazenda do Geraldo passei diante da Capela de S. Roque, onde um padre vem de vez em quando celebrar a missa. A capela fica isolada no alto de um outeiro e é feita de madeira e barro, com paredes sem reboco, e o seu estado era miserável. Ao lado foram construídos uma casinha e um rancho, para abrigar os que vêm assistir à missa.

A Fazenda do Geraldo é de tamanho considerável. Tem um vasto terreiro, currais bastante grandes, um celeiro igualmente amplo e os alojamentos dos escravos. Como sempre, porém, a casa do proprietário é pequena e em péssimo estado de conservação. Alojaram-me num rancho que tinha paredes dos quatro lados, onde me senti perfeitamente à vontade e ao abrigo do vento e do frio.

Desejando subir a Serra da Canastra, parti acompanhado do índio Firmiano, deixando Laruotte e o meu arrieiro na fazenda.

Depois de uma caminhada de meia légua começamos a subir. Eu já disse antes que o lado oriental da serra forma um declive suave, coberto de capim nas partes mais elevadas e de matas nas baixadas. Seguindo por um caminho difícil e pedregoso, atravessamos uma mata de exuberante verdor, banhada por um riacho de águas límpidas, e desembocamos num extenso capinzal a que tinham posto fogo recentemente. Esse trecho da serra, enegrecido e despojado de toda verdura, lembrava bastante certos terrenos vulcânicos das nossas montanhas de Auvergne. O fogo ainda não estava totalmente extinto, e eu via aqui e ali labaredas vermelhas e crepitantes correndo rapidamente pelo capim e rolos de fumaça subindo lentamente para o céu.

Mais ou menos na metade da subida passamos por uma bela cascata, à direita. Não tinha nem de longe a imponência da Cachoeira da Casca-d'Anta, mas o efeito que causava na paisagem era encantador. Devia ter uns 30 ou 40 pés de extensão, e caía do alto de uma rocha acinzentada e a prumo, coroada por enormes tufos de liquens de um branco-esverdeado. Umas poucas árvores, que haviam brotado nas fendas da rocha, escondiam num ponto as águas da cascata, que desciam por uma ravina profunda, cujos flancos eram recobertos por uma relva de um verde muito vivo.

Continuando a subir, passamos à direita e à esquerda ora por capinzais, ora por matas no meio das quais sobressaía uma Voquísia, pela enorme quantidade de suas flores amarelas, dispostas em longos cachos.

Ao cabo de duas horas chegamos ao cume da montanha.

Quando se avista de Pium-i a Serra da Canastra, seu maior comprimento parece seguir a direção norte-sul. Mas não é o que ocorre, na realidade. Sua extensão, nesse sentido, não atinge mais do que cinco léguas, ao passo que alcança mais de dez no rumo leste-oeste. O lado oriental, voltado para o caminho de Pium-i, tem quase todo a mesma altitude, mas de leste a oeste ela vai em declive. Em toda a extensão do seu cume a serra apresenta um vasto planalto irregular, que os habitantes da região chamam de Chapadão.[10] Dali pude descortinar a mais vasta extensão de terras que meus olhos já viram desde que

---

10 Era de supor, de acordo com o excelente mapa de Spix e Martius, que a Serra da Canastra se estendesse desde a Serra Negra (de Sabará) até o divisor das águas do S. Francisco e do Paranaíba. Entretanto, tudo o que já tenho escrito sobre essa serra prova suficientemente que ela, em sua totalidade, forma esse divisor.

nasci. Num lado a Serra de Pium-i limitava o horizonte, mas em todo o resto unicamente a fraqueza de meus olhos restringia o meu campo de visão. Não se avistava um único povoado, uma única propriedade, nada que pudesse prender o olhar. Por toda a parte as terras se estendiam em infinitas ondulações, em que pastagens e capões se alternavam. Não consegui ver nem mesmo o Arraial de Pium-i, sem dúvida escondido atrás de algum morro.

O Chapadão é totalmente despovoado e sem cultivo. Suas terras nem mesmo têm dono (1819), mas os proprietários das fazendas localizadas na base da montanha levam seus animais para pastarem ali. Geralmente cai geada no cume da serra, nos meses de junho e julho. Entretanto, o gado não desce do Chapadão nessa época, ao passo que na estação das águas os animais preferem vir para as baixadas, já que lá em cima chove mais do que em qualquer outra parte.

O planalto é cortado por uma estrada muito batida, que é um prolongamento da que eu seguira até então e se bifurca ali, levando um dos caminhos ao Arraial de Desemboque e o outro ao de França, de que falarei mais tarde. Em vários pontos vi vestígios de fogueiras acesas pelos tropeiros. Os viajantes encontram água em abundância na serra, mas inutilmente procurarão um abrigo.

Os pontos mais elevados do planalto — pelo menos os que eu vi — não apresentam senão amontoados de pedras, no meio das quais proliferam várias espécies de canela-de-ema *(Vellozia)* e a Composta n.º 372. Os lugares mais baixos são cobertos de capim, que ora é alto, ora é rasteiro, às vezes ralo, às vezes espesso, conforme a proporção em que a terra vegetal se acha misturada com a areia. Sempre que um filete de água corre por um trecho em declive a vegetação aí se mostra mais viçosa, havendo mesmo, em alguns pontos, pequenos grupos de árvores.

À exceção da Serra Negra, não vi em nenhuma outra parte uma variedade tão grande de plantas quanto na Serra da Canastra. A família predominante é a das Compostas. As Euriocauláceas crescem também ali em abundância, já que o terreno, composto de uma mistura de areia branca e terra vegetal preta, semelhante ao que se encontra nos pontos mais elevados da Serra do Espinhaço, é o que essas plantas preferem. A Gencianácea n.º 575, a Convolvulácea n.º 379 e as Escrofulariáceas n.os 377 e 391 são também muito comuns nas campinas do planalto. Quanto às Melastomáceas, tão abundantes em outras serras, suas variedades ali se restringem a seis espécies. Aliás, em pouco tempo recolhi cinqüenta espécies de plantas que ainda não tinha visto nessa viagem, sendo que várias eram para mim inteiramente desconhecidas.

Enquanto descia a serra eu usufruía, encantado, as belezas da paisagem. O tempo estava fresco, e nuvens brancas e esgarçadas deslizavam celeremente pelo céu, que era de um azul sereno, um pouco mais vivo, porém, do que o do norte da França durante os belos dias de outono. Aquela alternância de matas e campinas, a diversidade de cores que disso resultava e o contraste entre a planície e a montanha produziam um efeito encantador.

Durante todo o dia, o único animal que encontrei foi um macaco. Como já disse, os habitantes do sertão são todos caçadores entusiastas, matando qualquer animal cuja pele possa ser objeto de comércio. Não passei por uma única propriedade que não contasse com numerosos cães de caça.

Quando me achava na Fazenda do Geraldo, os cachorros da propriedade mataram um filhote de anta. Darei aqui alguns dados sobre a sua pelagem para completar a precisa descrição que Azzara[11] fez das crias desses animais. O filhote em questão tinha o ventre inteiramente branco, e o dorso e os flancos

---

11 *Essai sur les quadrupedes du Paraguaya*, I, 2.

de um tom cinza-escuro, cortado por linhas brancas longitudinais. De cada lado, ao longo do dorso, três dessas linhas se estendiam por todo o comprimento do corpo, cada uma com cerca de um centímetro de largura. As faixas cinzentas que se alternavam com as brancas tinham aproximadamente cinco centímetros de largura e eram pontilhadas de branco. Além das seis faixas brancas que já mencionei, viam-se várias outras, incompletas, ao longo dos flancos.

Durante minha permanência na Fazenda do Geraldo, José Mariano caçou e empalhou alguns pássaros. Já mostrava bastante habilidade nessa arte, e embora eu ainda não contasse com um tocador, a taxidermia não parecia interferir com o seu trabalho de cuidar dos burros.

O caminho que segui ao deixar a fazenda e que leva ao Arraial de Araxá, onde eu não tardei a chegar, é paralelo à Serra da Canastra e pouco se afasta dela. O flanco dessa vasta montanha continua, nesse trecho, desprovido de qualquer anfractuosidade, e em quase toda a sua extensão é revestido de um verde muito viçoso. A princípio segui ao longo do lado oriental mas cheguei ao seu final pouco antes de alcançar a Fazenda de Manuel Antônio Simões, onde parei. A partir de então passei a caminhar paralelamente ao lado setentrional.

Não tinha percorrido mais do que meia légua, a partir da Fazenda do Geraldo, quando avistei a uma certa distância uma bela cascata que se despencava do alto da montanha, expandindo suas águas sobre rochas cinzentas e abruptas. O cume dessas rochas é coroado de árvores, com outras também brotando das fendas das pedras, em vários pontos. Mas uma cascata, em geral, deve grande parte de sua beleza ao contraste que forma o movimento das águas com a imobilidade das coisas que a rodeiam. Quando vista de longe parece tão imóvel quanto o resto e só se distingue pela diferença da cor. Não é, então, nada mais do que um quadro sem vida.

A região que percorri entre a Fazenda do Geraldo e a de Manuel Antônio Simões é montanhosa, com as mesmas alternâncias de matas e capinzais de um verde belíssimo. As flores eram pouco numerosas, mas numa das campinas que atravessei vi algumas encantadoras: uma bonita mimosa (n.º 411), uma bela Gengianácea de flores azuis (n.º 206) e uma Malpiguiácea de flores cor-de-rosa (n.º 117).

A Fazenda de Manuel Antônio Simões me pareceu ter sido bastante próspera em outros tempos, mas havia seguido o destino do seu velho e decrépito proprietário, já que todas as suas dependências se achavam em ruínas.

Deram-me por alojamento uma dessas casinhas que compõem em geral a sede das fazendas naquela deserta região. Mas achei-a tão suja e desconfortável que pedi um pouco indelicadamente ao pobre velho que me arranjasse outra. Ele realmente não tinha nada melhor para me oferecer. A casinha foi varrida e eu me instalei nela. Não obstante, receei ser visitado à noite pelos porcos, pois a casa não tinha porta e suas paredes eram simplesmente feitas de grandes pedras mal ajustadas umas sobre as outras. Meu idoso hospedeiro convidou-me a partilhar do seu jantar, e eu aproveitei a oportunidade para me penitenciar da minha grosseria anterior tratando-o com toda consideração.

É difícil imaginar uma localização mais aprazível que a dessa fazenda. Fica situada num pequeno vale, à beira de um límpido riacho, e rodeada de morros baixos recobertos de capim. Para os lados do sul o horizonte é limitado pela Serra da Canastra, que não dista mais do que um quarto de légua da propriedade, deixando ver duas cascatas a pouca distância uma da outra.

A de maior volume de água fica mais próxima do lado oriental da serra e tem o nome de Cachoeira do Rolim. No ponto onde ela cai há uma depressão no flanco da montanha, cujo formato lembra um hemiciclo de traçado irregular. A água não se despeja propriamente do cume da serra, o qual é coroado de árvores. Logo abaixo da linha de vegetação há um suave declive coberto de relva, e só depois, então, vem a série de rochas escarpadas e nuas. É da parte mais profunda de uma dessas rochas que se expande uma bela cortina de água mais alva do que a neve. Não se vê, porém, a água alcançar o sopé da montanha. Ela parece deter-se numa segunda série de rochas mais avançadas e escoar-se por uma fenda profunda oculta por algumas árvores. Na estação das águas o volume da cascata aumenta consideravelmente, segundo me disseram, produzindo um estrondo que se ouve de longe. Abaixo do segundo plano de rochas a que me referi, a montanha apresenta unicamente uma encosta muito suave por onde corre, num leito de areia e pedras, o Riacho de Santo Antônio, formado pelas águas da cascata e cujas margens são orladas de árvores. À direita e à esquerda da cascata os escarpados flancos da montanha são cobertos de relva, no meio da qual apontam aqui e ali algumas rochas nuas. Essa é a imagem que me ficou da Cachoeira do Rolim, que vi não só de longe, da casa de Manuel Antônio Simões, como também de perto, pelo menos o mais perto que me foi possível no curto espaço de tempo de que eu dispunha.

Quanto à segunda cascata, só a vi da casa de Manuel Antônio. No ponto em que ela cai o flanco da montanha mostra, a uma considerável altura, um declive pouco pronunciado e revestido de relva. No meio do capim rasteiro há uma fenda profunda de onde brotam dois filetes de água, que se escoam por rochas a pique e vão formar também um riacho. Este, como o Rio Santo Antônio, deve ir juntar-se ao S. Francisco ou a um de seus afluentes.

Depois de deixar a Fazenda de Manuel Simões, atravessei o Rio Santo Antônio e por várias léguas caminhei paralelamente a um dos lados da serra que é praticamente voltado na direção do norte, atravessando a cadeia no sentido da sua largura e tomando o rumo de Araxá.

O lado setentrional da Serra da Canastra não chega a ser talhado a pique como o meridional, onde brota a Cachoeira da Casca-d'Anta. Não obstante, é mais escarpado do que o lado que quase defronta com o leste, sendo suficientemente abrupto para parecer de longe quase vertical, o que contribui para dar à serra a forma de um baú, a que ela deve o seu nome.

Enquanto tive diante de meus olhos a Serra da Canastra desfrutei de um panorama maravilhoso. À direita descortinava uma vasta extensão de campinas e à esquerda tinha a serra, do alto da qual jorram quatro cascatas.

Eu tinha começado a subir, mal me afastara da fazenda de Manuel Antônio Simões, continuando a atravessar terras muito montanhosas, onde se encontram minas de ferro e vastas campinas salpicadas de alguns tufos de árvores. Nesse dia andei cinco léguas e não encontrei uma única habitação, embora às vezes se apresentasse diante de meus olhos uma imensa extensão de terras mais ou menos planas. Não vi o menor vestígio de lavoura e não encontrei um só viajante. De longe em longe avistava apenas umas poucas cabeças de gado no meio de pastos que me pareciam suficientes para alimentar um incalculável número de bois. Num percurso de quatro léguas a partir da Fazenda de Manuel Antônio não vi o mais leve sinal de água, o que é espantoso para essa região, onde a todo momento se encontra um riacho.

Desde a região do Rio Grande não tinha visto pastos de tão boa qualidade quanto os que existem nos arredores da Serra da Canastra. Em todos eles predomina a Gramínea n.º 335, que engorda os bois e é muito apreciada por eles. Entre Antônio Simões e Paiol Queimado, nas terras mais baixas, onde costumam queimar os pastos, encontrei pastagens de um verde maravilhoso. Já nos pontos mais elevados, em oposição, onde parece que raramente se ateia fogo, o capim tinha a mesma altura e coloração do de nossas campinas quinze dias antes da ceifa. Raramente se vêem outras plantas a não ser as Gramíneas nos campos dessa região. Não encontrei quase nenhuma em flor, e apesar do longo trecho percorrido minha colheita entre Manuel Antônio Simões e Paiol Queimado foi praticamente nula.

A pouca distância da primeira dessas fazendas eu tinha atravessado imensos pastos que haviam sido queimados fazia poucos dias. Em todas as regiões da Província de Minas Gerais que eu percorrera até então só se costuma atear fogo aos pastos quando a seca está chegando ao fim, exceção feita de certas pastagens reservadas às vacas leiteiras na região do Rio Grande, e que são queimadas em outras épocas. Já ali onde me achava, e onde segundo me disseram o capim não seca completamente, ocorre o contrário, pois ateiam fogo aos pastos em qualquer época, indiferentemente. Os criadores, porém, acreditam que isso só deve ser feito na lua minguante.

Quando me achava na casa do Geraldo, na Serra da Canastra, fui atacado ferozmente por pequenos insetos pretos chamados borrachudos,[12] os quais deixam na pele uma mancha vermelha, no local da picada. Mas em nenhuma outra parte vi uma quantidade tão grande deles quanto nos pastos recém-queimados que mencionei acima. Esses mosquitos me cobriam o rosto e as mãos, forçando-me recorrer permanentemente à ajuda do meu lenço para afugentá-los.

Fazia oito horas que eu tinha deixado a Fazenda de Manuel Antônio quando cheguei à de Paiol Queimado, onde parei. Havia percorrido, como já disse, cinco léguas, e isso na região representa uma boa caminhada para viajantes que estão fazendo uma longa viagem e levam burros carregados de bagagem.

Não sei dizer com certeza onde ficam os limites da Comarca de S. João del Rei,[13] mas é bem provável que eu os tenha atravessado nesse dia, ou talvez na véspera, quando seguia ao longo do lado setentrional da Serra da Canastra para transpor a cordilheira de que essa montanha faz parte e à qual dei o nome de Serra do S. Francisco e da Paranaíba. Da Comarca de S. João passei à de Paracatu e ao território sob a jurisdição de Araxá *(julgado),* que dela depende atualmente (1810).

---

[12] Já mencionei os borrachudos em minha *Viagem pelas Provincias do Rio de Janeiro,* etc. Pohl, que os descreveu muito bem, classificou-os de *Simulium pertinax (Reise,* I).
[13] Pelo que diz Eschwege *(Bras. Neue Welt,* I, 101), podemos concluir que o limite fica na própria cordilheira. Casal *(Corografia Braz.,* I, 282) indica simplesmente esta como o limite.

CAPÍTULO XI

VISTA DE OLHOS GERAL SOBRE A COMARCA DE PARACATU.[1]

Limites e extensão da Comarca de Paracatu. Sua população. Idéia geral das cadeias de montanhas que é necessário atravessar para se ir do Rio de Janeiro a Paracatu. Divisor das águas do S. Francisco e do Paranaíba. A Serra das Vertentes, de Eschwege. Descrição exata feita pelo Abade Casal. A Serra das Vertentes, de Balbi. Sistema de nomenclatura para as montanhas do Brasil. Idéia geral da Serra do S. Francisco e da Paranaíba. Rio da Comarca de Paracatu. Cidades e arraiais da comarca. Características de seus habitantes. Suas casas e suas ocupações. Fertilidade das terras. A mandioca. O capim-gordura; extensão das terras onde e encontrado; sua origem. O gado. Os carneiros. Topografia da região. Sua vegetação. A seca; penúria dela resultante. Dificuldades e transtornos das viagens na região. Riquezas em potencial da Comarca de Paracatu.

Paracatu pertenceu durante longo tempo à Comarca de Sabará, constituindo a parte mais ocidental de seu território. Entretanto, dela foi separada pelo alvará de 17 de julho de 1815[2] e mais tarde, por outro alvará de 4 de abril de 1816, os julgados de Araxá e Desemboque, que até então tinham pertencido à Província de Goiás, foram anexados à nova comarca.

Essa comarca é formada de duas partes: uma ao norte, mais para o leste, e outra ao sul, mais para o oeste, as quais, como casas da mesma cor num tabuleiro de xadrez, se tocam diagonalmente. E a cadeia a que dei o nome de Serra do S. Francisco e do Paranaíba é a linha que limita ao mesmo tempo a parte mais oriental do lado do oeste e mais ocidental do lado do leste. Para indicar de uma maneira mais precisa os limites de Paracatu poderemos dizer que ao sul o Rio Grande passa entre essa comarca e a Província de Goiás; que ao norte ela é limitada pela Carunhanha,[3] a qual a separava da província à época da minha viagem; que a oeste o grande divisor das águas do S. Francisco e do Tocantins,[4] o Rio S. Marcos e o Paranaíba, a separam de Goiás;[5] finalmente, que os seus limites orientais são o Rio S. Francisco, o Abaeté, o Abaeté do Sul e a parte mais meridional da Serra das Vertentes (Eschw.), parte essa a que dei o nome de Serra do S. Francisco e da Paranaíba.

Essa imensa subdivisão de uma grande província engloba mais de 5 graus de latitude e, segundo Eschwege,[6] mede 3.888 léguas quadradas, as quais tinham em 1821, de acordo com o mesmo autor, uma população de 21.772 habitantes, o que em média não chega a corresponder a seis habitantes por légua quadrada.[7]

---

1 Para bem entender as primeiras páginas deste capítulo, seria conveniente ter à mão um mapa geral do Brasil, de Brué por exemplo.
2 Essa data foi mencionada por Casal *(Corog.,* I, 392).
3 Já disse em outro relato que algumas pessoas escrevem Carynhanha ou Carinhanha. Lê-se também em Casal Carinhenha e Carynhenha, e é esta última forma que Gardner registra. Na região ouvi pronunciarem Carunhanha, como também escreve Pizarro.
4 É a esse divisor que eu dou, como se verá mais adiante, o nome de Serra do S. Francisco e do Tocantins.
5 O que digo aqui sobre os limites ocidentais da Comarca de Paracatu deve servir para retificar os que indiquei em outro relato, baseando-me em Pizarro, e relativos a Minas e Goiás *(Viagem pelas Províncias do Rio de Janeiro,* etc.).
6 *Bull. Férussac sc. géog.,* XVII, 97
7 De acordo com dados enviados ao governo pelo Ouvidor de Sabará, e citados por Pizarro e pelo Desembargador A. R. Veloso de Oliveira *(Annaes Fluminenses),* a população da Comarca de Paracatu teria chegado a 59.053 habitantes em 1816. É difícil saber qual das duas cifras, tão diferentes uma da outra, é a mais exata. O que é certo, porém, é que encontrei muito pouca gente nessa região.

Já disse em outro relato[8] que uma cadeia de montanhas a que dão o nome de Serra do Mar se estende ao longo de uma grande parte da costa do Brasil; que uma outra cadeia quase paralela à primeira, porém mais elevada — a Serra do Espinhaço (Eschw.) — avança mais ou menos na direção do nordeste da Província de S. Paulo, distando da cordilheira marítima entre 30 e 60 léguas; que essa serra divide as águas do Rio Doce e do S. Francisco e vai se perder no norte do Brasil; finalmente, que a oeste dessa serra o terreno vai em declive até quase às margens do S. Francisco mas que, ainda do lado ocidental, as terras tornam a elevar-se de novo até alcançarem uma cadeia que separa as águas desse rio das do Paranaíba.[9] É essa última cadeia que, do lado oriental, separa a Comarca de Paracatu da do Rio das Mortes ou de S. João del Rei e, do lado ocidental, da Província de Goiás.[10] Conseqüentemente, ela se interpõe entre as duas partes da comarca, a do nordeste e a do sudoeste, e é aí que entra a linha figurada pelas casas diagonais de um tabuleiro de xadrez. Essa cadeia continua na direção do sul, já que entre a Serra da Canastra, que faz parte dela, e as montanhas da Serra do Rio Grande só existe um desfiladeiro de pequena extensão (ver capítulo precedente). A mesma cadeia dá passagem ao Rio Grande, fornecendo a este alguns pequenos afluentes, e tomando o nome de Serra de Moji-guaçu avança pela Província de S. Paulo, onde parece formar uma espécie de nó com a parte da Serra do Espinhaço chamada Serra da Mantiqueira.[11] Do lado oposto, avança para o norte até os limites da Província do Piauí, sempre limitando a bacia do S. Francisco. Entretanto, se a leste ela nunca deixa de enviar afluentes a esse rio, a oeste só os fornece ao Paranaíba em sua parte meridional, e mais ao norte é o Rio Tocantins que recebe os seus cursos de água.

Considerada unicamente como divisor das águas do S. Francisco e do Paranaíba, é evidente que essa cadeia não se prolonga além das nascentes desses dois rios, os quais correm o primeiro para o norte e o segundo para o sul. Em outras palavras, ela é limitada por dois outros divisores de águas que lhe são quase perpendiculares: o primeiro, partindo da vertente oriental, ao sul, vai reunir-se como já disse à Serra do Espinhaço, dele saindo ao mesmo tempo os afluentes do Rio Grande e os primeiros afluentes do S. Francisco, cuja bacia é limitada por ele; e o segundo, que na extremidade setentrional se une à vertente ocidental, nele estando localizadas as nascentes do Tocantins, ao norte, e as do Corumbá ao sul. Em resumo, a cadeia, ou parte dela, que divide as águas do S. Francisco das do Rio Paranaíba pode ser figurada pela linha diagonal de um Z, com as duas transversais que o limitam representando, por assim dizer, uma a cabeça da bacia do S. Francisco e a outra a do Tocantins.

Num trecho do mais alto interesse em um de seus trabalhos, onde descreve com precisão a topografia do Brasil, Eschwege menciona uma Serra das Vertentes,[12] que traçaria uma vasta curvatura e dividiria as águas do norte das do sul, compreendendo a Serra da Canastra, os Pireneus e as montanhas do Xingu e do Cuiabá. Infelizmente, aí termina a descrição do escritor, que aliás não esclarece nem onde começa, nem onde termina essa Serra das Vertentes. E talvez seja mesmo simples dedução nossa acreditarmos que ele considera os

---

8 Ver meu primeiro relato, *Viagem pelas Províncias do Rio de Janeiro*, etc.
9 Ao dar a conhecer pela primeira vez essa topografia de uma parte do solo brasileiro, escrevi, como fez recentemente o ilustre geógrafo Balbi, que o divisor de águas mencionado aqui se situava entre os afluentes do S. Francisco e do Paraná. Teria sido mais exato indicar o Paraná — e é o que faço agora —, pois este rio é formado pela reunião do Paranaíba e do Rio Grande, não existindo nenhum afluente na cadeia em questão que vá desaguar diretamente no Paraná (ver Casal, *Corog.*, I, 205, e o mapa geral de Spix e Martius). Eu havia dado igualmente o nome de planalto ao divisor das águas do S. Francisco e do Paranaíba; o de cadeia ou cordilheira seria mais adequado.
10 Casal, *Corog.*, I, 319.
11 *Bras. Neue Welt*, I, 50. Ver também o mapa de Brué.
12 *Brasilien die Neue Welt*, I, 161.

Pireneus como parte dela. Se os Pireneus e a Serra da Canastra estão incluídos na Serra das Vertentes, esta mudaria de direção em certo ponto, formando uma vasta curvatura, como diz o autor alemão, e compreenderia ao mesmo tempo cabeças de bacia e limites laterais. Ora, poderíamos perguntar então o que seria, nesse caso, o prolongamento do divisor das águas do S. Francisco e da Paranaíba, prolongamento esse que numa grande extensão continua na mesma direção desse divisor, sempre limitando a bacia do S. Francisco e enviando afluentes a esse rio, ao mesmo tempo em que, no lado oposto, deságua seus cursos de água no Rio Tocantins. Evidentemente deveria ser considerado como um simples elo da Serra das Vertentes. Todavia, uma série de montes e elevações que limitam a mesma bacia e se estendem paralelamente ao longo de uma de suas margens, sem desvio nenhum, não pode deixar de ser considerada como uma cadeia única. Nesse caso o elo seria então a crista que, partindo dos Pireneus, juntamente com outras montanhas mais a oeste, forma um ângulo com a cadeia verdadeira, e que, sem prolongá-la na mesma direção, termina onde ela acaba e não constitui o limite lateral da bacia de nenhum rio.[13]

Casal, bem menos erudito que o coronel alemão, mas que merece todo o respeito por sua exatidão e suas extensas pesquisas, não distingue na realidade as duas partes da cadeia — a mais meridional, que envia afluentes ao Rio Paranaíba, e a outra, ao norte, cujos cursos de água deságuam no Tocantins. Aliás, ele estabelece como certo que essa cadeia, embora mude muitas vezes de nome, é realmente uma só, partindo do sul para o norte e separando Goiás de Minas e de Pernambuco, não sendo interrompida senão por boqueirões.[14]

A imprecisão reinante na descrição da Serra das Vertentes é de tal ordem que Martius parecia acreditar,[15] como eu próprio supusera a princípio, que Eschwege limita essa serra ao divisor das águas do S. Francisco e do Paranaíba, ao passo que o excelente geógrafo Balbi, ao dar uma idéia do conjunto dos cabeços que separam todas as águas do norte das do sul, estende a Serra das Vertentes desde a fronteira da Província do Ceará até a extremidade meridional da de Mato Grosso, considerando as Serras Negra, da Canastra, da Marcela e dos Cristais simplesmente como um elo de uma vasta cadeia.[16]

Ao se traçar um quadro rápido, é aceitável, sem dúvida, que se abarque num só golpe de vista e mesmo se indique por um único nome o conjunto de montanhas que se estende em semicírculo do leste ao oeste e atravessa metade da América do Sul. Todavia, por pouco que se queira descer a detalhes, torna-se necessário dar os nomes específicos de cada uma, principalmente quando se trata de elos e contrafortes, pois é claro que ninguém conseguirá visualizar com precisão o quadro se a pessoa, ao falar do divisor das águas do S. Francisco e do Paranaíba, do Xingu e do Paraguai, mencionar ao mesmo tempo que atravessou a Serra das Vertentes. Os habitantes da região batizaram por sua conta as montanhas que costumavam percorrer, cada um no seu distrito, e tanto o geógrafo quanto o viajante, se quiserem evitar confusão, devem conservar essas denominações religiosamente, sem procurar restringir ou ampliar o seu alcance. Todavia,

---

13 Se Luís Antônio e Sousa (*Memória Estática da Província de Goiás*, 1832) parece professar uma opinião análoga à de Eschwege, Cunha Matos, em oposição, compartilha inteiramente da minha. Ele considera como uma só cadeia, a que dá o nome de Serra Geral, as montanhas que têm sua origem ao sul da Serra da Canastra, alcançam o Registro dos Arrependidos e se prolongam até a Província do Piauí. Em seguida admite que a cadeia à qual pertencem os Montes Pireneus, embora se juntem à Serra Geral, formam no entanto um outro sistema (*Itinerário*, etc., II).

14 *Corografia*, I, 319. F. Denis, a quem se devem as mais fidedignas pesquisas sobre a história do Brasil e sua situação atual, consagrou o nome de Pai da Geografia Brasileira, que desejei dar ao Abade Manuel Aires de Casal. Pude verificar também, com grande satisfação, que no Rio de Janeiro se faz justiça ao autor da *Corografia Brasílica*, o qual por sua longa permanência na América e a natureza de seus trabalhos pode ser perfeitamente incluído entre os autores brasileiros (*Min. Bras.*, 52).

15 *Reise*, II.

16 *Abrégé de Géographie*. Infelizmente só pude consultar a primeira edição dessa bela obra.

se por um lado um único nome não basta para designar todos os divisores de águas reunidos, por outro os nomes restritos a cada elevação particular anulam totalmente a idéia de conjunto. Creio, pois, que além do nome de certa forma genérico de Serra das Vertentes — que pode ser aceito, se assim o quisermos, no sentido que lhe atribui Balbi — seria conveniente dar-se uma designação individual a cada um dos divisores dos dois grandes rios.

Sabemos que essas denominações, para serem adotadas pelos habitantes do lugar, não devem contar com nenhum elemento estranho à própria região. Creio que o método mais lógico seria designar cada divisor pelos nomes dos rios cujas águas ele separa, à semelhança do que ocorre com vários dos nossos departamentos, cujos nomes são uma associação dos nomes de dois rios que os banham. No caso, porém, de nossos departamentos a escolha do nome poderia ter recaído no de vários outros rios, ao passo que as designações que proponho nada têm de arbitrárias. Acrescente-se a isso o fato de que um conhecimento exato da geografia brasileira faria necessariamente com que fossem compostos esses nomes da mesma maneira, por todo mundo. Assim, a cadeia que, incluindo a Serra Negra (de Sabará) e estendendo-se mais ou menos de leste a oeste desde a Serra do Espinhaço até a Serra da Canastra, e que forma a cabeça da bacia do S. Francisco, receberia o nome de Serra do S. Francisco e do Rio Grande; eu chamaria de Serra do S. Francisco e do Paranaíba[17] ao divisor que se estende desde essa primeira cadeia ou — se se quiser assim — desde as nascentes do S. Francisco até às cabeceiras do Corumbá; daria o nome de Serra do S. Francisco e do Tocantins à parte mais setentrional desse mesmo divisor, de onde se escoam não só os primeiros afluentes do Tocantins como também novos afluentes para o S. Francisco. A cadeia que, vindo de Mato Grosso, se dirige do ocidente ao oriente e inclui os Montes Pireneus, fornecendo os primeiros afluentes do Tocantins[18] e do Corumbá e formando a cabeça da bacia de cada um desses rios, receberia o nome de Serra do Corumbá e do Tocantins. Finalmente, a Serra do Espinhaço (Eschw.) incluiria, somente na Província de Minas e em sua parte meridional, a Serra do S. Francisco e do Rio Doce e, mais ao norte, a Serra do S. Francisco e do Jequitinhonha, etc.

Esses nomes — apresso-me a admitir — têm o inconveniente de serem muito longos, já que os elementos que o compõem não são monossilábicos como ocorre com os da maioria de nossos rios. Entretanto, nomes compostos e extensos estão longe de ser estranhos à geografia brasileira, como se pode comprovar pelos exemplos dados neste relato e nos dois anteriores.[19]

Volto agora à Serra do S. Francisco e do Paranaíba, da qual a digressão que acabo de fazer me afastou talvez por um tempo demasiadamente longo.

Atravessei a cadeia acima mencionada ao norte da Serra da Canastra, que forma o começo daquela, para ir ao Arraial de Araxá, situado abaixo de sua vertente ocidental. Durante quinze dias segui essa vertente, em seguida subi ao topo da montanha e percorri cinco léguas antes de descer pela vertente oriental, que fui costeando até Paracatu. Não posso, pois, indicar com precisão a série de montanhas que formam o conjunto da cadeia. Direi, entretanto, que ela se estende por um espaço de quase 3 graus e meio, mudando constantemente de nome, e que os seus cumes mais elevados se encontram na sua parte mais meri-

---

17 Casal e Pizarro escreveram o Paranaíba, mas já atravessei duas vezes esse rio e verifico, pelas minhas anotações, que os dois pontos de travessia têm, um deles a denominação de Porto da Paranaíba e outro de Porto Real da Paranaíba. De resto, esses autores escrevem apenas Paraíba, quando na região todos dizem indubitavelmente Província da Paraíba, Distrito da Paraíba Nova, S. João da Paraíba, Porto da Paraíba. Devo esclarecer também que ouvi na região muitas pessoas pronunciarem *Parnaíba*, mais ou menos como escreveu Gardner.
18 É sabido que o Rio Tocantins tinha inicialmente o nome de Rio das Almas.
19 Ex.: Rio Grande de S. Pedro do Sul, S. Miguel e Almas, Catas Altas de Mato Dentro, S. Antônio dos Montes Claros, etc.

dional. Depois da Serra da Canastra, e na direção sul-norte, vêm sucessivamente, segundo Eschwege, as Serras do Urubu, da Marcela, de Indaiá e de Abaeté.[20] A partir daí não disponho de informações precisas de nenhum escritor, e como só subi ao topo da cadeia quando me achava a 3 léguas e meia do ponto de travessia do Paranaíba, isto é, a uma distância de pelo menos 1 grau da Serra de Abaeté,[21] nada poderei dizer sobre esse trecho.[22] Ao alcançar o topo da cadeia, vi-me num vasto planalto ainda chamado de Chapadão[23] e que, a acreditar no que me disseram, tem quase 6 léguas de comprimento e 5 de largura, sem sofrer solução de continuidade. Depois do Chapadão vem a Serra dos Pilões, mas foi ali que desci para costear a vertente oriental e chegar a Paracatu. A cerca de 9 léguas dessa cidade tornei a subir até um grande planalto, que é ainda continuação da Serra do S. Francisco e do Paranaíba. Após ter atravessado pela terceira vez essa cadeia, na parte que tem o nome de Chapada de S. Marcos, cheguei no lado ocidental ao Registro dos Arrependidos, limite da Comarca de Paracatu e da Província de Goiás. O que caracteriza de uma maneira particular a Serra do S. Francisco e da Paranaíba é essa sucessão de planaltos que a terminam, dando-lhe uma certa semelhança com os Alpes da Escandinávia [34]

As duas vertentes dessa serra e os seus contrafortes fornecem um grande número de cursos de água, entre os quais se contam alguns diamantíferos como o Indaiá e o Abaeté, sendo que a maioria banha a Comarca de Paracatu. Mas nem todos os rios da comarca são originários da Serra do S. Francisco e da Paranaíba e dos seus contrafortes. O norte de sua sede é cortado por outros afluentes do S. Francisco, que nascem no prolongamento da mesma cadeia.

À exceção de Paracatu, não existia à época de minha viagem nenhuma outra cidade na comarca. Quatro arraiais eram sedes de julgados, a saber: Salgado, de que já falei em relato anterior,[25] S. Romão, situado às margens do S. Francisco,[26] Araxá e Desemboque, a oeste da cadeia. Era de se imaginar,

---

20 Eschwege diz que o segmento da cadeia formado por essas cinco serras se estende na direção da margem esquerda do S. Francisco e o atravessa, formando a Cachoeira de Pirapora, indo depois unir-se à Serra do Espinhaço, em Minas Novas *(Bras. Neue Welt*, I, 50). Diante disso, seria de supor que a Serra do S. Francisco e do Paranaíba não se prolongasse ao norte, além de Abaeté. Não é o que ocorre, porém, e o que o próprio Eschwege diz mais adiante mostra que ele também não pensava assim. A direção que ele atribui à cadeia do outro lado da Serra de Abaeté é, sem dúvida, a de algum contraforte oriental. De acordo com o mesmo autor, seria dado o nome de Mata da Corda à cadeia parcial formada pelas cinco serras. Entretanto, Casal diz expressamente *(Corog.*, I, 382) que esse nome se refere a uma mata que se estende entre os dois Abaeté, o que parece muito plausível.

21 Ver o mapa geral de Spix e Martius.

22 O mapa de Spix e Martius indica, sob o nome de Serra dos Cristais, um segmento da Serra do S. Francisco e do Paranaíba situado mais ao sul do que Paracatu, e uma referência de Casal *(Corog*, I, 382) poderia levar-nos a concluir realmente que essa é a posição da Serra dos Cristais. Todavia, se não existem duas serras com esse nome, deve haver um erro aí. Falaram-me na região de uma Serra dos Cristais, que não fui visitar porque sabia que ela já tinha sido percorrida por Pohl. Ora, pelo interessante relato feito da viagem por esse cientista *(Reise*, 263), verifica-se que a Serra dos Cristais, por onde ele passou, fica situada a oeste e afastada da Serra do S. Francisco e do Paranaíba e que, para aí chegar, Pohl foi obrigado a atravessar o Rio de S. Marcos e penetrar na Província de Goiás; que, além do mais, ao chegar à Serra dos Cristais ele se viu a pouca distância de Santa Luzia de Goiás; e que, finalmente, essa serra talvez não passe de um contraforte, ou segmento de contraforte, do divisor das águas do Paranaíba e do Tocantins. Aliás, o que digo aqui foi confirmado por Matos *(Itin.*, II, 185).

23 Conforme já foi explicado, o planalto que termina a Serra da Canastra tem também o nome de chapadão. Essa palavra é de certa forma genérica e designa qualquer planalto muito extenso.

24 O planalto de S. Marcos estende-se até o Arraial de Couros, na Serra do S. Francisco e do Tocantins, e lá se confunde provavelmente com o que Martius *(Reise*, II) chama de Chapada dos Couros, ou pelo menos esta deve estender-se logo depois do planalto, na direção do norte. Foi também um planalto o que Gardner encontrou no alto da mesma serra, quando a atravessou entre os arraiais de S. Pedro e de N. S.ª da Abadia para ir de Goiás a Minas. Em consequência, é bastante provável que a Serra do S. Francisco e do Tocantins, a qual, na realidade, não passa de um prolongamento da do S. Francisco e do Paranaíba, seja, no seu cume, tão plana quanto ela.

25 *Viagem pelas Províncias do Rio de Janeiro*, etc.

26 Ob. cit. — Depois de minha passagem por lá, S. Romão, assim como Araxá, foi elevado a cidade (Gardner, *Travels*, 413). Não parece, porém, que o seu novo título tenha tido qualquer influência na sua prosperidade, pois Pizarro registra em 1822 que sua população somava 1.300 habitantes, e segundo Gardner não passava de 1.00 0em 1840. O que vem provar, aliás, como mudam pouco as coisas nas regiões desérticas. Como já tive ocasião de dizer em outro relato, os dados apresentados pelo naturalista inglês parecem constituir um simples comentário ao que escreveu o Abade Manuel Aires de Casal em 1817.

porém, que os outros povoados e vilarejos, que não tinham esse título, fossem bem menos importantes, já que segundo Eschwege, Desemboque contava em 1816 apenas com cerca de sessenta casas. Num trecho de aproximadamente 70 léguas, desde a extremidade setentrional da Serra da Canastra até Paracatu, só encontrei os arraiais de Araxá, que tinha em 1816 setenta e cinco casas,[37] e de Patrocínio, onde à época de minha viagem existiam apenas quarenta. Entre Paracatu e a fronteira da Província de Goiás, numa extensão de 23 léguas, vi apenas uma humilde habitação. Finalmente, quando ao voltar a essa Província percorri ainda mais de 20 léguas nessa comarca, para ir a S. Paulo, não encontrei senão umas poucas e miseráveis aldeias de índios civilizados. A Comarca de Paracatu não passa, pois, de um imenso deserto.

Entretanto, não visitei a parte da comarca compreendida entre o S. Francisco e a cadeia que, do lado do oeste, fornece afluentes a esse rio. É de se supor, porém, que esse trecho do sertão seja ainda menos civilizado do que o que eu havia percorrido na margem direita do S. Francisco, já que se acha muito afastado do que se pode considerar como os centros civilizados da Província de Minas. Paracatu, que é bastante antiga e foi outrora próspera e florescente, deve ter uma população mais inteligente e mais policiada do que a dos sertões circunjacentes. Creio poder afirmar, entretanto, que os habitantes da região que atravessei para chegar a essa cidade são constituídos pela escória da Província de Minas. A origem do distrito de Araxá data de nossos dias, sabendo-se que esse povoado teve como seus primeiros habitantes não apenas agricultores cujas terras começavam a se tornar estéreis e outros que não dispunham de nenhum pedaço de terra, como também devedores insolventes e criminosos que procuravam escapar às malhas da Justiça. Quando se anexou o julgado de Araxá à Província de Minas, Eschwege, que tinha sido encarregado pela administração de fazer um relatório sobre a região, percebeu quando se achava em Patrocínio que os habitantes do lugar procuravam evitá-lo. Em breve ficou sabendo que aquele longínquo recanto se tinha transformado em asilo para as pessoas que, tendo cometido algum crime ou devendo dinheiro à Coroa, tinham fugido de Minas.

Para retemperar semelhante população era preciso que se dispusesse de meios para instruí-la e encaminhá-la para o trabalho. De onde, porém, iriam esses habitantes do sertão receber lições de moral e religião, ou mesmo a instrução mais elementar? E por que iriam eles trabalhar, quando suas necessidades, ainda que mínimas, podiam ser satisfeitas? Nessas regiões o isolamento liquida com a emulação, e o calor do clima convida à ociosidade. A inteligência deixa de funcionar, a cabeça não raciocina mais, e todos mergulham na mais lamentável apatia.

Um grande número de homens vadios percorre a região de Araxá roubando animais nas fazendas e intranqüilizando seus proprietários.[28] Naqueles sertões os homens vivem isolados uns dos outros, ignoram a vida comunitária e conhecem apenas a família. Já os vadios desconhecem tanto uma quanto outra. Podem ser comparados com as plantas parasitas cujas raízes, sem entrar em contato com o solo, sugam a seiva dos vegetais úteis e só produzem maus frutos.

Se algum remédio existe para essa espécie de embrutecimento em que se acha mergulhado o povo dessa região, é de se supor que unicamente o clero estaria em condições de fornecê-lo. Quando se verifica, entretanto, que não existe mais do que uma meia dúzia de paróquias em toda Comarca de Paracatu, imagina-se que os padres, por mais imbuídos que fossem de um verdadeiro zelo religioso, encontrariam um grande obstáculo no fato de se achar a população, tão pouco

---

27 Eschw., *Bras. Neue Welt*, I, 66.
28 Gardner diz também que os tropeiros que chegam à S. Romão queixam-se de roubos de cavalos, extremamente comuns na região (*Travels*, 418).

numerosa, disseminada numa região muito vasta. Entretanto, sabemos quão pouco o clero brasileiro faz em prol da instrução do povo que lhe é confiado, e menos se deve esperar ainda dos eclesiásticos da Comarca de Paracatu do que das regiões vizinhas. De fato, essa comarca não depende do bispado de Mariana (1819-22). Pertence ao de Pernambuco, de cuja sede dista quase 500 léguas, resultando disso que nenhum controle é exercido sobre o clero dessa parte do Brasil.[29] Os padres seguem impunemente o exemplo dos leigos que os cercam, e sua conduta não poderia deixar de influir sobre a destes últimos. A divisão dos bispados do Brasil é — torno a repetir — uma medida absolutamente indispensável. Mas onde encontrar pessoas bastante virtuosas e bastante esclarecidas para ocupar as sedes episcopais, e ao mesmo tempo suficientemente corajosas para se oporem aos abusos e bastante prudentes para evitarem os obstáculos que encontrariam a cada passo?

Quando percorri a parte oriental da Província de Minas, deixando-me conquistar pela hospitalidade de seus habitantes,[30] por sua cortesia e inteligência, não tardei a me identificar com seus interesses e suas necessidades. Considerava-os como amigos, quase compatriotas. Nos sertões de Paracatu voltei a me tornar um estrangeiro. Desde Araxá até a pouca distância da cabeça da comarca, num percurso de 48 léguas, não creio ter encontrado uma única pessoa com a qual pudesse manter uma ligeira conversa.

Considerando-se tudo o que foi dito acima, creio não ser necessário acrescentar que os rudes habitantes da região desértica que se estende desde a Serra da Canastra até Paracatu, e provavelmente a maioria da população da comarca não conhecem nenhuma das comodidades às quais damos tanto valor, nem mesmo despendem o menor esforço para melhorar suas moradias. As casas em que vivem são pequenas e escuras, e mesmo nas fazendas um pouco mais prósperas, a que pertence ao dono da propriedade não se diferencia dos alojamentos dos escravos. A desordem é a característica dessas miseráveis habitações, todas feitas de barro. Nelas não se vêem móveis, e os poucos objetos que as compõem jazem espalhados por todo lado. A única solução a que seus moradores recorrem, para

---

29 Eis aqui como se exprime a respeito o Monsenhor Pizarro, um sacerdote de profundas convicções religiosas, a quem se deve um vasto trabalho sobre as igrejas do Brasil e a geografia da região: "Devido à enorme distância que separa Paracatu de Pernambuco, os cargos eclesiásticos mais importantes caem nas mãos de pessoas ineptas e sem consciência, que não sabem nem mesmo quais são os seus deveres. Muitas vezes esses homens se tornam a causa principal da ruína das igrejas e até mesmo das coisas públicas, não somente porque são ignorantes e sem experiência, mas também porque vivem longe da vigilância de seus bispos" *(Mem. Histórias,* VIII, part. II, 217).

30 Gardner, que permaneceu no Brasil de 1836 a 1841, fez grandes elogios à hospitalidade dos brasileiros em geral. Acrescenta, entretanto, que em Minas essa hospitalidade já não é a mesma que havia à época de minha viagem, atribuindo isso aos freqüentes contatos que os mineiros têm tido com os europeus, principalmente com as companhias inglesas *(Travels,* 468). Em conseqüência, e graças aos seus compatriotas, Mawe, Luccock e Walsh já não seriam recebidos hoje em Minas como o foram há poucos anos, o que vem confirmar o que escrevi em 1830: "Muitas vezes o viajante honrado sofre as conseqüências dos erros dos que o precederam." É de supor que também os franceses não sejam acolhidos com grande benevolência pelos brasileiros que tenham lido um artigo de Chavaignes, publicado na *Revue des deux mondes* e reproduzido no livro *Souvenirs,* p. 260: "Mais de uma vez tive ocasião de maldizer" — escreve o autor — "a hospitalidade em que esse povo é tão pródigo. (.... Somos submetidos a cerimoniosas formalidades, que são sempre desagradáveis; temos de conversar, quando gostaríamos de dormir. (...) Assediados por perguntas sobre o objetivo de nossa viagem, sobre a opinião que temos do Brasil, ainda somos obrigados a falar a língua portuguesa, tão áspera e gutural." Essas palavras provocaram no Rio de Janeiro os mais vivos protestos *(Minerva Brasiliense,* 711). Os brasileiros poderiam responder que em todos os países do mundo o estrangeiro bem-educado deve considerar como parte de suas obrigações sacrificar o seu sossego em benefício dos que se dispõem a recebê-lo; ao mesmo tempo poderiam citar-me com um exemplo das atenções e cuidados que são prodigalizados aos forasteiros hospedados em suas casas, quando adoecem. Poderiam dizer também que em toda parte em todos os tempos, desde Homero até nossos dias é costume interrogar o viajante que vem de longe, e que "nossos ancestrais, os gauleses, se postavam no meio das estradas para pedir aos viajantes informações sobre os seus países de origem" *(Menech., Hist.,* I, cap. 1) Quanto às críticas feitas à sua língua, os brasileiros poderão encontrar fácil consolo no fato de que o autor, ao escrevê-la, parece tê-la esquecido quase que inteiramente. A maioria das palavras que ele cita como sendo portuguesas ou são espanholas ou não pertencem a nenhum idioma. Assim, *sierra, ciudad, de la* (ao invés de *da*), *gobernador,* são palavras espanholas, e poderíamos procurar inutilmente em qualquer dicionário o significado de *corcoval* (em lugar de corcovado), *arroail* (arraial), *arquiere* (alqueire), *cachoiera* (cachoeira), *cabres* (cabras), etc.

que nem todas as suas coisas fiquem jogadas pelo chão, é fixar pedaços de pau nas paredes, onde penduram a sela, as esporas e umas poucas roupas ordinárias.

No lugar denominado Sapé, a 10 léguas de Paracatu, encontrei duas ou três casinhas afastadas umas das outras. Uma delas, que não tinha porta, era composta de dois cômodos limpos e chão bem varrido. Como estivesse desabitada, instalei-me nela e logo verifiquei que havia muito tempo não me via tão bem alojado. Por aí se pode ter uma idéia dos outros lugares onde eu dormira anteriormente.

As roupas dos habitantes da região não eram melhores do que suas casas. A bem da justiça, porém, devo acrescentar que embora se mostrassem muitas vezes esfarrapadas eram, pelo menos, quase sempre limpas.

Convém esclarecer que nem toda essa população é composta de homens de cor. É bem verdade que ao percorrer a estrada de S. Paulo a Goiás passei por aldeias de índios mestiços, dependentes da jurisdição de Araxá. Contudo, a maioria dos habitantes desse julgado pertence à raça branca. Ao me aproximar de Paracatu encontrei finalmente uma pessoa cuja casa era bem mais cuidada do que a maioria das outras e com quem pude conversar. O extraordinário no caso é que esse homem era um mulato.

Na própria Paracatu são exploradas algumas lavras. Fora isso, na parte da comarca que percorri, entre a Serra da Canastra e a fronteira de Goiás, todo mundo se dedica à agricultura e principalmente à criação de gado. Os habitantes do território situado entre a Província de Goiás e a de S. Paulo, ou seja entre o Parnaíba e o Rio Grande, são também agricultores.

De Araxá até o Paranaíba, numa extensão de 32 léguas, as terras consideradas regulares rendem, com referência ao milho, numa proporção de 200 por 1, sendo por conseguinte bastante férteis. Mesmo as terras nos arredores de Paracatu são apropriadas para todo tipo de cultura. Enfim, entre Goiás e S. Paulo, ao longo da estrada que leva a esta última província, vêem-se terras de muito boa qualidade. Isso basta para mostrar como essa região, atualmente tão despovoada, poderia alimentar uma grande população, e quão favorecida ela é pela Natureza.

Ao norte do Paranaíba começam as plantações de mandioca, o que parece provar que a região ali é mais quente e menos elevada, pois essa planta, muito comum na parte do sertão que percorri em 1817, não é encontrada em regiões elevadas e de clima temperado. Esse mesmo vegetal é cultivado com bons resultados nos arredores de Paracatu, o mesmo acontecendo provavelmente na parte da comarca situada depois dessa cidade.

Aparentemente, a oeste da Serra do S. Francisco e da Paranaíba, pelo menos nas alturas de Paracatu, ou seja precisamente a 17 graus de latitude sul, as terras que já produziram quatro ou cinco safras não são invadidas pelo grande feto *(Pteris caudata, ex* Martius) e pelo capim-gordura *(Melinis minutiflora,* Palis; *Tristegis glutinosa,* Nees; capim-melado, no Rio de Janeiro), como ocorre na parte oriental de Minas.[31] Entretanto, apenas alcancei a vertente oriental da serra voltei a encontrar a última dessas plantas, o capim-gordura. Ela não é nativa

---

31 "Após terem produzido umas poucas colheitas, as terras a leste da Serra do Espinhaço são invadidas por um feto de grande porte, do gênero *Pteris*. Uma Gramínea pegajosa, acinzentada e fétida, denominada capim-gordura em breve sucede a essa criptógama ou cresce simultaneamente com ela. A partir daí todas as outras plantas desaparecem com grande rapidez (....), e o agricultor, desistindo de esperar que brotem novas árvores nessas terras diz que elas são irrecuperáveis *(Viagem pelas Províncias do Rio de Janeiro,* etc.). Eu já disse, ao falar do capim-gordura, que seu limite setentrional ficava situado a 17º 40' de latitude sul, mas isso se referia exclusivamente à região de que me ocupava então e que se situa a leste da Serra do Espinhaço, quase à altura dos mesmos meridianos de Vila Rica, Vila do Príncipe e as terras circunvizinhas. Veremos mais adiante que tornei a encontrar essa gramínea entre o 16º e o 15º graus (Eschwege, Pizarro) na Província de Goiás, quando me dirigia de Santa Luzia a Vila Boa. Gardner diz que a encontrou também em vários pontos, ao norte do 17º quando atravessou a cadeia de montanhas que separa Goiás de Minas e de Pernambuco, acrescentando que nessas regiões esse capim só cresce ao redor das casas. Parece-lhe evidente que foi trazido pelas tropas de burros, e ele acredita que irá espalhar-se cada vez mais *(Travels,* 475)

no País.³² Dizem seus habitantes que foi trazida das colônias espanholas* e inicialmente cultivada como forragem. Nos arredores de Paracatu, mais para o norte e provavelmente em muitas outras partes, ela só prolifera em terras esgotadas por sucessivas culturas ou queimadas acidentalmente, o que infelizmente não é raro acontecer. Nos arredores de Tapera, a cerca de 10 léguas de Paracatu, o capim-gordura cresce às vezes — segundo me disseram — até a altura de um homem. Seus talos são frágeis, deitando-se uns sobre os outros e formando como que um espesso tapete. Quando se ateia fogo no capinzal, as cinzas que ele deixa — como ocorre com as capoeiras — é suficiente para adubar a terra, que pode ser semeada em seguida. Desnecessário é dizer que nesse caso a gramínea a que me refiro, comumente tão prejudicial à agricultura, não apresenta nenhum inconveniente.

Um fato bastante interessante é que o capim-gordura, infelizmente tão comum a leste da Serra do Espinhaço, quase nunca ultrapassa a vertente ocidental dessa cadeia, mas aparece com abundância a leste da outra cadeia que limita a bacia do S. Francisco, e finalmente deixa de ser visto a oeste da parte meridional dessa última cadeia. É bom lembrar que a leste da Serra do Espinhaço se estendem vastas florestas e que a oeste, mesmo depois da Serra do S. Francisco e da do Paranaíba, só existem descampados. Assim, o capim-gordura pode ser encontrado em regiões de vegetação bastante diversa, como a das florestas e dos campos. Além do mais, só é encontrado em determinadas partes de uma mesma região, o que parece indicar que a introdução dessa planta em Minas Gerais se deve a circunstâncias fortuitas.

As pastagens naturais que cobrem uma vasta porção da Comarca de Paracatu tornam suas terras tão favoráveis à criação de gado quanto à agricultura. É bem verdade que a necessidade de dar sal aos animais deve diminuir os lucros de muitos criadores, mas essa necessidade não é geral. Como ocorre na parte oriental do sertão,³³ existem perto de Paracatu terrenos salitrosos que substituem o sal para o gado, podendo sua falta ser também compensada, em lugares como Araxá, Patrocínio e arredores de Farinha Podre, pelas águas minerais da região, que o gado aprecia enormemente.

Além do gado, criam-se rebanhos de carneiros nas fazendas vizinhas de Araxá e em outros lugares. Antes da chegada de D. João VI ao Brasil ninguém jamais tinha pensado em criar ovelhas na região, mas a predileção dos europeus pela carne desses animais e o alto preço que se dispunham a pagar por ela incentivaram os criadores. Eles próprios não comem os seus carneiros e em geral mostram repugnância pela sua carne.³⁴ Nos arredores de Araxá, porém, e talvez em outras partes da comarca, os fazendeiros fabricavam em suas casas tecidos de lã grosseiros.

Entre a Serra da Canastra e Araxá, a oeste da grande cadeia, a região é montanhosa. Tive mesmo que atravessar uma pequena cadeia denominada Serra do Araxá e que talvez não passe de um contraforte da grande Serra do S. Francisco e do Paranaíba. Tendo deixado Araxá, atravessei ainda outras cadeias menores, denominadas Serra do Salitre, do Dourado e da Figueireda. Em geral, porém as terras são onduladas, às vezes planas, e as colinas, de cume arredondado e amplo, têm encostas muito suaves. Depois de ter passado para o lado

---

32 Ver o que digo em meu segundo relato, *Viagem ao Distrito dos Diamantes*, etc., sobre as variadas opiniões que há em outros lugares com relação à terra de origem dessa planta. Gardner afirma, assim como eu, que os agricultores brasileiros não a consideram como indígena, e tudo o que ele diz tende a confirmar essa opinião.
* Parece que o capim-gordura é originário da África (M. G. F.).
33 *Viagem pelas Províncias do Rio de Janeiro*, etc.
34 Um autor inglês afirmou que os brasileiros não comem carne de carneiro porque esse animal é um símbolo cristão (Luccock, *Notes on Brazil*). Nunca ouvi nada que justificasse essa afirmativa. O que há de certo é que a carne de carneiro, nas regiões mais quentes do Brasil, é muito inferior à da Europa.

oriental da Serra do S. Francisco e do Paranaíba percorri uma planície de várias léguas de extensão. Do outro lado de Paracatu e a pouca distância da cidade, encontrei ainda terras planas. Não tardei, porém, a subir a uma planalto, onde termina a Serra do S. Francisco e do Paranaíba, e foi então que entrei em Goiás.

No seu topo e numa das suas vertentes, que está voltada para o Arraial de Araxá, a serra do mesmo nome só mostra árvores raquíticas e tortuosas. De resto, num trecho de aproximadamente 15 léguas, desde a Serra da Canastra até o riacho denominado Quebra-Anzol, só vi imensas pastagens entremeadas de tufos de árvores. Depois de Cachoeirinha, porém, situada um pouco além de Araxá, a paisagem se tornou mais variada. Havia ainda, é bem verdade, os pastos e as capoeiras, mas ora os primeiros eram compostos simplesmente de gramíneas, algumas outras ervas e uns poucos subarbustos, ora mostravam árvores raquíticas surgindo aqui e ali no meio do capim. Essa singular alternância se deve, evidentemente, às diferenças de composição do solo, pois onde as terras apresentam uma coloração avermelhada as árvores são sempre esparsas, raquíticas e tortuosas, ao passo que quanto mais escura se torna a terra mais numerosas são as árvores. Depois de ter atravessado o Paranaíba e transposto o divisor das águas desse rio e do S. Francisco, achei-me como já disse numa planície composta exclusivamente de campinas salpicadas de árvores raquíticas. Ao alcançar, porém, o topo de uma serra nas proximidades de Paracatu, que tem o mesmo nome da cidade, pude verificar que havia nessa planície algumas pastagens cobertas exclusivamente de capim. E depois de passar por Paracatu continuei a encontrar os mesmos tipos alternados de vegetação.

Essa região difere, pois, no conjunto de sua vegetação, da parte do sertão que eu percorrera em 1817, pois naquela época, a leste do S. Francisco, só tinha visto campos salpicados de árvores raquíticas.[35] Aliás, sabemos que as pastagens onde brota exclusivamente o capim estão restritas às terras mais elevadas da região dos campos. É de se supor que ali, onde já começavam a aparecer árvores esparsas no meio dos pastos, a região já não fosse tão elevada, e provavelmente, se eu descesse na direção do Rio S. Francisco e passasse, além do mais, para o lado do norte, teria encontrado árvores em todas as pastagens.

Há também, nas características da vegetação, uma diferença bastante notável entre essa região e o sertão oriental do S. Francisco.[36] É sabido que durante a época da seca as árvores dessa parte do sertão se despojam inteiramente de suas folhas.[37] Segundo informações que me foram dadas, não é o que ocorre na Comarca de Paracatu a partir do ponto onde nela entrei até o Arraial de Patrocínio, pois nessa parte unicamente árvores como o ipê (Bignonáceas) e as gameleiras perdem, todo ano, suas folhas. Sei também que no Chapadão nem todas as árvores se apresentam inteiramente desfolhadas. Quanto ao resto da comarca, nada posso dizer a respeito. Já mostrei que a seca era a única causa da queda das folhas nas caatingas de Minas Novas e do sertão oriental. Se, pois, na parte da Comarca de Paracatu a que me refiro, as árvores conservam sua folhagem, isso só pode ser devido ao fato de que essa região, mais elevada, é também menos seca.

De resto, se algumas pequenas diferenças existem entre a vegetação do sertão oriental e a do trecho da Comarca de Paracatu que percorri desde a Serra da Canastra até Goiás, as semelhanças são bem mais pronunciadas. Nas duas regiões vêem-se campos de aspecto idêntico, semeados de árvores raquíticas. Assim como no sertão oriental, os riachos ali são orlados por uma estreita e

---

35 Ver *Viagem pelas Províncias do Rio de Janeiro*, etc.
36 Desnecessário é dizer que falo aqui exclusivamente da parte que percorri em 1817.
37 Ver *Viagem pelas Províncias do Rio de Janeiro*, e meu "Tableau de la végétation de la province de Minas Geraes", publicado nos *Annales des sciences naturelles*, 1.ª série.

compacta fileira de árvores compridas e delgadas, cujos ramos começam a brotar quase sempre desde a base e são em parte desprovidos de folhas. Antes de chegar a Patrocínio observei, durante vários dias, nas partes menos elevadas das campinas, grandes trechos de terreno esponjoso e escuro, onde crescem no meio de um espesso capinzal uma Gencianácea (n.º 484), algumas espécies de Xiris e *Eriocaulon*. O sertão que eu havia percorrido por ocasião da minha primeira viagem tinha mostrado plantas de brejo dos mesmos gêneros.

Havia ainda outros pontos de contato entre a vegetação das duas regiões. Era de se esperar que eu fizesse uma proveitosa colheita de plantas ao me afastar tão pouco de uma cadeia que dá origem a dois dos maiores rios da América, e principalmente ao atravessá-la. Entretanto, essa colheita me decepcionou enormemente. A maioria das plantas que eu via ao meu redor já tinham sido observadas por mim dois anos antes, nas proximidades do Rio S. Francisco e, por conseguinte, numa região bem mais setentrional e sem dúvida muito menos elevada. Entre as enfezadas árvores dos campos encontrei praticamente as mesmas Leguminosas, as mesmas Apocináceas, Voquisiáceas e, entre outras, a *Salvertia convallariodora,* Aug. St. Hil., de flores a um tempo tão perfumadas, bizarras e belas, e finalmente a espécie conhecida pelo nome de quina-do-campo ou mendanha, cuja casca tem as mesmas propriedades da quina-do-peru, e que, para espanto meu, verifiquei não passar de um *Strychnos (Strychnos pseudoquina,* Aug. S. Hil.).[38]

A época em que passei pela Comarca de Paracatu era, aliás, pouco propicia à colheita de plantas. Elas já tinham perdido as flores, e os frutos ainda não estavam maduros.

A prolongada seca que tinha havido nesse ano contribuiu também para tornar as flores ainda mais raras. No começo de maio e perto de Patrocínio, o capim estava quase tão seco quanto o dos campos do sertão oriental em agosto e setembro, e as campinas tinham uma coloração amarelada ou cinza que afligia a vista.

A falta de chuva tinha causado uma escassez geral. O milho, que ali substitui a aveia, faltou muitas vezes para os meus burros, e era também com dificuldade que eu conseguia renovar minhas provisões de farinha e feijão. Fiquei privado de arroz durante três semanas, e esses gêneros constituíam minha única alimentação.

Essa viagem foi tão penosa para mim quanto infrutífera para a ciência. No meio dos campos, onde não há sombra, o calor era excessivo, e ao final de uma jornada tediosa e fatigante eu encontrava apenas uma comida grosseira, nada mais que água para beber, alojamentos detestáveis e hospedeiros ignorantes e estúpidos.

Entretanto, apesar das desanimadoras informações que acabo de dar sobre minha viagem pela Comarca de Paracatu, não é menos verdade que essa comarca dispõe de todos os elementos propícios à riqueza e à prosperidade. Não somente se encontram aí jazidas de ouro e diamantes,[39] como também de ferro e estanho.[40] Diversas plantas fornecem ao homem salutares remédios, como por exemplo a quina-do-campo *(Strychnos pesoudoquina,* Aug. S. Hil.), que já citei. As terras são férteis, e as imensas pastagens poderiam alimentar numerosos rebanhos. Em vários pontos da comarca as águas minerais dispensam o criador de dar sal ao gado, gênero esse tão caro no interior. Além do mais, essas águas poderiam ser utilmente empregadas na cura de várias doenças que afligem a

---

38 Ver meu trabalho *Plantes usuelles des Brasiliens,* I.
39 Encontram-se diamantes, segundo Pizarro, nos Rios da Prata do Sono, Abaeté, S. Antônio, Andaiá, Preto.
40 Piz., *Mem. Hist.,* VIII, 2.ª parte, 214.

nossa espécie. Finalmente, os campos são banhados por uma infinidade de rios e riachos, entre eles o Paranaíba, que é uma das origens do Rio da Prata, e o S. Francisco, um dos maiores rios da América, os quais, em conseqüência, terão grande importância para a exportação dos produtos do solo. Quando uma população mais numerosa se disseminar por essa região hoje tão deserta, e quando, com a ajuda de comunicações mais fáceis, o progresso chegar até ali, suas terras poderão deixar de tornar florescentes.

CAPÍTULO XII

ARAXÁ E SUAS ÁGUAS MINERAIS.

Fazenda do Paiol Queimado; seu rancho. Retiro da Jabuticabeira. São ricos os proprietários das terras vizinhas de Araxá? Uma cachoeira. Terras situadas depois do Retiro da Jabuticabeira. Retiro de Trás-os-Montes. Como o autor é aí recebido. Serra do Araxá. Fazenda de Peripitinga. Araxá. História do Arraial. Sua administração civil e eclesiástica. Seu nome, sua localização; suas casas, sua praça pública, suas igrejas. Reflexões sobre sua multiplicidade. Seus habitantes e seus costumes. Comércio de gado. Culturas das redondezas. Criação de gado. Visita às águas minerais. Como são tratados os rebanhos. Predileção dos animais por essas águas. Precauções que devem ser tomadas. O autor consegue um tocador. De que maneira os fiéis se colocam na igreja; as roupas que usam para freqüentá-la.

Depois de me ter fastado, como já disse, da Serra da Canastra, cheguei, ao cabo de uma longa jornada (16 de abril), à Fazenda do Paiol Queimado. Tão logo o seu proprietário viu, de longe, que eu me aproximava, mandou limpar e varrer um pequeno rancho, aberto de todos os lados, que ficava afastado da sede da fazenda. Esse trabalho ainda não tinha terminado quando chegamos. Fiquei bastante sensibilizado com essas atenções que me quiseram tributar, bem como com a melíflua cortesia com que me receberam. Tudo indicava, porém, que o rancho que me haviam reservado não passava de um abrigo para porcos. Durante toda a noite vi-me obrigado a lutar contra esses animais, que vinham roer nossas cangalhas e reivindicar a posse de sua habitação. Além do mais ninguém conseguiu pregar olho, por causa da espantosa quantidade de pulgas que eles tinham deixado no rancho.

Partimos muito tarde no dia seguinte. As poucas horas de sono que tínhamos desfrutado e o sufocante calor que fazia pusera todo mundo de mau humor, e foi melancolicamente que nos pusemos em marcha através de uma região muito montanhosa e ainda composta de pastagens entremeadas de capões de mato.

Esses pastos, à semelhança dos que eu percorrera anteriormente, compunham-se em grande parte de Gramíneas, principalmente a de n.º 335, e as poucas espécies que crescem no seu meio pertencem em sua maioria à família das Compostas, ao gênero Vernonia. Uma vegetação análoga caracteriza os campos cobertos simplesmente de capim.

A bela Genciana n.º 100 é encontrada em abundância num morro bastante elevado que fica a um quarto de légua do Retiro da Jabuticabeira,[1] onde passei a noite.

Esse retiro fazia parte da vasta Fazenda de Quebra-Anol. Era constituído por um paiol e uma miserável choupana, por onde o vento penetrava de todos os lados. Não havia ali nenhum móvel a não ser uns catres rústicos, do tipo que já descrevi anteriormente. Era essa, entretanto, a casa que o filho do pro-

---

[1] Jabuticabeira é o nome vulgar do *Myrtus cauliflora*, Mart.,* árvore que, como já disse em outro relato, produz um dos melhores frutos do Brasil meridional.
  * Hoje as jabuticabeiras são diversas espécies, do mesmo gênero *Myrciaria*: *M. jabuticuba*, por exemplo (M. G. F.).

prietário costumava ocupar com sua mulher, e é bom notar que a fazenda era de certa importância, não tendo menos de 9 léguas de comprimento.

Surge aqui, naturalmente, uma questão. Contarão esse homens realmente com poucos recursos, ou serão ricos com aparência e hábitos de pobres? À exceção do sal e de alguns escravos, que provavelmente lhes proporcionam um razoável lucro, eles não têm, por assim dizer, nada para comprar. Por outro lado, vendem evidentemente um bom número de animais, já que, afora a região do Rio Grande, essa parte de Minas Gerais é a que fornece o maior número de bois à capital do Brasil. Tudo leva a crer, pois, que os fazendeiros do lugar dispõem de bastante dinheiro. Contudo, a mania da poupança não se coaduna absolutamente com o caráter em geral imprevidente dos brasileiros do interior. O mais provável é que esses homens, cujas propriedades são todas novas, não tenham disposto de capital no princípio, comprando a crédito e talvez pagando com elevados juros os seus escravos e tudo mais que compõe os seus bens. Conseqüentemente são pobres, já que não são propriamente donos de tudo o que lhes parece pertencer.[2]

Seja como for, não posso deixar de relatar aqui um fato de que fui testemunha. Numa das fazendas do julgado de Araxá, José Mariano ofereceu ao dono da casa algumas quinquilharias que tinha para vender. O homem achou tudo muito bonito, mas começou a chorar miséria. A se dar crédito no que dizia, não devia dispor de um único vintém. Entretanto, ao redor de sua propriedade eu tinha visto tantos carneiros, porcos e bois que não me senti inclinado a contribuir com alguma esmola para melhorar sua situação. E quando eu já estava de partida, um negociante de gado que se encontrava lá me disse que tinha acabado de adquirir nessa fazenda cinqüenta bois por 4.800 réis.

Volto ao Retiro de Jabuticabeira. Ele fica situado num vale, entre dois morros cobertos de capim rasteiro. Logo abaixo da casa passa um riacho cujas margens são orladas de árvores e arbustos folhosos, entremeados de coqueiros. A pouca distância do retiro o riacho se precipita do alto de uma rocha, formando uma linda cascata. A água não cai verticalmente, mas vai descendo aos saltos por sobre uma série de pedras irregulares e dispostas obliquamente como os degraus de uma escada. Dos dois lados da cascata, que deve medir aproximadamente sessenta pés de altura, vêem-se árvores, arbustos, samambaias e outras plantas. Recolhi algumas espécies ao pé da encantadora queda de água, mas fui recebido por nuvens de mosquitos que me cobriam as mãos e o rosto, obrigando-me a afugentá-los constantemente com o lenço.

Depois de Jabuticabeira a região se apresenta elevada e montanhosa. Nos pontos mais altos o terreno é composto de uma mistura de areia e pedras, a vegetação menos viçosa que nas baixadas, o capim mais ralo. Entre as numerosas plantas que crescem ali, as mais comuns são a Smithia n.º 436, a Campanulácea n.º 437 e a Amarantácea n.º 436, que caracterizam os terrenos pedregosos e cascalhentos.

As extensões eram vastas, mas nada tinham para mostrar a não ser imensas pastagens e, nos vales, tufos de árvores. Uma solidão profunda, ausência quase completa de animais, nem uma casa à vista por mais longe que se estendesse o nosso olhar, nem uma pessoa no caminho.

Depois de deixar Jabuticabeira percorri três léguas nessas solidões e cheguei ao Retiro de Trás-os-Montes, que faz parte de uma fazenda de tamanho considerável. Lá encontrei algumas habitações esparsas, juntamente com um monjolo e um paiol, cujas paredes são feitas com paus bem juntos uns dos outros e fixos, em cima e em baixo, com traves também de madeira.

---

[2] Eschwege afirma que, em 1816, o preço de um negro jovem, comprado a 150.000 réis, aumentava 280.000 após quatro anos de pagamento a prazo (*Braz.*, I, 71).

Ao chegar perguntei a uma mulher negra onde poderia passar a noite. Respondeu-me que ali não havia acomodação de espécie alguma. O dono da casa estava ausente, mas eu, sem-cerimoniosamente, fui conversar com sua mulher, embora isso representasse uma infração aos costumes da terra. Numa casa, feita de modo idêntico ao do paiol a que já me referi mas bem mais exígua, encontrei duas mulheres bonitas e bastante apresentáveis, às quais pedi que me dessem hospedagem. Com modos ainda mais descorteses, e em que havia mais desdém que embaraço, uma delas me mandou para o monjolo, o que significava o mesmo que dormir ao relento. Resolvi, pois, dar-me a conhecer e exigi que me instalassem no paiol, do qual me apossei antes mesmo que me tivessem dado permissão para isso.

Ao que parece, a dona da casa se achava ali de passagem, a fim de dar assistência a um grupo de homens que tinha saído para uma caçada. Pouco depois chegaram os caçadores, para os quais o paiol tinha sido reservado. Tratava-se de prósperos fazendeiros da vizinhança, todos da raça branca, pois nessa região encontram-se quando muito mulatos. Suas maneiras se assemelhavam bastante às dos nossos pequenos-burgueses da zona rural francesa.

Depois de ter deixado o retiro que acabo de mencionar, comecei a subir a Serra de Axará. À minha frente estendiam-se vastas extensões de terra, que não ofereciam, porém, senão pastos entremeados de capões. À medida que eu subia, o terreno ia-se tornando mais arenoso, com extensos trechos cobertos de pedra. A Serra de Araxá, que tem várias léguas de comprimento, não se eleva a grande altura. Contudo, levei bastante tempo a chegar ao seu topo, pois que para alcançá-lo tive que subir e tornar a descer vários morros. O cume apresenta uma plataforma de terreno arenoso e pedregoso onde se vêem algumas árvores esparsas e mirradas. Encontrei aí algumas plantas que já tinha recolhido na Serra da Canastra, como a Genciana n.º 375 e, nos trechos pedregosos, a Composta n.º 372.

No lado que é voltado para Araxá a serra é muito escarpada. Seu flanco, eivado de rochas, deixa ver aqui e ali algumas árvores tortuosas, principalmente a *Kielmeyera speciosa,* Aug. S. Hil., Juss., Camb. (vulgarmente conhecida como pau-santo), que na ocasião se achava coberta de belas flores em tons rosa e vermelho. Havia também alguns espécimes de Voquísia n.º 356 e da Composta n.º 372. Alguns trechos são totalmente cobertos por uma espécie do gênero *Vellozia* (canela-de-ema), cujas hastes, tão grossas como o braço de um homem e quase sempre simples, têm pouco mais do que um pé de altura e terminam num tufo de folhagens.

A descida da montanha é feita por um caminho pedregoso e extremamente acidentado, que termina numa planície ondulada onde aparecem de novo os pastos e capões. À esquerda há uma pequena mata, que ultrapassa em extensão todos os capões. É ali que se encontram as águas minerais e lodosas que os criadores da região dão de beber aos seus animais para substituir o sal.

A pouca distância da Serra de Araxá parei na Fazenda de Peripitinga,[3] que como todas as outras da região conta apenas com um grupo de casinhas esparsas, entre as quais se torna difícil distinguir a do proprietário.

O dono era um dos caçadores que eu tinha encontrado no Retiro de Trás-os-Montes. Pareceu-me mais cortês do que os outros, e não me admirei quando fiquei sabendo que nascera e fora criado na Comarca de Sabará. Instalou-me no paiol, mas desmanchou-se em desculpas por não ter nada melhor para me oferecer, e durante todo o tempo em que estive em sua casa ele deu mostras de grande prestimosidade.

---

[3] Peripitinga origina-se talvez das palavras guaranis *piri*, junco, e *pitiunga*, fétido. Eschwege escreveu *Perepetinga*.

Embora estivéssemos no outono dos trópicos, ao deixar Peripitinga senti um calor muito forte, como havia muito tempo não experimentava, o que vem provar sem dúvida que essa região não é muito elevada. Entretanto, ao atravessarmos pequenas matas banhadas por um riacho, como são quase todas, desfrutamos de um frescor delicioso.

Depois de Peripitinga, as terras que se alongam ao pé da Serra de Araxá mostram ainda algumas desigualdades, mas a um quarto de légua do arraial encontra-se uma bela planície orlada de capões e recoberta por capinzais.

É nessa planície, numa encosta suave, que fica situado o Arraial de Araxá. Antes de chegarmos ao povoado passamos por algumas encantadoras habitações, isoladas umas das outras e rodeadas de laranjeiras e bananeiras. O aspecto do arraial, cujas casas nessa época eram ainda novas, o verdor dos pastos, salpicados de tufos de árvores, a beleza radiosa do céu, a alegre atmosfera que sempre paira sobre as planícies — tudo isso formava um conjunto realmente encantador.

Eu levava uma carta do capitão-mor de Tamanduá para o juiz ordinário de Araxá. Mandei José Mariano na frente, para entregar a carta. O juiz morava no campo, mas a pessoa que tomava conta da sua casa disse ao meu arrieiro que nos podíamos instalar ali. Enquanto a bagagem era descarregada, o juiz chegou. Era um homem do campo, amável e jovial, que me recebeu muito bem. Pedi-lhe que me arranjasse um tocador, um burro e um par de malas, e ele me assegurou que eu seria prontamente atendido. Desde S. João del Rei eu vinha recebendo promessas desse tipo — sem dúvida feitas de boa-fé — mas já tive ocasião de mostrar de que maneira elas eram cumpridas.

A descoberta da região onde atualmente se situa Araxá, e a das águas minerais existentes nos seus arredores, foi devida a negros fugitivos de Minas Gerais que se refugiaram naquele sertão. Um velho que se estabelecera em Araxá havia trinta anos disse-me que tinha encontrado ali, ao chegar, apenas um pobre casebre. Em breve correu a notícia, em toda a Província de Minas, de que as terras da região eram extremamente férteis, além de vastas extensões delas não terem dono. Espalhou-se também que havia ali imensas pastagens, onde se podia criar numeroso gado sem se ter de despender dinheiro na compra do sal. Criminosos perseguidos pela justiça, devedores insolventes, agricultores cujas terras já não produziam com a mesma abundância e outros que nem terras possuíam acorreram para ali em massa. As famílias se reuniam em grupos, para que pudessem atravessar com mais segurança regiões despovoadas até chegar ali. Entretanto, mesmo os homens que tinham a consciência limpa descambaram para o crime tão logo se viram longe de qualquer tipo de vigilância e à época em que a nova colônia começou a se formar os assassinatos se tornaram freqüentes. Por ocasião da minha viagem a maioria dos primeiros habitantes já tinha morrido. As comunicações mais fáceis e o considerável aumento da população tinham tornado mais difícil a impunidade. Todavia, e ainda que se tenham abrandado com o passar do tempo, os costumes do povo do lugar permaneceram extremamente grosseiros.

Embora os primeiros habitantes tivessem vindo de Minas Gerais, a autoridade que eles reconheciam era a do governo de Goiás. Dessa forma, os colonos que eram foragidos da Justiça se achavam em outra província, o que tornava mais difícil a sua punição. Por outro lado, os agricultores podiam obter sesmarias de 3 léguas, que são as concedidas pela Província de Goiás, ao passo que as de Minas não ultrapassavam uma légua. O governo reconheceu Araxá como pertencente a Goiás, fazendo do arraial a sede de uma paróquia e mais tarde, em 1811, a de um julgado, criando ali o cargo de juiz ordinário.

Entretanto, os habitantes honestos não tardaram a perceber os inconvenientes de dependerem de uma província cujos magistrados ficavam distantes deles cerca de 140 léguas. Exigiram a anexação de seu território à Província de Minas, o que foi efetuado pelo alvará de 4 de abril de 1816.[4]

Atualmente Araxá faz parte da Comarca de Paracatu e depende inteiramente da Província de Minas no que concerne à administração civil e militar. Mas como a Província de Goiás é muito pobre, e as despesas das províncias são cobertas, de um modo geral, unicamente por suas rendas, permitiu-se que revertessem em seu benefício os impostos cobrados nos dois julgados vizinhos de Araxá e de Desemboque (1819).

Da paróquia cuja sede é Araxá dependem Patrocínio e S. Pedro de Alcântara.[5] Com um território de 36 léguas de extensão, ele não contava em 1819 com mais de 4.000 habitantes, sendo que a maioria composta de brancos, o o que não deve causar surpresa, já que é vizinha da Comarca de S. João del Rei, onde os brancos são mais numerosos que nas outras comarcas.

É bastante provável que o nome de Araxá tenha sido dado ao lugar pelos aventureiros paulistas, que outrora percorreram o interior do Brasil com tanta intrepidez, e que sua origem venha das palavras guaranis *ara echâ*, "coisa que olha o dia".[6] Devo dizer, entretanto, que os habitantes da região explicam esse nome de uma maneira bem diferente, e por ridícula que me pareça a sua explicação, vou repeti-la aqui. Como já disse, a região foi descoberta por negros que para ali fugiram de diversas partes da Província de Minas. Esses homens tornaram-se ousados e começaram a deixar seus esconderijos no mato e a levar intranqüilidade aos fazendeiros vizinhos. Enviaram-se então soldados em sua perseguição, e a maioria foi capturada. Corria a lenda de que havia na região onde eles se tinham refugiado um riacho extremamente aurífero, e como, sempre que lhes faziam perguntas a esse respeito, eles respondiam "Há de se achar", essas palavras, mal pronunciadas e repetidas constantemente, acabaram por ficar gravadas na mente dos habitantes, deturpando-se com o tempo e transformando-se em Araxá.

O arraial fica situado na extremidade de uma vasta campina, numa planície limitada em parte pelas matas e em parte pela Serra de Monte Alto, que não passa de um prolongamento da de Araxá e termina numa plataforma. Estende-se por uma encosta muito suave até às margens de um estreito riacho, do outro lado do qual vêem-se colinas cobertas de matas ou de capim.

Em 1816 Araxá contava apenas com 75 casas,[7] todas pequenas. Por ocasião da minha viagem só duas casas eram sobrados, sendo todas cobertas de telhas de uma cor desbotada e feitas de barro e madeira, ou então de adobe. Todas elas tinham um minúsculo quintal cercado por muros muito baixos e feitos de barro.

Há em Araxá uma praça muito ampla e de traçado regular, mas as casas que não dão para essa praça ficam espalhadas aqui e ali, um pouco desordenadamente (1819).[8]

A igreja foi erguida na extremidade mais elevada da praça e, conforme o costume, fica a igual distância das duas fileiras de casas. Recentemente (1819), foi iniciada a construção de duas capelas, mas teria sido melhor que se dedicassem antes à reforma da igreja paroquial, que é muito pequena e se acha

---

4 Eschwege relata que, nessa época, ele foi encarregado de uma missão nesse distrito, e que certas pessoas, levadas por ambições e rivalidades mesquinhas, tentaram convencê-lo por meio de presentes a usar sua influência no sentido de que Araxá fosse elevada a cidade, com o nome de Vila Viçosa. Eschwege rejeitou, porém, os presentes, acreditando que os militares tinham mais força para manter a ordem na região do que os prepostos da Justiça (*Bras. Neue Welt*, I, 51). Araxá foi finalmente elevada a cidade por um decreto de 13 de outubro de 1831.
5 Piz., *Mem. Hist.*, V, 243.
6 Devo essa etimologia, assim como várias outras, a um hispano-americano muito versado na língua guarani.
7 Essa cifra foi fornecida por Eschwege (*Bras. Neue Welt*, I, 66).
8 Neste ponto estou em desacordo com Eschwege, que diz haver ruas retas em Araxá.

praticamente em ruínas. A multiplicidade de igrejas e oratórios nas cidades e arraiais da Província de Minas deve-se unicamente, como já tive ocasião de dizer, à vaidade das confrarias. Cada um faz questão de possuir sua igreja particular e se esforça para que ela ressalte entre as das confrarias rivais (1819).

Durante a semana a maioria das casas de Araxá fica fechada. Seus donos só ali aparecem aos domingos, para assistirem à missa, passando o resto do tempo em suas fazendas. Só permanecem na cidade, nos dias de semana, os artesãos — alguns dos quais bastante habilidosos — as pessoas sem profissão, alguns comerciantes e as prostitutas. O que acabo de dizer aqui pode ser aplicado praticamente a todos os arraiais da Província de Minas.

Como em todo o resto da província, o número de prostitutas é ali considerável.[9] Todo vagabundo tem uma amante, com a qual partilha o fruto de suas pequenas trapaças, e a mulher, por sua vez, sustenta o seu homem com o produto do comércio de seus encantos. Dizem, porém, que há na região muitas pessoas casadas, mas a fidelidade conjugal é pouco respeitada.

Seria de desejar que os habitantes de Araxá mostrassem a mesma cortesia que distingue a gente que habita a parte oriental da Província de Minas Gerais. Suas maneiras são em geral grosseiras e desdenhosas. As pessoas entravam na casa onde me achava alojado sem cumprimentar ninguém e sem proferir uma palavra. Observavam-me trabalhar e saíam como tinham vindo. Devo dizer, entretanto, que encontrei em Araxá duas ou três pessoas decentes e amáveis, vindo em primeiro lugar o sacerdote que dava aulas às crianças.

Os habitantes do lugar ainda não se tinham dado conta de que poderiam eles próprios dedicar-se ao comércio de gado (1819), praticamente o único ramo de exportação que a região poderia explorar. Os negociantes da Comarca de S. João del Rei eram os únicos que tiravam proveito desse comércio. Percorriam as fazendas da região para comprar gado, e à época de minha viagem pagavam pelo boi 4.800 réis.

Como em todos os outros lugares, ali só se planta nos capões, ficando os campos reservados exclusivamente aos rebanhos. As terras da região prestam-se a todo tipo de cultura, e embora sejam realmente produtivas há um certo exagero na maneira como sua fertilidade é decantada em todo o resto da província. O milho semeado nas terras de qualidade regular rende na proporção de 200 por 1. Contudo, afora o algodão, os produtos não encontram mercado, devido à distância que separa essa região das cidades e arraiais mais populosos. É igualmente impraticável levar varas de porcos a pé dali até ao Rio de Janeiro, e o sal é caro demais para que haja lucro em mandar o toucinho salgado.

O gado constitui, pois, a única riqueza da região. Como já disse, as pastagens são excelentes e as águas minerais encontradas nos arredores de Araxá dispensam o criador de dar sal aos animais. A multiplicação dos bois é de tal ordem que um fazendeiro que possuísse, por exemplo, um rebanho de cem cabeças e não desejasse aumentá-lo poderia vender todo ano cinqüenta cabeças. Entretanto, os colonos se queixam de várias causas que dificultam o aumento de seus rebanhos, tais como mordidas de cobras, os brejos que se formam nas margens da maioria dos riachos, nos quais os animais se atolam irremediavelmente, e sobretudo as mortes súbitas que ocorrem principalmente na estação da seca e que são atribuídas a ervas venenosas. Queixam-se também de que numerosos animais são roubados por pessoas vadias, as quais constituem uma verdadeira praga na região.

---

9 Embora não ultrapasse três linhas a lista publicada por Matos sobre as misérias demasiadamente reais espalhadas por essas criaturas nos povoados do sertão, eu não poderia publicá-la aqui sem provocar horror.

Como esse distrito conta apenas com um diminuto número de habitantes, e os homens livres do lugar sentem a mesma relutância pelo trabalho que os seus congêneres de outras regiões, a mão-de-obra ali é bastante cara, apesar da abundância e do baixo preço dos víveres. Os criadores vêem-se, assim, impossibilitados de cercar seus pastos e dividi-los, conforme a prática adotada na região do Rio Grande. Resulta disso que os animais não recebem os cuidados necessários e se perdem em grande número. Finalmente, quando o rebanho de um fazendeiro, ao voltar das águas minerais, passa pelas terras de outro, acontece muitas vezes que os animais se misturam com o gado deste último e, apesar das marcas que os distinguem, jamais retornam ao seu legítimo proprietário.[10]

As fazendas são geralmente de grande extensão, e não é raro encontrar algumas com 8 ou 10 léguas de comprimento. Todavia, os criadores, que na sua maioria nunca chegam a ultrapassar a fase inicial de exploração de sua propriedade, vivem geralmente com dificuldade. Raros são os que contam com um rebanho de mil cabeças, e os que possuem oito ou dez escravos já são considerados ricos.

Eu não podia passar por Araxá sem ir ver as águas minerais a que a região deve, em grande parte, o seu povoamento. Saí bem cedo, com o frio da manhã fazendo-se sentir fortemente. Atravessei logo de início um pasto coberto exclusivamente de gramíneas e outras ervas, e em seguida outro onde cresciam aqui e ali algumas árvores mirradas. Muitas delas já começavam a perder as folhas (25 de abril). A espécie de *Pachira*, que é encontrada comumente nos tabuleiros cobertos e é chamada de paineira-do-campo (*Pachira marginata*, Aug. S. Hil., Juss., Camb.),* já tinha perdido quase totalmente as suas.

Ao chegar ao final desse pasto entrei numa mata bastante fechada. Depois de ter caminhado uma légua e meia mais ou menos, por uma trilha bem batida, cheguei finalmente ao local onde se encontram as águas minerais e que ali é chamado de Barreiro.

Num ponto sombrio da mata, onde as árvores são mais juntas e mais folhudas, há um espaço com cerca de 600 passos de circunferência, cercado por um muro de arrimo e inteiramente tomado por uma lama negra e compacta. É do meio dessa lama, em cinco ou seis pontos diferentes, que brotam as fontes de água mineral.

As águas são límpidas e de cor avermelhada, com um gosto amargo que lembra ao mesmo tempo o de ovos podres. A menção dessas simples características é suficiente para mostrar que elas são sulfurosas e, em conseqüência, poderiam ser empregadas na cura de todas as doenças para as quais são aconselhadas águas desse tipo, e em particular das moléstias de pele, tão comuns no Brasil.[11]

O Barreiro é de propriedade pública. Num raio de 10 léguas, todos os fazendeiros da região levam até ali o seu gado, uma vez por mês, e cada um tem o seu dia certo, marcado pelo juiz. Os animais são levados à tarde para dentro do recinto murado e ali passam a noite, bebendo à vontade. Na manhã seguinte são retirados. Os animais muito magros recusam-se às vezes a beber da água, mas seus donos forçam-nos a isso. É comum vários fazendeiros reunirem seus rebanhos e os levarem juntos ao Barreiro. Uma das principais ocupações dos criadores na região dos campos consiste em reunir, todos os meses, o seu

---

[10] Aos dados que dou aqui sobre o gado da região de Araxá gostaria de acrescentar alguns pormenores fornecidos por Eschwege em *Brasilien die Neue Welt*. Esse autor diz que as vacas de Araxá procriam de agosto a janeiro e que dão um leite magro e pouco abundante. Os touros são castrados aos dois anos e os bois vendidos aos quatro.

* Pode tratar-se de uma paineira-do-campo (*Eriotheca gracilipes*) comum nos cerrados (M.G.F.).

[11] Ver o que digo no capítulo seguinte sobre as águas minerais de Salitre, que parecem ter maior semelhança com as de Araxá.

gado. Montam a cavalo e galopam pelos pastos, muitas vezes durante vários dias, e trazem o rebanho para a fazenda, seja para lhe dar sal ou, como acontece nos arredores de Araxá e de Salitre ou Patrocínio, para levá-lo às águas minerais.

Os animais em geral apreciam extraordinariamente essas águas, de sabor tão desagradável. Jamais vi um número tão grande de pássaros como havia no Barreiro. Bandos de papagaios e de pombas revoluteavam nas árvores vizinhas, cujas ramagens farfalhavam com um ruído confuso e atordoante, depois vinham pousar no lodaçal. Os caçadores costumam ficar de emboscada atrás das árvores, e com um só tiro matam às vezes um grande número de pássaros. Em outros tempos o local era também freqüentado por veados, porcos-do-mato e outros quadrúpedes, mas a guerra que lhes fizeram foi tão encarniçada que atualmente são raros os que aparecem ali.

Há uma preocupação que é negligenciada e que, no entanto, na minha opinião, seria necessária para manter sempre abundante a água do Barreiro: a de conservá-lo limpo. O grande número de bois que pisoteia sem cessar a terra ao redor faz com que porções dela caiam dentro da água, formando assim uma lama espessa. E as pessoas mais antigas do lugar afirmam que algumas fontes já secaram.[12]

Passei alguns dias em Araxá, e dessa vez minhas esperanças não foram frustradas, como em Pium-i e Formiga. Não só me foi possível comprar ali um burro e algumas malas, como também, ao partir, levei comigo um tocador. Era um rapaz da raça branca, a quem contratei por 3.000 réis ao mês. Chamava-se Marcelino. Tinha um rosto de traços regulares e uma fisionomia aberta, não tendo jamais mostrado um momento de mau humor. Se pudesse ter recebido alguns ensinamentos, ou talvez mesmo se tivesse ficado apenas comigo, Prégent ou Laruotte, ele teria dado um excelente empregado. Marcelino era dono de uma bonita voz, e mais de uma vez suas cantigas espantaram minhas tristezas no meio daquelas solidões.

Passei um domingo em Araxá e pude ver os fiéis reunidos na igreja. Ali, como em toda parte, as mulheres se agrupavam na nave, ao passo que os homens ficavam mais perto do altar. Tal é a força dos costumes que, apesar do calor reinante, tanto os homens como as mulheres estavam metidos em grossos capotes de lã.

---

[12] Eschwege diz que existe nas vizinhanças das fontes uma jazida de ferro que poderia ser explorada *(Bras. Neue Welt,* I, 67 e 68).

CAPÍTULO XIII

VIAGEM DE ARAXÁ A PARACATU.

Cachoeirinha. O riacho de Quebra-Anzol. Vista geral da região situada depois do Quebra-Anzol. A fazenda de Francisco José de Matos. A Serra do Salitre. Águas minerais de Salitre. Pastagens. Fazenda de Damaso. Produtos da região. O Arraial de Patrocínio. Bichos-de-pé. A Fazenda do Arruda. Serra de Dourado. Fazenda do Leandro. Situação favorável das fazendas da região. Fontes minerais da Serra Negra. Terras situadas depois da Fazenda do Leandro. Povoado de Campo Alegre. O buriti. Terras situadas depois de Campo Alegre. O Rio Paranaíba. Uma noite agradável. Moquém. O autor sobe ao alto da Serra do S. Francisco e do Paranaíba. O Chapadão. A Serra e o Sítio dos Pilões. A mandioca. O autor desce a Serra pelo lado oriental. Fazenda do Guarda-Mor. Sapé Descrição da vegetação. Fazenda de João Gomes. Seu proprietário. O posto de Santa Isabel. História de um contrabandista. Serra de Paracatu. O autor chega à cidade do mesmo nome.

Deixei Araxá com destino a Paracatu.[1] No primeiro dia percorri duas léguas e meia e parei numa pequena habitação chamada Cachoeirinha. Instalaram-me num telheiro apertado e aberto na frente, e à noite animais de toda espécie vinham perturbar o meu sono. O frio também contribuiu bastante para me impedir de dormir, já que nos achávamos particularmente sensíveis a ele por termos estado viajando em campo aberto, onde não havia a menor sombra e o calor era excessivo.

No dia seguinte percorri mais quatro léguas, encontrando apenas uma fazenda e um grupo de choupanas miseráveis. Fiquei espantado ao ver nessas últimas uma dezena de moças cobertas de andrajos, embora fossem brancas e extremamente bonitas.

O termo dessa jornada foi o Riacho de Quebra-Anzol,[2] que tem sua nascente na fazenda do mesmo nome — da qual depende o Retiro da Jabuticabeira

---

[1] Itinerário aproximado de Araxá a Paracatu:

De Araxá até Cachoeirinha (habitação)	2½	léguas
Até as margens do Quebra-Anzol	4	"
" Francisco José de Matos (fazenda)	3½	"
" Damaso (fazenda)	3	"
" Patrocínio (arraial)	2½	"
" Arruda (fazenda)	3	"
" Leandro (fazenda)	4	"
" Campo Alegre (lugarejo)	3½	"
" Moquém	3	"
" Sítio dos Pilões (habitação)	5	"
" Guarda-Mor (fazenda)	2	"
" Sapé (habitação)	3	"
" João Gomes (fazenda)	3	"
" Guarda de S. Isabel (posto militar)	5	"
" Paracatu (cidade)	2	"
	55	"

Em seu itinerário, M. da Cunha Matos indica detalhadamente a distância entre Patrocínio e o Paranaíba. Discordo dele em alguns aspectos, mas acredito que ainda vai levar tempo até se saber com certeza qual de nós está com a razão, e é bem possível que estejamos errados os dois.

[2] Casal está errado ao escrever *Quebra-Anzóis* (Corog., I, 350), bem como Eschwege ao registrar *Quebre-Anzol*.

— e vai desaguar no Rio das Velhas.³ Ali o Quebra-Anzol tem talvez a largura dos nossos rios de terceira ou quarta ordem, e suas margens são orladas dos dois lados por uma estreita fileira de árvores.

Encontramos à beira da água uma canoa, que usamos para atravessar a corrente. Há ali algumas choupanas e uma venda miserável, pertencentes ao dono das terras. Hospedaram-me no melhor alojamento de que dispunham. Tratava-se de um quarto tão minúsculo que mal pude acomodar nele as minhas malas, e além disso não tinha porta. Mais uma vez o frio me impediu de dormir.

As terras que ficam depois do Quebra-Anzol são onduladas, como as que eu havia percorrido nos dois dias anteriores, e nelas se alternam igualmente os capões e as vastas pastagens.

A partir de Araxá, e para não se darem ao trabalho de abrir picadas na mata, os construtores da estrada fizeram-na passar pelos descampados, do que resulta ficar o viajante sempre exposto ao ardente sol dos trópicos.

Num trecho de três léguas e meia, desde Quebra-Anzol até a fazenda de Francisco José de Matos, não vi nenhuma casa e não encontrei ninguém no caminho, avistando apenas uma meia dúzia de bois nos pastos.

Quando, nos meses de agosto e setembro de 1817, percorri a parte do sertão que se estende a leste do S. Francisco até o norte da Província de Minas, as matas e os campos estavam desprovidos do verdor, e nada havia para me alegrar a vista. Já agora não acontecia o mesmo. As ondulações do terreno, o verde-escuro das árvores formando blocos de diferentes formas no meio dos pastos, os variados matizes de verde que os campos apresentam logo depois da queima, as pastagens cobertas unicamente de capim alternando-se com outras árvores mirradas que crescem aqui e ali — tudo isso formava um conjunto encantador. Nos pontos um pouco mais elevados tem-se uma imagem perfeita da imensidão, mas de uma imensidão sem monotonia.

Ao deixar o Porto do Quebra-Anzol, nome dado ao local onde se atravessa o riacho, passei inicialmente por um campo coberto unicamente de capim e em seguida por um vasto tabuleiro coberto. Finalmente atravessei outro pasto, que me levou à fazenda de Francisco José de Matos, onde fiquei.

Eu já disse em outro relato⁴ que é dado o nome de tabuleiros cobertos às colinas onde crescem árvores mirradas e esparsas no meio do capim, e de tabuleiros descobertos aos morros onde há apenas plantas herbáceas e subarbustos.* Entre a Cachoeirinha e a fazenda de Francisco José os tabuleiros cobertos mostravam-se um pouco menos verdes do que os de Formiga, mas nenhuma árvore tinha ainda perdido as folhas (26-27 de abril). Ali, como em todas as outras partes, as árvores dos tabuleiros são mirradas e retorcidas, tendo de 8 a 15 pés de altura. Sua casca se parece bastante com a do sobreiro e suas folhas são geralmente duras e quebradiças. Entre elas encontrei com abundância uma Malpiguiácea de folhas grandes e pilosas, algumas *Qualea*, Bignoniáceas e Leguminosas. Nos tabuleiros que se estendem ao longo das duas margens do Quebra-Anzol vi também muitos exemplares do n.º 457 *bis* cuja folhagem lembra a de nossos álamos, e um grande número da voquísia n.º 356 cujos cachos de belas flores amarelas atraem uma prodigiosa quantidade de colibris. Em alguns pontos o arvoredo é mais compacto do que em outros, e há mesmo alguns pastos que constituem uma variante entre tabuleiro coberto e descoberto, vendo-se neles algumas árvores mirradas embora muito esparsas. Os arbustos e subarbustos que

---

3 Esse Rio das Velhas vai desaguar no Paranaíba e não deve ser confundido com outro do mesmo nome, muito mais conhecido, que é um dos principais afluentes do S. Francisco, no lado oriental.
4 Ver *Viagem pelas Províncias do Rio de Janeiro*, etc.
* Várias vezes já tem o autor se referido à expressão tabuleiro coberto. A par desta, usa agora tabuleiro descoberto, definindo ambas. Vê-se, claramente, que ele está se referindo ao que hoje chamamos de campos cerrados e campos limpos, respectivamente. (M. G. F.)

crescem no meio do capim, entre as árvores dos tabuleiros cobertos, são mais numerosos que os encontrados nos tabuleiros descobertos. Entre os mais comuns podemos citar *Cassia,* as Malpiguiáceas e a Euforbiácea n.º 479.

A fazenda de Francisco José de Matos, onde parei depois de deixar o Quebra-Anzol, fica situada à beira de um riacho, entre morros bastante elevados. Embora essa fazenda não seja das menores, ela conta apenas, como tantas outras, com um punhado de casinhas dispostas desordenadamente, entre as quais mal se distingue a do proprietário. Alojaram-me mais uma vez numa choupana sem janelas e cuja entrada não se podia fechar. Pelo menos, porém, estava bastante limpa.

A pouca distância da fazenda há uma pequena cadeia de montanhas que tem o nome de Serra do Salitre e talvez não passe de um contraforte da Serra do S. Francisco e de Parnaíba. Essas montanhas são pedregosas, áridas e cobertas de capim, no meio do qual brotam de longe em longe algumas árvores raquíticas, principalmente a *Kielmeyera speciosa,* ASH., J., Camb. Quanto às gramíneas, são constituídas pelo capim-flecha, pela de n.º 325 e um pequeno número de outras espécies. Do alto da serra descortina-se uma imensa extensão de terras, com vastas pastagens salpicadas de tufos de árvores. Embora a pequena cadeia tenha o nome de Serra do Salitre, isso não significa que o terreno ali seja salitroso. Resolveram chamá-la assim porque havia a crença de que as águas minerais nas suas vizinhanças estivessem impregnadas dessa substância, as quais poderiam, como as de Araxá, substituir o sal para o gado.

Depois de atravessar a Serra do Salitre avistei uma grande mata, no meio da qual vi uma infinidade de belas árvores cobertas de flores cor-de-rosa, que causavam um efeito encantador no meio da massa de verdura que as cercava (tratava-se provavelmente da *Chorisia speciosa)**

É nessa mata, cuja extensão é de seis léguas, segundo me disseram, que se encontram as águas minerais chamadas salitrosas. Como as de Araxá, elas são de propriedade pública. São, porém, mais abundantes, conforme afirmam os moradores do lugar, os quais acrescentam que as nascentes são cercadas por muros e a água tirada em gamelas, onde os animais a bebem, não havendo, pois, nenhuma possibilidade de que entupam as fontes, como ocorre em Araxá.[5]

Em todas as pastagens que vi no dia em que atravessei a Serra do Salitre (29 de abril), o capim, tão seco quanto o de nossas campinas depois da ceifa, tinha uma coloração acinzentada que cansava a vista. Disseram-me que os pastos não seriam queimados nesse ano porque a seca vinha sendo muito prolongada e o capim não brotaria de novo. Aliás, não há nessa região uma época certa para queimar os pastos. Nesse particular, são as necessidades do gado que fixam as regras para o criador.

---

* *Chorisia speciosa* é uma das mais comuns paineiras (M.G.F.).

[5] Declarei por engano em outro relato *(Viagem ao Distrito dos Diamantes,* etc.) que o Padre Leandro do Sacramento é que tinha feito a análise das águas de Araxá. Foram as do Salitre que ele examinou. Eschwege diz que estas me pareceram mais concentradas do que as primeiras, espalhando um forte cheiro de enxofre pelas redondezas. Acrescenta que elas têm um gosto de podre, a princípio levemente sulfuroso, depois picante e finalmente amargo, e que quando usadas para lavar as mãos elas as deixam escorregadias, como se tivessem sido lavadas com sabão. Uma quantidade de 50 libras da água do Salitre que Eschwege fez evaporar forneceu-lhe pouco mais de meia libra de um sal amargo e um pouco picante. A análise desse sal, feita pelo Padre Leandro, foi publicada no *Brasilien die Neue Welt,* I, 74. Eschwege acha que, de acordo com essa análise e pelo que ele próprio pôde observar no local, as águas do Salitre podem ser empregadas no tratamento de doenças do fígado. Acha também que o sal retirado dela poderia ser utilizado no fabrico de diversos produtos e que seria uma excelente idéia extraí-lo por meio da evaporação solar a fim de enviá-lo às regiões do sertão que não possuem bebedouros de águas minerais e onde o sal comum é pago à razão de 6.000 réis por saco de 66 libras. Depois de tomar conhecimento da análise feita pelo Padre Leandro, Balard, um químico de nome e membro do Instituto, disse-me que a composição das águas do Salitre era evidentemente análoga à das águas sulfurosas da Europa. Ajuntou que o sal extraído dela poderia ser utilizado com vantagem em vários processos industriais, principalmente no de alvejamento, e ser também dado ao gado, mas que não serviria como substituto do sal marinho para o homem. Resta-me acrescentar que essas águas deveriam ser aconselhadas para o tratamento de moléstias cutâneas.

A Fazenda do Damaso, onde parei, situada do outro lado da Serra do Salitre, tinha quase a mesma aparência da outra onde eu passara a noite precedente. Mas as casas que compunham a sua sede eram dispostas com um pouco mais de ordem. Seu proprietário me pareceu um excelente homem, bem superior a todos os fazendeiros que eu vinha encontrando ultimamente.

Disse-me que as terras de sua região se prestavam a todo tipo de cultura. Ao fim de cinco anos as capoeiras já estavam em condições de serem cortadas.[6] O capim-gordura não invade as terras que já foram cultivadas, e as árvores renascem todas após cada colheita. Já começavam ali a enviar os produtos do solo a Paracatu, situada a 40 léguas de distância. Unicamente o algodão era despachado para o Rio de Janeiro. Até Barbacena[7] esse produto é geralmente transportado em carros de boi, que levam 80 arrobas, e a partir dessa cidade a carga é passada para o lombo dos burros. O aluguel de um desses carros, do Arraial de Patrocínio até Barbacena, custava à época de minha viagem 14 *oitavas*. O algodão com caroço estava valendo, nos últimos tempos, 600 réis. Ali, ainda, são os bois que constituem a principal riqueza dos fazendeiros. Os negociantes vêm comprá-los nas fazendas, levando também carneiros, pelos quais pagam de 2 a 3 patacas.

Depois da Fazenda de Damaso encontrei ainda tabuleiros cobertos e descobertos, outros mistos, e finalmente tufos de árvores nas partes mais fundas. Atravessei também um pequeno trecho cujo aspecto da vegetação me fez lembrar os carrascais ou florestas-anãs de Minas Novas;[8] numerosos e compactos espécimes da *Bauhinia* n.º 510 *bis,* de galhos espalhados e ramos geralmente dispostos em duas fileiras, formavam uma cobertura uniforme de 3 a 5 pés de altura, no meio da qual sobressaíam de vez em quando árvores de altura média.

Entre Damaso e Patrocínio encontrei-me com numerosa tropa de burros, que voltava de Goiás para o Rio de Janeiro. Pertencia a um homem que fazia essa viagem uma vez por ano e levava cinco meses para ir, e outro tanto para voltar. Trazia do Rio de Janeiro as mercadorias destinadas aos comerciantes de Goiás, cobrando 32.000 réis pela carga de um burro. Quando, porém, voltava à capital, levava por sua conta peças de tecido de algodão e de flanela, já que os impostos excessivamente altos não animavam os comerciantes de Goiás a exportarem seus produtos.[9]

A duas léguas e meia da Fazenda do Damaso parei em Patrocínio (Arraial do Patrocínio ou de Nossa Senhora do Patrocínio). Esse pequeno povoado,[10] mais conhecido pelo nome Salitre, deve sua origem às águas minerais que, como já disse, são encontradas em seus arredores, e por ocasião da minha viagem não contava com mais de doze anos de existência. De acordo, porém, com o número de suas casas indicado em 1816 por Eschwege o arraial deve ter duplicado de tamanho em três anos. Fica situado no topo de um morro arredondado cujas encostas são cobertas de capim, tendo à sua volta outros morros mais elevados.

---

6 Um viajante escreveu que as terras ficavam em repouso durante vinte anos antes de serem novamente semeadas (Suz, Souv., 262). É inegável que, tendo em vista o errôneo sistema de cultura adotado no Brasil tropical, as terras não iriam permanecer em repouso por um tempo tão prolongado (Eschw., Bras., I), pois para que pudessem deixá-las sem produzir durante vinte anos seria preciso que os brasileiros contassem com o dobro das terras que possuem. Nos pontos da província de Minas que se avizinham de sua capital as capoeiras que substituíram as florestas virgens são geralmente cortadas ao cabo de cinco, seis ou sete anos. Depois de se desenvolverem livremente durante vinte anos essas matas, então chamadas de capoeirões, adquirem praticamente o mesmo vigor das florestas primitivas.

7 Ver *Viagem pelas Províncias do Rio de Janeiro*, etc. Balbi, em sua excelente *Géographie universelle*, escreveu *Barbasinas*. Já assinalei esse erro, que se deve a Mawe.

8 Ver *Viagem pelas Províncias do Rio de Janeiro*, etc.

9 Ver o que escrevi, a respeito dos transportes de Goiás ao Rio de Janeiro, no capítulo desta obra intitulado "Início da Viagem da Cidade de Goiás a S. Paulo".

10 Pohl dá a Patrocínio o título de cidade. Na época em que ele passou pela região (1818), unicamente Paracatu tinha esse título em toda a comarca. O autor erra também ao escrever Padrocínio, talvez enganado pela *pronúncia* de seu próprio país.

Em 1819 havia ali cerca de quarenta casas muito pequenas, feitas de barro e madeira, cobertas de telhas e sem rebocar. Essas casas, dispostas em duas fileiras, formam uma praça comprida, no centro da qual foi erguida uma pequena capela, igualmente feita de barro e madeira como o resto. Patrocínio depende da paróquia de Araxá e conta com um padre para os serviços religiosos. Como sempre, as casas do arraial pertencem a fazendeiros que só aparecem ali aos domingos.[11] Os únicos habitantes permanentes de Patrocínio são alguns artesãos, dois ou três modestos comerciantes, os vagabundos e as prostitutas.

José Mariano tinha ido ao arraial na minha frente e, cumprindo minhas recomendações, procurara o padre para lhe pedir que me arranjasse um alojamento. Mas a casa do sacerdote era pequena demais para que nos pudesse receber. Uma outra, recém-acabada e que ainda não tinha sido habitada, foi indicada a José Mariano pelo comandante, e foi lá que encontrei a minha bagagem. Quando cheguei ao arraial, José Mariano apressou-se a me prevenir de que a casa estava infestada de bichos-de-pé. Nos poucos instantes que permaneci dentro dela meus pés ficaram cobertos desses insetos. Eu e meus acompanhantes tomamos a decisão de nos instalarmos do lado de fora. Enquanto nos dedicávamos às nossas ocupações vimo-nos rodeados por todos os habitantes do lugar, que achei mais grosseiros ainda que os de Araxá.[12] Pela primeira vez desde que deixei o Rio de Janeiro passei a noite ao relento, e isso aconteceu dentro de um arraial, diga-se de passagem.

Como já ficou explicado, eu me afastara da estrada que liga o Rio de Janeiro a Goiás para ir até às nascentes do S. Francisco. Retornei a essa estrada antes mesmo de chegar a Patrocínio, e no entanto, num trecho de três léguas, entre esse arraial e a Fazenda do Arruda, não encontrei uma só pessoa e não vi uma única propriedade.

Em toda parte o capim estava tão seco quanto o do Sertão de Bom Fim e Contendas nos meses de agosto e setembro.[13] Contudo, vi um grande número de espécimes da voquísia n.º 502, cujos cachos, eretos e em grande abundância, tinham às vezes mais de 2 pés de comprimento.

Durante essa jornada Laruotte me pareceu desanimado, mas em vão interroguei-o para saber a causa. Quando chegamos à Fazenda do Arruda,[14] onde passei a noite, José Mariano examinou-lhe os pés e deles extraiu uns cinqüenta bichos-de-pé. Esses insetos, como já disse antes, são encontrados principalmente nas casas desabitadas e que não são limpas regularmente.

A época de insetos de outros tipos já tinha passado havia muito tempo. Encontrei apenas um pequeno número de espécies de asas nuas.

A Fazenda do Arruda fica situada ao pé de uma pequena cadeia de montanhas pouco elevada, que começa, segundo me disseram, nas proximidades do Arraial de Patrocínio e tem o nome de Serra do Dourado.[15] Durante um percurso de uma légua, mais ou menos, fui costeando de longe essa cadeia, mas logo dela me aproximei, e depois de ter atravessado um riacho bastante fundo

---

11 Gardner encontrou o mesmo costume no norte do Brasil.
12 Ver o que escrevi mais atrás sobre os habitantes de Araxá.
13 Ver *Viagem pelas Províncias do Rio de Janeiro*, etc.
14 Trata-se inegavelmente da fazenda que Pohl chamou erroneamente de *Fazenda do Arrudo Velho*.
15 Pohl e Eschwege afirmam que ela se estende na direção leste-oeste. O primeiro chama-a de *Serra d'Ourada* e o segundo de *Serra dos Doirados*. O nome indicado por Pohl é evidentemente inexato, pois não existe o termo *d'Ourada* na língua portuguesa. Pohl não viu tudo evidentemente — e na verdade quem poderia fazer isso? — mas relata com simplicidade e paciência tudo o que chamou sua atenção, merecendo que se lhe dê crédito. Se lhe escaparam alguns pequenos pormenores, isso se deve em grande parte ao seu conhecimento imperfeito da língua portuguesa. Para bem conhecer o país que visitamos, é essencial entender o que dizem os seus habitantes, e foi certamente porque Mawe e Luccock não contavam com essa vantagem que eles se enganaram tantas vezes. Causou irritação no Rio de Janeiro a maneira como Jacques Arago falou do Brasil. Esse autor, porém, pertencia a uma categoria inteiramente diferente da dos dois ingleses que acabo de citar. Ele não tinha a pretensão, evidentemente, de abrir novos horizontes para a Geografia e a História Natural. Sendo um homem de espírito, sua intenção teria

que tem o nome de Douradinho[16] comecei a subir. Em poucos instantes atravessamos a serra em toda a sua largura. Ela é baixa demais para apresentar uma vegetação muito diferente da que se encontra na planície. Assim sendo, não encontrei ali nenhuma espécie que eu já não possuísse.

A partir da Serra do Dourado até o lugarejo de Campo Alegre, a região é montanhosa. Dos pontos mais elevados, que são cascalhentos, vê-se uma grande extensão de terras, alternando-se sempre as matas, os tabuleiros cobertos e os descobertos. Não se vê, porém, nenhuma fazenda. Durante toda a jornada só vi uma única habitação, perto de Douradinho. O aspecto das campinas era de uma melancolia extrema. Em toda parte o capim se mostrava inteiramente seco, com uma coloração acinzentada que cansava a vista. Raras eram as plantas em florescência. Contentar-me-ei em citar a Bignoniácea n.º 506, que cresce em abundância em vários tabuleiros descobertos.

A quatro léguas do Arruda parei numa choupana a que dão o pretensioso nome de fazenda (Fazenda do Leandro). Um preto, que se achava à porta do casebre, deu-me permissão para descarregar minha bagagem num pequeno cômodo. Dentro da casa só estava a sua mulher, mas ela não apareceu.[17]

As fazendas dessa região têm uma localização muito vantajosa, pois encontram fácil escoamento para os seus produtos em Paracatu, levando um carro de boi seis dias para chegar lá. Além do mais, há ali águas minerais para o gado. A seis léguas da Fazenda do Leandro há fontes dessas águas análogas às de Araxá e Salitre, numa pequena cadeia de montanhas chamada Serra Negra.[18] Essas nascentes pertencem também ao público, e a água cai em gamelas onde o gado vai beber.

Para além da Fazenda do Leandro, num trecho de uma légua, o terreno é quase plano. Mais adiante passei por uma habitação que tem o pomposo nome de Fazenda das Minas e entrei de novo numa região montanhosa. O caminho ali é bonito e passa geralmente pelos pontos mais elevados. Dele se descortina uma imensa extensão de terras, mas o que há para ver são apenas vastas solidões. O verde só tinha frescor nos pastos queimados havia pouco tempo, e estes eram extremamente raros.

Como o fogo consome o capim dos pastos com grande rapidez, ele não chega a queimar o tronco das árvores espalhadas pelos tabuleiros cobertos. Apenas deixa-as enegrecidas e resseca suas folhas, as quais logo brotam de novo, porém.

A 3 léguas e meia da casa do Leandro parei num lugarejo composto de um punhado de choupanas miseráveis e espalhadas aqui e ali. Junto a esses casebres estava sendo construída, à época de minha viagem, uma pequena capela, que os moradores do lugar pretendiam tornar dependente da paróquia de Araxá.[19]

---

sido simplesmente divertir os seus leitores. Foi um precursor da época em que entrariam em voga as impressões de viagem. Quanto ao falecido Jacquemont, contra o qual há tantas queixas no Brasil, podemos até certo ponto desculpá-lo, pois não foi ele que dirigiu a publicação do seu livro de viagem. Se ele tivesse tido a felicidade de rever sua pátria, teria percebido — já amadurecido pelos anos e pela meditação — que num livro impresso às expensas dos contribuintes e sob os auspícios do Ministro da Instrução Pública, ele não poderia, sem graves inconvenientes, publicar trechos imbuídos de um ateísmo tão grosseiro; teria verificado que, quando se pretende descrever um país oito vezes maior do que a França, falar de sua capital, de sua marinha, de sua cabotagem, de seu comércio, de suas finanças, do chefe do seu governo, das relações entre as províncias e a metrópole, da situação dos escravos, das diversas classes da sociedade, da natureza dos debates parlamentares, etc., isso não pode ser feito após uma visita de apenas doze dias!

16 Cunha Matos escreveu, talvez com razão, *Ribeirão dos Douradinhos;* fala também do *Rio dos Dourados.*

17 Eis aqui um exemplo dado por Eschwege sobre as precauções tomadas pelas mulheres da região para não serem vistas. Esse autor foi recebido numa fazenda das redondezas de Patrocínio por uma mulher cujo marido estava ausente e que lhe deu como alojamento a casa do moinho. Serviram-lhe o jantar, mas como a dona da casa não queria se mostrar diante dele, ela se escondeu atrás do moinho com a filha e as duas lhe passavam os pratos através de um buraco na parede. (*Braz.*, I, 80.)

18 Como já se viu, na Província de Minas há várias serras com esse nome.

19 Em 1824 o lugarejo de Campo Alegre já tinha sido honrado com o título de arraial, e sua pequena capela, dedicada a Sant'Ana, tornou-se, conforme o desejo dos habitantes do lugar,

Quando passei por Campo Alegre, nome dado ao lugarejo, achava-se ali um padre que seus habitantes tinham mandado vir de Paracatu, o que fizera acorrer ao lugar um grande número de fazendeiros.

Na manhã seguinte foi celebrada a missa na capela ainda inacabada. A cobertura de telhas já fora colocada, e folhas de palmeira substituíam as paredes. Outras, espalhadas pelo chão, faziam as vezes de assoalho. Pareceu-me ter recuado ao tempo em que o cristianismo tinha lançado seus primeiros alicerces na América.

Instalei-me em Campo Alegre sob um telheiro que ligava dois casebres e não tinha paredes. O lado que dava para o terreiro era fechado por longas estacas. O dia inteiro as mulheres enfiavam o nariz por entre as estacas para observar o que estávamos fazendo, e os homens paravam ali para conversar. Ninguém trabalhava, e a conversa daquela boa gente oferecia tão pouco interesse que melhor seria que ficassem calados.

Aproveitei minha estada em Campo Alegre para ir colher plantas. Segui ao longo de um riacho margeado, como de costume, por uma estreita fileira de árvores delgadas e muito juntas, tornando a encontrar ali as plantas que já tinha visto em 1817 em localidade semelhante, no meio do sertão oriental do S. Francisco: a de n.º 566 nos trechos arborizados e as enciançaceas n.os 521, 524 e 577 nos brejos cobertos de capim que se estendem depois da fileira de árvores, como ocorre geralmente.

Foi ali que, pela primeira vez desde o início de minha viagem, tive o prazer de rever o buriti *(Mauritia vinifera,* Mart.), uma palmeira que tanto tem de elegante quanto de útil,[20] o que significava — se não estou enganado — que a região onde me encontrava era menos elevada e mais quente do que a que eu acabara de percorrer.

Quero ajuntar que meus empregados mataram em Campo Alegre dois pássaros ainda desconhecidos por mim, pois até então nem Prégent, no princípio, nem José Mariano, depois dele, tinham empalhado nenhuma espécie que já não constasse da coleção feita durante a minha viagem em 1817.

Depois de Campo Alegre percorri, por umas duas léguas, uma região quase plana. Em seguida atravessei uma pequena cadeia de montanhas áridas e pedregosas, que tem o nome de Serra da Figueireda e que, como as Serras do Araxá, do Salitre e do Dourado, deve ser um dos contrafortes da grande Serra do S. Francisco e de Paranaíba. De resto, até alcançar esse último rio, só encontrei terras montanhosas.

As campinas mostravam, uniformemente, uma coloração acinzentada que cansava a vista. O calor era sufocante, e à medida que caminhávamos íamos levantando uma nuvem de poeira avermelhada, que nos ressecava a garganta e sujava nossas roupas. Nenhuma casa, nenhum sinal de lavoura, nenhum boi nos pastos, nenhum caminhante na estrada, ausência quase total de flores, quase nenhuma variedade na vegetação. E sempre as mesmas plantas que eu já tinha recolhido no sertão oriental do S. Francisco. Sentia-me desolado por estar tirando tão pouco proveito de uma viagem tão fatigante, e fiquei quase tentado a não ir além de Vila Boa.

Depois de ter percorrido seis léguas desde que deixara Campo Alegre alcancei finalmente a margem esquerda do Paranaíba (5 de maio). Ali o rio deve

---

dependente da igreja paroquial de Araxá. O novo arraial consistia então numas quarenta casas e tinha o nome de Santa Ana do Pouso Alegre, que era substituído na linguagem popular pelo apelido de Carabandela, devido ao costume que tinha um fazendeiro das vizinhanças de falar num espírito maligno conhecido por esse nome (Matos, *Itin·,* I, 89).

20 Ver *Viagem pelas Províncias do Rio de Janeiro,* etc. Como já disse (ob. cit.), escrevi em minhas anotações buriti, grafia também adotada por Martius, Gardner e Kidder. Unicamente para seguir a grafia de um autor local, o Abade Pizarro, é que registrei *bority,* talvez indevidamente. Pronuncia-se a palavra como se fosse escrita em francês *bouriti.* Entretanto, é sabido que na língua portuguesa o som do *o* se confunde muitas vezes com o do *u·*

ter a largura de nossos cursos de água de terceira ou quarta categoria. Seu curso é muito vagaroso. Uma densa fileira de árvores orla-o dos dois lados, e vêem-se uns poucos casebres espalhados ao longo de sua margem direita. Atravessamos o rio numa canoa estreita e me instalei num rancho aberto de todos os lados, localizado logo à beira da água. O Paranaíba tem, segundo dizem, uma grande abundância de peixes. As espécies que nele se pescam são chamadas, na região, de dourado, piranha,[21] curumatã, pacu, paracanjuba (talvez piracanjuba), surubi,[22] jaú, tubarão,[23] piampara, piau, mandi, traíra e tamburé.

Eu ainda dispunha de uma hora antes do cair da noite quando cheguei ao Paranaíba, e me atirei ao trabalho. Um sol ardente me castigava, e nuvens de mosquitos cobriam-me a cabeça e as mãos. Cada burro que passava para atravessar o rio levantava um turbilhão de poeira à minha volta. Era um verdadeiro suplício. Com a chegada da noite tudo mudou. Uma lua clara iluminava todas as coisas que me rodeavam, e um frescor delicioso veio substituir o ardor do sol. Reinava uma calma profunda na Natureza, e o silêncio era quebrado apenas pelo trilar de algumas cigarras, a que se juntava a agradável voz de Marcelino, aumentando os encantos da noite.

Depois do Paranaíba[24] passei por um trecho plano, rodeado de pequenos morros por todos os lados. E havia sempre os mesmos campos e os mesmos capões, a mesma seca, a mesma escassez de flores.

Passei por três fazendas, todas constituídas por um pequeno grupo de casebres miseráveis. Desejando ganhar tempo, porém, não me alojei em nenhuma delas, preferindo dormir ao relento.

Fiz alto numa mata, à beira de um riacho de águas claras, num lugar denominado Moquém.[25] Como os viajantes costumam passar a noite ali, o local se achava bastante limpo. Meus ajudantes penduraram uma parte da bagagem miúda nos cipós, armaram para mim um abrigo coberto de couros e dormiram eles próprios à beira do fogo que tinham acendido. Enquanto eu escrevia o meu diário, os raios do luar romperam através da folhagem das árvores que formavam como que uma abóbada sobre nossas cabeças. Reinava um silêncio profundo à minha volta, perturbado apenas pelo canto de algumas cigarras.

Ali eu me encontrava no sopé da longa Serra do S. Francisco e do Paranaíba. Logo que deixei o Moquém comecei a subir, e tendo seguido por uma suave encosta durante uma meia légua logo alcancei o alto da serra. Seu cume é formado por um vasto planalto que também se chama chapadão, tendo, como já expliquei antes, seis léguas de extensão e, pelo que me disseram, 5 de largura.

É formado por pastagens naturais, sendo algumas cobertas exclusivamente de capim e outras de uma mistura de capim e árvores mirradas. Nos pontos mais baixos vêem-se alguns capões, e ali, pela segunda vez desde o início de minha viagem, tornei a encontrar a palmeira do sertão, o precioso buriti (*Mauritia vinifera*, Mart.), com suas largas folhas abertas em leque.

---

21 Meu primeiro relato, *Viagem pelas Províncias do Rio de Janeiro*, etc., contém dados sobre o perigoso peixe chamado piranha. Baseado em Spix, relacionei-o com o *Myletes macropomus*, Cuv., mas é evidente que essa classificação não é exata e que a piranha é o *Serrasalme Piraya*, de Cuvier, uma vez que esse cientista baseou sua descrição deste último num espécime que eu próprio lhe enviei do Brasil (ver *Mem. Mus.*, V, 368-69).

22 Gardner prefere a forma *suribim*. Eu já mencionei em outro relato (ob. cit.) a confusão que nos causa a grafia de nomes brasileiros de lugares, animais e plantas, e quais as razões que me levaram a adotar a maneira de escrever do Abade Pizarrol

23 Tubarão é o nome de um peixe do mar, que os mineiros transpuseram para um peixe de água doce.

24 Pouco tempo depois de minha viagem o Governador de Goiás, Manuel Inácio de Sampaio, que sucedeu a Fernando Delgado, de quem falarei em seguida, mandou abrir uma nova estrada, mais curta do que a que tinha percorrido, mas muito menos interessante para os estudiosos. Essa estrada, que tem o nome de Picada do Correio de Goiás, já era transitável em 1823, pois foi por ela que passou o General Raimundo José da Cunha Matos (*Itinerário*, I, 93).

25 Esse nome é encontrado em outras partes do Brasil. Há em Goiás um Rio Moquém e um pequeno povoado com esse nome (Casal, *Corog.*, I, 336, 346).

À entrada do chapadão o solo apresenta apenas uma areia branca e fina, misturada com uma leve camada de terra vegetal. Encontrei aí uma grande quantidade de plantas interessantes, como sempre ocorre em terrenos desse tipo. Vi uma espécie da *Vellozia* (canela-de-ema) bem como a Composta n.º 157, que eu já tinha coletado juntamente com várias outras do mesmo gênero e de um gênero vizinho em locais semelhantes, e finalmente as pequenas Melastomáceas n.ºˢ 549 e 550. Em breve a constituição do terreno mudou, tornando-se avermelhado, como acontece geralmente nos tabuleiros cobertos, e no seu conjunto a vegetação não se mostrou diferente da dos campos que eu havia percorrido nos dias anteriores.

De vários pontos do chapadão vê-se um panorama muito vasto. De resto, desde que comecei a atravessar o planalto até o lugar denominado Sítio dos Pilões, distante cinco léguas do Moquém, não encontrei uma única habitação. A água é escassa, havendo, entretanto, algumas pequenas nascentes nas partes mais fundas.

Premido pela sede, desci até uma delas e aí encontrei dois mulatos jovens, que comiam farinha umedecida na água da fonte — refeição frugal a que dão o nome de jacuba.* Convidaram-me a comer com eles, mostrando uma cortesia muito comum na parte oriental de Minas mas raríssima naquele trecho do sertão que eu estava percorrendo.

Parei no Sítio dos Pilões, um casebre miserável cuja entrada era aberta e que não tinha janela. No seu interior havia apenas toscos jiraus. Instalei-me no cômodo principal, onde mal havia espaço para me mexer. No entanto, era ao proprietário dessa miserável morada que pertencia o chapadão. Ele poderia ter aproveitado o planalto para criar gado, mas o alto preço do sal não lhe permitia fazer isso. É ali que se começa a cultivar a mandioca, planta dos países quentes. O milho, que nos arredores de Araxá rende 200 por 1 nas terras de qualidade média, não produz no chapadão mais do que 130.

O prolongamento desse planalto tem o nome de Serra dos Pilões.[26] Depois de passar pelo sítio do mesmo nome percorri ainda uns três quartos de légua no planalto, depois comecei a descer, alcançando o sopé do morro depois de andar uma meia légua. Tinha assim atravessado a Serra do S. Francisco e do Paranaíba, encontrando-me agora na base da vertente oriental da cadeia, que fui costeando até o outro lado de Paracatu.

A encosta que vai desde o planalto até a base da serra é bastante suave, e o terreno pedregoso, apresentando algumas espécies de *Vellozia*, bem como a Composta n.º 547. Aliás, não encontrei ali nenhuma espécie que já não tivesse recolhido e vi pouquíssimas flores. Ao descer do chapadão o panorama que se descortina é vasto e bonito. Extensas matas, que ainda exibiam um belo verde, orlam o planalto. Do outro lado ficam as pastagens, limitadas no horizonte por pequenas montanhas. O caminho que eu segui ao chegar à planície é paralelo à cadeia e atravessa pastos salpicados de árvores mirradas, que formam grupos mais numerosos e mais cerrados à medida que a terra vai adquirindo uma coloração mais avermelhada.

Mal se podia suportar o calor nesse dia (9 de maio). O tempo estava encoberto e o ar pesado, no entanto caíram apenas uns chuviscos. Na verdade, já não estávamos mais na estação das águas, mas seria de se desejar que caísse uma chuva extemporânea, pois a seca excessiva arrancava queixas de todos os agricultores. A safra do arroz e do milho tinha sido quase nula e os produtos tinham subido extraordinariamente de preço.

---

* Pirão preparado com água, farinha de mandioca e açúcar ou mel. Às vezes adiciona-se a isso um pouco de aguardente. (M. G. F.)

26 Não é nem *Serra Spiloens*, nem *Serra de Spiloens*, como escreveu Pohl (*Reise*, I, 244-5).

Depois de ter percorrido duas léguas desde que deixara o Sítio dos Pilões parei numa fazenda que tinha o nome de Guarda-Mor. Chama-se assim não por causa do seu atual dono e sim porque o seu primeiro proprietário tinha sido guarda-mor, pois a maioria das fazendas é batizada pela pessoa que a construiu. Seja como for vi ali vários negros, e seu proprietário atual me pareceu gozar de uma certa prosperidade. Entretanto, sua morada era constituída por um casebre muito mal tratado, pois, como já tive ocasião de dizer, a desordem caracteriza todas as propriedades que encontrei espalhadas por esses sertões.

Instalaram-me numa dependência ampla, onde ficava localizado o monjolo, e enquanto eu escrevia o milho ia sendo moído perto de mim, para fazer fubá. O barulho do monjolo me irritava, a fumaça do forno me cegava a vista, e além do mais eu tinha de escorraçar a todo o momento os cachorros que vinham roer o couro das minhas malas.

Essa região goza de uma grande vantagem. A cinco léguas de Guarda-Mor encontram-se na serra águas minerais que, como as de Araxá, de Salitre e da Serra Negra, substituem o sal para o gado.

Depois dessa fazenda a estrada passa por terras muito planas, que se estendem paralelamente ao prolongamento do chapadão ou, melhor dizendo, da Serra do S. Francisco e do Paranaíba, que fica naturalmente à esquerda.

Num trecho bastante extenso, onde a estrada é muito ampla, as árvores são altas e suas copas se unem umas às outras, crescendo entre elas uma grande quantidade de arbustos e subarbustos, o que em conjunto produz um efeito muito bonito. As árvores mirradas que proliferam nos campos me pareceram pertencer todas às mesmas espécies.

Depois de uma caminhada de três léguas, a partir da Fazenda Guarda-Mor, parei em Sapé, assim chamado por causa da gramínea do mesmo nome que é encontrada em seus arredores *(Saccharum sape,* Aug. S. Hill).* No mesmo trecho tornei a encontrar em grande abundância o capim-gordura, cujo odor resinoso enchia o ar e que eu ainda não tinha visto a oeste da serra do S. Francisco e do Paranaíba.

Depois de Sapé as terras ainda continuam planas. À minha esquerda via-se o prolongamento da Serra dos Pilões, cujas elevações iam paulatinamente diminuindo de altura, e à direita se estendiam outros morros.

A estrada é muito bonita, e vai coleando através de pastos em que o número de árvores e arbustos varia de acordo com a natureza do terreno. Embora quase nenhum deles estivesse em flor e o seu aspecto fosse em geral o mesmo, já que quase todos eram mirrados e retorcidos, os pequenos detalhes que apresentavam eram tão variados que produziam um efeito encantador, principalmente quando formavam grupos compactos. Ao lado da Leguminosa n.º 575, cujas folhas, finamente recortadas, chegam a ter dois pés de comprimento, apareciam as Malpiguiáceas e as Apocináceas, já essas com as folhas perfeitamente lisas, largas, rígidas e quebradiças. Pequenas palmeiras contrastavam, pela simplicidade de suas formas, com a ramagem multiforme das árvores vizinhas, e as folhas lisas e brilhantes das Apocináceas se confundiam com a folhagem felpuda e esbranquiçada das Malpiguiáceas. Os subarbustos que cresciam no meio dessas diferentes árvores não eram menos variados. Pequenas Malpiguiáceas de folhas simples misturavam-se a *Cassia* de folhas finamente recortadas, e os folíolos destas últimas, extremamente juntos, contrastavam com a folhagem igualmente repicada mas muito espalhada da Bignoniácea n.º 506. De tempos em tempos viam-se, à direita e à esquerda do caminho, e nos trechos mais baixos, terrenos pantanosos onde o capim era cerrado e de um verde muito bonito. Nesse ponto

---

* Hoje o sapé está colocado no gênero *Imperata*, sendo a espécie mais comum a *Imperata brasiliensis*. (M. G. F.)

não havia nem sinal de árvores mirradas e de folhagens variadas, nenhuma planta mais alta quebrando a sua monotonia a não ser o buriti nos trechos mais úmidos, ora isolado, ora formando pequenos grupos. Os espécimes mais novos mostram apenas um tufo de folhas em leque brotando de longos pecíolos, ao passo que os adultos se elevam como colunas encimadas por soberbos penachos.

A três léguas de Sapé deram-me hospedagem numa fazenda que tem o nome de João Gomes. Pertencia a um mulato, e no entanto sua aparência era bem melhor do que as outras onde eu me tinha alojado desde que saíra de Araxá. Pelo menos era fácil distinguir a casa do dono da dos escravos. Achei igualmente muito mais interessantes a conversa e as maneiras do mulato do que a de tantos brancos por cujas casas eu passara no decorrer daquele mês. Eu já me achava próximo de Paracatu. O proprietário da fazenda pertencia a um núcleo de colonização mais antigo, ao passo que os homens do campo que eu tinha encontrado até então representavam a escória das diversas comarcas da Província de Minas Gerais.

Os campos que atravessei depois de deixar a Fazenda de João Gomes são viçosos e exibem um verde muito bonito. Entretanto, forçoso é confessar que a monótona repetição de campinas e árvores mirradas, por belas que sejam, acaba por cansar a vista. De resto, nas cinco estafantes léguas que percorri entre João Gomes e o posto militar de Santa Isabel, não tive a satisfação de recolher uma única planta que já não possuísse, e muitas vezes passei meia hora sem ver uma só flor.

Fazia três dias que se ouviam trovoadas e caíam pancadas de chuva, mas nem por isso o calor se tornou mais suportável. Não obstante, alegrou-me que o tempo tivesse mudado, pois até então a temperatura viera subindo cada vez mais.

Entre João Gomes e o posto militar de Santa Isabel atravessei vários riachos, que nascem na Serra do S. Francisco e do Paranaíba e vão engrossar os afluentes do S. Francisco, a saber: o Ribeirão, o Escuro Grande, o Escuro Pequeno e finalmente o Santa Isabel. As águas deste último e do Escuro Grande costumam causar febres intermitentes, o que se deve sem dúvida ao fato de serem pantanosas as suas margens.

À beira do Santa Isabel foi instalado um posto militar do Regimento de Cavalaria de Vila Rica. Foi ali que me alojei. Mostrei meus papéis ao cabo que comandava o posto e fui muito bem recebido.

A guarnição compunha-se apenas de dois soldados pertencentes a um destacamento de nove homens acantonados em Paracatu. Os militares eram encarregados de revistar os fardos provenientes de Goiás, a fim de verificar se não continham diamantes e ouro em pó. Tinham também a seu cargo impedir que fossem passadas piastras da Espanha sem o cunho das armas de Portugal, que o governo mandava imprimir fraudulentamente nessas moedas, elevando assim o seu valor real de 780 réis ao valor fictício de 960.

O posto de Santa Isabel tinha ainda outra função, a de cobrar uma taxa de 375 réis por arroba sobre todas as mercadorias que saíam de Goiás para serem vendidas em Minas. Não preciso chamar a atenção para o absurdo que existe em cobrar impostos sobre os produtos de uma província quando são levados para outra, e o absurdo ainda se torna maior se considerarmos que Goiás, por seu próprio isolamento, já encontra grandes obstáculos à exportação de seus produtos.

Foi em Santa Isabel que fiquei sabendo o resultado das aventuras de um contrabandista francês, que por sua força de vontade e perseverança me tinha despertado um certo interesse. Para não correr o risco de comprometer esse homem, eu nada anotara no meu diário a seu respeito. Vou contar agora a sua história, tão fielmente quanto me permite a memória. Quando, ao voltar de minha viagem ao distrito dos diamantes, tornei por Vila do Príncipe, o vigário do lugar, Francisco Rodrigues Ribeiro de Avelar, perguntou-me se eu podia receber a visita de um compatriota que se encontrava ali. Fazia mais ou menos um ano que, à exceção de meu empregado, eu não via um francês. Concordei alegremente com o pedido do amável vigário, e logo apareceu no meu quarto um homem de uns trinta anos, trajando uma sobrecasaca cinza, muito alto e magro, a cabeça redonda e um rosto vermelho e vulgar. Começamos a conversar. O homem, que vivia entre estrangeiros, contra os quais se tinha de pôr em guarda permanentemente, ficou encantado por encontrar um compatriota com o qual podia falar sua própria língua e saber notícias de sua terra. Não tardou que deixasse de lado toda reserva e me contasse a sua história. Tinha nascido — segundo creio — em Rodez e ali exercia a profissão de açougueiro, mas a derrocada do governo imperial levara-o a se meter em maus negócios. Nessa época o livro de viagens do inglês Mawe caiu-lhe nas mãos, e a partir de então ele não pensou em outra coisa a não ser em diamantes e riquezas. Convencido de que faria fortuna no Brasil contrabandeando diamantes, ele parte para Marselha e de lá vai a Lisboa. Mas era o Rio de Janeiro o seu objetivo. Procura o cônsul da França em Lisboa, tentando despertar o seu interesse e rogando-lhe que lhe indique meios de chegar ao Brasil. O cônsul o encaminha a um oficial português que ia embarcar para o Rio num navio de guerra. O oficial precisava de um criado e contrata o francês, prometendo-lhe em pagamento apenas a passagem. Era a única coisa que o homem desejava. Ninguém — disse-me ele — jamais foi tão bem servido quanto esse oficial. Ele procurava adivinhar seus mínimos desejos, antecipar seus menores pedidos. O navio chega sem contratempos ao Brasil. O oficial, sensibilizado pelas atenções do seu criado, diz-lhe então que, embora lhe tivesse prometido apenas a passagem, teria prazer em fazer alguma coisa por ele. O francês responde que, segundo ouviu falar, há muito dinheiro a ganhar na região das Minas e se sentiria grato se ele lhe pudesse arranjar uma carta-régia para essa província. O oficial conhecia o intendente-geral da Polícia e dele obtém o salvo-conduto. O francês parte então para Vila Rica e ali se associa a um contrabandista inglês estabelecido na região, trabalhando algum tempo com ele, depois deixa-o e vai para Serro do Frio, onde acaba por se iniciar em todos os mistérios do contrabando de diamantes. Trava conhecimento com escravos que roubavam essas pedras preciosas e penetra no distrito diamantino cuja entrada era rigorosamente proibida. Os caminhos secretos e difíceis conhecidos pelos antigos garimpeiros em breve se tornam familiares para o francês, e quando o conheci ele já tinha começado a ganhar algum dinheiro. Depois de ouvir a sua história, tentei dissuadi-lo a abandonar aquela vida aventureira, mostrando-lhe os perigos que corria e frisando que, quando surgisse a oportunidade de punir alguém, seria ele, um francês sem amigos e sem protetores, o sacrificado. Mas ele retrucou que os diamantes poderiam torná-lo rico e que estava disposto a correr todos os riscos para chegar ao fim a que se propunha. Meus argumentos foram inúteis. Contudo, consegui convencê-lo a escrever à sua família, à qual ele havia prometido não dar notícias enquanto não fizesse fortuna. Ficou combinado que traria a carta no dia seguinte para que eu a enviasse a Rodez. Mas parece que se arrependeu da confiança que tinha depositado em mim. Não apareceu mais, e um ano se passou sem que eu ouvisse falar dele. Finalmente, ao chegar ao posto de Santa Isabel o cabo me contou que há uns tempos atrás tinha prendido um compatriota meu no distrito dos diamantes. Fiz-lhe algumas perguntas sobre o homem, e pelas informações que me deu fiquei convencido de que se tratava do contrabandista de Rodez. O próprio cabo achava-se ocupado em trazer do distrito alguns diamantes, por caminhos secretos, quando viu um homem esgueirando-se por entre as pedras. Como na ocasião estivesse trajando roupas civis e acompanhado de uma mulher, nada fez para prender o homem. Mas tão logo voltou ao posto contou aos companheiros o que tinha visto. Os soldados armaram uma emboscada e prenderam o contrabandista, verificando que se tratava de um francês. O homem, entretanto, rogou-lhes com tanta insistência que o soltassem, que eles acabaram atendendo às suas súplicas. Essa lição, porém, de nada serviu para impedi-lo de continuar com a sua inconcebível teimosia. Pouco tempo depois houve uma denúncia de que ele se achava escondido numa das casas dos *serviços*[27] do distrito dos diamantes. A casa é cercada durante a noite e ele foge. Saem em sua perseguição, mas ele escapa uma segunda vez, perdendo sua bolsa na fuga, cujo conteúdo os soldados dividem entre si. Deixara-a cair, sem dúvida, para ocupar os que o perseguiam e ganhar tempo. O cabo acrescentou que o homem se embrenhara nas matas de Sabará, e eu gostaria de saber o que terá sido feito dele. É de se lamentar que tamanha perseverança não tenha sido orientada para um fim mais nobre.

Pouco depois de ter deixado o posto de Santa Isabel comecei a subir um morro elevado, que tem o nome de Serra de Paracatu. Do alto dele vê-se uma grande extensão de terras. Avistei dali a planície que percorrera nos dias anteriores e, mais além, as montanhas que a limitam. Os capões e as pastagens, ora cobertas só de capim, ora salpicadas de pequenas árvores, formam um desenho variado que produz um efeito encantador. Ao descer a serra, avista-se a pouca distância a cidade de Paracatu, situada à direita, ao pé de algumas colinas.

Eu levava uma carta de recomendação para o Sargento-Mor Alexandre Pereira e Castro. Disseram-me que ele se achava na sua casa de campo, cuja localização me foi indicada muito precariamente. Depois de ter errado longamente pelos pastos cheguei à entrada de Paracatu. Lá fui informado de que o sargento-mor talvez se encontrasse na cidade ou num garimpo que ele tinha nas vizinhanças. Mandei José Mariano na frente para saber ao certo o seu paradeiro. O homem não estava na cidade e o meu mensageiro foi procurá-lo no garimpo. Passei duas horas à espera, exposto aos ardores do sol e sem uma sombra onde me abrigar. Raramente me senti tão cansado como nesse dia.

---

[27] Denominam-se *serviços* os lugares em que, para a extração dos diamantes, se estabelece uma *tropa*, nome dado a um grupo de escravos dirigidos por empregados livres (*Viagem ao Distrito dos Diamantes*, etc.).

CAPÍTULO XIV

PARACATU.

História de Paracatu. Habitantes da cidade. Sua administração civil. Precária obediência dos magistrados ao soberano. População de Paracatu e da paróquia de que a cidade é sede. Localização da cidade. Rios que a cercam. Suas ruas, casas e jardins. Praça pública. Fontes. Igrejas. Hotel da cidade. Tavernas, lojas, comércio. Exploração das jazidas. Recursos da cidade. Cultura das terras. Gado. Exportação. Pobreza. Retrato do Sargento-Mor Alexandre Pereira e Castro.

Os paulistas que partiam para descobrir novas terras jamais atravessaram um riacho sem examinar a areia do seu leito para se assegurar de que não continha ouro. Os que descobriram Goiás foram levados pelo acaso ao lugar onde hoje está situada Paracatu. Acharam ouro em abundância no riacho denominado Córrego Rico, consignando o fato no seu itinerário.[1]

Muito tempo depois esse itinerário caiu nas mãos de José Rodrigues Fróis, que pertencia a uma família de nome de S. Paulo. Ele parte levando consigo apenas dois escravos, atravessa regiões ainda desabitadas e, em 1744, chega finalmente ao local que vinha procurando com tanta coragem e entusiasmo.

Tendo encontrado no Córrego Rico alguns peixes de agradável sabor, decidiu dar ao lugar que acabava de descobrir o nome de *Pyra-catu* (bom peixe), tirado da língua indígena do litoral (língua geral) e em fiel obediência ao costume geralmente adotado pelos antigos paulistas. O trabalho dos garimpeiros acabou com os peixes do Córrego Rico, e o nome de Pyracatu modificou-se com o tempo, passando a ser Paracatu. Contudo, algumas pessoas que não desconhecem a história da região ainda usam o nome primitivo.[2]

O sucesso de José Rodrigues Fróis sobrepujou suas esperanças. Ele retirou do Córrego Rico uma considerável quantidade de ouro, levando depois para Sabará os frutos do seu trabalho. Foi nomeado guarda-mor[3] sendo-lhe concedida a data de preferência,[4] que é costume dar-se aos que descobrem as jazidas. Fróis voltou a Paracatu com um grande número de homens que queriam participar dos tesouros oferecidos pelas novas jazidas. Veio também muita gente de Goiás. Enfim, a fama das riquezas da região espalhou-se com tal rapidez que vários portugueses se dispuseram a atravessar o sertão e se estabelecer em Paracatu.

No início tirava-se facilmente uma considerável quantidade de ouro do Córrego Rico e de alguns riachos vizinhos, os córregos de S. Domingos, de S. Antônio e de Santa Rita. Os mineiros de Paracatu compraram numerosos escravos,[5] e em pouco tempo formou-se no lugar uma nova cidade.

---

1 Dizem mesmo que, para melhor marcar o lugar, eles passaram uma corrente ao redor de dois coqueiros, unindo-os.
2 O sinete do correio leva mesmo o nome de *Piracatu* (1819).
3 O guarda-mor é o magistrado encarregado da distribuição dos terrenos auríferos (*Viagem pelas Províncias do Rio de Janeiro*, etc.).
4 Entende-se por *data* a extensão de terra aurífera que o guarda-mor pode ceder a cada pessoa.
5 O célebre Felisberto Caldeira Brant, que no Governo de Gomes Freire foi o terceiro contratador de diamantes do Brasil e que, acusado de malversação, foi posto na cadeia em Lisboa, onde morreu, era, segundo Southey (*Hist.*, III, 624), um próspero minerador de Paracatu.

Pagando altas tarifas, eles importavam vinhos e outras mercadorias da Europa, que ali chegavam varando os sertões. Grandes somas de dinheiro eram despendidas com as festas da igreja, contratavam-se músicos, construiu-se um pequeno teatro, e os próprios escravos, em suas folganças, espalhavam — segundo se conta — ouro em pó sobre as cabeleiras de suas melhores dançarinas.[6]

Todavia, essa opulência toda não poderia ter longa duração. Todo mundo esbanjava suas riquezas, ninguém cuidava de estabelecer uma fortuna sólida. A maior parte dos primitivos colonos, que eram solteiros, não pensava no futuro, e os casados, influenciados pelo exemplo dos outros, mostravam-se igualmente imprevidentes.

As jazidas dos arredores de Paracatu estão longe de se esgotarem, mas sua exploração torna-se cada dia mais difícil. A amizade e a gratidão causaram a libertação de um grande número de escravos,[7] outros morreram e não puderam ser substituídos. Atualmente (1819) contam-se em Paracatu não mais do que duas ou três pessoas que se dedicam em grande escala à extração do ouro. A população da cidade diminuiu sensivelmente, vendo-se ali apenas um pequeno número de indivíduos da raça branca, geralmente pouco abastados, aos quais o clima e a ociosidade fizeram perder o espírito empreendedor que havia animado seus ancestrais.

Há na cidade muitos mulatos, mas são os negros libertos que compõem atualmente a maioria de sua população. Suas mulheres fiam o algodão para o fabrico de tecidos grosseiros, e uns poucos homens têm um ofício qualquer. A maior parte deles vai, porém, de tempos em tempos procurar ouro nos córregos vizinhos. Quase todos vivem numa extrema penúria, mas nunca acham que estão pagando caro demais pelo prazer de passar a maior parte do seu tempo sem fazer nada. Não é difícil acreditar que as pessoas sem ocupação e sem princípios se sintam inclinadas a todo tipo de vício. O roubo, que nasce da ociosidade e a favorece, é uma das faltas de que mais são acusados os negros de Paracatu, sendo comum o roubo de animais dos fazendeiros da vizinhança.

Durante longo tempo Paracatu fez parte da Comarca de Sabará. Foi primeiramente um simples arraial, depois sede de julgado e, finalmente, pelo alvará de 20 de outubro de 1798, elevada a cidade, com o nome de Vila de Paracatu do Príncipe.[8] Durante dezoito anos, aproximadamente, Paracatu foi sede de um termo administrado por um juiz de fora, mas a 17 de março de 1815[9] esse termo foi elevado a cabeça de comarca e, como já expliquei antes, por um alvará de 4 de abril de 1816 foram anexados à nova comarca os julgados de Araxá e Desemboque. Ficou decidido também que Paracatu, por já possuir um ouvidor, não teria mais um juiz de fora, mas apenas dois juízes ordinários e um juiz de órfãos.

À época da minha viagem já havia algum tempo que o novo ouvidor tinha sido nomeado para Paracatu. Ele, porém, ainda não se preocupava em deixar sua antiga residência para tomar posse do cargo. Nessa época havia no Brasil uma praxe generalizada, segundo a qual os administradores só se apresentavam para assumirem seus postos muito tempo depois de terem sido nomeados. Havia casos em que capitães-gerais permaneciam vários anos no Rio de Janeiro antes de partirem para ocupar os postos que lhes tinham sido designados, nem mesmo se dando ao trabalho de ir ao palácio discutir com o rei o preço de seus futuros serviços. A fraqueza do Príncipe era conhecida, e disso todos se aproveitavam.

---

6 Ver a introdução ao meu trabalho *Histoire des plantes les plus remarquables du Brésil et du Paraguay*.

7 Isso bastaria para provar que Jacques Arago foi mal informado quando lhe disseram que os brasileiros não libertavam os seus negros.

8 O nome de Paracatu do Príncipe só é usado em atos públicos. Habitualmente diz-se apenas Paracatu.

9 Essa data e a precedente foram tiradas de Pizarro.

Embora separada de Sabará, Paracatu continuava, à época de minha viagem, a depender dela em tudo o que se relacionava com a fundição do ouro.[10] Na verdade, o ouvidor desta última cidade era também intendente do ouro, mas todo o metal extraído no território de Paracatu devia ser fundido em Sabará. Havia na sede da comarca duas casas (casa de permuta) onde o ouro em pó era trocado por bilhetes de permuta, e de três em três meses era feita a remessa à Intendência do ouro de Sabará tudo o que havia sido recolhido pelas casas de permuta.[11]

Quanto à parte espiritual, Paracatu é sede de uma paróquia que em outros tempos se estendia até Salgado,[12] mas foi sendo reduzida gradativamente, à medida que o sertão foi-se tornando mais povoado. Atualmente (1819) ela mede 30 léguas na sua parte mais extensa e cerca de 16 de largura. Esse imenso território, porém, comporta uma população de não mais de 7.000 habitantes, sendo que 3.000 deles em Paracatu e num raio de uma légua ao redor. Isso vem provar, de resto, o quanto a cidade perdeu em importância depois que suas jazidas começaram a se esgotar, se for verdade — conforme declarou Pizarro — que ela contava com 12.000 habitantes em 1766, época em que sua população já não era tão numerosa quanto havia sido nos primeiros anos de sua fundação.[13]

Paracatu fica situada nos limites de um terreno plano, na parte mais baixa de um vasto planalto que encima um morro pouco elevado, cujas encostas se prolongam formando um declive muito suave. Esse morro é cercado por quatro riachos e ligado, por uma espécie de istmo, a outra montanha chamada Morro da Cruz das Almas, da qual na verdade não passa de um prolongamento, pois que acompanha exatamente o seu declive.

Três dos riachos que mencionei acima têm sua nascente no Morro da Cruz das Almas: o Córrego Rico,[14] o Córrego dos Macacos e o de S. Domingos. O primeiro, de que já falei, deve seu nome à grande quantidade de ouro que os primeiros mineradores tiraram de seu leito, e ele sozinho contorna metade do morro onde Paracatu está situada. O dos Macacos banha um dos lados do morro e acaba por se reunir ao Córrego Rico, e o de S. Domingos só chega a tocar no morro, por assim dizer, num único ponto.[15] Finalmente, o Córrego Pobre, também chamado Soberbo ou do Menino Diabo, completa essa espécie de cinturão fluvial. Os três primeiros, principalmente o Córrego Rico, constituíram o cenário dos trabalhos dos mineradores, e suas margens, cavoucadas de todas as maneiras, mostram agora uma terra vermelho-escura. O Córrego Pobre fornecia uma quantidade bem menor de ouro que os outros, daí o seu nome. O nome de Soberbo, pelo qual também é conhecido, foi-lhe dado porque na época das chuvas ele cresce muito de volume. E aqui está, finalmente, a origem do nome de Menino Diabo, que também lhe dão: quando Paracatu começou a se formar surgiu uma grande rivalidade entre os meninos que moravam na parte baixa da cidade, perto da Igreja de Sant'Ana, e os que moravam na parte alta, ao lado da do Rosário. Tanto uns quanto outros costumavam banhar-se, à tarde, no Córrego Pobre, que se tornou palco de suas brigas, e por essa razão lhe deram o nome de Córrego do Menino Diabo.

---

10 Se entre 1822 e 1829 não foi criada em Paracatu nenhuma casa de fundição, Walsh deve estar enganado quando diz que no último ano mencionado acima havia em Minas um estabelecimento desse tipo em cada cabeça de comarca em Minas (*Notes*, II, 138).

11 Minha *Viagem pelas Províncias do Rio de Janeiro*, etc., contém informações sobre as casas de permuta, os bilhetes de permuta e tudo o que se refere à circulação e fundição do ouro.

12 Maiores informações sobre Salgado poderão ser encontradas em meu relato *Viagem pelas Províncias do Rio de Janeiro*, etc.

13 *Mem. Hist.*, VIII, 2.ª parte, 213.

via, em Paracatu como em toda a província de Minas, pronuncia-se *corgo*.

14 Ao escrever a palavra *córrego* sempre procurei seguir a correta grafia portuguesa. Toda-

15 A nascente do Córrego de S. Domingos, chamada Olhos-d'Água, fornece a água que é bebida habitualmente em Paracatu.

A cidade de Paracatu ocupa apenas uma parte mínima do planalto sobre o qual foi construída, e se ergue logo acima do Córrego Pobre. Sua forma é alongada e suas ruas principais seguem o declive quase imperceptível do morro. Plantada a céu aberto, num descampado, e na extremidade de terras planas cercadas por pequenos morros, Paracatu não podia deixar de ter um aspecto alegre e aprazível, inteiramente diverso do de todas as cidades da parte oriental de Minas Gerais, e o tédio sofrido pelo viajante antes de chegar a esse oásis faz com que o lugar tenha um redobrado encanto para os seus olhos.

As ruas principais de Paracatu são largas, pavimentadas e de traçado bastante regular, e as casas na sua maioria são térreas. Geralmente são baixas, pequenas, feitas de adobe, mas caiadas e cobertas de telhas. Todas têm gelosias, que se projetam obliquamente sobre a rua e se abrem de baixo para cima, feitas de paus cruzados e bem juntos. Grande é o número de casas que hoje estão vazias e mal cuidadas. As que se acham localizadas na periferia da cidade, à beira do Córrego Rico, são habitadas por negros nascidos no Brasil. São muito pequenas, sem reboco, e aparentam uma extrema indigência.

Eu já disse que em todos os arraiais e cidades da Província de Minas as casas têm um pequeno quintal, onde se plantam geralmente bananeiras e laranjeiras. Esses quintais são ainda mais numerosos em Paracatu do que em outros lugares, e o grupo de árvores que os compõe produz um efeito muito agradável quando se contempla a cidade do alto de um dos morros vizinhos. Com poucas exceções, porém, os quintais de Paracatu apresentam apenas árvores frutíferas plantadas sem nenhuma ordem, ao contrário do que ocorre na maioria das outras cidades. Contudo, mesmo que a indolência dos seus habitantes não impedisse que dedicassem mais tempo aos seus quintais, eles encontrariam na escassez de água e na destruição causada pelas formigas um grande obstáculo ao cultivo de legumes e flores.

Existe em Paracatu apenas uma praça pública, de traçado mais ou menos triangular, nela desembocando a Rua Direita, uma das principais da cidade.

É no final dessa praça que foi erguida a Igreja de Sant'Ana, a mais antiga de Paracatu. Além dessa, que já está em ruínas, há quatro outras, todas feitas de barro. A igreja paroquial, dedicada a Santo Antônio, é ornamentada com bom gosto. Seria de se desejar, porém, que fosse um pouco mais clara. Depois desta, a do Rosário, que foi construída à custa do trabalho escravo, é a maior e a mais bem ornamentada.

Dois chafarizes fornecem água aos habitantes da cidade, mas nenhum deles tem ornamento.

A casa da câmara é um sobrado quadrangular, cujo andar térreo serve de prisão, segundo o costume na província.

Vê-se em Paracatu um número considerável de botequins, bem como várias lojas com razoável sortimento de mercadorias. Poucos comerciantes negociam diretamente com o Rio de Janeiro, e em geral mandam buscar em S. João del Rei os artigos de que necessitam, enviando em troca couros crus e algodão.

Houve tempos em que, com a ajuda de uma bateia, retirava-se de uma só vez, do Córrego Rico, até uma meia libra de ouro,[16] e ainda hoje as jazidas de Paracatu são muito ricas. É bem verdade que, por ocasião de minha passagem por lá, esse córrego não fornecia aos faiscadores[17] mais do que 1 ou 2 vinténs de ouro em pó ao fim de um dia de trabalho, mas isso era devido aos rigores da seca. Quando as chuvas são abundantes, trazendo muita areia na enxurrada, os homens chegam a fazer 1.200 réis por dia, e até mais. Não obstante, a falta

---

16 Pizarro, *Mem. Hist.*, VIII, 2.ª parte, 214.
17 Os *faiscadores* são homens pobres demais para que possam empreender trabalhos de maior vulto e que vão procurar um pouco de ouro na areia dos rios ou no resíduo das lavagens. Ver minha *Viagem pelas Províncias do Rio de Janeiro*, etc.

de escravos e de capitais não permite que os habitantes do lugar se dediquem a uma exploração em grande escala. Outra causa é a escassez de chuvas, que cria um obstáculo a mais. Quando os primeiros mineradores vieram estabelecer-se na região todos os riachos eram rodeados de matas. Elas foram derrubadas e a água se tornou muito menos abundante. É esse o resultado dos desmatamentos, tanto na América como na Europa.

Entre as poucas pessoas que se dedicavam em grande escala à exploração do ouro nos arredores de Paracatu, quero citar o meu amável hospedeiro, o Sargento-Mor Alexandre Pereira e Castro. Nessa ocasião ele iniciava a exploração de uma jazida situada acima da cidade, num terreno que já tinha sido explorado superficialmente pelos antigos mineradores. A uma profundidade de 11 metros tinha encontrado um cascalho[18] altamente aurífero e dele retirara ouro de 23 quilates e de uma bela cor, ao passo que o encontrado no leito dos córregos não vai além de 19. Nota-se em geral na região, e talvez ocorra o mesmo em toda a província, que quanto maior a profundidade de onde foi retirado o ouro, melhor a sua qualidade. O sargento-mor tinha cavado reservatórios para conservar as águas pluviais, bem como pequenos canais para conduzi-las até a sua jazida, e é de se esperar que tenha tido bons resultados.

É bom dizer, entretanto, que esses esforços isolados não podem trazer grandes proveitos. Poder-se-ia tirar realmente partido das jazidas de Paracatu se fossem formadas sociedades que reunissem um capital considerável, a fim de que pudessem ser atendidas as despesas preliminares. Mas como não há ali, atualmente, grandes fortunas, a formação de sociedades desse tipo é praticamente impossível. Além do mais, a apatia, a falta de organização e uma desconfiança na maioria das vezes justificada não permitiram até agora (1819) que o espírito de associação penetrasse nos costumes brasileiros. Por outro lado, seria talvez desastroso para o país se firmas estrangeiras ali se estabelecessem, pois não deixariam de carrear para a sua pátria o fruto de seus trabalhos.

A produção das jazidas irá diminuindo cada vez mais, indubitavelmente, mas a cidade de Paracatu poderá progredir aproveitando-se das vantagens que lhe traz o título de sede de comarca e principalmente vendendo os produtos de suas terras e o gado criado em seus pastos.

As terras que cercam Paracatu são apropriadas a todo tipo de cultura. A cana-de-açúcar, o milho, o arroz, o feijão e a mandioca dão-se igualmente bem aí. À semelhança do que ocorre em outras partes da Província de Minas, o plantio é feito duas vezes seguidas nas terras virgens. Depois disso deixa-se o solo descansar durante cinco anos, até que a capoeira esteja bastante crescida para poder ser queimada. Passado um novo período de cinco anos ela é cortada e queimada mais uma vez. Quando se tem o cuidado de dar às terras esse prolongado descanso elas jamais são invadidas pelo capim-gordura *(Melinis minutiflora)*. Mas quando o intervalo depois de dois anos de cultura não tem essa longa duração elas se tornam esgotadas, e a perniciosa gramínea não tarda a aparecer.

Na região de Paracatu é necessário dar sal ao gado. Mas como parece haver ali terras um pouco salitrosas, a distribuição só é feita de três em três meses. O sal usado para esse fim é o de Pilão Arcado,[19] chamado na região de *sal da terra*. O proveniente do mar devia ser caro demais, e à época de minha viagem não era nem mesmo encontrado em Paracatu. Nas proximidades do S. Francisco

---

18 Os mineradores dão essa designação a uma mistura de pedras e areia na qual são encontradas partículas de ouro *(Viagem pelas Províncias do Rio de Janeiro,* etc.).

19 É esse sal que é encontrado nas duas margens do S. Francisco, a cerca de 130 léguas de Salgado *(Viagem pelas Províncias,* etc.). Dão-lhe o nome de sal-de-pilão-arcado porque é recolhido nas proximidades da cidade de Pilão Arcado, na Província de Pernambuco. Se não estou enganado, em Paracatu e outros pontos de Minas fala-se Pilões Arcados.

essa despesa não é necessária, pois as terras salitrosas aí são comuns, como ocorre a leste do rio,[20] suprindo de sal o gado.

Os pastos nos arredores de Paracatu só são queimados nos meses de junho, julho e agosto, isto é, durante a estação da seca, pois o fogo não se alastra neles quando ateado antes dessa época. Entretanto, quando os fazendeiros desejam ter pastos de capim novo mais cedo, para as suas vacas leiteiras, eles reservam uma certa extensão deles, deixando de atear-lhes fogo durante um ano inteiro, para no ano seguinte poderem queimá-los nos meses de abril ou maio.

Pouco adianta que uma região seja fértil se, como acontece no sul da Província de Goiás, ela não dispõe de nenhum meio de exportar seus produtos. Tal não se dá, porém, com Paracatu. A cidade dista apenas 8 léguas do Porto de Bezerra, onde o rio também chamado Paracatu é navegável. Esse rio, que segundo me disseram nasce na Serra do Carrapato,[21] a 14 léguas da cidade de Paracatu, vai desaguar no S. Francisco, e, como já tive ocasião de dizer, as margens deste último a partir de Salgado são extremamente estéreis.[22] Depois que os habitantes da região de Paracatu passaram a cultivar regularmente suas terras, os que habitam as margens do S. Francisco vêm sempre comprar em suas mãos o milho, o feijão, o açúcar e a aguardente, trazendo em troca o sal de Pilão Arcado. Durante o tempo que passei em Paracatu encontravam-se ali vários comerciantes de Caiteté,[23] empenhados em comprar víveres.

Mas o ano tinha sido pouco favorável a compras desse tipo, pois a seca tinha-se estendido, como já foi dito, aos meses em que comumente chove, o que causara uma escassez geral. Essa falta se fazia sentir particularmente na cidade de Paracatu. Durante algum tempo os produtos tinham sido tabelados pelo juiz, mas como quase ninguém tinha gêneros para vender o tabelamento foi suspenso, obviamente. Tão logo chegava uma carroça carregada de víveres, todos se precipitavam sobre ela, e o magistrado se via forçado a determinar quanto cada um podia comprar. Graças a ele e ao sargento-mor, foi-me possível partir de Paracatu com algumas provisões.

Durante o tempo que passei na cidade fui cumulado de gentilezas pelo Sargento-Mor Alexandre Pereira e Castro. Ele me cedeu sua casa, alojou-se nas vizinhanças e me prestou inestimáveis serviços. Jamais encontrei uma pessoa tão boa e prestimosa. Era muito ativo, embora já não fosse jovem, e sempre alegre, sempre disposto a ajudar os outros e a desculpar-lhes as faltas, agindo sempre com moderação. Amava sua terra acima de todas as coisas, e para ele não existia no mundo inteiro lugar que se igualasse a Paracatu. Mais do que à sua pátria, porém, ele tinha amor às suas jazidas, não tanto porque delas tirava lucro, mas por lhe caber a glória de tê-las aberto e de nelas executar um trabalho bem planejado.

---

20 Ver *Viagem pelas Províncias do Rio de Janeiro*, etc.
21 Casal diz (*Corog. Braz.*, I, 384) que os principais afluentes do Paracatu são o Rio Escuro e o Rio da Prata.
22 *Viagem pelas Províncias do Rio de Janeiro*, etc.
23 Caiteté ou Vila Nova do Príncipe é uma cidade da comarca de Jabocina, na Província da Bahia (Casal, *Corog. Braz.*, II). Essa cidade, diz Martius, tem o mesmo clima e a mesma vegetação de Minas Novas. Informa também que ali se cultivava o algodão em grande escala fazia trinta anos. Há em Caiteté muitos comerciantes que todos os anos enviam à Bahia grandes quantidades de algodão, correspondentes à carga de mil burros, tornando o lugar um dos mais prósperos do sertão da Bahia (*Reise*, II, 597).

CAPÍTULO XV

VIAGEM DE PARACATU À FRONTEIRA DE GOIÁS

Panorama que se desfruta ao deixar Paracatu. O Morro da Cruz das Almas. A Serra dos Monjolos. Curso de vários rios. O lugarejo de Monjolos. Um canal. Resultado desastroso da capitação para as regiões auríferas. Fazenda do Moinho. Fazenda da Tapera. O autor torna a subir ao alto da Serra do S. Francisco e do Paranaíba. Descrição geral do planalto que ele percorre durante vários dias. Fazenda de Sobradinho. Sua proprietária. Brejos. Plantas que parecem grudar-se às solas dos pés. Caveira. Uma noite passada ao ar livre. O autor entra na Província de Goiás.

Para ir de Paracatu ao Registro dos Arrependidos, limite da Província de Goiás, eu tinha dois caminhos a escolher. O mais novo passa pelas terras de algumas fazendas, mas atravessa alguns brejos, sendo pois mais viável no tempo da seca. Escolhi o mais antigo, ignorando talvez, no momento da partida, que houvesse outro.[1]

Ao deixar Paracatu (22 de maio), atravessei a cidade em toda a sua extensão acompanhado pelo meu amável hospedeiro e um escravo mulato, que ele fez questão de me ceder para os meus primeiros dias de viagem. Seguimos pelo planalto no qual está localizada a cidade até uma espécie de istmo que o liga ao Morro da Cruz das Almas.[2] Paramos ali alguns instantes, numa pequena casa pertencente à mineração do sargento-mor. O panorama que se via dali era belíssimo. De um lado fica Paracatu, cujas casas e igrejas parecem brotar do meio das bananeiras e laranjeiras. Numa funda vereda corre o riacho de S. Domingos, orlado de árvores de um verde muito viçoso, que vão descrevendo uma graciosa linha sinuosa. À margem direita do riacho vê-se a pequena Capela de S. Domingos, e à sua volta casinhas rodeadas de laranjeiras. Do outro lado fica o Morro da Cruz das Almas, cuja superfície brilha com os reflexos das pedras deslocadas pelos antigos mineradores, no meio das quais crescem plantas esparsas, principalmente goiabeiras e Melastomáceas.

O Morro da Cruz das Almas apresenta um platô que deve ter 1 légua de circunferência. Dali é que os antigos mineradores tiraram ouro em maior quantidade. Causou-me admiração a diligência com que trabalharam, pois não se vê no local uma polegada de terreno que não tenha sido revolvida. Por toda parte vêem-se escavações, montes de pedras, poços cavados para recolher a água da chuva, canais destinados a facilitar o seu escoamento. A imagem que se tem é de desordem e aridez. No meio desse cenário caótico há, entretanto, numerosas casinhas feitas de barro, habitadas por negros brasileiros, que passam a vida reco-

---

1 Itinerário aproximado da cidade de Paracatu a Arrependidos, na fronteira da Província de Goiás:

De Paracatu a Monjolos (lugarejo)	2½ léguas
Até Moinho (pequena fazenda)	3½ "
" Tapera (fazenda)	3 "
" Fazenda do Sobradinho	4½ "
" Caveira, às margens de um riacho	6 "
" Arrependidos (posto fiscal)	5 "
	24½ "

2 Ver o capítulo precedente.

lhendo um pouco de ouro nos córregos vizinhos, durante a seca, ou no platô, na estação das chuvas.

Depois de descer o Morro da Cruz das Almas, atravessei até Monjolos uma região montanhosa, com árvores mirradas espalhadas no meio do capim. As terras outrora cultivadas tinham sido invadidas pelo capim-gordura.

Antes de chegar a Monjolos, onde fiz alto, atravessei uma parte da serra do mesmo nome,[3] nas proximidades do local onde nasce o Córrego de Santa Rita, ou seja acerca de uma légua e meia de Paracatu. Os Córregos de S. Domingos e de S. Antônio, que já mencionei acima, deságuam no Santa Rita, que por sua vez vai reunir-se ao Ribeirão de S. Pedro, cuja nascente fica na Serra do S. Francisco e do Paranaíba, perto do lugar chamado Tapera. O S. Pedro deságua no Rio da Prata, e este no Rio Preto, que se pode descer de canoa, o qual finalmente vai engrossar as águas do Paracatu.

Monjolos, onde parei, é composto de um punhado de casebres espalhados numa baixada, à beira de um córrego, e habitados por negros livres.

No dia seguinte, entre Monjolos e Moinho atravessei uma planície estreita e longa, margeada de um lado pela Serra dos Monjolos e do outro pela de Capitinga, todas duas pouco elevadas. A uma légua de Moinho o terreno torna-se mais desigual.

Avistei de longe, na Serra de Capitinga,[4] o ponto onde começa um canal de cerca de 6 léguas de extensão, que levava a água para uma das lavras dos arredores de Paracatu. O canal tinha sido aberto no século anterior por uma sociedade de mineradores, que dele não puderam tirar nenhum proveito. Imaginando obter grandes resultados, a sociedade tinha feito empréstimos consideráveis, mas a lei da capitação foi promulgada antes que os gastos pudessem ser cobertos. Essa lei exigia que se pagassem 5 oitavas de ouro[5] por escravo, e a sociedade, já onerada, não conseguiu fazer face a essa taxa desproporcional. Seus escravos foram confiscados pela Fazenda Real e ela se dissolveu sem ter obtido nenhum lucro. À época de minha viagem havia já muito tempo que a capitação tinha sido suprimida. Parece, todavia, que nos poucos anos em que esteve em vigor trouxe funestas conseqüências para as regiões auríferas.

Nesse mesmo dia atravessei três córregos orlados nas duas margens por fileiras de árvores, e em cada um deles vi um casebre. Foram as únicas habitações que encontrei nessa jornada.

Moinho, onde passei a noite, é uma pequena fazenda pertencente ao Sargento-Mor Alexandre Pereira e Castro. Instalei-me ali sob a coberta do monjolo.

Antes de chegar a Paracatu eu sofrera um calor terrível. Durante a minha permanência na cidade e no meu primeiro dia de viagem o calor ainda se mostrou muito forte, mas as noites eram deliciosas. A noite que passei no Moinho foi fria, o que sem dúvida se devia não só ao fato de me achar mais próximo da grande cadeia, como também ao local onde estava situada a fazenda, que era numa baixada e à beira de um córrego.

A duas léguas de Moinho passei pela Fazenda do Carapina, uma propriedade de proporções bem maiores do que as que eu vinha encontrando fazia algum algum tempo. Fica situada à beira do Ribeirão de S. Pedro, que eu já tinha atravessado logo depois de Moinho.

---

3 Os Monjolos são uma tribo de negros africanos.
4 No capítulo intitulado "Continuação da Viagem às Nascentes do S. Francisco", etc., falei de uma fazenda também chamada Capitinga, tendo então dado a etimologia desse nome.
5 O valor intrínseco de uma oitava de ouro é de 1.500 réis. Feita a dedução de 300 réis, que são retidos nas Intendências nas casas de permuta, para pagamento do imposto do quinto, restam 1.200 réis. Assim sendo, para fins práticos atribuía-se na Província de Minas (nos anos de 1816 a 1822) a uma oitava o valor de 1.200 réis. Como creio — por razões que tomariam muito tempo para calcular e seria inútil entender — que no pagamento da capitação a oitava é avaliada em 1.500 réis, o tributo pago anualmente sobre cada escravo se elevava à exorbitante soma de 7.500 réis.

Parei na Fazenda da Tapera, onde fui muito bem recebido. Ali me informaram o nome e as propriedades de várias plantas usadas na região.

As terras do lugar são boas e rendem de dez a dezesseis carroças de milho por alqueire. Prestam-se igualmente bem ao cultivo da mandioca e da cana-de-açúcar.

Na Tapera encontrei-me pela segunda vez no planalto que coroa a Serra do S. Francisco e do Paranaíba, e nele andei cerca de 16 léguas, até o Registro dos Arrependidos. Pelo que já falei mais acima, é evidente que o planalto da Serra dos Monjolos se confunde com o da grande cadeia, e eu não saberia dizer com precisão onde um acaba e o outro começa.

Farei sobre este último uma descrição geral, depois continuarei o relato de minha viagem.

Deve ter cerca de 6 léguas de largura. Nos pontos mais elevados vêem-se grupos de árvores, mas afora isso, o que há são apenas pastos cobertos unicamente de capim, alguns dos quais apresentam umas poucas árvores mirradas que se tornam mais compactas e mais vigorosas sempre que o solo adquire uma coloração avermelhada. Em algumas baixadas o terreno é pantanoso e coberto por um capim espesso, no meio do qual surgem grupos compactos de árvores, de um verde-escuro, de troncos delgados e ramagens que brotam desde a sua base. Esses brejos devem ficar cobertos de água na época das chuvas, transformando-se em lagoas, nome que no país é dado aos pequenos lagos.

Segundo pude apurar, a vegetação do planalto, como a dos arredores de Paracatu, não se despoja inteiramente de suas folhas, como ocorre nas caatingas de Minas Novas e nas margens do S. Francisco.

O planalto produz milho, feijão e arroz, mas o clima é frio demais para o algodão e a cana-de-açúcar. Nas vizinhanças da Tapera as terras são bastante boas, podendo ser cultivadas mesmo as que foram invadidas pelo capim-gordura. Já não acontece o mesmo com as outras terras do planalto, pois bastam duas semeaduras num campo para que esse capim se apodere dele inteiramente. Além do mais, a altura que ele atinge não é suficiente para que possa ser queimado e feito novo plantio sobre suas cinzas.

No planalto torna-se necessário dar sal ao gado, mas a leste da cadeia e a pouca distância dela já há terras suficientemente salitrosas para substituí-lo.

De Tapera até Sobradinho encontrei alguns casebres, mas a partir dessa última fazenda, e num percurso de 11 léguas, só encontrei uma humilde choupana. No entanto, esse é o caminho usado pelos que vão de Minas a Goiás. De alguns pontos pode-se ver uma vasta extensão de terras, mas não se avista uma única fazenda nem o menor traço de cultura.

Disseram-me que eu iria encontrar nesse deserto planalto um grande número de animais selvagens. Não vi nenhum, porém, e quanto a pássaros, havia muito poucos. A época da proliferação dos insetos já tinha passado,[6] e encontrei apenas algumas espécies de asas nuas, percevejos, e umas poucas borboletas e lagartas. Não tive melhor sorte com as plantas, pois eram raras as que estavam em flor.

O caminho que corta o planalto é pouco mais do que uma trilha, mas bastante plano.

Entre Tapera e Sobradinho, distantes um do outro 4 léguas e meia, as elevações do terreno, à direita, impedem quase sempre que se tenha uma visão das terras ao longe, mas à esquerda avista-se uma imensa planície.

Foi entre essas duas fazendas, num lugar chamado Lagoa Torta e num dos trechos baixos e pantanosos já mencionados acima, que vi os casebres a

---

[6] Na zona tropical do Brasil, é na estação das águas que aparece um maior número de insetos.

que já me referi. Afora isso, a solidão era imensa. Até onde a vista podia alcançar não se avistava nenhuma fazenda, nenhuma lavoura, e não encontrei ninguém pelo caminho. Firmiano e José Mariano julgaram ver ao longe, o primeiro uma ema *(Rhea americana)*, e o outro um gato selvagem. Mas eu não vi nenhum desses animais.

A Fazenda de Sobradinho, onde parei no dia em que deixei a Tapera, fica situada à beira de uma mata banhada por um riacho de águas claras. Ao pedir hospedagem na fazenda, fui recebido por uma mulher branca, ainda jovem e bastante bonita, que gentilmente me permitiu passar a noite em sua casa. Ao invés de se esconder, como faz a maioria das mulheres da região à vista de um estranho, ela conversou comigo e se mostrou muito amável. Parecia satisfeita com a vida que levava, comentando indignada que um viajante se tinha mostrado horrorizado com o isolamento daqueles sertões. Essa mulher nunca ia a Paracatu, nem mesmo nos dias de grandes festividades. Nada conhecia do mundo a não ser sua casa e suas ocupações domésticas. Como poderia deixar de amá-las? Ela e o proprietário da Fazenda da Tapera tinham a pretensão de achar que aquelas terras não faziam parte do sertão, o qual — afirmavam eles — só começava do outro lado de algumas montanhas situadas entre aquela região e o S. Francisco.

A noite que passei em Sobradinho foi muito fria. No dia seguinte, por volta de onze horas da manhã, o sol era muito quente, mas com o correr do dia o tempo foi refrescando.

Depois de Sobradinho, num ponto onde os grupos de árvores mirradas eram mais compactos que em outras partes, tornei a encontrar os bambus-anões que vira tantas vezes durante a minha primeira viagem. Tinha-os encontrado de novo no trecho entre o Paranaíba e o lugar chamado Moquém.

Depois de ter passado por uma casa pertencente a um homem chamado Cipriano, a única habitação que encontrei naquele dia, vi dois dos brejos que já mencionei. O primeiro chama-se Lagoa dos Porcos e o segundo Lagoa Formosa.[7]

Quando Paracatu era mais povoada e mais transitada, havia uma casa à beira de cada uma dessas lagoas. Foram abandonadas devido à escassez nos seus arredores de matas e terras próprias para cultura, e quando passei por ali só restavam vestígios delas. Coube à natureza a tarefa de conservar ali os traços mais duradouros da presença do homem. No local onde se erguiam outrora as casas encontrei algumas plantas que parecem acompanhar a espécie humana. Laranjeiras e bananeiras ofereciam ainda seus frutos ao viajante, e a *Cucurbita lagenaria* (cabaça) alastrava-se no meio do mato rasteiro.

Depois de ter feito 6 léguas desde que deixara Sobradinho, parei ao anoitecer numa pequena mata à beira de um córrego, no lugar denominado Caveira. Tinha existido uma casa naquele local, mas quando por ali passei já se achava totalmente destruída. Meus ajudantes improvisaram um abrigo fincando paus no chão e estendendo por cima deles os couros que cobriam a carga dos burros. Foi nessa espécie de barraca que colocaram minhas malas e armaram minha cama, enquanto eles próprios se deitavam em couros estendidos ao redor de uma fogueira. Escrevi o meu diário à luz de uma vela. A natureza estava mergulhada numa escuridão total, e uma calma profunda reinava à minha volta, quebrada apenas pelo murmúrio do riacho e o coaxar de algumas rãs.

A duas léguas de Caveira há uma baixada pantanosa onde grupos compactos de árvores e alguns buritis (*Mauritia vinifera*, Mart.) ressaltam no meio de um capim espesso. Ali se vê uma pequena nascente de água límpida, de onde o

---

[7] Não é preciso dizer que não se deve confundir esse brejo com a Lagoa Formosa que dá origem ao Rio Maranhão (ver Casal, *Corog.*, I, 323).

nome Olho-d'Água, dado ao lugar. Chama-se Chapada de S. Marcos[8] a parte do planalto onde brota essa pequena fonte, por constituir esta uma das nascentes do Rio S. Marcos, o qual desce pela vertente ocidental da Serra do S. Francisco e do Paranaíba indo juntar suas águas às deste último.

Depois de deixar Caveira e caminhar cinco léguas aproximadamente, comecei a descer do planalto[9] por uma encosta de onde já podia avistar a casa do Registro dos Arrependidos. Ao chegar ao vale, atravessei por uma ponte de madeira o Rio dos Arrependidos, que divide as províncias de Minas e Goiás, chegando finalmente ao registro.

Ao descer do planalto eu me achava na extremidade setentrional da Serra do S. Francisco e do Paranaíba, que tinha percorrido em todo o seu comprimento. Na base da cadeia vi-me novamente na bacia do Paranaíba, da qual parte o Rio dos Arrependidos, provavelmente um dos afluentes do S. Bartolomeu.

---

8 Um viajante que mencionou as chapadas de Minas Novas indica também que se trata de planaltos (Sus., *Souv.*, 343). Devo prevenir, porém, aos ornitólogos que poderão procurar inutilmente nestas chapadas um pássaro chamado *coupy*. Essas duas sílabas indicam, segundo a ortografia francesa, a pronúncia da palavra *cupim*, que os brasileiros tiraram da língua indígena e designa as térmitas, ou formigas-brancas. Os montículos de terra grudados aos troncos das árvores não são ninhos de pássaros, como pensou o viajante acima citado, e sim casas de cupim. Quando o tronco é muito grosso, o monte de terra cobre apenas um lado dele, segundo informa o mesmo autor, mas se a árvore é delgada a terra circunda-a totalmente. As formigas têm acesso à sua casa por um caminho coberto que começa ao pé da árvore e não tem mais que uma polegada de largura e umas duas de altura, sendo também feita de terra e sua cobertura abobadada.

9 Um agricultor da região, em cuja companhia percorri a Chapada de S. Marcos, garantiu-me que esse planalto não termina na encosta de Arrependidos e sim continua até o Arraial de Couros, situado a 12 léguas desse declive, e talvez mais adiante ainda. Por outro lado, Martius diz (Reise, II, 570), após informações dadas pelos habitantes da Província de Goiás, que a Chapada de Couros se prolonga na direção do norte. Poderemos, pois, considerar como ponto passivo que não existe nenhuma interrupção entre a Serra de S .Francisco e do Paranaíba e a do S. Francisco e do Tocantins. Isso vem provar mais uma vez que não há a mínima razão para considerar — conforme propôs sEchwege — como uma única cadeia a Serra do S. Francisco e do Paranaíba e a Serra do Corumbá e do Tocantins, enquanto que a Serra do S. Francisco e do Tocantins — inegavelmente um prolongamento da primeira — seria apenas uma espécie de contraforte ou então passaria desapercebida (ver início do cap. XI).

CAPÍTULO XVI

QUADRO GERAL DA PROVÍNCIA DE GOIÁS.([1])

Dados gerais sobre a história de Goiás. Manuel Correia descobre a região. Segunda descoberta da região por Bartolomeu Bueno da Silva. Estratagema usado por esse aventureiro. O filho, que tem o mesmo nome do pai, parte à procura da região dos índios Goiás. Sua expedição é mal sucedida e ele retorna a S. Paulo. Parte uma segunda vez e reconhece o local onde seu pai tinha estado. Destruição total dos índios Goiás. Um bando de aventureiros se estabelece na região de Goiás. O alto preço dos gêneros. A nova colônia comete toda espécie de crime. As terras de Goiás são elevadas a capitania. Restabelecimento da ordem através da execução de rigorosos regulamentos instituídos pelo Marquês de Pombal. Decadência. Dados comparativos sobre a produção das minas de ouro durante vários anos. Situação atual.

Minas de ouro descobertas por um punhado de homens audaciosos e empreendedores; um enxame de aventureiros que se atira sobre as riquezas prometidas, animados por um excesso de esperança e cupidez; uma sociedade calcada em toda espécie de crime e que se habitua gradativamente com a ordem, sob o rigor do despotismo militar, e cujos costumes não tardam a ser abrandados pelo clima ardente da região e uma entorpecedora ociosidade; momentos de esplendor e de prodigalidade; a triste decadência e a ruína. Eis aí, em poucas palavras, a história da Província de Goiás. E eis aí a história de quase todas as regiões auríferas.

Os antigos paulistas se embrenharam no interior do Brasil à caça de índios, os quais, reduzidos à escravidão, iam aumentar o patrimônio dos ricos habitantes de S. Paulo. Não eram poucas, nessa cidade, as casas que possuíam até seiscentos índios.[2] Um paulista, Manuel Correia, que se tinha embrenhado nos sertões em busca de escravos, chegou antes de 1670 até à beira de um rio denominado Rio dos Araês,[3] nas terras que formam hoje a Província de Goiás, e retornou à sua cidade levando ouro e índios acorrentados. Correia, ao morrer, deixou o itinerário das regiões que tinha percorrido, mas sua ignorância era tamanha que se tornou impossível aproveitar suas indicações.

Por volta de 1680 um outro paulista, Bartolomeu Bueno da Silva, chegou ao local onde atualmente se acha situada Vila Boa, e que então era ocupado pelos pacíficos indígenas da nação Goiás. Os fragmentos de ouro com que se enfeitavam as mulheres desses indígenas traíram a riqueza da região. Para conquistar os selvagens, Bueno se valeu de um estratagema aparentemente pueril. Diante dos atônitos indígenas, ateou fogo a um pote cheio de aguardente, ameaçando incendiar, dessa maneira, a eles e a seus rios, se ousassem opor-lhe resistência. Os índios submeteram-se, e Bartolomeu Bueno da Silva, depois de deixar algumas terras cultivadas na região, retornou a S. Paulo com muito ouro e um número tão grande de cativos que daria para povoar uma cidade. O

---

1 Como este capítulo é muito extenso, julguei conveniente dividi-lo em vários parágrafos.
2 A lei só permitia escravizar os indígenas aprisionados durante uma guerra legítima. Todavia, essa lei era sempre iludida.
3 Os Araês, ou Aracis, eram uma tribo indígena.

condenável ardil a que esse homem aventureiro deveu o seu sucesso valeu-lhe o cognome de Anhanguera, dado pelos indígenas, e que significa "diabo velho",[4] nome esse que seus descendentes conservam até hoje.

O entusiasmo com que os paulistas se atiraram à Província de Minas Gerais fez com que se esquecessem durante muito tempo das partes do sertão situadas mais a oeste. Entretanto, a descoberta das minas de Cuiabá lembrou-lhes as de Goiás, e Rodrigo César de Meneses, governador de S. Paulo, animou seus subordinados a voltarem a essa região, exacerbando sua imaginação e acenando-lhes com o atrativo de futuras e belas recompensas.

Quando penetrou no território dos goiases, Bartolomeu Bueno da Silva levara em sua companhia um filho de 12 anos, que tinha o mesmo nome. O menino cresceu e se tornou adulto, mas sempre guardou na lembrança a viagem que tinha feito com o pai. Decidiu então oferecer seus serviços a Meneses, que aceitou e lhe forneceu recursos para a viagem, prometendo-lhe que, se fosse bem sucedido, teria como recompensa o pedágio cobrado nas travessias de vários rios.

No fim do ano de 1721, o segundo Bartolomeu Bueno parte de S. Paulo com o seu genro, João Leite da Silva Ortiz, levando dois religiosos e uma numerosa caravana. Depois de terem vagado sem rumo por longo tempo, esses aventureiros ultrapassaram o ponto que desejavam alcançar e encontraram um rio bastante largo a que deram o nome de Rio dos Pilões, conservado até hoje.[5] Como o leito do rio fosse aurífero, Silva Ortiz mostrou-se inclinado a se estabelecer em suas margens, mas Bartolomeu Bueno opôs-se à idéia, alegando que não era ali o verdadeiro território da nação dos goiases. E teriam chegado às vias de fato, não fossem os esforços dos dois padres que os acompanhavam.

Puseram-se de novo a caminho e passaram, sem saber, pelo lugar que procuravam, chegando às margens de outro rio, que batizaram de Rio da Perdição, sem dúvida para lembrar o infortúnio de se verem perdidos no meio do sertão. Entretanto, o ouro que nossos aventureiros não tardaram a descobrir num braço de rio, batizado por eles de Rio Rico, fez nascer novas disputas no meio do grupo. Esse Rio Rico jamais voltou a ser localizado com absoluta precisão, mas é indicado em antigos itinerários como sendo extremamente aurífero. Bartolomeu Bueno quis estabelecer-se ali, mas foi a vez de Silva Ortiz opor-se à idéia, irritado com o fato de ter sido obrigado a ceder aos desejos do sogro às margens do Rio dos Pilões. As armas foram empunhadas, e o sangue teria corrido se os dois padres não tivessem intervindo pela segunda vez.

Forçado a renunciar ao seu projeto, Bartolomeu Bueno pôs-se de novo a caminho, sempre à procura das plantações que seu pai tinha deixado nas terras dos goiases. Finalmente, depois de vencidas inúmeras dificuldades, o bando alcançou as margens do Rio Paranã,[6] chegando mesmo até o local onde se ergue hoje o Arraial de S. Félix. Mas as energias e a coragem dos aventureiros se tinham esgotado. Em seu desespero, eles se recusaram a ouvir as ponderações de seus chefes e resolveram separar-se. Um grupo deles construiu jangadas e desceu o Rio Tocantins. Ao chegarem ao Pará foram todos metidos na cadeia.

---

4 É isso, pelo menos, o que dizem os historiadores a respeito do nome *Anhaguera*. É pouco provável, porém, que os Goiases falassem o guarani, e a palavra Anhanguera pertence inegavelmente a essa língua. O apelido que herdaram os descendentes de Bartolomeu Bueno da Silva foi dado a este, evidentemente, pelos índios do litoral ou pelos próprios paulistas, os quais, como é sabido, falavam a *língua geral*, dialeto guarani. *Anhang*, em guarani, significa alma, demônio (Ruiz de Montoya, *Tes. leng. guar.*). Ouvi um índio paraguaio empregar a palavra *anhangue* ao falar de pesadelo ou de uma aflição. Finalmente, *ra* é uma expressão que indica semelhança (ob. cit.). Anhanguera, ao invés de *diabo velho*, significaria, pois, *homem semelhante ao espírito mau que provoca pesadelo*.

5 Devo declarar que Casal pensa tratar-se de dois rios diferentes.

6 Devido a um desses enganos infelizmente tão comuns em sua excelente obra, Pizarro (*Mem.*, IX, 148) confundiu esse rio, que é um dos afluentes do Tocantins, com o Paraná, formado pela reunião do Paranaíba com o Rio Grande e cujas águas, juntando-se às do Paraguai, vão despejar-se no Rio da Prata.

Outros caíram nas mãos dos índios, e Bartolomeu Bueno, praticamente sozinho, voltou a S. Paulo ao cabo de três anos, envergonhado e evitando encontrar-se com o governador.

Este, porém, sabia que podia contar com a perseverança e a intrepidez de Bartolomeu Bueno. Conseguiu convencê-lo a empreender uma segunda viagem, fornecendo-lhe os recursos necessários. O paulista pôs-se a caminho em 1726, já agora com 55 anos, e mais uma vez varou sertões onde nem picadas existiam na mata e onde numerosas cachoeiras opunham a todo momento obstáculos à sua marcha. Finalmente, após vários meses de caminhadas exaustivas e dificuldades quase insuperáveis, ele encontrou num desfiladeiro restos de um freio de cavalo e outros destroços que só podiam ter sido deixados ali por europeus. Tomando a decisão de parar nesse local, mandou alguns homens fazerem um reconhecimento nas redondezas. Estes encontraram dois velhos da nação dos goiases e os levaram à presença de seu chefe. Bartolomeu Bueno perguntou-lhes se conheciam o lugar onde alguns homens brancos tinham-se estabelecido havia muitos anos. Os dois indígenas responderam que esse lugar ficava perto dali. Depois de andar cerca de duas léguas, guiado por eles, o paulista reconheceu finalmente o local onde, na sua infância, ele estivera com seu pai. É ali que se ergue hoje o **Arraial de Ferreiros**, a uma légua de Vila Boa.

Bartolomeu Bueno retornou à sua terra com 8.000 oitavas de ouro e anunciou que finalmente tornara a encontrar o rico território habitado pelos goiases. O governador de S. Paulo encarregou-o de administrar o território, na qualidade de capitão-mor regente, e lhe confiou o encargo de distribuir sesmarias[7] aos novos colonos, além de renovar suas antigas promessas. Ao mesmo tempo enviou tropas a Goiás para garantir os direitos devidos sobre o ouro ao Tesouro Real e estabelecer pedágios nos rios.

O novo capitão-mor, de volta ao território, procurou à custa de agrados conquistar os indígenas e impedir que criassem problemas para a incipiente colônia. Estes, porém, pressentindo que mais cedo ou mais tarde seriam reduzidos à escravidão ou expulsos de suas terras, fizeram tudo o que lhes foi possível para afastar dali os intrusos. Uma vez começada, a guerra foi fatal aos indígenas. Os infortunados goiases se viram finalmente forçados a abandonar inteiramente as terras de que eram os legítimos donos. Foram desaparecendo aos poucos, e deles hoje só resta o nome.

Entretanto, a fama das riquezas de Goiás atraiu para a região um prodigioso número de aventureiros, que aí fundaram os arraiais de Barra, Santa Cruz, Meia-Ponte, Crixá, Natividade, etc. Extraíam-se então vastas quantidades de ouro dos córregos e rios, mas ninguém pensava em cultivar a terra. Os víveres eram trazidos de S. Paulo, através do sertão, e a quantidade que vinha nunca era suficiente para satisfazer as necessidades de uma população cada vez mais numerosa. Os gêneros mais comuns eram vendidos a preços exorbitantes. Por 1 alqueire de milho obtinham-se 6 ou 7 oitavas de ouro, 1 alqueire de farinha de mandioca era vendido por 10 oitavas, e 1 libra de açúcar por 2. Chegava-se ao ponto de se pagar 80 oitavas por um porco e 2 libras de ouro por uma vaca.[8]

Juntamente com a numerosa população que se estabelecera, como por artes mágicas, na região de Goiás, vieram também os vícios mais terríveis. Bandos de criminosos tinham encontrado naquelas solidões não só riquezas como tam-

---

[7] Concessão de terrenos auríferos.
[8] O alqueire do Rio de Janeiro equivale, segundo Freycinet, a 40 litros; a libra, a 4 hectogramas e seus decagramas. Atualmente o alqueire de Goiás é maior do que o de Minas, o qual por sua vez é mais extenso do que o da metrópole.

bém a impunidade, e no meio de uma sociedade em formação, onde ainda não existia polícia, eles podiam dedicar-se sem receio a todos os desregramentos. Em vão os magistrados tentavam fazer ouvir a sua voz, para reprimir as desordens. Tão corruptos quanto aqueles que deviam punir, eles só mereciam desprezo. As brigas se sucediam, e nenhum homem ousava encontrar-se com outro sem estar armado, só deixando de lado as armas quando ia à igreja.

Goiás fazia parte, então, da Província de S. Paulo. O governo percebeu finalmente que a autoridade dos capitães-gerais dessa província se tornava nula em virtude das distâncias que os separavam de seus subordinados, e Goiás passou a ser uma capitania. Seu primeiro governador, D. Marcos de Noronha, Conde dos Arcos, instalou-se ali a 8 de novembro de 1749, fixando os seus limites. Não há dúvida de que sua autoridade trouxe algum bem, mas unicamente a execução das rigorosas ordens do Marquês de Pombal conseguiu tirar a Província de Goiás do terrível estado de anarquia em que tinha mergulhado, e o temor das punições — é doloroso dizê-lo — operou uma mudança que nem as leis da moral nem o interesse comum tinham conseguido obter no decorrer de tantos anos.[9]

Não obstante, a época de decadência e da miséria iria suceder em breve à da riqueza e da prodigalidade.

D. Marcos de Noronha tinha estabelecido duas casas de fundição do ouro, uma em Vila Boa, a capital, para a parte meridional da província, e outra para a parte setentrional, no Arraial de S. Félix.

O produto do imposto do quinto recolhido nesses dois estabelecimentos não serviria para nos dar uma idéia da quantidade de ouro extraído sem cessar da Província de Goiás, e isso porque, numa região tão deserta e tão vasta, uma grande parte do produto das lavras era facilmente sonegada. Mas se compararmos os resultados do imposto em diferentes épocas poderemos pelo menos saber, aproximadamente, quanto diminuiu em importância a extração do ouro, num curto espaço de tempo. Em 1753, o quinto rendeu em Vila Boa 169.080 oitavas[10] e em São Félix 59.569, em 1755; em 1805 não passou de 3.300 em S. Félix, ao passo que em Vila Boa não foi além de 12.308 em 1807.[11] Finalmente, em 1819 o total geral não ultrapassou 36 marcos de ouro.

Por ocasião de minha viagem as jazidas ou já se achavam esgotadas ou exigiam numerosa mão-de-obra na sua exploração. Além do mais, a distância que separa do litoral a Província de Goiás, encarecendo e tornando quase impossível a exportação, não permitia a seus habitantes encontrarem facilmente, como no caso dos mineiros, uma nova fonte de riqueza na cultura de suas terras. Impossibilitados de fazerem face aos impostos, eles abandonavam suas propriedades, embrenhando-se no sertão, onde ficavam privados das mais elementares vantagens da civilização: as noções de religião, o hábito de formar ligações legítimas, o trato com o dinheiro e o uso do sal. E assim uma região maior do que a França se exauria em benefício de uns poucos empregados indolentes, e os próprios arredores de Vila Boa, uma capital outrora tão próspera e florescente, nada mais tinham a oferecer senão ruínas sem lembranças.[12]

---

9 Luís Antônio da Silva e Sousa, *Memória sobre o Descobrimento*, etc., *da Capitania de Goiás;* Casal, *Corog. Braz.*, I; Southey, *Hist.*, III, 305, etc.; Pizarro, *Mem. Hist.*, IX, 144; Martius, *Reise*,, II, 586; Luís d'Alincourt, *Mem.*, 94; Pohl, *Reise*, I, 325.
10 Calculo aqui o valor da oitava a 1.200 réis porque na época em questão essa era a taxa fixada por D. Marcos de Noronha, Conde dos Arcos (Piz., *Mem.*, IX, 161).
11 Southey, *Hist. Bras.*, III, 837.
12 Ver a Introdução que precede a *Histoire des plantes les plus remarquables du Brésil et du Paraguay*, p. 34.

§ II — EXTENSÃO. LIMITES. SUPERFÍCIE.

Extensão da Província de Goiás. Limites da província. Sua configuração e altitude. A Serra do Corumbá e do Tocantins. Superfície da região que se estende ao norte dessa cadeia. A Serra do S. Francisco e do Tocantins.

A Província de Goiás é uma das mais extensas do Império Brasileiro e constitui o seu centro, variando de 2 a 300 léguas a distância que a separa dos portos de mar.[13] Pohl afirmou[14] que ela se estende de um ponto situado a 5°22' de latitude sul até 22°, e de 40°3' de longitude até 51°, medindo 1.260 milhas alemãs de circunferência. Como, porém, a proximidade de indígenas hostis não permitiu fixar com precisão esses limites, em alguns pontos, tenho algumas dúvidas em indicar como perfeitamente exatas essas cifras.[15]

Ao norte, a Província de Goiás é separada do Pará por uma linha imaginária que se estenderia desde a confluência do Tocantins e do Araguaia até a Serra do S. Francisco e do Tocantins. É limitada a leste por essa serra e pela do S. Francisco e do Paranaíba, que a separa de Minas Gerais. A primeira separa-a também desta província e das de Pernambuco, Piauí e Maranhão. Ao sul é limitada pelo Paranaíba e o Rio Grande, na outra margem dos quais se estende uma pequena parte das Províncias de Minas e de S. Paulo. Finalmente, a oeste é separada da Província de Mato Grosso pelo Araguaia, o qual, no ponto onde é cortado pela estrada que vai de Vila Boa a Cuiabá, tem também o nome de Rio Grande.

Menos extensa no sentido leste-oeste do que de norte a sul, bastante irregular, estreitando-se nas suas duas extremidades, mudando bruscamente de direção para o oeste nas proximidades dos seus limites meridionais, a província tem mais ou menos a forma de uma bota.

Essa região deve ser necessariamente muito elevada, ou pelo menos parte dela, já que nascem ali de um lado o Araguaia e o Tocantins, e do outro os afluentes mais setentrionais do Paranaíba. É sabido que os dois primeiros desses rios têm um curso extensíssimo, descendo para o norte, e que o Paranaíba, dirigindo-se para o sul, em oposição, vai contribuir para formar o Rio da Prata.

De acordo com a nomenclatura estabelecida por mim (Cap. XI), a cadeia que divide essas águas chamar-se-ia Serra do Corumbá e do Tocantins. Essa cadeia se une à extremidade da Serra do S. Francisco e do Paranaíba, nas proximidades do local denominado Arrependidos, onde a estrada de Minas penetra na Província de Goiás. Formando um ângulo com essa serra, ela dirige-se para oeste, torna-se menos elevada ao se inclinar para o sul e vai formar o limite meridional da Bacia do Araguaia e do Tocantins, bem como o limite setentrional da Bacia do Corumbá. Não se deve supor que essa cadeia apresente uma série de elevados picos como a Serra do Caraça, o Itacolomi e a Serra do Papagaio, na Província de Minas. Na realidade ela forma, com seus anexos e contrafortes, uma rede de pequenas montanhas e vastos planaltos separados por vales onde passam rios e córregos. Os Montes Pireneus e a Serra Dourada, citados como os dois cumes mais elevados, estão longe de constituir altas montanhas. Pode-se afirmar, entretanto, que a parte meridional da Província de Goiás, que eu percorri e que fica situada ao sul da Serra do Corumbá e do Tocantins, é geralmente montanhosa.

---

13 Piz., *Mem.*, IX, 153.
14 Pohl, *Reise*, 316.
15 Para mostrar como devemos duvidar desses dados basta dizer que Casal, praticamente de acordo com Pohl quanto à extensão em latitude da Província de Goiás, não lhe dá, entretanto, mais que 200 léguas de comprimento (Corog., I, 319), ao passo que Pizarro diz que essa província tem 331 léguas de norte a sul e 226 de leste a oeste. Schoeffer atribui-lhe 12.932 milhas quadradas geográficas (*Bras.*, 225) e Cunha Matos, provavelmente muito mais bem informado, calcula a superfície entre 22 a 25.000 léguas quadradas.

Não percorri o território que se estende ao norte da mesma cadeia e tem o dobro da extensão da parte meridional. Mas sabe-se que, embora a Serra do Corumbá e do Tocantins erga aí alguns contrafortes,[16] as terras são geralmente planas, não passando de uma pequena elevação o divisor das águas do Tocantins e do Araguaia, dois rios que acabam por formar um só. Ao percorrer a grande cadeia que, depois de separar as Províncias de Goiás e Minas Gerais, se prolonga na direção do norte e vai servir de limite entre esta última e as Províncias do Maranhão, Piauí e Pernambuco, não fui além da extremidade setentrional da Serra do S. Francisco e do Paranaíba. A se acreditar em Casal,[17] a Serra do S. Francisco e do Tocantins, que é um prolongamento da outra, é mais elevada, rochosa e desprovida de vegetação.

§ III — VEGETAÇÃO

Constatação de que a parte setentrional da Província de Goiás é mais árida e mais descampada do que a meridional. Esta última é banhada por vários cursos de água e apresenta matos e campos alternadamente. Os campos são semelhantes aos do sertão oriental do S. Francisco. Uma Vellozia *notável encontrada nos campos mais elevados. Descrição das matas. Brejos. O buriti.*

Conforme descrições dadas mais acima, é fácil verificar que a porção da Província de Goiás que se estende ao norte da Serra do Corumbá e do Tocantins deve ser banhada por um menor número de rios, sendo mais árida e mais descampada do que a parte meridional.

Esta, que tem a vantagem de possuir águas tão abundantes e tão boas quanto as do centro da Província de Minas, apresenta a alternativa de pequenas matas e descampados, uns formados exclusivamente de plantas herbáceas (tabuleiros descobertos) e os outros semeados de árvores mirradas e tortuosas, de casca suberosa, folhas quase sempre duras e quebradiças (tabuleiros cobertos). O aspecto desses campos é o mesmo das pastagens que atravessei em 1817 no sertão oriental do S. Francisco,[18] que são também encontradas na Comarca de Paracatu. As plantas lenhosas esparsas no meio do capim pertencem às mesmas espécies, tanto em Goiás quanto em Minas. Alguns dos campos mais elevados da primeira dessas duas províncias diferem bastante, entretanto, dos de Minas, pela presença de uma monocotiledônea lenhosa, de vários pés de altura, extremamente pitoresca, que ora brota isolada no meio das gramíneas e de outras ervas, ora se mistura às árvores mirradas e retorcidas. Trata-se de uma *Vellozia* que, de casca inteiramente escamosa, se bifurca várias vezes; cuja haste, inteiramente rígida, tem a mesma grossura em todo o seu comprimento; cujos ramos, tão rígidos quanto a haste, terminam num frouxo tufo de folhas lineares e pendentes; cujas flores, de um pálido tom de azul, e tão grandes quanto nossos lírios, brotam do meio do tufo de folhas, que parece servir-lhe de proteção.

As matas não são encontradas com a mesma regularidade nas várias regiões que percorri. Na parte situada mais a leste, que se avizinha de Santa Luzia, S. Antônio dos Montes Claros, etc., e é muito elevada, elas são bem menos comuns que na região de Minas. A parte ocidental e bem menos elevada, que se atravessa antes de chegar ao Rio Claro e nas proximidades da fronteira da Província

---

[16] Luís Antônio da Silva e Sousa, *Memória Estatística da Província de Goiás.*
[17] *Corog.*, I, 319.
[18] Ver meu "Tableau géographique de la végétation primitive dans la province de Minas Geraes" *(Nouvelles annales des voyages,* III).

de Mato Grosso, é pelo contrário bem provida de matas. É principalmente nas baixadas, à beira dos rios, nas encostas dos morros e em terrenos movediços que se encontram as matas. Os capões[19] são geralmente pouco extensos, mas existe entre Meia-Ponte e Vila Boa uma floresta denominada Mato Grosso, que se estende por 9 léguas de leste a oeste e cujos limites, ao norte e ao sul, ainda não são bem conhecidos.[20]

As matas que atravessei na Província de Goiás, embora não percam inteiramente as folhas durante a seca, como as das caatingas de Minas Novas,[21] em nada se assemelham às florestas virgens do Rio de Janeiro, nem mesmo às de Minas Gerais, e estão longe de ter a sua imponência. Não obstante, há nelas belas árvores, que merecem nossa admiração. É bem verdade que se acham isoladas uma das outras, mas os intervalos entre elas são preenchidos por grandes arbustos agrupados compactamente e de copas entrelaçadas, debaixo dos quais podemos desfrutar de uma sombra e um frescor deliciosos. Ora vêem-se pequenas moitas de bambu, de hastes delgadas e flexíveis, ora diversos tipos de palmeiras, que dão variedade à densa vegetação que os cerca. Muitas vezes grossas lianas enlaçam as plantas, e o viajante se compraz em observar as diferentes formas das plantas e folhagens, às quais o europeu não está habituado.[22]

Mesmo quando o capim dos pastos se torna totalmente ressequido pelo ardor do sol, sempre se encontra nos brejos um tapete de verdura e até mesmo algumas flores. Ali, da mesma forma que nos brejos do sertão de Minas, ergue-se altivamente o elegante buriti, cuja imponente imobilidade tão bem se harmoniza com a calma daquelas solidões.[23]

§ IV — CLIMA. SALUBRIDADE.

Divisão do ano em duas estações. Condições atmosféricas de 27 de maio a 5 de setembro. Doenças mais comuns.

Como no interior da Província de Minas, o ano se divide, em Goiás, em duas estações perfeitamente distintas, a das águas, que começa em setembro, e a da seca, que tem início em abril.

Passei pouco mais de três meses percorrendo o sul dessa província, ou seja de 27 de maio a 5 de setembro. Durante todo esse tempo não caiu uma só gota de chuva, e o termômetro marcava geralmente, às 3 horas da tarde, de 20 a 26 graus Réaumur, variando ao nascer do sol entre 3 e 11 graus e meio. Praticamente até o dia 22 de agosto o céu permaneceu serenamente azul, sem sinal de nuvens. A seca era extrema, e o capim dos pastos se estorricava. Durante o dia fazia um calor sufocante, mas ao cair da tarde uma brisa muito

---

19 A palavra *capão*, como já disse em outro relato, tem por etimologia um termo indígena que significa *ilha*.
20 Segundo Casal o Mato Grosso se estenderia, no sentido do seu comprimento, desde o Rio das Almas até o centro da nação dos Coiapós (*Corog.*, 319). Pizarro diz, de um modo geral (*Mem. Hist.*, IX, 215), que essa mata é extremamente vasta ao norte, não se sabendo onde ela termina ao sul. Creio ter ouvido dizer que ela se junta às da América espanhola. Se essas diversas afirmativas têm alguma coisa de verdade, eu não devia ter dito que a parte mais longa do Mato Grosso tinha 9 léguas, como fiz em "Aperçu d'un voyage dans l'intérieur du Brésil", publicado em *Mémoires du Muséum d'histoire naturelle*, vol. IX.
21 *Viagem pelas Províncias do Rio de Janeiro e de Minas Gerais.*
22 Vê-se, pelo que ficou dito aqui, que o Abade Casal foi mal informado quando lhe asseguraram que quase toda a superfície de Goiás era coberta por caatingas (*Corog.*, I, 39). Sinto-me tanto mais inclinado a relevar esse erro quanto ele foi repetido por outros escritores que visitaram o país depois do ilustre autor da *Corografia Brasílica*. Não é absolutamente minha intenção afirmar que não existem verdadeiras caatingas ou carrascais na vasta Província de Goiás. O que posso dizer é que não os encontrei na parte que percorri.
23 Já descrevi essa bela palmeira em meu primeiro relato.

agradável vinha refrescar a atmosfera. A 10 de agosto, quando me encontrava ainda nas proximidades do Arraial de Meia-Ponte, a brisa passou a soprar o dia inteiro, e fui informado de que todos os anos, desde fins de julho até o começo da estação das chuvas, sempre aparecia o vento. No dia 22 de agosto, quando eu passava pelos arredores do Arraial de Santa Cruz, o céu perdeu o seu azul luminoso que eu tanto admirava e adquiriu a mesma tonalidade que se vê nos céus da França nas belas tardes de outono. Na verdade, não havia nuvens, mas a atmosfera estava carregada e uma névoa seca envolvia as coisas, tornando difícil distingui-las de longe. Quando, por volta do meio-dia, o tempo clareava um pouco, logo a névoa descia de novo e, a partir das 4 horas da tarde até o crepúsculo, o sol se transformava numa bola de um vermelho fosco que podia ser contemplada a olho nu. De acordo com os habitantes da região, essa mudança atmosférica era o prenúncio das chuvas. Entretanto só começaram a cair um mês depois, quando eu já não me achava mais na Província de Goiás.

As doenças mais comuns na parte meridional da província são a sífilis, a hidropisia e uma forma de elefantíase que os brasileiros chamam de morféia.[24] Contudo, a despeito das prolongadas secas que já mencionei e das intermináveis chuvas que as sucedem, a região não pode ser considerada insalubre, e o seria menos se fossem cuidadosamente drenados os brejos.

§ V — POPULAÇÃO

Dificuldade de se conseguirem dados exatos sobre a população de Goiás. Estimativas dadas por vários autores. Cifras fornecidas ao autor. Conclusões tiradas dessas cifras. Causas que se opuseram, durante certo tempo, ao aumento da população. As coisas retomam o seu curso natural. Comparação das cifras referentes à população de Goiás com as de Minas, Espírito Santo, finalmente, França. Crescimento menor da população branca em relação à de negros e mulatos livres. Número de escravos. Dados numéricos sobre os dois sexos. Número de índios. Reinício da caça aos indígenas.

Não há cálculos exatos sobre a população que se espalhou pelo território dessa vasta província. Com efeito, nota-se que seria difícil um recenseamento preciso de uma região tão deserta e tão pouco civilizada. Alguns autores incluíram os indígenas nas cifras que publicaram, mas só podem ter feito isso baseados em estimativas, pois uma parte da população indígena não está sujeita ao governo brasileiro.

De acordo com Luís Antônio da Silva e Sousa, a população da Província de Goiás em 1804 somava 50.135 indivíduos, dos quais 7.273 eram brancos, 11.417 eram escravos negros e 7.868 mulheres negras igualmente cativas. O jornal brasileiro *O Patriota* registra, para os anos de 1808 e 1809, 50.365 indivíduos, dos quais 6.950 eram compostos de brancos e 20.027 de escravos.[25] Poucos anos mais tarde, Pizarro, baseando-se em documentos oficiais, afirmava

---

24 Ver *Viagem pelas Províncias do Rio de Janeiro*, etc.
25 Pohl, *Reise*, 1374. O autor alemão, poucas linhas depois de ter mencionado a cifra de 50.365, indica 54.560. É evidente, porém, que este último número está errado, pois não é o resultado da soma das parcelas que o formam. Além do mais, é baseado nos 50.365 e não nos 54.560 que o mesmo autor estabelece uma comparação entre as cifras do Patriota com os algarismos apresentados por L. A. da Silva e Sousa, relativos a 1804. Há uma discrepância ainda maior nos números de habitações indicados pelos dois autores. Não há ninguém que não perceba que para 50.135 indivíduos não poderia haver 21.870 casas. Os dados que Pohl tomou emprestados a L. A. da Silva e Sousa e ao *Patriota* são, pois, demasiadamente imprecisos para que eu me possa valer deles.

que a população de Goiás já tinha aumentado para 53.422 indivíduos.[26] Em 1819, quando me achava na região, ela era calculada em 80.000 pessoas, entre as quais — afirmava-se — aproximadamente 8.000 eram brancos e 27.000 escravos. Enfim, segundo o projeto de constituição proposto a 30 de agosto de 1823, o Major Schaeffer declara que a população já chegou a 150.000 habitantes.[27]

Se todas essas cifras fossem exatas, a população de Goiás, que de 1804 a 1809 teria tido um acréscimo de apenas 230 indivíduos, apresentaria um aumento aproximado de 4 sétimos entre 1809 e 1819, e em seguida de quase 50 por cento entre 1819 e 1823. É evidente que se torna impossível haver aumentos desse tipo. O mais plausível é que entre 1804 e 1809 o temor do restabelecimento da capitação tenha levado os fazendeiros recenseados a declarar cifras inferiores à verdade. Por outro lado, tudo leva a crer que os números indicados por Schaeffer tenham sido singularmente aumentados, seja por motivos políticos, seja por uma vaidade pueril. Finalmente, é bastante provável que, nas estimativas que me forneceram, por ocasião da minha viagem, o número de escravos tenha sido propositadamente aumentado, talvez para que não fossem cometidos os mesmos erros apresentados pelos cálculos antigos, que evidentemente não refletiam a realidade.

Um cálculo sobre a população de Goiás, que ainda não mencionei e me parece merecer mais confiança do que os outros, pois que se enquadra melhor à situação na época, é o que foi publicado em 1824 por M. da Cunha Matos, antigo governador militar da província (governador das armas). Reproduzo-o abaixo com satisfação, tanto mais quanto esse cálculo se refere a uma época muito próxima àquela em que passei por lá, e levando-se em conta, além do mais, que entre 1819 e 1824 não deve ter havido modificações consideráveis.

Indivíduos[28] brancos do sexo masculino, casados	1.745
Idem, do sexo masculino, solteiros	3.646
	5.391
Indivíduos brancos do sexo feminino, casados	1.519
Idem, do sexo feminino, solteiros	3.625
	5.144
Total	10.535
Homens de cor descendentes de libertos (ingênuos), casados	4.242
Idem, descendentes de libertos, solteiros	12.324
	16.566
Mulheres de cor descendentes de libertos (ingênuas), casadas	4.486
Idem, descendentes de libertos, solteiras	13.953
	18.439
Total	35.005

[26] *Mem. Hist.*, IX, 182. Vê-se, pela precisão desses dados, que Martius foi mal informado quando lhe disseram que Pizarro tinha calculado a população de Goiás em 37.250 habitantes.
[27] *Bras.*, 235.
[28] O texto original, que menciona sempre homens e mulheres, me havia feito crer que, as crianças não estavam incluídas nesse cômputo da população. Minhas dúvidas logo desapa-

Homens de cor libertos, casados	550
Idem, solteiros	989
	1.539
Mulheres de cor libertas, casadas	544
Idem, solteiras	897
	1.441
Total	2.980
Índios catequizados	304
Índias catequizadas	319
Total	.623
Escravos do sexo masculino	7.329
Escravos do sexo feminino	6.046
	13.375
Total geral de indivíduos distribuídos em 12.119 habitações	62.518

O número total indicado no quadro acima não apresenta um aumento de mais de 1 quinto em relação às cifras de 1804, mas Pohl acreditava tão pouco no crescimento da população de Goiás que cita os dados referentes a esse ano como ainda válidos em 1819.[29] É incontestável que houve um momento em que a população da província sofreu necessariamente um sensível decréscimo, o que ocorreu quando as jazidas começaram a se esgotar. Um grande número de brancos, principalmente europeus, tinha acorrido à região em busca de riqueza, os quais não tardaram a se retirar ao verem frustrados os seus esforços. E não foram substituídos por novas levas. Outros morreram antes que pudessem retornar às suas terras, e como mantivessem sempre a esperança de tornar a revê-las, não se tinham estabelecido definitivamente ali, não se casaram e não deixaram descendentes. A diminuição foi ainda mais sensível entre os negros. Em meados do século anterior chegou a haver em Goiás 34.500 escravos empregados na extração do ouro,[30] mas as mulheres negras não eram trazidas na mesma proporção, pois o trabalho nas minas não era apropriado para elas. Em consequência, a maioria dos homens morria sem deixar filhos, muitas vezes acabando seus dias entregues a toda sorte de desregramentos. Quando, pouco tempo depois, chegou a época da decadência e da miséria, os proprietários deixaram praticamente de comprar escravos, e os dados apresentados por Luís Antônio da Silva e Sousa,

receram, porém, ao ler o título da tabela, assim escrito: *Em o anno de 1824 existião os Fogos e Almas que se seguem.* É evidente que a palavra almas engloba todos os indivíduos de nossa espécie, independentemente de seu sexo ou idade.

29 *Reise*, I, 317, 372.
30 Esse número baseia-se no montante do tributo denominado capitação, de que já falei em outra parte e que foi suprimido há muito tempo (ver Mart., *Reise*, II, 587). Segundo Cunha Matos, teria havido outrora mais de cem mil escravos empregados na exploração das minas de Goiás *(Itin.,* II, 312), mas esse número é de tal forma considerável que só pode ser encarado como força de expressão do autor, com o fim de ressaltar a importância da mineração em Goiás em épocas passadas.

já mencionados, mostram que num período de meio século o número de escravos do sexo masculino tinha diminuído dois terços.

Não obstante, formou-se na província uma população permanente, composta de homens brancos ligados à região por circunstâncias várias e de um número bem maior de mestiços, que não tinham a intenção de deixá-la. As emigrações diminuíram e aos poucos a situação foi-se estabilizando. Se por um lado o hábito do concubinato, que os primeiros colonos tinham introduzido ali, prejudicou o aumento da população, por outro o clima geralmente salubre e a fecundidade das mulheres, que em Goiás não deve ser menor que em Minas, só lhe podia ser favorável. Na vasta paróquia de Santa Luzia ocorriam anualmente, à época de minha viagem, quarenta óbitos contra mais de cem nascimentos.[31] Nem toda a Província de Goiás contava, evidentemente, com as vantagens desfrutadas pela Paróquia de Santa Luzia, que além de sua incontestável salubridade tinha ainda a seu favor o fato de ser dirigida por um sacerdote virtuoso, cujos sermões e exemplos induziam os colonos ao trabalho, e o qual envidava todos os esforços para que sempre legalizassem suas uniões. Não obstante, é absolutamente impossível admitir que, na mesma época em que Santa Luzia mostrava um aumento tão notável em sua população, tenha havido nesse particular uma diminuição em todo o resto da província.

Seja como for, e a despeito da grande disparidade dos dados com que contamos sobre o número exato dos habitantes de Goiás, é evidente que em números relativos essa província tem uma população infinitamente menor do que a de Minas Gerais e do Espírito Santo, as quais por sua vez são consideradas praticamente despovoadas pelos padrões europeus.[32] É igualmente verdade que, num território cuja extensão não é certamente menor do que o da França, a proporção de seus habitantes é de 1 para cada 425 deste país. Baseio-me ao fazer essa comparação no total de 80.000 habitantes, cifra essa certamente exagerada e que me foi fornecida, como já disse, durante minha estada na região. Qual não seria o resultado se eu tomasse como base os 62.518 indicados por Cunha Matos!

Os dados sobre a população publicados por esse autor, embora incompletos, poderão dar-nos algumas informações dignas de nota.

1) O número de brancos representava, em 1824, cerca de um sexto da população total da Província de Goiás, ao passo que em Minas havia, na mesma época, quase um quarto de brancos, diferença explicável pela facilidade de comunicação de Minas com o litoral e a menor distância que a separava dos grandes centros.

2) A comparação das cifras fornecidas por Matos com as relativas aos anos de 1804 e 1809 mostra que o aumento da população foi bem menor entre os brancos do que entre os negros e mulatos livres, o que viria provar — conforme tudo me leva a crer — que o clima da América tropical é mais favorável aos homens de cor que aos europeus.

3) O total de escravos em 1824, comparado com o de 1809, indicaria uma diminuição de no mínimo cinqüenta por cento, a qual não deve, porém, causar surpresa. Quando passei pela região já fazia muito tempo que não chegavam levas de negros africanos à Província de Goiás, e era justificável que isso acontecesse, pois os mercadores, depois de pagar à vista pelos escravos, na Bahia ou no Rio de Janeiro, revendiam-nos com paga-

---

31 Creio que os números indicados aqui são tão dignos de crédito quanto os outros recenseamentos feitos no Brasil, e talvez até mais fidedignos que a maioria deles. Devo acrescentar, entretanto, que Eschwege dá boas razões para nos levar a crer que nesses dados o número de óbitos se apresenta geralmente muito abaixo da realidade.

32 Com referência à população de Minas e Espírito Santo, ver o que escrevi em *Viagem pelas Províncias do Rio de Janeiro*, etc. e *Viagem ao Distrito dos Diamantes*.

mento a longo prazo, expondo-se assim ao risco de não serem reembolsados. Quando chegavam ocasionalmente alguns negros da costa da África a Goiás, tratava-se geralmente de casos isolados de escravos comprados por alguém que tinha ido ao Rio de Janeiro a negócios. Praticamente só se encontravam na região escravos nascidos ali mesmo, negros ou mulatos, frutos de uniões passageiras e ilegítimas. Até então os brasileiros não tinham, infelizmente, o cuidado de casar seus escravos, e que dizer dos habitantes de Goiás, que viviam eles próprios em concubinato!

Embora essas cifras publicadas por Cunha Matos em 1824 nos forneçam alguns dados úteis, elas ainda deixam muito a desejar. Assim é que nada nos informam sobre a proporção de homens e mulheres em diferentes idades. Sei, entretanto, que à época de minha viagem, o número de rapazes era infinitamente menor na Paróquia de Santa Luzia, em Vila Boa e em todos os arraiais do sul da província do que o de moças, o que vem confirmar, aliás, os dados fornecidos por Pohl sobre a população de Santa Luzia e relativos ao ano de 1812 (*Reise*, I, 280).

A Província de Goiás, quando passei por lá, era uma das que ainda contava com o maior número de índios. A população portuguesa que se estabelecera na região nunca fora bastante numerosa para fazer com que eles desaparecessem totalmente. À custa de muito esforço tinham conseguido agrupar um certo número deles em aldeias, mas o restante vivia em estado selvagem nas matas e regiões mais desertas. De acordo com as leis portuguesas, todos deviam ser igualmente livres, como os próprios brancos, mas alguns anos antes um decreto bárbaro, posto em vigor no governo do Conde de Linhares, tinha feito renascer em Goiás a antiga prática da caça aos índios. Esse decreto permitia que fosse mantido como escravo, por um período de dez anos, qualquer indígena infortunado que fosse apanhado com armas na mão. Alegava-se então que todos os que eram apanhados se achavam armados, o que provavelmente era verdade, pois que unicamente as armas lhe garantem a subsistência. Depois da permissão de escravizá-los, não foi difícil chegar à conclusão de que podiam também ser vendidos, e assim se estabeleceu um comércio de índios entre a Província de Goiás e a do Pará. Fernando Delgado Freire de Castilho, que governava Goiás à época de minha viagem, entrou em entendimentos com o governador do Pará a fim de impedir na medida do possível esse comércio não só odioso como ilegal. Escreveu também ao ministério tentando obter a revogação do decreto do Conde de Linhares, mas o governo central pouco se preocupava com a sorte dos índios de Goiás, e nem resposta deu ao seu pedido.[3]

§ VI — ADMINISTRAÇÃO GERAL.

Divisão da Província de Goiás em duas comarcas. Capitães-gerais. Autoridade atribuída a eles. Ignorância do governo central sobre o que se passava nas províncias. Exemplo dessa ignorância.

Durante muito tempo a Província de Goiás contou apenas com um único ouvidor, e em consequência era constituída apenas por uma única comarca, que

---

33 Não julguei de meu dever citar nesse parágrafo os números bastante vagos indicados por Antônio Rodriguez Veloso de Oliveira nos *Anais Fluminenses*, referentes à população de Goiás, e por motivo análogo não fiz nenhuma menção aos que foram registrados pelo cientista e navegante francês Freycinet (*Voyage de l'Uranie*). Num livro publicado em 1845 (*Sketches*

compreendia vários julgados.³⁴ Finalmente, verificou-se que um homem sozinho era incapaz de manter a ordem numa região tão vasta, de distribuir justiça em segunda instância a todos os seus habitantes e de manter vigilância sobre os juízes ordinários que, escolhidos entre os próprios colonos e compartilhando de seus vícios, eram muitas vezes os primeiros a violar a lei. O governo baixou, pois, um decreto em 1809, dividindo a província em duas comarcas: a comarca do sul, que incluía (1819) os seis julgados de Vila Boa, Crixá, Pilar, Meia-Ponte, Santa Luzia e Santa Cruz, e a comarca do norte, compreendendo oito julgados, os de Porto Real, Natividade, Conceição, Arraias, S. Félix, Cavalcante, Flores e Traíras.³⁵ A sede da primeira é Vila Boa, capital de toda a província. A da segunda era primitivamente S. João das Duas Barras, situado na confluência do Araguaia com o Tocantins. Como, porém, as barcas dificilmente chegavam até esse local, foi criada por decreto, em 1814, uma nova cidade no lugar denominado S. João da Palma, estabelecendo-se aí a residência do ouvidor da comarca.

A principal autoridade da província ou, para ser mais exato, da Capitania de Goiás, era, como em Minas, S. Paulo e outros lugares, o governador ou capitão-geral.

No sistema colonial os capitães-gerais eram investidos da mais absoluta autoridade, mas quando D. João VI transferiu a Corte para o Rio de Janeiro o despotismo com que agiam foi finalmente cerceado. Os oprimidos podiam pedir clemência ao soberano, e os governadores já não ousavam tomar iniciativas de vulto sem consultar os ministros. Sucedia muitas vezes, porém, que não recebiam respostas às suas consultas, seja por ignorância, seja por negligência proposital, e as ordens, quando vinham, nem sempre estavam de acordo com as necessidades da região ou com os recursos de que dispunha.

Uma das maiores infelicidades que tiveram os brasileiros, após a vinda do rei, consistiu em que passaram a ser governados por homens que desconheciam totalmente a América. Entre os ministros de D. João VI, no Rio de Janeiro, havia homens esclarecidos, mas sua formação política e econômica se fizera em Portugal. Não conheciam do Brasil senão sua capital, no entanto tentaram pôr em prática, num país que diferia inteiramente da Europa, idéias que só seriam adequadas a esta. Enganaram-se igualmente a respeito das pessoas e das coisas. Imaginaram que o país fosse rico, e ele é pobre; acreditaram que seus habitantes fossem estúpidos, e eles são inteligentes e têm grande facilidade de aprender as coisas.

Durante minha permanência em Vila Boa o capitão-geral de Goiás citou-me um exemplo recente da ignorância dos ministros. Os cargos públicos tais como o de escrivão dos ouvidores, de tabeliães, etc., eram abertos à concorrência pública de três em três anos, tanto em Goiás quanto em Minas³⁶ e em caso de viagem ou doença os titulares eram substituídos por ajudantes, os quais até então necessitavam apenas da confirmação do capitão-geral para exercerem os

---

of residence in Brazil, I, 350), Kidder informa que a população de Goiás chegava a 97.592 habitantes. Se esses dados foram exatos com relação a esse ano, e igualmente certos os que indiquei em 1819, teremos como resultado de, num quarto de século, houve um aumento de quase 25 por cento na população dessa província. Entretanto, Kidder não diz a que ano se referem os seus dados, acrescentando mesmo, e provavelmente com razão, que os informes ministeriais e provinciais são baseados praticamente em conjecturas e em vagos números fornecidos por certas paróquias.

34 Antes da revolução que mudou o governo do Brasil, esse império era dividido em províncias de primeira categoria, ou capitanias, e em províncias de segunda ordem. As primeiras eram geralmente subdivididas em comarcas, onde residia um ouvidor, magistrado que era ao mesmo tempo juiz e administrador. Os termos eram, por sua vez, divisões das comarcas. Os julgados representavam essas divisões em regiões menos povoadas, e por magistrados tinham apenas os juízes ordinários, eleitos pelo povo, ao passo que na chefia de um termo podia haver ou um juiz de fora, nomeado e pago pelo rei, ou dois juízes ordinários (ver *Viagem pelas Províncias do Rio de Janeiro*, etc.).

35 Em 1832 as coisas ainda não tinham mudado; mais tarde a Província de Goiás foi dividida em quatro comarcas.

36 *Viagem pelas Províncias do Rio de Janeiro*, etc.

cargos. Recentemente o ministério resolvera mudar esse estado de coisas, estabelecendo por decreto que no futuro a escolha dos ajudantes seria confirmada diretamente pelo rei. A finalidade do decreto era, evidentemente, centralizar o poder e diminuir a autoridade dos capitães-gerais. Não foi levada em consideração, porém, a distância que há entre Goiás ou Mato Grosso e a capital. É evidente que a confirmação real chegava geralmente a essas províncias muito tempo depois que o cargo em questão já tinha sido restituído ao seu titular. Nesse intervalo muitas pessoas poderiam ter morrido sem que tivessem tido meios de deixar testamento.

§ VII — FINANÇAS.

De que se compõe a administração das finanças. Diversos tipos de impostos. Cifras que demonstram com que rapidez a Província de Goiás perdeu seu antigo esplendor. Receitas e despesas igualmente atrasadas. Goiás é forçado a entregar parte de suas rendas a Mato Grosso. Diferença entre os rendimentos do quinto durante vários anos e os dos direitos de entrada. Os direitos de entrada indicam com certa exatidão o valor das importações; o quinto não indica o montante real da produção das minas. Casas de fundição do ouro. Contrabando. Erro em que incidiu o Governador Fernando Delgado.

As finanças da Província de Goiás são administradas (1819), como as de Minas, S. Paulo, etc., por uma junta da Fazenda Real, cuja composição tem sido modificada várias vezes,[37] sendo o governador o seu presidente. Essa junta conta com doze membros, ou no mínimo onze, os quais, sob a supervisão do presidente, são encarregados de pôr em ordem a escrituração. Não obstante, por ocasião da minha viagem os livros de contabilidade mostravam grande atraso nos registros.

Indicarei a seguir os diversos impostos que os habitantes da província tinham de pagar em 1819:[38]

1) Direito sobre as mercadorias que entram na província (entradas);

2) Dízimos dos produtos do solo, os quais, conforme acordo feito outrora entre o clero e o governo, tinham passado às mãos deste último;[39]

3) Passagem dos rios arrendada pela administração;

4) Arrematação dos ofícios;

5) Direito sobre a venda da carne fresca;

6) Direitos de venda sobre os imóveis (décimas, selos e sisas);

7) O quinto, isto é, a quinta parte do ouro em pó, retirada antes de transformá-lo em lingote;[40]

8) Imposto destinado ao pagamento dos mestres-escolas (coletas);

9) Imposto cobrado às lojas em proveito do Banco do Rio de Janeiro.

---

37 Não deve causar espanto, em conseqüência, o fato de Casal elevar o número dos membros dessa junta a cinco, e Pohl registra seis. Cunha Matos diz que, tendo sido suprimida a junta da fazenda, foi criado, de 1826 a 1836, o cargo de inspetor da tesouraria. (*Itin.*, II.)
38 Pohl, *Reise*, I.
39 Ver minha *Viagem pelas Províncias do Rio de Janeiro*, etc.
40 Ver *Viagem pelas Províncias*, etc.

Alguns dados tirados de um trabalho de Pohl[41] mostram com que rapidez essa região, por algum tempo tão próspera, perdeu seu primitivo esplendor à medida que o ouro se foi tornando mais raro ou de mais difícil extração. Antes de 1738 as entradas rendiam de três em três anos 8 arrobas de ouro; de 1762 a 1765 renderam 40.000.000 réis; de 1765 a 1774, 96.760.762 réis; de 1774 a 1782, 26.529.000 réis; de 1782 a 1788, 22.624.000 réis; finalmente, nos últimos tempos, não têm rendido mais do que 14.000.000 réis.

Conforme informação do escrivão da junta da Fazenda Real, as despesas da província se elevavam anualmente a mais de 50 contos de réis. Esse funcionário admitia que o Tesouro se achava grandemente deficitário, ajuntando que um grande número de dívidas jamais seria pago. Informou-me também que as receitas estavam tão atrasadas quanto as despesas, o que vem provar quão pouco dinheiro havia na região. Entretanto, essa província, já tão empobrecida, era forçada a entregar parte de suas rendas à de Mato Grosso, com a qual limita e que é ainda mais pobre do que ela.[42]

Como já foi explicado mais acima, a comparação da renda do quinto entre 1740 e 1820, bem como a dos direitos de entrada no mesmo período, constitui uma prova irrefutável da rapidez com que a Província de Goiás entrou em decadência. Mas aqui se apresenta uma sensível diferença. A cifra da renda das entradas indica realmente a quantidade de mercadorias que a região recebeu em determinada época, as quais, constituindo um volume mais ou menos considerável, só poderiam entrar na província em lombo de burro, sendo impraticável o seu contrabando devido ao alto custo da operação. Mas como veremos a seguir, não ocorre o mesmo com o ouro em pó.

Quando a capitação foi abolida no governo de D. Marcos de Noronha, Conde de Arcos, sendo substituída pelo quinto, estabeleceram-se em 1750[43] duas casas de fundição, uma, a do sul, em Vila Boa, e a outra, a do norte, em S. Félix. Esta última, depois de ter sido transferida para Cavalcante, foi suprimida em 1807 devido aos gastos que ela exigia. A partir dessa época restou apenas uma casa, a de Vila Boa.[44] Como a Província de Goiás é muito vasta, não sendo possível guardar as suas fronteiras a não ser em poucos pontos, o contrabando de ouro em pó é feito com grande facilidade, e unicamente um escrúpulo de consciência poderia levar algumas pessoas a pagar o imposto. Depois da supressão da casa de fundição de S. Félix, começou a haver a sonegação quase total do quinto do ouro produzido pelas minas da Comarca do Norte. Os mineradores da comarca sentiram-se, com efeito, animados a praticar o contrabando, não somente pelo lucro que isso lhes trazia como também para evitar os gastos e os atrasos que a longa viagem até Vila Boa lhes acarretaria.

Em 1818 ou 1819, o Fisco recebeu da Comarca do Norte dinheiro em espécie, e não ouro em pó, em pagamento dos dízimos e outros impostos. O Governador Fernando Delgado concluiu, diante disso, que a província estava mantendo um próspero comércio com o Pará, província limítrofe e litorânea, onde até então os goianos dificilmente tinham-se aventurado. Entretanto, algumas pessoas, mais bem informadas, garantiram-lhe que esse dinheiro era sim-

---

41 *Reise*, I, 354.
42 Foi a partir de 1758 que a Província de Goiás se viu obrigada a pagar à de Mato Grosso uma subvenção, fixada inicialmente em 512 marcos-ouro, calculados sobre o imposto do quinto. Em 1779 essa subvenção foi diminuída para 300 marcos, havendo logo depois, em 1781, um acréscimo de 20 contos de réis. Em 1786 esse acréscimo foi suprimido, permanecendo os 300 marcos. Entretanto, como o quinto deixasse finalmente de arrecadar essa quantidade de ouro, ficou decidido, após a chegada do Rei ao Brasil, que revertesse ao Mato Grosso o montante dos tributos arrecadados em Goiás sobre os bens imóveis (décimas, selos e sisas) (Piz., *Mem. Hist.*, IX, 136).
43 Piz., *Mem. Hist.*, IX, 226.
44 Já dei em meu primeiro relato informações detalhadas sobre a maneira como é fundido o ouro nas casas de fundição (*Viagem pelas Províncias do Rio de Janeiro*, etc.).

plesmente o resultado de trocas ilegais de ouro em pó que os habitantes do norte da província faziam com os negociantes da Bahia.[45]

§ VIII — DÍZIMOS

Os rendimentos do quinto e dos dízimos diminuem na mesma proporção. Os dízimos, imposto altamente oneroso. Sua arrecadação é feita em valores metálicos. Os dizimeiros arruínam os colonos. Desapropriados de seus bens, estes se refugiam no sertão e perdem todo contato com a civilização. Como age o fisco nas regiões onde ninguém quer recolher os dízimos. Entraves causados à agricultura por esse imposto.

Quem não conhece a situação geográfica de Goiás e as dificuldades de transporte existentes no interior do Brasil há de imaginar que os goianos, depois de esgotadas as suas jazidas, passaram a dedicar todos os seus esforços à agricultura, e que a arrecadação dos dízimos foi aumentando à medida que diminuía a do quinto. Não foi o que aconteceu, porém. As rendas de ambos os impostos decresceram praticamente na mesma proporção. O dízimo, que tanto mal causou à Província de Minas,[46] foi ainda mais funesto à de Goiás. Em regiões onde os produtos da terra encontram saída fácil, um imposto representado por um décimo do valor dos produtos não pode ser considerado elevado. Mas essa província não tem, por assim dizer, nenhum comércio, suas exportações são insignificantes, e em vários pontos dela é praticamente impossível vender alguma coisa.

Se o governo arrecadasse os dízimos em espécie esse imposto não teria nenhum inconveniente. Mas como de nada lhe serviria o milho ou a mandioca que receberia em pagamento, este deve ser feito em moeda corrente. Mas onde conseguir dinheiro, se os agricultores não conseguem vender seus produtos?

O dízimo, cobrado em dinheiro, já representaria para os goianos um ônus exorbitante. Torna-se, porém, realmente desastroso pela maneira como é arrecadado, a qual permite, como veremos, a quem o recebe elevá-lo à sua vontade.

Em Goiás, como em Minas, o dízimo é arrecadado de três em três anos. O dizimeiro vai à casa do agricultor (1819), acompanhado de um perito. Calcula o rendimento da terra muito acima do seu valor real e exige do proprietário que assuma o compromisso de pagar durante três anos a décima parte da quantia avaliada. Na verdade, a lei dá ao agricultor o direito de indicar uma pessoa que faça a avaliação do rendimento de suas terras juntamente com o perito trazido pelo dizimeiro. Acontece, porém, que este é sempre um homem rico, cercado de amigos influentes, ao passo que o agricultor vive no isolamento e na pobreza, longe das cidades e arraiais, sem a menor noção do assunto, sem protetores, sem apoio. A simples presença do dizimeiro em sua casa espalha o terror na família. Receando males piores, ele se submete a todas as suas

---

45 Não sei qual é a situação atual das finanças de Goiás, mas nos primeiros anos que se seguiram àquele em que viajei pela região elas pioraram ainda mais. Em 1823 a receita não passou de 21.000,500 réis, ao passo que as despesas somaram 53.080.325. Para cobrir o *deficit* o governo teve a idéia de cunhar uma grande quantidade de moedas de cobre, com um valor fictício exageradamente alto. "Mesmo as pessoas mais ignorantes" — diz Cunha Matos — "percebiam que era uma política errada colocar todas essas moedas em circulação, mas não havia outro meio de fazer face às despesas" (*Itin.*, II, 37). É lamentável ter sido necessário recorrer a uma solução que só iria aumentar o mal. O governo de Goiás sempre sacrificou o futuro ao presente. Ao agir assim, porém, sempre se acaba por não ter mais o que sacrificar.

46 Ver *Viagem pelas Províncias do Rio de Janeiro*, etc.

exigências, procurando ganhar tempo. Chega, porém, a temível época dos pagamentos. O agricultor, não tendo conseguido vender nada, não encontra meios de saldar a dívida. Seus bens são confiscados e ele abandona a casa, que em breve se transforma em ruínas.⁴⁷

Os habitantes da região não têm nem mesmo o recurso com que contam os mineiros descontentes com sua sorte, ou seja o de mudarem de lugar na esperança de um futuro melhor. Estes, menos pobres, sempre se acham em condições de arcar com as despesas de uma mudança, e procuram terras novas onde possam vender os seus produtos. Os que se transferem para Minas Novas enriquecem cultivando o algodão. Os colonos de Araxá e Desemboque vendem seu gado aos negociantes, que vêm buscá-los em suas próprias terras, e finalmente os agricultores de Pomba encontram um meio fácil de enviar seus produtos ao Rio de Janeiro. Não acontece o mesmo com os goianos. Retornando aos lugares primitivos, eles encontram os melhores pontos já ocupados, e avançando sertão adentro sua situação piora, pois teriam ainda mais dificuldade em exportar seus produtos. sem meios de comunicação, afastados das sedes das paróquias onde poderiam adquirir algumas noções de moral e religião, entregando-se cada vez mais à apatia a que os leva o clima tropical, vivendo da caça e dos produtos do leite, as roupas mal cobrindo-lhes a nudez, praticando o incesto à falta de outras mulheres a não ser as da família, os infortunados agricultores goianos acabarão por aprender a viver sem aquele mínimo necessário cuja procura ainda prende os homens à vida civilizada. E se a situação atual não melhorar (1819), os habitantes da região, descendentes de portugueses, reverterão inevitavelmente a um estado de barbaria quase análogo ao dos próprios indígenas.

Em muitos lugares, a probabilidade de se receber algum dinheiro dos colonos é tão remota que ninguém aparece por lá para cobrar os dízimos e impostos. Nesses casos, a junta da Fazenda Real manda arrecadá-los por intermédio de administradores, que fazem esse serviço sem nenhuma remuneração. Assim, não seria inteiramente impossível que, após submeter os agricultores a vários vexames e destruir suas propriedades como nem mesmo um exército inimigo faria, o Fisco se visse forçado a renunciar inteiramente à arrecadação do imposto.

Além dos males que já mencionei, a exigência de se pagar o dízimo em moeda corrente traz ainda o grave inconveniente de restringir a cultura das terras, que devia ser encorajada como único meio de salvar a região. O colono sabe que será exigido o dízimo de toda a colheita que fizer, mas precisa ter certeza também de que conseguirá vender tudo o que produzir. Em conseqüência, ele se limita a cultivar o estritamente necessário à sua família, ou então o que tenha venda garantida. Resulta disso que, se por acaso aparece na região um forasteiro, ele encontra grande dificuldade em conseguir até mesmo os gêneros mais essenciais, ainda que pagando um alto preço por eles, e além do mais o agricultor, que só cuidou de suas necessidades imediatas e não possui dinheiro, em anos ruins como aquele em que estive lá, acaba passando fome. E isso acontece numa região onde por toda parte há terras excelentes e sem dono, que dariam para alimentar facilmente 20 milhões de habitantes e não contam com mais de 60 ou 80.000!

---

47 José de Almeida de Vasconcelos de Soveral e Carvalho, que tomou posse no governo de Goiás em 1772, já tinha sido forçado — segundo diz Pizarro — a reprimir as inauditas violências dos dizimeiros, que não tinham outro objetivo senão o de arruinar a província. Num memorial dirigido à secretaria do Estado, o Desembargador Antônio Luís de Sousa Leal mostrou — acrescenta o mesmo autor — que a decadência de Goiás era devida aos excessos e à cupidez dos dizimeiros e outros coletores de impostos, os quais, não só nessa província como em todas as outras, se enriqueciam rapidamente às expensas do povo e davam margem às mais justas reclamações.

§ IX — CLERO. INSTRUÇÃO PÚBLICA.

O bem que o clero goiano poderia fazer. Bom exemplo dado por João Teixeira Álvares, vigário de Santa Luzia. Os eclesiásticos goianos, únicas pessoas da província dotadas de alguma intrução, mas quanto ao mais vivendo fora de todas as regras. História da Igreja de Goiás. Escolas.

O clero goiano, se congregasse os colonos dos arredores dos arraiais, instruindo-os sobre seus deveres, reacendendo em seus espíritos os sentimentos religiosos neles apenas adormecidos, concitando-os a contraírem uniões legítimas e afastando-os da ociosidade, ensinando-lhes processos de cultivo menos empíricos e mostrando-lhes que certos produtos da região podem ser exportados com bom proveito, poderia anular em parte a desastrosa influência exercida por uma administração ignorante e perniciosa. Essa era a conduta seguida por um digno vigário[48] de uma das paróquias, demasiadamente extensas, de que se compõe a Província de Goiás. Mas infelizmente seu exemplo não era seguido por nenhum de seus colegas.

"Quero assinalar" — escrevi em outro relato — "os abusos que o cristão tem de suportar. Há, porém, uma idéia elevada que deverá servir-lhe de consolação. Pois como poderia deixar de existir um poder superior sustentando um barco que, navegando em mar revolto e conduzido por pilotos negligentes e incapazes, resiste no entanto a todas as tempestades? Os erros dos ministros de Deus não podem ser atribuídos à religião, e será proveitoso apontar os verdadeiros culpados, pois a revelação de suas faltas irá cobri-los de vergonha e incitará os homens de bem a procurar um remédio para os abusos."

Os padres são, na verdade, os únicos homens da província que possuem alguma instrução. Afora isso, podemos afirmar que eles vivem afastados de todas as regras, negligenciando a instrução dos fiéis, abandonando-se à ociosidade ou dedicando-se ao comércio, praticando a simonia e vivendo em concubinato. Enfim, parecem considerar como seu único dever a celebração da missa aos domingos e a confissão dos fiéis à época da Páscoa, mediante a contribuição de 300 réis, que lhes é dada tanto ali como em Minas.[49]

Os primeiros sacerdotes que chegaram a Goiás só encontraram vícios ao seu redor, e era difícil que não sucumbissem diante daquela avalancha de maus exemplos, afastados como se achavam de seus superiores e não tendo ali nenhuma pessoa que os guiasse e os recolocasse no bom caminho. A disciplina, já tão falha no resto do Brasil, era inexistente em Goiás, e o clero acabou por esquecer, de uma maneira ou de outra, que pertencia à comunhão da igreja.

Durante muitos anos o território da Província de Goiás dependeu dos bispados do Rio de Janeiro e do Pará, resultando disso que os bispos só conseguiam chegar à região depois de vários meses de uma viagem extremamente penosa através do sertão, o que equivale a dizer que Goiás não tinha bispos. Em 1746, uma parte da província, que dependia do bispado do Rio de Janeiro, e mais tarde a província inteira, foi elevada a prelazia, mas o primeiro prelado só foi nomeado em 1782.[50] A partir dessa época até 1822 Goiás não chegou a ver um só de seus prelados. Por uma estranha fatalidade, todos eles morriam,

---

48 João Teixeira Álvares, vigário de Santa Luzia, de quem falarei mais adiante.
49 Ver o capítulo VII, intitulado "A Religião e o Clero", em meu primeiro relato, *Viagem pelas Províncias do Rio de Janeiro*, etc.
50 Os prelados de Goiás só deviam vestir a batina preta. Era-lhes interdito conferir o sacramento da ordem, mas afora isso podiam exercer todas as outras funções episcopais. O próprio texto da bula de criação pode ser encontrado nas *Memórias Históricas* de Pizarro, vol. IX, 243.

antes de partir ou durante a viagem, sendo que o último a ser nomeado definhava no Rio de Janeiro de alguma doença grave.[51]

À época em que a Província de Goiás ainda era florescente, a educação dos jovens merecia alguma atenção, sendo criadas em Vila Boa cadeiras de Filosofia e Moral, de Retórica e de Gramática latina. Havia também um professor de primeiras letras. No começo deste século o Conde de Palma, governador da província, houve por bem fazer algumas economias, e sua reforma incluiu a dispensa de vários professores. À época de minha viagem só havia em toda a província um professor de Gramática em Meia-Ponte, outro em Vila Boa e um mestre-escola em cada um dos principais arraiais.[52]

§ X — FORÇAS MILITARES.

A Guarda Nacional. A Companhia de Dragões. Pedestres. *Soldo dos Dragões. Sua função. A merecida confiança que se tinha neles. Função dos pedestres. Seu soldo.*

Em Goiás, como em todas as províncias do Brasil, a Guarda Nacional ou milícia era regularmente organizada.[53] Afora ela, apenas uma companhia de Dragões composta de 70 homens, não incluindo os oficiais, e uma de pedestres, com 80 homens, compunham toda a força militar dessa vasta província (1819).

Era a administração que fornecia os cavalos e o equipamento dos Dragões, ficando a cargo destes sua própria alimentação. Eles recebem, porém, um soldo de 6 vinténs de ouro por dia, farinha e a ração dos cavalos. Para que eles possam renovar seus uniformes e mantê-los em ordem, são retidos na fonte dois vinténs de seu soldo, por dia. De dois em dois anos a quantia acumulada é entregue a eles.

---

51 Eis aqui como se exprime sobre o clero de Goiás o Monsenhor Pizarro, que se achava investido das mais altas dignidades eclesiásticas e sempre se mostrou um católico zeloso e sincero: "Como o território que forma hoje a prelazia de Goiás fosse outrora dividido entre o Bispado do Rio de Janeiro e o do Pará, distantes dali 313 e 280 léguas respectivamente, é fácil perceber por que o clero dessa prelazia pouca atenção dava à disciplina e aos preceitos morais. Vivendo numa região onde os seus superiores jamais apareciam e, em conseqüência, desfrutando de uma liberdade total, os sacerdotes tinham uma conduta que estava longe de se mostrar irrepreensível. Os padres de Goiás são ignorantes, e o povo mais ainda. Disso resulta que todo tipo de abuso se instala na região; seus habitantes se acham imbuídos de absurdos preconceitos, cometem sacrilégios e se entregam à superstição; enfim, as leis da Igreja e do Estado são ali violadas sem nenhuma moderação" *(Mem. Hist.,* IX, 258). Gostaria de acrescentar aqui, para completar a história da Igreja de Goiás, que uma bula de Leão XII, aprovada pela Assembléia Legislativa do Brasil no dia 3 de novembro de 1827, elevou a prelazia de Goiás à categoria de bispado (Abreu e Lima, *Sinopse,* 345).

52 Pohl, *Reise,* I, 357. Kidder, que esteve no Brasil em 1839, diz que, de acordo com os relatórios dos presidentes da Província de Goiás *(Sketches,* II, 329), o número de escolas primárias se eleva nessa província a 60 para os meninos e 2 para as meninas, e que existem ali 5 ou 6 escolas de ensino mais adiantado. No momento em que ia entregar este capítulo à impressão, fiquei sabendo, pelo relatório do Ministro do Interior do Império do Brasil à Assembléia Legislativa de 1846, que as escolas primárias de Goiás eram então freqüentadas por 1.137 meninos e 129 meninas, e que os três professores de Latim estabelecidos na província tinham em conjunto 67 alunos. (Ver o capítulo deste livro intitulado "A Cidade de Goiás".)

53 Podem ser encontradas informações mais pormenorizadas sobre a milícia em meu relato *Viagem pelas Províncias do Rio de Janeiro,* etc. De acordo com o que diz o Dr. Pohl, a milícia de Goiás contava em 1818 com 10.360 homens, entre os quais se incluíam 2.160 ordenanças — uma milícia inferior composta de mulatos — e 900 henriques, outra milícia formada por negros livres. É evidente que esses algarismos, como observa o mesmo autor, não estão de acordo com os dados que ele próprio registrou para a população geral; entretanto, se ajustam bastante bem à estimativa feita por mim (ver capítulo precedente). Gostaria de acrescentar que, por um decreto de 18 de agosto de 1831, o novo governo dissolveu as milícias e os ordenanças, reorganizando-os sob o nome de Guarda Nacional. Todavia essa lei — diz o General José Inácio de Abreu e Lima — foi de tal forma alterada por uma longa série de decretos emanados não só da autoridade central como das administrações provinciais que as modificações sofridas por ela poderiam formar um grosso volume *(Sinopse da História do Brasil,* 356, impressa em 1845).

Uma parte desses soldados fica em Vila Boa, capital da província. Os outros são destacados para diversos postos espalhados ao longo da fronteira. É aos soldados do Regimento de Dragões que compete manter a ordem, impedir o contrabando e fiscalizar o pagamento dos direitos de entrada. São eles também que levam à capital as somas recebidas dos tributos nas diversas partes da província.

Transportando valores consideráveis, um Dragão percorre longas distâncias, muitas vezes sozinho, e jamais houve o caso de ter sido algum deles atacado por ladrões ou de ter faltado à confiança neles depositada. Esses soldados, quase todos brancos, pertencem em geral a famílias de algumas posses, e embora sejam bastante inferiores aos do Regimento de Minas,[54] sua reputação é muito melhor do que a de nossos soldados na Europa ou da que têm os do Rio de Janeiro, e merecem realmente o respeito que lhes é tributado. No entanto o soldo desses homens, tão úteis e tão dignos de respeito, estava atrasado vários anos quando por lá passei, enquanto ociosos funcionários enriqueciam às custas da Fazenda Real e dos infelizes agricultores!

Quanto aos Pedestres, que completam a força militar de Goiás, trata-se de homens de cor que andam a pé e formam uma tropa de classe inferior. São destacados, juntamente com os Dragões, para os diferentes postos, ajudando a manter a ordem pública e encarregando-se de cumprir as determinações do governo. Recebem um soldo de 3 vinténs de ouro por dia e um pouco de farinha. No mais, são obrigados a prover a sua própria subsistência.[55]

§ XI — A EXTRAÇÃO DO OURO.

Métodos de extração empregados outrora em Goiás. Método atual. Produto de um dia de trabalho. Não se deve renunciar à exploração das minas. Seria aconselhável dá-las em concessão a companhias organizadas. Obstáculos que se opõem à formação destas. Meios de contorná-los.

Depois de ter falado sobre os principais ramos administrativos da Província de Goiás, direi agora alguma coisa sobre os recursos que ainda lhe restam — a extração do ouro e a cultura das terras.

Parece que, mesmo na época em que o solo prodigalizava aos mineradores goianos — despreocupados do futuro — riquezas tão fabulosas, eles quase nunca se destacaram a explorar jazidas a céu aberto (talho aberto) e muito menos a abrir galerias (mineração de mina). O único tipo que conheciam era o de exploração do leito dos rios (lavras de veio de rio) ou nos terrenos em declive, desde o sopé dos morros até a beira dos córregos (lavras de gupiara).[56] Mas se suas formas de extração eram pouco variadas, eles pelo menos podiam,

---

54 Ver *Viagem pelas Províncias do Rio de Janeiro*, etc.
55 Depois da revolução que assegurou a independência do Brasil, a organização das forças militares de Goiás sofreu várias modificações. Em 1825 a tropa de linha compunha-se de uma companhia de cavalaria, com 83 homens, e uma de infantaria com 80. Essas tropas e a milícia ficavam sob as ordens de um governador militar (governador das armas), que contava com dois ajudantes-de-campo. O cargo de secretário militar dizia respeito, ao que parece, à parte administrativa. De 1826 a 1836 esses diversos postos foram suprimidos, não sendo conservado nem mesmo o de cirurgião militar, e as forças armadas da província ficaram reduzidas a quase nada (Cunha Matos, *Itin.*, II, 317, 339). Uma companhia composta de apenas 163 homens não era suficiente para a defesa da província e nem mesmo para a manutenção da ordem. Com a sua dispensa seria suprimida uma despesa quase inútil.
56 Ver o que escrevi sobre o trabalho nas minas de ouro no Brasil em *Viagem pelas Províncias do Rio de Janeiro*, etc.

empregando numerosos grupos de negros, coordenar o trabalho dos escravos de maneira regular. Atualmente (1819) isso já não acontece.

Os habitantes mais abastados da própria capital possuem apenas um pequeno número de escravos, e quando os empregam na extração do ouro é sempre isoladamente, sendo provável que ocorra o mesmo em toda a parte meridional da província.[57] Uma pessoa em Vila Boa manda, por exemplo, seu escravo procurar ouro no leito do Rio Vermelho, que corta a cidade. O escravo é obrigado a entregar ao seu senhor 900 réis no fim da semana. Tudo o que retirar a mais é dele, ficando também a alimentação por sua conta. Nota-se, porém, que deve haver ocasiões em que a extração se torna impossível ou pouco proveitosa. Pizarro calcula que a semana de um minerador escravo não rende em média mais do que 600 réis, dos quais ele tem de deduzir ainda sua alimentação e outras despesas indispensáveis. Segundo pude apurar, os homens que vão procurar ouro no córrego de Santa Luzia, no arraial do mesmo nome, não fazem mais do que 4 vinténs por dia na estação das chuvas e apenas 1 vintém na época da seca. Tal é a triste situação a que ficou reduzido na Província de Goiás o trabalho, outrora tão produtivo, da extração do ouro.

Já se conjecturou se não seria vantajoso, para a região, renunciar inteiramente a esse tipo de trabalho. O ouro significa riqueza, e em conseqüência seria uma extravagância permitir que permaneça guardado para sempre no fundo da terra. O mais aconselhável seria tentar resolver simplesmente os atuais problemas apresentados por sua extração. Esses problemas resultam não só da ignorância dos mineradores, que durante a operação de lavagem deixam perder uma grande quantidade de ouro, como também de sua pobreza, que não lhes permite um trabalho em grande escala; de sua cupidez, que muitas vezes os leva a sacrificar tudo movidos por quiméricas esperanças; enfim, da facilidade com que delapidam valores que deveriam considerar como um capital e não como renda.[58]

O governo não é suficientemente rico para explorar as minas por própria conta, sendo, pois, obrigado a entregá-las a particulares. Para solucionar os problemas que mencionei acima, parece-me que o melhor seria organizar companhias supervisionadas por pessoas indicadas pelo governo, proibindo-se inteiramente a extração de ouro por particulares. Dispondo de capital, as companhias poderiam empreender esse trabalho em grande escala. É impossível obrigar uma porção de indivíduos isolados a seguir as regras do ofício, mas no caso de companhias isso seria facilmente conseguido. Um particular estaria disposto a confiar uma parcela do seu dinheiro a uma sociedade, mas jamais arriscaria toda a sua fortuna num empreendimento que ele próprio não poderia dirigir. Assim, ninguém mais se arruinaria na exploração das lavras. E finalmente, como as companhias só pagam seus dividendos a longo prazo, o minerador faria uma economia forçada e não seria tentado a gastar o dinheiro aos poucos, à medida que fosse entrando. Na verdade, o governo adotou (1817) na Província de Minas um plano de exploração das lavras através da formação de companhias, mas parece que poucos acionistas se apresentaram; e não podia ser de outra forma, já que em Minas cada um pode trabalhar conforme lhe agrade. Essa liberdade não podia ser tirada aos habitantes de Minas sem se violar o sagrado direito de propriedade, pois muitos deles exploram terrenos que compraram por serem auríferos, já tendo iniciado neles os trabalhos, e

---

[57] Exceção feita, entretanto, das minas do Arraial de Anicuns, que à época de minha viagem já estavam sendo exploradas havia muitos anos por uma companhia e as quais, depois de terem fornecido no princípio grandes quantidades de ouro, começavam a se tornar muito menos produtivas. Anicuns fica situado a 12 léguas de Vila Boa.
[58] Para maiores detalhes sobre essa lamentável situação, ver *Viagem pelas Províncias do Rio de Janeiro*, etc.

uma interrupção lhes traria a ruína. Mas na Província de Goiás a situação é diferente. O ouro só é procurado no leito dos rios, e cada um o explora onde bem lhe apraz. O governo ainda pode, em conseqüência, considerar de sua propriedade todos os terrenos auríferos.

Os maiores obstáculos que se apresentariam para o estabelecimento e consolidação de companhias seriam a aversão dos brasileiros a qualquer tipo de associação, o despotismo das autoridades locais e a dificuldade de se encontrarem homens verdadeiramente esclarecidos para chefiarem as empresas. É evidente que esses obstáculos não podem ser vencidos da noite para o dia. Seria necessário que se fizesse um longo trabalho de preparação e indispensável que se criasse uma escola de mineradores. Em certa época o governo do Brasil mandou buscar, a bom dinheiro, alguns pintores europeus para que estabelecessem no Rio de Janeiro uma escola de pintura, de gravura, etc. Eles não conseguiram um só aluno. Mais recentemente foi enviada à França uma leva de rapazes, com esta vaga recomendação: "Instruam-se." Eles só fizeram divertir-se. O Maranhão custeou em Paris um curso para um agricultor, e Minas para dois agrimensores, etc. Essas despesas resultaram em pouco ou nenhum proveito, porque foram mal orientadas e tinham um objetivo ridículo. Se fosse formada uma escola de mineradores com a ajuda de professores europeus, seja numa das províncias auríferas, seja em Paris ou na Alemanha, colocando em concurso as vagas e mantendo internos os alunos, como é feito em nossa Escola Politécnica, os resultados logo compensariam os gastos que essas medidas teriam acarretado. E em breve haveria homens capacitados a explorar racionalmente as lavras mais trabalhosas. Seus conhecimentos se imporiam às autoridades locais e eles, ao inspirarem confiança aos capitalistas, tornariam mais fácil o estabelecimento de companhias sob sua própria direção ou supervisão. Dessa forma, novas perspectivas de prosperidade iriam abrir-se para a Província de Goiás, atualmente tão pobre e tão infortunada.

Essa província não continuaria a ser ignorada como é hoje, e se o governo não tomar medidas que assegurem ao país a posse de suas riquezas, os estrangeiros virão explorá-las. Trarão com eles maquinaria e escravos, e os goianos, tristes testemunhas dos sucessos de outrora, verão o ouro de suas terras ser levado embora, para ir aumentar em Londres a riqueza de alguns capitalistas.[59]

§ XII — CULTURA DAS TERRAS.

Os métodos de agricultura adotados em Goiás e os empregados em Minas, etc. Fertilidade das terras. Plantas aí cultivadas. Gado, cavalos, carneiros, porcos. Produtos que não podem ser exportados e mal encontram saída na própria região. Os que são exportados. O açúcar, o fumo, o trigo, o algodão. Plantas cujos produtos, sendo de pequeno volume, representam valores consideráveis e que poderiam ser cultivados com vantagem. O chá, o indigueiro, a amoreira, a vinha. Multiplicação fácil do número de bois, cavalos, porcos e ovelhas. Medidas que o governo deveria tomar para incrementar a agricultura, favorecer a multiplicação dos rebanhos e incitar os colonos a renunciarem aos seus hábitos de destruição. Necessidade de conservação das matas. Estímulos que se tornam necessários para o incremento da exploração das jazidas de ferro.

---

59 Sabe-se o que aconteceu em Minas Gerais nas principais minas do país.

Examinemos no presente qual o partido que os habitantes de Goiás ou, melhor dizendo, os da comarca do sul — a única que percorri — podem tirar da cultura de suas terras.

O sistema de agricultura empregado em Goiás é o mesmo que, infelizmente, é adotado em quasè todo o Brasil. Queimam-se as matas e faz-se a semeadura sobre as cinzas. Após algumas safras deixa-se a mata renascer, para ser novamente cortada mais tarde. Isso se repete regularmente até que a terra não produza mais nada senão o capim, quando então é abandonada.[60] Ali, como nos arredores de Vila do Príncipe,[61] o capim-gordura acaba por se apoderar das terras que foram cultivadas por longos períodos, expulsando totalmente as outras plantas.

É evidente que nem todas as terras de uma província tão vasta como Goiás têm a mesma fertilidade. Deixando de lado, porém, a comarca do norte, que não visitei, é incontestável que na do sul existem terras de excelente qualidade. Posso citar, por exemplo, as de Mato Grosso onde o rendimento do milho é na proporção de 200 por 1, e o do feijão de 40 a 50. Conforme o terreno, essa comarca produz, em maior ou menor abundância, o milho, a mandioca, o arroz, o açúcar, o algodão, o café,[62] o fumo, o feijão e outros legumes. O trigo se desenvolve bem nas terras altas, como as de Santa Luzia. A vinha, como ocorre em Sabará e outros lugares,[63] dá duas safras por ano quando se tem o cuidado de podá-la depois da primeira colheita, feita em fevereiro. Finalmente, as pastagens naturais que cobrem uma vasta parte da província podem alimentar incontáveis rebanhos bovinos, eqüinos e ovinos, e algumas regiões montanhosas são muito favoráveis à criação de porcos.

Mas para que uma região seja verdadeiramente rica não basta que seja fértil. É preciso também que tenha facilidade para realizar trocas de mercadorias, a fim de obter as coisas que não produz. A enorme distância que separa Goiás das grandes cidades e dos portos de mar não permite aos colonos exportarem produtos que, sendo muito volumosos, têm contudo pouco valor. Além do mais, o milho, a mandioca, o arroz, o feijão e o café não encontram mercado fácil na própria região, devido ao fato de serem cultivados praticamente em toda ela. Sendo de um modo geral agricultores, os goianos plantam para o seu próprio consumo, e não há na região outra cidade a não ser a capital da província, cuja população não vai além de 10.000 habitantes. É, pois, evidente que, à parte os problemas criados pela forma atual de cobrança dos dízimos, nenhum agricultor goiano se dispõe a cultivar as várias plantas que enumerei mais acima a não ser em quantidade estritamente necessária para o sustento da família.

A cultura da cana-de-açúcar acena com maiores lucros, mas só as pessoas que ainda têm uma certa abastança se dedicam a ela. Em conseqüência, encontram na própria região um fácil mercado para o seu açúcar e a sua cachaça. Além do mais, esses produtos são também exportados, pois os habitantes de Santa Luzia trocam-nos em S. Romão, na Província de Minas,[64] pelo sal de Pilão Arcado, necessário ao gado. O fumo, que não se dá bem em certas regiões — a de Meia-Ponte, por exemplo — pode ser também cultivado com algum

---

60 Sobre a agricultura dos brasileiros, ver *Viagem pelas Províncias do Rio de Janeiro*, etc
61 Ver obra citada.
62 A cultura do cafeeiro na Província de Goiás é muito recente. A planta adapta-se maravilhosamente bem à região e produz grãos de excelente sabor.
63 *Viagem pelas Províncias do Rio de Janeiro*, etc. *Viagem ao Distrito dos Diamantes*, etc.
64 Como já disse em outro relato (*Viagem pelas Províncias do Rio*, etc.), o Arraial de S. Romão fica situado na margem esquerda do S. Francisco. Barcas e canoas carregadas de sal sobem o rio desde as salinas da Bahia e de Pernambuco até S. Romão. A carga é então passada para o lombo de burros, que a levam às províncias de Minas e Goiás. Santa Luzia é o arraial desta última província mais próximo de S. Romão e, em conseqüência, o mais indicado para comerciar com os seus habitantes.

proveito. Em Santa Luzia e Meia-Ponte, localizadas em pontos muito elevados, onde o clima não é demasiadamente quente, faz-se boa colheita de trigo, com o qual se fabrica em Vila Boa um excelente pão. Até agora essa cultura não parece ter adquirido grande importância, mas é inegável que, se os agricultores se dedicassem a ela com mais entusiasmo, encontrariam fácil mercado para o seu produto em Paracatu e nas margens do S. Francisco, onde o calor excessivo não permite cultivar o trigo.

Até cerca de 1811 cultivava-se o algodão apenas o suficiente para suprir as necessidades da região, mas a partir dessa época o produto começou a ser exportado em pequena escala. Os tropeiros enviados pelos negociantes ao Rio de Janeiro, para buscarem mercadorias, foram os únicos que, no princípio, para não viajarem sem carga na ida, começaram a levar por sua própria conta tecidos de algodão e algodão em rama. Entretanto, o algodão do interior do Brasil não tardou a ser procurado pelos europeus. Verificou-se que o de Meia-Ponte, de Corumbá e provavelmente de outras regiões era de excelente qualidade. O comandante de Meia-Ponte, Joaquim Alves de Oliveira, fez algumas remessas do produto para a Bahia e o Rio de Janeiro, com bons resultados, e seu exemplo não tardou a ser seguido por outros. Caso essas exportações tenham podido continuar, é de se esperar que uma certa prosperidade se haja espalhado por essa parte da comarca do sul.

O pouco que acabo de dizer mostra que os habitantes de Goiás não devem desesperar de sua situação, mesmo que se limitem às suas culturas habituais. Mas por que não tentarem eles sair da rotina? Por que não exigirem de suas terras produtos que, sendo raros na região e constituindo uma carga mais leve, trariam mais lucro que o fumo, o açúcar e o algodão? O chá aclimatou-se bem no Rio de Janeiro, e sem dúvida iria adaptar-se igualmente às terras altas da Província de Goiás, e se for difícil ajustar-se o cultivo do indigueiro às necessidades da escassa população local os seus excedentes poderão ser exportados com lucros ainda mais garantidos. O indigueiro, ou anileiro, é nativo em Goiás e poderia ser cultivado com bons resultados, como já o foi outrora em outras partes do Brasil.[65] É bem possível que em regiões montanhosas como as de Santa Luzia, Corumbá, S. Antônio dos Montes Claros e nas vizinhanças dos Montes Pireneus se consiga cultivar a amoreira, dando assim margem à criação do bicho-da-seda. O Rio de Janeiro despacha vinhos da Europa para Vila Boa, e nada impediria que a província também os fabricasse com os frutos de seu próprio solo, e os enviasse à capital.[66] Algumas pessoas já tentaram fabricar um vinho com a deliciosa uva do tempo da seca, e vinagre com a do tempo das águas. O resultado obtido foi bastante bom, e é de se supor que se tornaria ainda melhor à medida que se adquirisse mais experiência no seu fabrico. Além do mais, incrementando-se o cultivo das vinhas poderia haver uma produção em grande escala. É bem verdade que a vinha encontra um inimigo temível numa grande formiga, muito comum na região, que em poucos instantes despoja as parreiras de suas folhas.[67] Mas não há nenhum tipo de cultura que não tenha seus inimigos. É preciso que o agricultor tenha bastante ânimo para lutar contra eles e anular sua ação na medida do possível.

[65] Em meados do século passado o fabrico do anil, favorecido pelo vice-rei, Marquês de Lavradio, teve grande sucesso na Província do Rio de Janeiro, principalmente nas vizinhanças de Cabo Frio. Ao que parece, entretanto, as falsificações feitas pelos agricultores levaram os negociantes estrangeiros a desistir do índigo do Brasil (ver *Viagem ao Distrito dos Diamantes*), resultando disso que os primeiros se viram forçados a abandonar o seu cultivo.

[66] O calor forte não prejudica a vinha. Ocorre, porém, que em lugares como o Rio de Janeiro, onde as temperaturas muito elevadas são acompanhadas por forte umidade, a uva não atinge o ponto de maturação perfeita. Essa é a razão da notável superioridade das uvas da seca, nas províncias do interior, sobre as que são colhidas na época das chuvas.

[67] *Atta cephalotes*, Fab., ou talvez algumas espécies vizinhas. Ver *Viagem ao Distrito dos Diamantes*.

A comarca do norte, que possui imensas pastagens naturais e fica mais próxima do litoral que a do sul, despacha todos os anos para a Bahia incontáveis boiadas. A do sul, cuja localização oferece menos vantagens, também exporta gado, e poderia fazê-lo em muito maior escala se aproveitasse melhor suas ricas pastagens. Na verdade, quando estive no norte dessa comarca, os habitantes da paróquia de Santa Luzia, onde existem imensas pastagens naturais, queixavam-se de que só conseguiam vender seus bois em Bambuí ou Formiga, distantes dali 130 e 146 léguas respectivamente, [68] obtendo em conseqüência lucros insignificantes. Contudo, como já disse antes, os negociantes de S. João del Rei vão todos os anos a Araxá, para comprar gado. Por outro lado, quando fiz o percurso entre Bom Fim e Santa Cruz, arraiais situados no extremo sul da Província de Goiás, encontrei fazendeiros de Araxá percorrendo a região e oferecendo diversas mercadorias em troca de bois, que eles levavam para engordar em seus pastos, à espera de que os moradores das vizinhanças viessem comprá-los. Por que não instalar nesses dois arraiais, Bom Fim e Santa Cruz, que não devem distar mais de 41 e 56 léguas de Santa Luzia e 18 e 26 de Meia-Ponte, respectivamente, um entreposto para o gado da comarca do norte? Por que não procura o governo organizar nesses lugares uma espécie de feira? Por que não formar entre S. João del Rei, de um lado, e Santa Luzia, Meia-Ponte, etc., do outro, uma espécie de rede, cujos pontos de ligação seriam Araxá, Bom Fim ou Santa Cruz, por meio da qual os criadores seriam poupados de viagens excessivamente longas, com a vantagem de se proporcionar ao gado um local de descanso que impediria o seu emagrecimento e a diminuição do seu valor?

Os porcos, cujo toucinho é para os brasileiros o que a manteiga ou o óleo é para nós, podem ser criados com bons resultados nas terras altas da comarca do sul. A comarca inteira é provavelmente favorável à criação de cavalos. Enfim, nas regiões mais montanhosas as ovelhas procriam facilmente e não exigem, por assim dizer, nenhum cuidado especial. É bem verdade que sua lã é de qualidade comum, mas pode servir para a fabricação de chapéus e cobertores que encontrariam fácil mercado, não apenas no interior da província mas igualmente em Paracatu e nas margens do Rio S. Francisco.[69]

Mas simples conselhos, exortações e até mesmo alguns bons exemplos jamais serão suficientes para arrancar os criadores goianos da apatia em que se acham mergulhados. Seria preciso que a administração, que tanto contribuiu para levá-los a esse triste estado, se dispusesse a ajudá-los, estimulando-os e oferecendo-lhes boas vantagens. Seria preciso que o governo concordasse com alguns pequenos sacrifícios imediatos, que no futuro reverteriam em grandes proveitos. Todo fazendeiro que exportasse uma certa quantidade de algodão, que criasse um certo número de bois, de porcos, de cavalos, que dedicasse uma determinada extensão de suas terras ao cultivo do indigueiro, do chá, do trigo, que fabricasse vinho ou vinagre, que criasse bichos-da-seda, etc., devia ser isento de uma parte ou da totalidade dos dízimos. E para que os pobres pudessem gozar dessas vantagens tanto quanto os ricos, e para que a melhora se tornasse geral, era preciso que a porção de terra semeada com trigo, por exemplo, fosse proporcional ao número de braços com que contasse cada chefe de família.

Não basta incentivar as culturas mais lucrativas. Seria igualmente necessário combater o sistema destruidor adotado na exploração das terras pelos agri-

---

[68] Como não me dirigi diretamente de Formiga a S. Luzia, só posso fazer um cálculo aproximado da distância entre esses dois arraiais. Cunha Matos, que passou por Formiga e Bambuí, diz que a distância entre os dois é de 16 léguas e meia.

[69] Como se verá mais adiante, o vigário de Santa Luzia não encontrava nenhuma dificuldade em vender os chapéus fabricados em sua casa.

cultores goianos, bem como pelos de S. Paulo, Minas, etc., um desastroso sistema que só permite a plantação nas matas, o que leva à sistemática destruição de magníficas florestas. Na paróquia de Santa Luzia, onde as matas nunca foram abundantes, sua escassa população à época de minha viagem bastava para torná-las cada vez mais raras. O vigário da paróquia já tinha mostrado aos agricultores as vantagens que oferecia o uso do arado. Que o governo recompense, pois, os que em toda a província sigam esse exemplo. Dessa forma poderiam ser usados com proveito os campos e os terrenos já invadidos pelo capim-gordura, e reservadas as matas para o fornecimento de material de construção, para a marcenaria e as necessidades domésticas.

Há ainda um motivo mais imperioso para que as matas não sejam destruídas. A Província de Goiás possui jazidas de ferro, e é de todo interesse poupar o único combustível empregado na sua exploração. Em vão procuraremos atualmente uma forja em toda a comarca do sul (1819). Não se encontra em toda ela um único cravo, uma única ferradura que não tenha vindo em lombo de burro do Rio de Janeiro, através do sertão e após vários meses de viagem. Mas é impossível que um tal estado de coisas não se modifique: o homem dissipa, muitas vezes sem previsão, as riquezas que lhe são prodigalizadas, mas não faz parte de sua natureza desprezá-las eternamente. A experiência já mostrou que os altos fornos não convêm ao interior do Brasil, mas com um mínimo de capital poderiam ser instalados em Goiás fornos catalães. É aí que a intervenção do governo seria altamente proveitosa. Que se instituam recompensas em dinheiro, ou se distribuam comendas aos que forem os primeiros a construir usinas para a fundição do ferro, por modestas que sejam.[70] Em breve a província, pobre como é, ver-se-á livre de um tributo que é forçada a pagar todos os anos aos fabricantes europeus (1819).[71]

§ XIII — VALORES REPRESENTATIVOS.

Como a Província de Goiás não tem um volume de exportação digno de nota, ela não dispõe de dinheiro corrente, e o único valor representativo que ali circula é o ouro em pó.[72] Há tão pouca moeda corrente no país que, entre as pessoas de poucas posses, ninguém sabe contar o dinheiro em réis, como se faz em Portugal e no resto do Brasil; as contas são feitas em vinténs de ouro, oitavas, meia-oitava, quarto de oitava, cruzados de ouro, patacas de ouro e meia-pataca,[73] que são as medidas usadas para a pesagem do ouro.

O emprego do ouro em pó como moeda tem um imenso inconveniente, qual seja o de que todo mundo pode falsificá-lo num instante, até mesmo os negros e crianças muito pequenas. Como dizem eles, para se fazer dinheiro em Goiás basta raspar a parede.

---

[70] Vários agricultores de Minas fizeram construir em suas casas pequenos fornos onde fundiam o ferro, exclusivamente para seu próprio uso (*Viagem pelas Províncias do Rio de Janeiro*).

[71] Pelo que escreveu Cunha Matos, com referência aos anos de 1823 a 1826, e o que Gardner observou recentemente (1840) numa parte da comarca do norte, a agricultura na Província de Goiás continua tão atrasada quanto na época em que lá estive. As coisas não mudaram: a apatia dos agricultores é a mesma, e tudo indica que o governo provincial, ocupado no início com a sua própria formação e depois, provavelmente, em desfazer intermináveis intrigas, não tenha tido muito tempo para cuidar dos interesses da região. Encontram-se nela todos os elementos propícios a uma grande prosperidade, e é muito difícil que um tesouro permaneça enterrado eternamente. Não desesperemos, pois, do futuro.

[72] A circulação do ouro em pó era também admitida outrora na Província de Minas, mas com a chegada ao Brasil do Rei D. João VI foi inteiramente proibida (ver *Viagem pelas Províncias do Rio de Janeiro*).

[73] O vintém de ouro equivale, como já tive ocasião de dizer, a 37½ réis, a oitava a 1.200 réis, a meia-pataca de ouro a 300 e o cruzado de ouro a 750 réis.

Posta em uso inicialmente pela má-fé dos compradores, a falsificação espalhou-se pouco a pouco, devido à rivalidade existente entre os mercadores e a necessidade que têm de vender. O ouro que circula atualmente (1819) na capital da província é de tal forma misturado com areia, terra e o minério de ferro em pó no meio do qual o ouro é encontrado nos córregos (esmeril), que sua cor é escura e ele sofre uma perda de 15 a 25 por cento na fundição. A Fazenda Real contribuiu largamente, pelo seu exemplo, para encorajar essa adulteração, pois embora não receba em seus cofres a não ser o ouro inteiramente puro, deles só sai ouro adulterado. Tudo indica que essa fraude indigna era executada (1819) por um dos funcionários, mas seja quem for o responsável por ela é evidente que há de ter tido um desastrosa influência sobre o comércio e a moral pública. De qualquer maneira, à medida que a adulteração aumenta, os comerciantes já calculam os seus preços com uma margem para as perdas, e por ocasião da minha viagem todos davam um desconto de 12 por cento para a mercadoria mais insignificante, desde que fosse paga em dinheiro. Quando todos os valores circulantes alcançam um mesmo grau de alteração, torna-se claro que deixa de haver benefício para quem quer que seja. A fraude continua, então, aumentando sempre, até que finalmente a extensão do mal obriga as autoridades a recorrerem ao único remédio talvez adequado, ou seja a proibição absoluta de se receber ouro em pó como moeda corrente. É evidente que a adoção de bilhetes, os quais, como ocorre em Minas,[74] são fornecidos em troca de pequenas quantidades de ouro em pó, teria muito menos inconvenientes do que a circulação deste, pois seria muito mais difícil falsificar os bilhetes. A fraude ocorre com muito mais freqüência em Vila Boa do que no campo ou nos arraiais, já que nesses lugares poucas são as pessoas que têm alguma coisa a receber do Fisco. Além do mais os mercadores são aí menos numerosos e a concorrência menor, podendo eles ser mais exigentes quanto aos valores que recebem.

Além do problema da adulteração, há ainda motivos mais que suficientes para se proibir o uso do ouro em pó como moeda corrente, quais sejam a facilidade com que ele se perde, a necessidade de se ter sempre uma balança disponível, a possibilidade de se fraudar o seu peso, o tempo consumido na operação de pesagem e, finalmente, o prejuízo que resulta, para o pagador, da divisão de uma certa quantidade de ouro em pó em porções menores.[75]

§ XIV — MEIOS DE COMUNICAÇÃO

As estradas que cortam a Província de Goiás. As quatro principais. Navegação fluvial. A do sul. A do norte.

A enorme distância que separa a Província de Goiás dos portos de mar é, sem dúvida, a principal causa de seus males. Todavia, abriram-se pelo menos algumas estradas que permitem comunicação com o litoral e acesso às partes mais longínquas do interior. Afora uma infinidade de caminhos de pouca importância, partem de Vila Boa (1819) quatro estradas principais: uma, que já mencionei, dirige-se para o leste, depois para o sul, passando por Paracatu e continuando dali, através de Minas, até o Rio de Janeiro; outra segue na dire-

---

[74] *Viagem pelas Províncias do Rio de Janeiro*, etc.
[75] À época de minha viagem, a alteração dos valores representativos era generalizada. Entretanto, o governo provincial, ao mandar cunhar uma enorme quantidade de moedas de cobre de valor fictício — como já expliquei mais atrás — tomou para si o monopólio dessa alteração.

ção do oeste e vai até a Província de Mato Grosso; uma terceira faz a ligação com S. Paulo, na direção sul-sudeste; finalmente a quarta leva a todos os arraiais da comarca do norte. Essas estradas, como a maioria no Brasil, foram traçadas sem nenhum cuidado e em seguida praticamente abandonadas aos caprichos das estações e às patas dos burros. Não obstante, no estado em que se encontram, parecem bastar às necessidades atuais da província.

A própria Natureza, porém, parece ter propiciado à Província de Goiás meios de comunicação que esperam apenas uma população mais numerosa para fazer florescer o seu comércio e permitir à província enviar seus produtos aos dois extremos do Brasil. A Serra do Paranaíba e do Tocantins, dividindo as águas do norte das do sul, é o ponto intermediário entre as duas navegações fluviais mais extensas do mundo. Embarcando-se no Rio dos Bois, no povoado de Anicuns, situado a cerca de 12 léguas da capital, no rumo oeste-sudoeste, seguindo para o sul e passando sucessivamente pelo Rio Turvo, pelo Paranaíba[76] e pelo Paraná, chega-se finalmente ao Rio da Prata. Ou então, subindo o Tietê, chega-se quase à capital da Província de S. Paulo. Não há dúvida de que essa navegação é extremamente difícil atualmente, devido às inúmeras cachoeiras e corredeiras, e à hostilidade que os índios demonstram para com os brancos. Não obstante, em 1816, dois homens destemidos — João Caetano da Silva e José Pinto da Fonseca — conseguiram vencer esses obstáculos, tendo o primeiro chegado, pelo Tietê, até a Paróquia de Persicaba, na Província de S. Paulo.[77] Os indígenas acabarão por desaparecer dessas regiões, atualmente tão selvagens, como desapareceram de outras[78] e o engenho do homem terminará por aplainar as dificuldades opostas pela Natureza. De resto, se essa navegação ainda não pode ser utilizada, a do norte já vem sendo praticada há um bom número de anos. E com um pouco de perseverança para enfrentar as fadigas e os perigos de uma tal viagem, já se pode embarcar em Porto do Rio Grande, situado a 37 léguas de Vila Boa, e chegar em qualquer época do ano à cidade do Pará, após um percurso de cerca de 420 léguas, descendo o Araguaia e o Tocantins.[79] É possível mesmo, no tempo das águas, iniciar a viagem no Rio Vermelho, a meia légua da capital da província.

76 Raimundo José da Cunha Matos, a quem se devem informações do mais alto interesse sobre essa navegação (*Itin.*, II, 191), acha que o Corumbá, cujas águas, ao se reunirem ao Paraíba, têm maior volume do que as deste, deve conservar o seu nome até ir desaguar no Rio Grande. Questões desse tipo já tem sido ventiladas, se não me engano, pelos geógrafos. Parece-me que só o uso corrente poderá resolvê-las.

77 O relato feito por Cunha Matos sobre essa expedição virá esclarecer o que escreveram Spix e Martius sobre José Pinto da Fonseca (*Reise*, I, 313). Não se deve pensar, aliás, que esse homem e o seu chefe, João Caetano da Silva, tenham sido os primeiros que tentaram ir a S. Paulo por via fluvial. Muito antes, em 1808 — acrescenta Matos — Estanislau da Silveira Guttieres seguiu pelo Rio dos Bois com a intenção de subir o Tietê. Logo foi abandonado por quatro de seus homens, que não suportaram as fadigas da viagem. Arrastado pela violência das correntes, ele precipitou-se durante a noite pela famosa cachoeira de Guaíra, e sua canoa foi feita em pedaços. Construiu então uma jangada, mas esta, levada pelas céleres águas do Paraná, despedaçou-se de encontro a uma pedra e quatro homens da expedição morreram afogados. Estanislau e os dois companheiros que lhe restaram refugiaram-se nas matas desertas que orlam a margem esquerda do Paraná. Como não estivessem aparelhados nem para a caça, nem para a pesca, eles se alimentaram durante muito tempo com ervas, raízes e frutas silvestres. A saúde de Estanislau não resistiu a tantos infortúnios. Deixando-se dominar pelo desespero, ele deixou-se cair junto a uma árvore e ali foi abandonado, quase moribundo, pelos seus companheiros. Depois de passarem por terríveis sofrimentos e de terem atravessado trechos do sertão onde nenhum homem havia ainda penetrado, eles chegaram finalmente a Curitiba, na extremidade meridional da Província de S. Paulo. Um deles casou-se na cidade de Jundiaí e ainda vivia em 1817.

78 Em sua arriscada aventura, diz Cunha Matos (ob. cit.), "João Caetano da Silva percorreu, sem encontrar a mais humilde choupana, uma distância de 108 léguas e meia, em terras que outrora tinham pertencido à populosa nação dos Caiapós. Tudo havia sido destruído, em meados do século passado, pelos aventureiros João de Godói e Antônio Pires de Campos Bueno. Que iria dizer Las Casas se tivesse atravessado nessa época a parte meridional da Província de Goiás? Descontada a diferença no número de homens entre os dois povos, os massacres ocorridos nas ilhas do Haiti e de Cuba, no México e no Peru, pelos quais os espanhóis ficaram tristemente famosos, nada são se comparados com a carnificina geral que dizimou os Caiapós nos sertões de Goiás, por obra e graça de Godói e Bueno, esses cruéis assassinos paulistas.

79 Esses dados, tirados de Cunha Matos, são bem inferiores aos que registra Pizarro, que calcula essa distância em nada menos de 720 léguas. Creio que devemos dar aqui mais crédito

§ XV — COSTUMES

Os homens do interior nascem com boa disposição mas são desigualmente favorecidos pelas circunstâncias. Os goianos são menos hospitaleiros e menos corteses que os mineiros. Sua inteligência. Sua ignorância em matéria de religião. Como são as crianças, os jovens e os adultos. A adoção generalizada do concubinato. Suas causas. As boas qualidades dos goianos. Causas dos homicídios. O roubo é raro. Meios de se reformarem os costumes dos goianos. Votos do autor.

Tentei dar uma idéia da Província de Goiás, de seus problemas e de seus recursos. Cheguei mesmo a mencionar alguns traços do caráter de seus habitantes. Acrescentarei aqui mais alguns dados, a fim de tornar menos incompleto o quadro.

Os homens do interior nascem geralmente com boa disposição, mas nem sempre as circunstâncias favorecem-nos igualmente.

A Província de Minas Gerais sofreu praticamente as mesmas influências que a de Goiás, e sua colonização começou da mesma maneira. Entretanto, ainda que os primitivos mineiros fossem tão grosseiros quanto os antigos goianos, as riquezas que eles adquiriram e souberam conservar por longo tempo propiciaram-lhes meios de dar educação a seus filhos. Aos poucos as boas maneiras se transmitiram aos menos abastados e acabaram por se generalizar. A Província de Goiás não passou por essa fase. Uma total decadência sucedeu bruscamente a época de riqueza e de esplendor. O clima excessivamente quente tirou aos seus habitantes um pouco de sua primitiva rudeza, não se podendo mesmo dizer que sejam grosseiros. Todavia, à exceção de alguns fazendeiros abastados, eles não adquiriram nenhuma polidez. O mineiro de hoje sabe conversar, e o faz muitas vezes com espírito e cordialidade. Já os colonos goianos mantêm o silêncio da ignorância. Têm um ar de indolência e uma tendência à futilidade que os tornam facilmente reconhecíveis. Em Minas sempre fui acolhido com hospitalidade, e mesmo as pessoas mais pobres pareciam receber-me com prazer, nunca deixando de convidar-me para partilhar de suas refeições. Em Goiás indicavam-me displicentemente um miserável abrigo e, à exceção daqueles a quem eu era recomendado, ninguém jamais me ofereceu a menor coisa.

Apesar de tudo o que foi dito acima, não se deve concluir que esses homens sejam desprovidos de inteligência. Encontram-se em Vila Boa artesãos extraordinariamente hábeis, capazes de copiar com perfeição qualquer modelo que se lhes apresente. No entanto nunca tiveram mestres. Mas, como já tive ocasião de dizer, os goianos não encontram em geral ocasião de cultivar suas faculdades intelectuais e sua aptidão para a indústria. Vivem isolados e na indigência, e se há alguma coisa a admirar é o fato de não terem vários deles revertido a um estado muito semelhante ao dos selvagens.

Acredito que os goianos, assim como os mineiros, facilmente se tornariam religiosos se fossem instruídos sobre as verdades do Cristianismo e pudessem usufruir de seu inefável consolo. Mas eles não dispõem de um guia espiritual, deixando-se estagnar numa vergonhosa ignorância e substituindo a religião por superstições absurdas. Como a maioria dos brasileiros do interior, acreditam em feiticeiros, em fantasmas, em lobisomens, em demônios familiares, cujas

---

ao primeiro desses autores, que esteve na própria região e parece ter tido todo o cuidado em apurar a verdade. É de lamentar que meu amigo Burchell não tenha publicado um relato de sua viagem, já que fez por via fluvial o trajeto entre a cidade de Goiás e o Pará. O que ele escreveu sobre o Cabo da Boa Esperança é uma garantia do interesse e do espírito científico que podem ser encontrados em suas anotações. Temos agora muito a esperar de Castelnau, que também navegou pelos rios de Goiás e de cujas vastas coleções Paris inteira já ouviu falar.

façanhas são narradas mil vezes. Levam ao pescoço amuletos e bentinhos, e quando adoecem recorrem a simpatias e a palavras mágicas.

Criadas nessa total ausência de sentimentos religiosos, praticamente abandonadas aos seus instintos e tendo diante dos olhos unicamente maus exemplos, as crianças se entregam desde a mais tenra idade aos prazeres mais condenáveis. Nunca são vistas brincando juntas, e não têm nem alegria, nem inocência.[80] A juventude é ainda mais triste, e só conhece prazeres impuros. Quanto aos adultos, a maioria partilha dessa apatia, desse tédio, do amor à cachaça.

Veremos a seguir como são raras na capital da província as uniões legítimas. No campo encontra-se um maior número de casais unidos legalmente, mas ainda assim o concubinato é aí bastante comum. Não se deve, porém, atribuir esse fato unicamente a uma tendência à libertinagem ou à influência dos maus exemplos. Muitas pessoas se vêem na impossibilidade total de se casar. Na realidade, não é possível contrair matrimônio sem a aprovação do vigário da Vara,[81] que só dá essa permissão ao preço de 10, 15 e até mesmo 18 oitavas. A maioria dos colonos, cuja penúria é extrema, não dispõe de uma quantia tão alta, o que os força a levar uma vida à margem da religião. E dessa forma os membros do clero, que se fossem verdadeiramente cristãos encorajariam as uniões legítimas, opõem por sua cupidez obstáculos a que elas se realizem.

Apesar dos defeitos que deve a circunstâncias deploráveis e a uma administração corrupta, o povo de Goiás me pareceu de boa índole e de maneiras cordatas. É bem verdade que as paixões exacerbadas, o ciúme, o desejo de vingança levam-no facilmente ao homicídio, mas não creio que jamais tenham cometido um latrocínio.

Nessa região, como em Minas, não é costume pagar as dívidas. Não há geralmente honestidade nas transações, e o hábito de contrabandear ouro e diamantes, bem como o de falsificar o ouro em pó, deve necessariamente incentivar a má-fé. Não se tem notícia de ter alguém entrado numa casa com intuito de roubo, e no entanto algumas delas vivem, por assim dizer, permanentemente abertas. Não há assaltos aos viajantes, nas estradas, e infinitas vezes minha bagagem ficou rodeada de gente de toda classe sem que eu jamais desse falta de um objeto, por menor que fosse.

Acontece com o povo goiano o mesmo que ocorre com o seu solo: atualmente só nascem plantas estéreis. Um pouco de cultura e algumas medidas inteligentes bastariam para fazê-lo produzir colheitas abundantes. O governo levou a uma verdadeira degradação os infortunados colonos de Goiás. Já é tempo de que faça algum esforço para devolver-lhes a dignidade de homens e de cristãos. Germes promissores estão latentes neles, basta apenas fecundá-los. Já mostrei como seria fácil incrementar a agricultura nessa região e extrair dela produtos que possam ser exportados com proveito. Que se façam alguns esforços nesse sentido, que se modifique totalmente o sistema de cobrança dos impostos, enfim, que o colono tenha motivação para cultivar a terra. Só assim ele poderá sair da apatia a que se acha entregue por força de dificuldades insuperáveis ou — eu diria mesmo — da absoluta impossibilidade material de melhorar a sua sorte. À medida que o agricultor começasse a prosperar e dispor de produtos passíveis de exportação, a necessidade da aceitação do ouro em pó como moeda iria diminuindo, sua circulação sofreria restrições e por fim seria proibida totalmente. A falsificação dos valores monetários deixaria, então, de ser um hábito generalizado, e pouco a pouco poderia renascer a boa-fé. Que tenham privilégios

---

[80] Infelizmente essa descrição se aplica também a muitas outras crianças brasileiras, além das de Goiás.
[81] Já dei a conhecer em outro relato as funções bastante estranhas do magistrado eclesiástico denominado Vigário da Vara (ver *Viagem pelas Províncias do Rio de Janeiro*, etc.).

as uniões legítimas, que se admitam unicamente homens casados nos empregos públicos, que se suprima a taxa, não só imoral como exorbitante, cobrada pelo Vigário da Vara nos casamentos. Assim, o concubinato se tornaria menos comum, a população aumentaria[82] e deixaria de ter diante de seus olhos o triste espetáculo de uma multidão de crianças que desde o instante em que nascem só vêem maus exemplos ao seu redor — crianças que os caprichos do pai podem mergulhar na mais negra miséria, que não conhecem nem os laços de família nem os da sociedade e que, numa região tão rica de recursos naturais, passam a vida a mendigar. Seria necessário, igualmente, dividir as paróquias, pôr um fim à simonia, exigir dos sacerdotes que fizessem pregação todos os domingos e catequizassem as crianças. Todavia — é triste dizê-lo — há bem pouca esperança de que o clero goiano faça alguma coisa pela regeneração do povo, o qual ele devia ter o máximo empenho em tirar do seu estado de embrutecimento. Fui testemunha da saudável influência que exerceu sobre os habitantes de Goiás um padre estrangeiro,[83] o qual, enquanto lhes dava úteis conselhos sobre a maneira de cultivarem suas terras, elevou seus espíritos por algum tempo por meio de sábias exortações e do exemplo de suas virtudes. Que se repudiem os absurdos preconceitos nacionalistas e filosóficos, hoje desprezados na Europa mas que constituem novidade para os brasileiros e ainda são por eles considerados, atualmente, como um indício de força espiritual;[84] que se enviem a Goiás alguns sacerdotes estrangeiros a fim de que o seu povo seja recuperado e retorne à sua digna condição de seres humanos; que se renovem de tempos em tempos esses missionários, para que eles não se deixem entorpecer pelo calor do clima nem se influenciar pelos maus exemplos; que se estabeleça um seminário onde os jovens sacerdotes possam adquirir conhecimentos científicos e uma boa formação moral;[85] enfim, que sejam confiadas as crianças a esses dedicados missionários, os quais, depois que um grande gênio os recrutou de volta ao solo da França, tanto serviço prestaram às crianças pobres. Só assim o povo goiano terá oportunidade de reerguer-se, de adquirir virtudes e de ocupar o seu lugar na sociedade civilizada... Quanto a mim, se vier a saber que meus fracos apelos foram ouvidos, que alguns dos conselhos que dou aqui timidamente produziram frutos, jamais lamentarei ter passado perdido nos sertões, em meio a privações

---

82 A continência pública está naturalmente associada à propagação da espécie (....). Quem poderia defender o celibato, origem da libertinagem, no qual os dois sexos (....) fogem a uma união que iria torná-los melhores, para formarem uma outra que os torna piores? (Montesquieu, *Esprit des lois*, vol. XXIII, caps. II e XXI).

83 O Padre Joseph, de quem falarei mais adiante.

84 Kidder, em obra publicada em 1845, depois de dizer que no Rio de Janeiro se vendiam livros com bastante freqüência, lamenta o fato de que os escritos deletérios — é assim que ele se exprime — dos pretensos filósofos franceses são sempre encontrados em grande número nas bibliotecas e nunca deixam de ter compradores. Manda-se às colônias o que estava em voga no ano anterior e ali é aceito como a mais recente novidade. É assim que os escritores franceses do século passado despertam hoje nas cidades do Brasil o entusiasmo que inspiraram, quando vivos, a uma geração libertina, cuja imortalidade eles lisonjeavam. Os habitantes da América do Sul ainda não sabem que, na França, tanto crentes quanto descrentes já reduziram às suas exatas proporções o valor dos livros dos sofistas contemporâneos de Luís XV; ignoram que a ciência moderna já colocou no seu devido lugar toda essa erudição de mau quilate, que representou outrora um meio fácil de alcançar sucesso e da qual alguns escritores se serviam como de uma arma para atacar tudo o que existia de mais respeitável. De resto, as belas páginas, que li com prazer na coletânea intitulada *Minerva Brasiliense* (Rio de Janeiro, 1843-45), constituem prova suficiente de que entre os brasileiros existem muitos espíritos elevados, que já conhecem a verdade toda inteira e sabem honrá-la dignamente.

85 Tratarei em outro trabalho desse importante assunto, sobre o qual tanto insistiu o Monsenhor Pizarro em sua valiosa obra. No momento de entregar ao prelo o que escrevi acima, li num relatório feito à Assembléia Legislativa do Brasil, no dia 7 de maio de 1846, pelo Ministro da Justiça, José Joaquim Torres, as seguintes palavras, que tenho a satisfação de poder ainda acrescentar aqui: "... A falta de eclesiásticos dotados das qualidades necessárias ao desempenho de sua sagrada missão é, a meus olhos, a principal causa do mal; para remediá-lo parece-me aconselhável estabelecer seminários que disponham de verbas suficientes, nos quais possam ser educados desde a infância todos os que desejem dedicar-se ao sacerdócio. Não posso deixar de insistir sobre esse ponto e recomendá-lo à vossa atenção" (*Anuário*, 1846, 123). Verifico com grande satisfação, no mesmo relatório, que o governo brasileiro mandou buscar em Roma 33 missionários para enviá-los a várias províncias. Infelizmente a de Goiás não se acha incluída entre elas.

sempre renovadas, longe de minha família e de minha pátria, os mais belos dias da minha existência. Não lastimarei a perda de minha saúde, pois poderei dizer: paguei a dívida da hospitalidade, e minha passagem pela terra não foi inútil.

A presente edição de VIAGEM ÀS NASCENTES DO RIO SÃO FRANCISCO de Auguste de Saint-Hilaire é o volume número 235 da Coleção Reconquista do Brasil 2ª Série. Capa Cláudio Martins. Impresso na Líthera Maciel Editora e Gráfica Ltda., à rua Simão Antônio 1.070 - Contagem, para a Editora Itatiaia, à Rua São Geraldo, 67 - Belo Horizonte. No catálogo geral leva o número 00484/9B. ISBN. 85-319-0584-2.